库尔班大叔和他的子孙们

原著　程万里　杨君　陈思青　李长啸
改写　倪晨翡

山东人民出版社·济南
国家一级出版社　全国百佳图书出版单位

图书在版编目（CIP）数据

库尔班大叔和他的子孙们/程万里等原著；倪晨翡改写．--济南：山东人民出版社，2019.9

ISBN 978-7-209-11979-5

Ⅰ.①库… Ⅱ.①程… ②倪… Ⅲ.①长篇小说—中国—当代 Ⅳ.①I247.5

中国版本图书馆 CIP 数据核字(2019)第 098337 号

库尔班大叔和他的子孙们
KUERBAN DASHU HE TA DE ZISUNMEN
程万里　等原著

主管单位　山东出版传媒股份有限公司
出版发行　山东人民出版社
出 版 人　胡长青
社　　址　济南市英雄山路 165 号
邮　　编　250002
电　　话　总编室（0531）82098914
　　　　　市场部（0531）82098027
网　　址　http://www.sd-book.com.cn
印　　装　山东华立印务有限公司
经　　销　新华书店

规　　格　16 开（170mm×240mm）
印　　张　26.5
字　　数　360 千字
版　　次　2019 年 9 月第 1 版
印　　次　2019 年 9 月第 1 次
印　　数　1—5000
ISBN 978-7-209-11979-5
定　　价　48.00 元

目录

CONTENTS

第一章

故事的起点要追溯到1883年。库尔班出生于新疆于田县托格日尕孜乡的一个农民家庭，那时和田地区的边远乡村小巴扎还没有任何现代工业品，也没有出自当地农民之手以外的东西，更没有绿洲之外的“舶来品”。农民们在巴扎上摆着自己制作的木碗木盆，孩子用的摇床，手工织的薄毯“帕拉孜”，自家擀的毛毡、毡靴，粗制的皮靴，手捻的羊毛线，家织的土布；手工艺匠人在现场给人制作土印花布；顾客坐在极其原始简陋的板凳上，由剃头匠人来剃头、掏耳朵、捶背；铁匠带着徒弟现场打制坎土曼和镰刀；木匠当场给人修理断了的耙齿、损坏的木锨；民间医生蹲在地上给人摸脉诊病，从面前摆着的若干个小口袋里抓出一些植物的叶、根、茎、果实或者某种石头，在木头捣窝子里捣一捣，用桑皮纸包上递给病人回去治病；因为赶巴扎的都是附近的农民，所以卖吃食的不多，大多是凉粉、沙枣汤泡馕、盖浇菜黄面这些穷人能吃得起的食物，烤包子、烤肉、抓饭之类基本上没有，因为赶巴扎的人都吃不起，有钱人又不赶这种巴扎。

库尔班自小便饱受地主的剥削、压榨和凌辱，过着饥寒交迫、牛马不如的生活，这种生活持续了十六年。如今的库尔班已然成长为一个五官硬朗、身姿挺拔的少年，他身穿缝着补丁、破旧的棕褐色短褂，腰间别着一个粗布褡裢，手里还拎着一只灰色野兔子，在人群中兴冲冲地奔跑着。十四岁的妙龄少女图尼莎汗紧跟在他身后，图尼莎汗盘起的长发散开，迎风飘飞，散发着青春的气息。

夕阳西下，雾霭沉沉，此时，塔西巴依庄园里响起了长鞭的脆响声，那是塔西巴依的随从卡木恰正挥着长鞭驱赶路上的行人，行走在这条畅通无阻的大道上的，是骑着驴的管家依盖尔和后面骑在马上的塔西巴依。塔西巴依身为庄园的农奴主，在巴扎县势力鼎盛，他身穿黑色扎规，蹬着一双牛皮马靴，背着火药猎枪，马鞍子上吊着一只野兔子和三两只野鸽子。

这时天色已昏暗，库尔班与图尼莎汗从一条小路上冲出来，没看清路况，差点撞到了塔西巴依的马上。两个人发现马上的人是塔西巴依，愣在原地一动也不敢动。而骑在马上的塔西巴依看着冒失的两人，正准备破口大骂，但当目光停留在图尼莎汗身上的时候，原本喷薄欲发的怒火竟都被眼前这个女人的美貌抑制住了。侍立在路边的玉木拉克发现了塔西巴依的眼神不对头，他快步走过去，想为库尔班和图尼莎汗打圆场，他冲着库尔班骂道："你不去干活，在这里发什么呆呀，挡着巴依老爷的路，你找打吗？还不快去干活！"

库尔班弓着腰不停地点头，与图尼莎汗赶紧跑回小路上，这才缓过一口气来。他心想，好险，差点得罪了塔西巴依，倘若当时塔西巴依真的要怪罪，自己也只能承受，任何惩罚也都必须全部接受。

塔西巴依的马刚停在大门口，便有一个家丁跑过来接过马缰绳，另有一个农奴跑过来趴在地上，塔西巴依踩着他的背下了马。他瞥了一眼，发现农奴背上的脚印残留着一些黄绿色的不明物，散发出怪异的臭味，便骂了一声，又将脚重新踩在农奴的背上用力地磨蹭，趴着的农奴几乎稳不住身子，却强撑着，不敢吭一声。

塔西巴依正准备进庄园，忽然想起了些什么，他盯着库尔班和图尼莎汗跑去的小路，向跑过来扶自己的依盖尔发问："刚才那姑娘是谁家的?"

"热杰甫的女儿。"依盖尔毕恭毕敬地回道。

塔西巴依皱着眉头："哪个热杰甫?"

"你的奴隶，外号叫病痨热杰甫。"

"他居然有这么漂亮的女儿?"

"老爷，您的意思是……"

塔西巴依不怀好意地笑了笑，依盖尔跟随塔西巴依多年，立刻领会了老爷意欲何求。

库尔班在岔路口和图尼莎汗道别后，便回了家。这个被称为"家"的房子，不过是绿洲中普通人家的土屋，没有窗户，只在屋顶中间有一个不大的方形天窗，屋子里的亮光全靠门和天窗透进来。在正对屋门的墙上，有一个叫作"吾佳克"的壁炉，配着直上直下的烟囱，烟囱下边是用土筑的"门"字形的灶膛，锅就放在这个灶膛上，敞口的地方塞柴禾。没有炉条，也没有灶台。

吾佳克的一边是家里的大炕，是那种南疆农村贫苦人家低矮的实心土炕，炕上铺着炕席和一床破烂的炕毡。炕头靠墙的地方摆着每户人家必不可少的炕柜，这是种用沙枣木或杨木做成的粗糙的炕柜，炕柜上面按当地风俗放着几个枕头和被褥——再穷的人家也要在炕柜上放几个当作摆设的枕头和被褥。这个大炕是吐鲁木和库尔班的妈妈睡觉的地方。吾佳克的另一边是放杂物的地方，底下也有一个大炕，炕的一半放着筐子、葫芦罐、葫芦盆、木齿耙、木锨、绳子等农具。在这个炕靠吾佳克的地方铺着一条破炕毡，这是库尔班睡觉的地方。

库尔班恍惚中被梦惊醒，却又想不起梦中发生了什么事。他一下子坐起来。透过屋门，发觉天已经大亮，库尔班急匆匆套上衣裤，提起门旁的坎土曼，正要往外走。

“等一等，带上你的馕。”妈妈快步走到炕柜旁边，掏出食物包打开，拿起一个馕递给库尔班，库尔班欲言又止，十分犹豫地看看妈妈。妈妈看出了儿子的心思：“你好像有什么话要说，我的儿子，说吧。”

库尔班放下手里的坎土曼：“妈妈，我……爱上了图尼莎汗……”

“啊？唔……你是到了恋爱的年龄了。”

“妈妈，求求你了，我爱她爱得都快发疯了，没有她我会活不了的……妈妈快告诉我，你说我该怎么办？”库尔班无措地挠了挠头，他多么渴望能从妈妈这里得到答案！他知道自己深爱着图尼莎汗，却不知道这份爱情有没有出路。

“赶快到地里帮爸爸干活去，我会想办法的。”

库尔班兴奋地抱住了妈妈，向妈妈行过礼，便提上锄头快步走出了家门。

“再见，我的儿子……”

库尔班扛着坎土曼到达大豆田时，吐鲁木已经翻了两行地了，库尔班跟父亲招了招手便立刻开始干活，不敢多言语。卡木恰正扛着长鞭在地头上走来走去，他死死地盯着这些农奴，随时准备抽打想偷懒的人。

邻近的地块里，图尼莎汗的父亲热杰甫也在抡着坎土曼翻地。他重病在身，泥土地的尘埃窜进他的咽喉便引发其剧烈咳嗽，坎土曼似乎比他的手臂还要粗，但热杰甫不得不拼命劳作，他已经给这个家造成过多的负担，不能再将家人置于更为水深火热的境地中了。图尼莎汗在帮父亲翻地，她的双手长满了光滑而坚硬的茧子，库尔班送她的那副银质手镯被藏在家中抽屉的木盒里，她不敢戴，农奴怎么会有资格戴这种东西呢？热杰甫抡几下坎土曼就得停下来喘一会儿，卡木恰看见后跑过去，挥起长鞭抽向热杰甫，一边呵斥道：“快干活！你以为站在这里就能拿到巴依老爷家的馕吗？”

图尼莎汗急忙跑过来抱住了热杰甫，对卡木恰说：“我爸爸有病，你又不是不知道！”

卡木恰哪里会管顾这些卑贱的农奴，挥起鞭子便朝图尼莎汗抽去。鞭子抽在图尼莎汗的胳膊上，留下一道道触目惊心的血痕，图尼莎汗疼得尖叫起来。库尔班眼见心爱的图尼莎汗被鞭打，怎能忍受得了，便立刻冲过去，举起坎土曼朝卡木恰砸去。卡木恰躲过坎土曼，库尔班又举着坎土曼追打卡木恰。卡木恰丢掉了鞭子，库尔班也扔下坎土曼，两人徒手厮打在一起，谁也不肯服输。然而卡木恰根本不是库尔班的对手，被库尔班压在身下，库尔班抡起拳头狠揍着卡木恰。

卡木恰挣脱起来，跑到热杰甫的身后，一边躲着库尔班，一边对吐鲁木喊道：“吐鲁木，管管你的儿子，要不我就吹牛骨头号了！”卡木恰举起挂在脖子上的牛骨头号晃着。吐鲁木知道牛骨头号意味着什么，这里的每一个农奴都明白，库尔班自然也清楚，但他仍旧压不下心里的这股怒火。吐鲁木跑过去拉住了正挥舞着拳头的库尔班。

库尔班指着卡木恰骂道：“你是个男人的话来跟我打，别欺负女孩子，别欺负病人。来！跟我打呀！”

吐鲁木揪着库尔班骂着：“你把自己当成什么了？你忘了咱们是塔西巴依庄园的农奴吗？咱们只是会说话的牲畜，咱们的屁股就是为了挨鞭子抽才生出来的。咱们不是人，咱们没有做人的权利，你这不是在找死吗？”

库尔班指着卡木恰愤愤地说道：“你卡木恰算什么东西？你不过是塔西巴依家的狗！你不过也是个奴隶，你以为你是什么？”

“随你怎么说都行。但我就是管你们的，你敢不服从我，我就吹这个牛骨头号，看到了吗？那里还有好多扛鞭子的呢，他们听到我的牛骨头号就会过来，一起对付你。十几条鞭子抽你，我看你还怎么能！你想不想试一试？”卡木恰挥着手里的长鞭，气势丝毫不输库尔班。他知道，这牛骨头号就是自己的护身符，有了它，自己就可以随意地惩罚这些农奴，这是塔西巴依赋予他的神圣权力。

热杰甫求卡木恰离远一点：“谢谢你了工头老爷，谢谢你给我们留了面子，谢谢你的宽宏大量，我们好好干活就是了。快快快，都干活，快干活！”卡木恰朝热杰甫面前吐了口痰，转身继续巡视，他的目光现在只盯着库尔班一人，他今天所受的屈辱，必须要找到机会让库尔班加倍奉还，而且要远比鞭打更加残酷。他知道，只有一个人能够帮自己完成这个“复仇”，那就是塔西巴依。

塔西巴依正在凉炕上喝茶，依盖尔看了看院子里没有别人了，他走了过来，将桌上的茶杯添满水，询问塔西巴依：“吐鲁木开的那块地，老爷现在收回来，还是过些时候收回来？”

“我说了，田地旁边的沙荒地，谁开垦出来就归谁。那些干活的白天给我干活，夜里去开荒，还不用我发馕。如果我直接把他们开的荒地收回来了，以后谁还会那么不要命地去开荒呢？”塔西巴依抿了一口茶，将未滤净的茶沫吐在桌上，依盖尔见势赶忙用衣袖抹干净：“老爷高明！”

“过两天蒙伯克大人来做客的时候，把那个吐鲁木送给蒙伯克大人。”

“妙啊！把吐鲁木送给蒙伯克大人，吐鲁木就离开了这块土地，他就当不成那块地的主人了，那块土地自然就成了老爷家的了。”依盖尔连连拍手称好，谄媚之情溢于言表。

塔西巴依哈哈大笑，他很清楚，想要壮大巩固塔西巴依庄园，必须牢牢控制住这些卑贱的农奴，而最好的方法便是将他们的“命根”紧紧地握在手里。

“老爷不愧是世界上最聪明的人！给蒙伯克送这样一份大礼，老爷您想要的管理咱们这里树木和柴禾的权力，蒙伯克一定会批准！一个石头打了两只鸟，实在是太高明了！”

然而天下没有不漏风的墙，这些话，一字不落地都入了蹲在葡萄架后边的玉木拉克的耳朵，他蜷缩在角落，怔在原地，难以相信刚才自己所听见的一切。

不久后，图尔迪和阿瓦古丽的婚礼在塔西巴依的允许下举行。肖炉匠和乡亲们几乎全都到场，大家都想沾沾喜气，好让接下来的日子能过得安生些。库尔班、图尼莎汗同图尔迪、阿瓦古丽帮着接待前来参加婚礼的人们。作为新郎的图尔迪实在拿不出招待客人的东西，图尔迪的叔叔只能请大家吃一些沾满沙土的干果和一碗玉米粒煮的粥。

图尔迪的叔叔热情地请大家坐在土屋前的破席子上，席子上放着几个葫芦碗，里边放着一些沾满沙土的杏干、沙枣和葡萄干。他给每个人端来一葫芦碗汤饭，清汤上有几片叶子和几片油炸煳的洋葱屑，汤里有一些煮得发亮的玉米粒，他笑着说："谢谢你们能来，你们真是太给我们面子了！"

在玉木拉克的牧羊热瓦甫的伴奏下，几个年轻人唱着《婚礼之歌》，迈着舞步，簇拥着图尔迪和阿瓦古丽走来了。图尼莎汗看着身穿礼服的阿瓦古丽，她惊讶于后者散发出的熠熠光辉。

这时，卡木恰和几个扛着长鞭子的家丁推门而入。"走！别耽误我们的时间！"卡木恰凶恶地冲着阿瓦古丽吼道，一只手拽破了她身上的礼服。几个家丁看着阿瓦古丽裸露的肩膀，露出了淫邪的笑容："塔西巴依老爷真是没看错人啊。"

图尔迪挡在阿瓦古丽前面，试图阻止："你们为什么要把我老婆带走？"

"你是傻还是笨？难道你不知道塔西巴依老爷有初夜权吗？"卡木恰不耐烦地说。

库尔班惊愕："初夜权？什么初夜权？"

"又出来一个，咱们这儿的傻瓜可真多。如果你们家的父母没有给你讲过，我今天就来教育教育你们！只要是塔西巴依家的奴隶，娶老婆的时候，新婚第一夜，新娘都要到塔西巴依庄园去，让塔西巴依享用新娘，这就叫作初夜权。明白了吗？"

图尔迪火了："不行！"

卡木恰挥舞着手里的长鞭："不行是吧？上！"

家丁们抡起长鞭朝图尔迪打去。库尔班见势不妙，冲上前去与家丁们厮打在一起，他被长鞭抽打得满身伤痕。整个婚礼现场被搅得凌乱不堪，茶水果干洒了一地，乡亲们几乎都跑走了。阿瓦古丽看着被撕破的礼服心痛不已，那可是母亲几个月来连夜赶制的，如今她的婚礼被搞砸了，她对于婚姻的美梦破碎了，甚至她自己的身体都要被一个自己痛恨的人蹂躏，她痛恨现实，却只能听天由命。

“别打了！”阿瓦古丽冲着厮打在一起的几人大喊。

“你们不要打他了，我跟你们走就是了。”

阿瓦古丽的妆花了，泪珠倾泻在她脸上，突显出她那悲痛欲绝的神情。她在图尔迪身边蹲了下来，图尔迪已然被打得神志不清，她抚摸着图尔迪的脸：“图尔迪，让你为我受罪了……”

阿瓦古丽冲着门口的方向跑去，她不知道此刻除了逃离还能做什么，她不想再在这里多待一秒，她不愿意束手就擒，成为塔西巴依的玩物，她拼尽全力地奔跑。她清楚，她跑不了多远便会被人逮住送入虎口，可她不愿停下，她听见身后图尔迪等人的呼喊声愈来愈近，她突然站定，身后的影子被夕阳拉得很长很长……

三天后，此事的余波几近平息，对于塔西巴依的事，人们都不敢妄加议论和揣测。库尔班对此耿耿于怀，他一边背土一边对吐鲁木说：“图尔迪结婚，阿瓦古丽却被卡木恰带到塔西巴依庄园去了，说是塔西巴依有初夜权，爸爸，我们奴隶就一定要被巴依老爷欺负吗？”

“因为咱们都是塔西巴依家的奴隶，没有做人的权利，塔西巴依对我们想怎么样就怎么样。”

“我们怎样才能不做塔西巴依家的奴隶？”库尔班将坎土曼一下插进土里。

“只要我们拥有自己的土地就可以不做奴隶。塔西巴依说了，等这块地开垦得能种庄稼了，这块地就属于咱们自己了。”

“真的？有了自己的土地，咱们就不是他的奴隶了？”库尔班似乎看到了希望，这片每时每刻都与自己捆绑的土地，当真能拯救自己和家人吗？

“有了自己的土地，咱们就是自由人了。”

此时，吐鲁木听见不远处有人在喊他的名字，定睛一看，才发现是玉木拉克，玉木拉克喘着粗气，握着吐鲁木的手，他不忍心将这个消息透露给吐鲁木。吐鲁木眼见他犹豫的样子愈发焦急。玉木拉克顿了顿，说道：“塔西巴依要把你送到蒙伯克家去当奴隶了。”

“啊？把……把我送给蒙伯克家了？”这个消息远在吐鲁木的意料之外，他向玉木拉克再次确认。

“没错，是我亲耳听到的。后天，就是后天，塔西巴依请蒙伯克来做客，当面把你送给蒙伯克。”

一旁的库尔班听后摸不着头脑，他惊恐地看着父亲问道：“这……这是怎么回事？”吐鲁木只是沉默。

吐鲁木一个人坐在沙土地上，像一尊呆呆的雕像，他捧起地上的土亲吻着，泪水浸湿了泥土。他趴在地上号啕大哭，哭声撕裂了夜空——

直至深夜，吐鲁木才从地里回来，等在门口的库尔班靠着土墙睡着了，妈妈倚着门框在苦苦等待。见到吐鲁木有气无力的样子，她赶紧站起来迎过去，关切地说道：“他爸爸，回来了？”

库尔班在睡梦中依稀听见爸爸回来了，从地上站起身：“爸爸，你没事吧？”

“没事，都进屋睡觉去吧！”吐鲁木怔怔地望着前面，眼神空洞，面无表情。

吐鲁木躺在床上眼睛直勾勾地看着屋顶，希望先知能够给他指引，然而，什么都没有，只是无尽的黑暗。他下了床，摸索着找到了镰刀，把镰刀轻轻地拔了下来……

库尔班和妈妈都熟睡了。吐鲁木摸黑轻轻地拉开了屋门，犹豫地在门口站了一会儿，便失魂落魄地出了门。秋夜已深，萧瑟的凉风穿透了吐鲁木单薄的衣襟，然而他丝毫没有瑟缩，摇晃着走到一棵大树下。

“老天爷，为什么不能给我们穷苦人一条活路呢？我们奴隶的命就这么不值钱吗？”吐鲁木哽咽着，犹豫了一会儿，下定了决心，把镰刀放在鼻子上。

吐鲁木的惨叫声划破夜空，夜鸦惊叫着四下散去，只留下吐鲁木一人跪立着，不知是血还是泪，滴落在磐石上……

随着一阵牛骨号声响起，大门打开，塔西巴依从大门里走出来，恭候在门前。蒙伯克骑着高头大马过来，塔西巴依庄园的家丁赶紧簇拥到蒙伯克的马旁，牵住马，扶蒙伯克下马后，又都迅速退到两旁侍立，给人训练有素的感觉。塔西巴依迎上去行礼，请蒙伯克进院。

塔西巴依按照最高礼节招待蒙伯克。在一张大方桌上摆满了各色佳肴。他们吃肉喝麦扎普，边说边聊，时不时开怀大笑。

蒙伯克放下筷子看着塔西巴依，说道：“今天你这么隆重地招待我，是有什么话要说吧？”

塔西巴依笑眯眯地回应：“大人果然是最聪明的，那，我说了？”

“讲吧！”

“为了减轻大人您的负担，我地盘上管理树木和柴禾的权力，我想拿在自己手里。”塔西巴依试探着，起身往蒙伯克面前的酒杯添满了酒。

“这个嘛……”

塔西巴依眼见蒙伯克犹豫，急忙补充：“听说你又多了很多田地，这么多田地你忙得过来吗？我给你送一个干活最好的人，他一个顶十个，比你家里所有干活的都能干，有他，能让你多打好多粮食呢！”

蒙伯克摸着胡子：“嗯，这话我爱听。拿来吧！”

蒙伯克把文书摊在腿上，一边看文书，一边从腰带上解下一个小皮口袋。他从皮口袋里摸出一个石头刻的章子和一块干硬的红色颜料，往颜料上吐口吐沫，用章子在颜料上磨了一会儿，盖在那个文书上。

塔西巴依眼看事情搞定，冲卡木恰说：“把送给蒙伯克大人的礼物带上来！”

跟在卡木恰走进院子的正是吐鲁木，只是他脸上扎着一块破布，遮住了口鼻。两人来到大炕前。

“伯克大人，瞧瞧送给您的大礼。”

塔西巴依转脸命令吐鲁木：“把你脸上的破布摘掉，把嘴张开！”

吐鲁木听命，揭下了扎在脸上的布条，触目惊心的一幕显露在众人眼前——一个没有了鼻头的脸。

蒙伯克吓得后退几步，大惊失色：“他……他是个麻风病人。”

塔西巴依大怒：“这是怎么回事？”

蒙伯克啐着吐沫，慌忙朝大门走去，塔西巴依惶恐地跟上来：“伯克大人，伯克大人……”

蒙伯克尚未从惊慌中缓解过来：“你怎么想到给我送一个麻风病人？你想害死我吗？”

“伯克大人，这……这都是误会，是误会……”塔西巴依竭力想挽回局面。

蒙伯克上了马，问塔西巴依：“你知道咱们这里的规矩吗？发现了麻风病人应该怎么办？”

塔西巴依应和道：“知道，我知道，伯克大人。”

“我可不允许在我的地界上出现麻风病人！”蒙伯克用马鞭子敲了敲仆人的头，仆人牵着马急匆匆地走了。

塔西巴依目送着蒙伯克，眼看就能办成的事全被这个下贱的农奴毁了，他憋了一肚子的怒火：“来人啊！把吐鲁木给我绑起来吊到树上，好好地教训教训这个不知道死活的奴隶！”

吐鲁木被吊在塔西巴依庄园前的大桑树下，家丁们手里的长鞭轮番抽打在吐鲁木身上，留下一道道血痕，没多久整个脊背便血肉模糊了。周围聚集了不少人，肖炉匠、图尔迪、玉木拉克以及其他农民，大家揪心又无奈地看着这悲惨的一幕。每一声鞭响都引起图尼莎汗的一下颤抖。库尔班和妈妈跑过来给塔西巴依、依盖尔弯腰求情。库尔班扑到爸爸身上挡鞭子，鞭子抽在库尔班的脊背上。像鞭子抽在自己身上一样，图尼莎汗几近疯狂地使劲喊道："不要打了，不要打了！不要打了呀……"

依盖尔却煽风点火："按照传统规矩，麻风病人是要烧死的，不然我们全村的人都会跟着遭殃的！"

塔西巴依说："乡亲们，他得了麻风病，他家里的人肯定也被传染了，为了保护大家的安全，为了大家不得病，我们要将得麻风病的全家人，封闭在他们住的房子里，统统用火烧死，才能保证大家不被他们传染了。"

"他不是麻风病人，求老爷放过他吧！"库尔班妈妈哭诉着跪下求情，库尔班也跟着跪下，图尼莎汗焦急万分。

"我们做证，他不是麻风病人，求老爷放过他吧！"玉木拉克、热杰甫、图尔迪走到塔西巴依面前为吐鲁木辩解。

围观的乡亲们沸腾了，他们有的互相私语，有的将积压多年的不满发泄出来，冲着塔西巴依大喊，一时间整个场面陷入了混乱。鞭子仍旧不停地抽打在吐鲁木身上，他已经不像刚才那样凄惨地喊叫了，只是在痛苦地呻吟着。

依盖尔冲着喧嚷的人群喊："他就是麻风病人，把他们一家烧死！你们要是有谁再敢为他说话，全都一起烧死！"

塔西巴依将吐鲁木一家锁进屋里。依盖尔对屋门喊："屋里的听着！照传统规矩，要把麻风病人和他的房子用火烧掉。如果你们有能力拿出可以说服老爷的证据，证明给老爷看，或许老爷可以免你们一死，你们想想有什么话就快快地说！"

土屋里传出女人的号哭声。吐鲁木拍着门板喊着："不要烧死我们哪！我不是麻风病人，我不是麻风病人……"

依盖尔轻声地对主人说："这些把土块当脑袋的人，都死到眼前了也不说交出土地的话。老爷，怎么办？"

"再给他们一次机会，如果还不自愿交出土地，就放火烧死他们！"塔西巴依势在必得。

依盖尔跑到离屋门近一点的地方，喊道：“吐鲁木，要烧死你们是蒙伯克大人下的命令，你们要想活命，就好好想想，怎样才能求咱们的巴依老爷救救你们。”

屋里的吐鲁木仍然哭喊着：“我不是麻风病人！我是冤枉的，我不是麻风病人……”

依盖尔跑到塔西巴依马下问：“他还是不说交出土地的话，怎么办?”

塔西巴依面无表情，冷冷地吐出一个字：“烧!”

依盖尔将塔西巴依的命令传达给家丁们。一个家丁用火镰子打火，另几个家丁把带来的破席子卷成筒状。打火的家丁把冒出烟的火绒按到火引子上，努嘴吹着，火引子燃出了火苗。家丁用火苗点着了地上堆起来的干芦苇叶子。家丁们把卷成筒的席子在火堆上点着，走到土屋下。几个家丁手持火把爬上了土屋顶，霎时间整个土屋便被熊熊的烈火包围，屋顶被火舌舔成乌黑色，茅草发出噼里啪啦的爆裂声。女人们的哭喊声、男人们的怒骂声充斥在这个不大的土屋里，火光映照在塔西巴依冷酷无情的脸上。

第二章

随着图尼莎汗的一声惊叫，燃烧的席筒从天窗上砸了下来，库尔班拼命用脚踩着，想把火踩灭，然而火把不断地从天窗扔进来，原本就不大的房屋地上很快便散落了一堆又一堆的烈火。吐鲁木眼见形势严峻，从放杂物的地方摸来了坎土曼，试图用坎土曼的头去堵住天窗，可是坎土曼头太小，无法堵住整个天窗，火把还是从缝隙中扔了下来。火把贴着坎土曼的把子掉下来，全都掉在吐鲁木的身上。吐鲁木慌忙扔下坎土曼，拍打着身上的火。火把如同落叶般簌簌地掉落下来，眼看这个土屋便要成为他们一家的葬身之地了。

危急之际，吐鲁木心生一计，他冲着库尔班喊道："傻子！快把火把放到吾佳克那儿去！"

库尔班赶忙抱起燃烧的席筒，将其塞到了壁炉里。一家人不顾一切地把火把往壁炉跟前拨拉。这一方法果然奏效，即将要成为火海的屋子这时已经只剩下了点点星火，而一旁的壁炉烧得正旺。

依盖尔看着冒浓烟的烟囱，说道："说他们是土块脑袋吧，他们脑袋里边还是有点脑子的，他们把我们带来的席子用来烤火了……”

“把那个烟囱堵上！”塔西巴依指着烟囱命令道。家丁们听令，几个人用坎土曼挖着土，另几个用葫芦打来水浇在土坑里，在土坑里和着泥，等到泥团凝固成型，房下的家丁将泥团一个一个扔给屋顶上的家丁，后者又将几个泥团团成更大的泥团，他们抱着这个硕大的泥团，侧着身子接近了烟囱，往下一扣，便将烟囱堵得严严实实。塔西巴依看着不再冒烟的烟囱，和依盖尔相视一笑。

浓烈的烟火从壁炉里倒喷出来，迅速弥漫了整个屋子，屋里的人被呛得猛烈咳嗽，不知所措。库尔班忍着烟气，摸到了坎土曼，他抡起坎土曼挖屋墙。吐鲁木喊道：“别挖那屋墙啊，这房子是你爷爷和我亲手垒起来的呀，别挖了！”土屋里烟火弥漫，吐鲁木被熏黑的脸上老泪纵横，图尼莎汗和妈妈蹲坐在角落默默流着眼泪，不住地咳嗽。这场大火很快便要将库尔班一家吞没了。

危急时刻，不远处传来了梆子声和人群的呐喊声，肖炉匠、多小兰、多来地领着乡亲们来了！农民们提着木桶，扛着扫把和坎土曼，赶来灭火。

卡木恰见势，慌忙跑到塔西巴依的马前汇报情况，依盖尔担忧地问道：“老爷，还继续烧吗？”他担心再继续下去会引起民愤，到时候可就不好收场了。

“我处理我家的奴隶，关这些人什么事！”塔西巴依愤愤地骂道。

玉木拉克跑到塔西巴依的马前，抱着塔西巴依的腿央求道：“老爷，你仁慈的大名传遍了整个世界，这次你就放过吐鲁木一家吧！所有的人都可以证明，吐鲁木不是麻风病人啊！”

一旁的肖炉匠应和道：“是啊老爷，他又不是麻风病人，你这样会把大家伙都得罪的，以后谁还肯为你干活！”

“是啊，不能活活烧死一家人，吐鲁木不是麻风病人！”人群中传出愤怒的喊声。

塔西巴依一时语塞。肖炉匠乘乱跑到库尔班家的屋前，把房门打开，对着屋里喊道：“还不赶快出来！”然而除了滚滚浓烟之外，并没有人出来，也没有回应。村民们以为吐鲁木一家遭遇不测，更为躁动了，他们开始对着塔西巴依怒吼起来。

依盖尔见势不妙，跟塔西巴依说道：“老爷，人越来越多了，谁也不能保证这么多人里边没有你的仇家。你下个令吧！”农民要救火，跟家丁们推搡起来。家丁们越来越力不从心。“老爷，这样下去可对我们不利啊！”塔西巴依无奈，只好撤令，随后依盖尔对农民们大声地说道：“仁慈的塔西巴依老爷说了，看在乡亲们的面子上，饶了吐鲁木一家，你们可以去救火了。”

肖炉匠等人还没等依盖尔说完，便立刻冲进土屋。他们在一片狼藉的屋内找到了昏厥的吐鲁木一家，几个乡民将他们扶到屋外空地上，肖炉匠拍打着吐鲁木的后背帮他清醒。

“谢谢你救了我。”吐鲁木声息微弱地说道。

“你也救过我的命，快别说了！”

塔西巴依恨恨地看着吐鲁木他们，这次没将他们置于死地，他很是不甘。

“乡亲们都是有眼睛的，你们都亲眼看到了，塔西巴依老爷是很给大家面子的。你们可要知道，要烧死吐鲁木一家，是蒙伯克大人的命令，他是咱们的长官，是咱们的天，他说的话能不听吗？蒙伯克嘴里说出来的话就像天上刮下来的黑风暴，是谁也挡不住的！但是看在各位乡亲的面子上，塔西巴依老爷违背了蒙伯克的命令，他对自己的奴隶都像父亲爱惜自己的孩子一样，大家可都得替塔西巴依老爷想一想啊，做人都要有良心哪！大伙儿，撤！”

回到庄园，塔西巴依仍在生闷气。依盖尔见老爷一脸烦闷，讨好地凑了上来：“老爷，虽然你现在放了吐鲁木一家，但是，他们终究都是你的奴隶，在不久的日子里吐鲁木还会来求助老爷的！”

“是吗?”塔西巴依将信将疑。

“是的，他们家的一切最终都是老爷的！很快他们家就会托人来向你提亲。”

“向我提亲?”

依盖尔一脸坏笑：“他们请求你恩准让吐鲁木的儿子库尔班娶热杰甫的女儿图尼莎汗，没准您在行初夜权后，她还会给老爷多生一个小奴隶。”

“好啊！来提亲，我都答应。”塔西巴依恍然大悟，开怀大笑。

“老爷你可真爽快!”

“嗯，奴隶们的婚礼越多越好，让他们去办，当新郎的永远是我。”

依盖尔恭维道：“是啊，老爷对奴隶的恩情就像融化的雪水滋润着田地。”

依盖尔实在是个玩弄语言的高手，几句话便能令塔西巴依开心大笑：“老爷，那个阿瓦古丽是不是还新鲜着呢?”

塔西巴依忽然被依盖尔点透：“把阿瓦古丽送给蒙伯克，这也是个重礼嘛。”

“遵命！老爷您送给蒙伯克一个干活的，他没能得到，自然是心里不痛快，总觉得吃了亏，您接着给他送去一个鲜花一样的姑娘，显得你十分有诚意，他现在得到一个年轻女孩子，心里不但舒坦了，还会记住你的美意。这样一来，蒙伯克那里就摆平了。老爷，您真是世界上最聪明的人!”

塔西巴依得意地笑着：“这样一来，干活的继续给我干活当奴隶，我玩完了的新娘送给蒙伯克去玩，也还是个重礼，我们都没有损失，哈哈!”

依盖尔极尽谄媚之词：“老爷高明，老爷太了不起了!”

几日后土屋在乡亲们的协助下已经修葺得差不多了，库尔班和父亲始终心系土地的开垦，这是他们摆脱被塔西巴依等人压榨的唯一途径。

吐鲁木对端着葫芦碗的图尼莎汗说："哦，可爱的图尼莎汗，你是来给我们送水喝的？"

图尼莎汗冲吐鲁木点头示意："库尔班让火烫伤了，我端来些盐水，给他擦擦伤口。"

"你真是个好姑娘！库尔班，你们到那边去吧，这里土大。"

图尼莎汗同库尔班走到土坡的另一边。她将库尔班的衣袖小心卷起，拿着一块浸着盐水的破布擦着库尔班的伤口。

"疼吗？"图尼莎汗心疼地看了看库尔班的脸。

"你的手一摸，就不疼了。"库尔班深情地与图尼莎汗的目光相接，图尼莎汗含羞地低下了头。

"图尼莎汗，如果塔西巴依同意我们的婚事，咱们就结婚吧！"

图尼莎汗笑着点点头，但是阴云很快又遮住了她的脸，她咬着牙摇了摇头："不，我不能跟你结婚！"

"为……为什么？"库尔班对图尼莎汗的回答很是意外。

图尼莎汗的眼神躲避开了库尔班充满疑惑的目光："我就是和你结婚也无法做你的新娘，你想想阿瓦古丽……"

库尔班摸不着头脑："阿瓦古丽？阿瓦古丽怎么了？你怎么不是我的新娘？"

"你这个傻瓜，你不明白吗？"

"你要我明白什么？"库尔班十分焦急痛苦。

"你怎么就不想一想，阿瓦古丽新婚的那一天都出了什么事？"

"你是害怕咱们结婚的时候，你也被塔西巴依的家丁们带走是吗？别怕，有我呢！他们要是敢带你走，我就跟他们拼命！"库尔班言辞坚定。

"你就是拼了命，能把我留住吗？"图尼莎汗觉得库尔班天真得像个孩子。

库尔班一把搂住了图尼莎汗，安慰道："别怕，图尼莎汗，我不会让你受苦的！"

而此情此景正被不远处的卡木恰贼头贼脑地探头观望着，他不怀好意地窥视着亲昵的两人，这一场景很快便由卡木恰的嘴传到了塔西巴依的耳朵里。

次日，图尼莎汗和父亲热杰甫被依盖尔带到塔西巴依的凉炕前问话。塔西巴依冷酷地盯着两人，说道：“热杰甫，你没有管好你的女儿！”

热杰甫吓得弓着身子，声音颤抖：“老爷您开恩，老爷开恩！但是老爷的话我不明白。”

塔西巴依一副义正词严的样子：“跟野男人偷情，坏了乡里的规矩，这是咱们的传统坚决不能允许的！”

热杰甫连忙解释道：“老爷，我有病，干完活我就在家里，哪里也去不成。里里外外全靠图尼莎汗啊，我不能把她关在家里，她不外出，我连水都喝不上啊！”

依盖尔踢了热杰甫一脚：“敢跟老爷顶嘴！”

“咱们的传统规矩你不懂吗？如果你没有教养，我今天就告诉你，在没有举办婚礼之前，一定要保证女孩子是个处女！你听懂了吗？还有你，图尼莎汗，你也不能只靠家里人看管，你自己必须检点，绝对不允许跟男人偷情失去了纯洁，你要绝对保证你在举办婚礼之前是一个处女，否则就要受到最严厉的惩罚！”

热杰甫极力解释着：“老爷您放心，图尼莎汗绝对不是轻浮的女孩子！”塔西巴依紧盯着图尼莎汗，图尼莎汗低下了头。

“图尼莎汗，把头抬起来！”塔西巴依指着图尼莎汗。

站在门里的布丽汗，看到塔西巴依贪婪地盯着图尼莎汗，从门口闪进来，阴阳怪气地说道：“我说怎么这么大的怪味呢，原来来了两个臭奴隶，你们俩，给我出去！我家的院子也是你们想来就来的地方吗？滚！”热杰甫和图尼莎汗趁机走了。布丽汗又瞪着塔西巴依说：“还有你，骚味太大了！”

“你说错话了吧？这些奴隶太愚昧太无知了，需要像我这样尊贵的人亲自教导他们！”

布丽汗一语道破：“你？不过是为了享受女人的初夜权罢了，什么传统规矩，全是你们这些人编出来骗人的，别以为我什么也不知道!”

塔西巴依受不了布丽汗的挑衅，指着她说道：“闭嘴！要不是看你哥哥萨迪克是个有身份的人，我早就把你休了!”

布丽汗其实并不十分畏怕塔西巴依，只不过塔西巴依握有她的把柄，嫁到塔西巴依家多年，自己始终不孕，因为这个原因，即便她的哥哥是身份尊贵的萨迪克，对于塔西巴依初夜权的事也不敢妄加议论。布丽汗挑衅地瞅了一眼塔西巴依便走了。

图尼莎汗对于今日的事十分介怀，她越发觉得塔西巴依有着不可告人的阴谋。离开塔西巴依的庄园，她便去找库尔班，此时此刻只有库尔班能给她些许安慰了。两人坐在一颗沙枣树旁，图尼莎汗一脸担忧地对库尔班说：“塔西巴依把我叫去了，他一直用吃人一样的眼睛盯着我，我太害怕了，库尔班，我们逃走吧。”

“逃走？不，我要娶你，我们一起过日子呢!”

“结婚？难道你忘了阿瓦古丽结婚时的眼泪了吗？你忘了图尔迪在婚礼上的屈辱了吗?”图尼莎汗想起来当日的情形就后怕，她生怕自己也会像阿瓦古丽一样。

“你放心，我一定会好好保护你的，不会让塔西巴依霸占你。”库尔班将图尼莎汗揽入怀里。

库尔班轻抚着图尼莎汗惊慌的身体，图尼莎汗多希望能够一直躺在库尔班的温暖的怀里，她实在是太缺乏安全感了，只要一想到塔西巴依那张奸佞的脸，她就忧心忡忡。几日后，她听闻阿瓦古丽回来了，出于对阿瓦古丽的担心和对自己命运的茫然无措，她决定去找阿瓦古丽。

阿瓦古丽见到图尼莎汗，两人亲热地行贴面礼。图尼莎汗为历经波折终于能够过上安稳生活的阿瓦古丽感到高兴，她说道：“听说你回来了，从现在开始，你终于可以过上安心的日子了。”

“这也是我盼望的!”

正在两人准备好好叙叙旧时，大门忽然被猛地踹开，依盖尔带着家丁闯进来，准备带走阿瓦古丽。

图尔迪握紧拳头朝依盖尔冲了上去，被却卡木恰和众打手围在中间。卡木恰两拳把图尔迪打倒在地，打手们都用脚狠踹图尔迪，图尔迪抱着头在地上翻来滚去，痛苦呻吟。他束手无策，只能眼睁睁地看着心爱的阿瓦古丽被带走。

对于库尔班和图尼莎汗的婚事，吐鲁木一家人很是犯愁。如果他们直接去找塔西巴依提亲，他铁定是不会答应的，所以，必须要找一个能在塔西巴依面前说上话的人帮帮忙，他们想来想去，发现或许只有这个人能帮上忙了。

这天，库尔班将玉木拉克请到了家里。玉木拉克身穿一身藏青色的粗布衣服，虽然同是农奴，但他明显比其他农奴体面多了。库尔班的妈妈用从玉米芯子上搓下来的玉米粒，招待玉木拉克。几番相劝，总算劝说动了玉木拉克，他答应帮忙。

此时，塔西巴依正躺在院子的木床上晒太阳，依盖尔在旁边侍立着。看见玉木拉克从门外走了进来，塔西巴依眼见着事情已经步入了自己预想的轨道，便大声问道："哦？玉木拉克来提亲了？你是替谁家来提亲的？"

玉木拉克十分惊诧塔西巴依竟知道自己此行的目的，他隐约中感到不安："是吐鲁木家，库尔班想娶图尼莎汗。"

塔西巴依故作糊涂，问道："是谁？"

"吐鲁木。"

依盖尔在一旁故意解释道："老爷，就是那个您开恩救了他一家人的命，没被烧死的那个吐鲁木。"

塔西巴依装作恍然大悟的样子："啊，是那个吐鲁木，是，是我救了他们一家。"

依盖尔恭维道："老爷真是，从来都不记得自己对农奴做的这些好事，就像太阳无私地照耀着他们。"

玉木拉克借机道出了自己此行的目的："仁慈的老爷，我正是受吐鲁木家之托来为库尔班和图尼莎汗提亲的。"

"既然是八哥鸟一样的玉木拉克兄弟来提亲，我怎能不给面子呢，我同意了！管家，去拿一袋粮食让玉木拉克带给库尔班，让他把自己的婚礼操办得体体面面的。"塔西巴依故意大声地说道。

玉木拉克简直不敢相信自己的耳朵，他接过依盖尔手里的一袋粮食，不住地连声道谢。玉木拉克走后，塔西巴依和依盖尔满脸邪恶地对视了一眼，依盖尔说道："老爷，距离您的计划又近了一步。"两人放声大笑起来。

去往吐鲁木家的路上，玉木拉克一直在揣度塔西巴依究竟葫芦里卖的什么药，他百思不得其解，但他肯定的是，这绝非是出于善意，而是塔西巴依有着不可告人的阴谋，他尽量让自己不去想这些，毕竟，库尔班和图尼莎汗能结婚是该高兴的事。

玉木拉克将此事告知了吐鲁木夫妻后，吐鲁木夫妻难以置信："塔西巴依同意了？很爽快？还送了这一袋子粮食？巴依老爷怎么一下子变仁慈了？真是想不到啊！"

玉木拉克撇嘴笑笑："我怎么觉得这是猫玩耗子啊！"离开吐鲁木家后，玉木拉克始终惴惴不安，他担心最终吐鲁木一家会被塔西巴依算计得家破人亡，那日的对话不停地在他脑海中闪回，眼前浮现出塔西巴依和依盖尔相视而笑的丑陋奸恶的脸。

在蒙伯克家受尽凌辱的阿瓦古丽终于找到机会逃了出来，她衣衫褴褛，浑身伤痕，赤着双脚疯狂地在漆黑的路上奔跑，只有微弱的星光能为她照明。被折磨了几天，她实在没有力气了，环顾四周，发现不远处就是图尼莎汗的家。她强撑着疲惫不堪的身体前去敲门，半晌，门被打开，门里的图尼莎汗见是狼狈不已的阿瓦古丽，很是惊讶："啊？阿瓦古丽！"

“图尼莎汗妹妹，我只有来求你帮忙了!”阿瓦古丽气喘吁吁地说道。

“什么事，你说!”

“你赶快去给图尔迪报个信，我在村外的河边等他，让他带我一起逃走吧，我受不了了，我要被蒙伯克折磨死了，求求你图尼莎汗，快去!千万别让人看到!”

“好的，你等着，我这就去!”

此时的图尔迪正蜷缩在家门口，似醒似睡。图尼莎汗小心地跑了过去，她叫着：“图尔迪，图尔迪!”图尔迪没有应声。图尼莎汗摇着图尔迪急切地说：“图尔迪，阿瓦古丽逃出来了，她叫你到村外河边去找她，带她离开这里!”

图尔迪仍旧困倦，打不起精神：“离开这里？能去哪里？哪里都是巴依老爷伯克大人的天下，我们哪里也去不了!”

图尼莎汗生气了：“阿瓦古丽是冒着被打死的危险逃出来的，她可是你老婆啊，你快想想办法吧!”

“我的老婆已经不是我的老婆了，我保护不了她，我只是一头会说话的牲畜，是巴依老爷的农奴，我没有做人的权利，我连狗都不如，狗还能咬人呢，我连咬人都不能……”图尔迪侧身靠着门梁，神情颓丧。

“快别说了，快点想想办法吧，阿瓦古丽还在河边等着你呢!”

“你去告诉她吧，叫她还是回蒙伯克家里去吧，我们是逃不掉的，只会给亲人们带来更大的麻烦!”

图尼莎汗不敢相信这些话会从图尔迪口中说出来：“图尔迪，你怎么能这样呢？就算我求你了好不好？你去啊，快去看看阿瓦古丽吧!”

图尔迪并不理会图尼莎汗的请求，他扶着门梁站起来走进门里，无奈地关上了屋门。图尼莎汗又急又气地踢打着屋门，一边骂着：“图尔迪，你是个浑蛋！图尔迪，你不是个男人！图尔迪……”图尔迪在屋里靠着房门，瘫软地滑坐在地上，满脸的泪水。他并非不爱阿瓦古丽，为了家人，为了阿瓦古丽，他只能对塔西巴依听之任之，或许只有这样，他们的日子才会好过一些。

天色已经微亮，阿瓦古丽在河边焦急等待着，她看了一眼河水中的自己，便立刻别过头去不忍再看，那个人影头发凌乱，衣衫不整，几乎连她自己都快认不出来。这时，图尼莎汗从远处跑来。

阿瓦古丽焦急地看着图尼莎汗："图尔迪呢？"

图尼莎汗不忍心将图尔迪的话转告给她："图尔迪，他……"

"他怎么了？你快说啊！"

图尼莎汗不敢直视阿瓦古丽："他说哪里都是巴依老爷、伯克大人的天下，让你还是回到蒙伯克家里去，不然，所有的亲人都会被连累的。"

阿瓦古丽没想到图尔迪会这么对她，如今他妥协了，就只剩她自己一个人了，她无助地喊道："我不回去，我不回去了……"

图尼莎汗扶着阿瓦古丽，却被阿瓦古丽用力甩开，她歇斯底里地大喊着："我不回去！"图尼莎汗哭着抱住阿瓦古丽。阿瓦古丽沉默了，任泪水在脸上流着。

"阿瓦古丽，谁让我们都是农奴，这就是我们的命！"

"图尼莎汗妹妹，听我一句话，千万不要结婚！结婚是农奴的噩梦。"阿瓦古丽木然地看着图尼莎汗，她怔怔地望着面前流淌不息的克里雅河，突然挣脱了图尼莎汗的手，纵身跳进了河里。

图尼莎汗被眼前发生的一切吓坏了，她在黑暗中大声呼救："救命啊！有人跳河里了，快来人啊，救命啊……"湍急的河水卷走了阿瓦古丽，转瞬间她便被吞没，此刻的阿瓦古丽是绝望的，但她终于找到了归宿，她随同那个不愿面对的破碎的自己一同沉入了河底。

阿瓦古丽的死让图尼莎汗真正认清了现实，如果不做出反抗，她与库尔班结婚那天，必定也会被塔西巴依的手下掳走，说不定她会变成第二个阿瓦古丽，一定会的。她怕极了，这几日，她同库尔班一直在谋划出逃，他们必须要脱离塔西巴依的魔爪才能获得幸福。

临行前，库尔班的妈妈缝补好一件破烂的棉袷袢，库尔班往褡裢里塞着木碗、小陶罐等路途上的所需品。妈妈放心不下他们，唠叨着："你们这一走可千万要找个能活命的地方，实在不行你们就悄悄回来，回家来的时候，先爬到那棵大核桃树上往家里看看，千万别让塔西巴依家的人发现了，他们肯定要想办法抓你们的；如果塔西巴依家的人在附近藏着抓你们，我就把这把玉米秸立到房顶上。”

库尔班自责地说道：“妈妈，实在对不起你们了，给你和爸爸找麻烦了。”

“你们逃走了我们会很难受，但是不逃走我们会更难受，我们坚决不能让你们像图尔迪和阿瓦古丽那样！”

恰在此时，外面传来了他们不想听到的声音。

“屋里有活着的人吗？”

库尔班赶紧把褡裢塞进一堆破被子里，和母亲一起出去，装作什么都没有发生的样子。在门外喊叫的正是塔西巴依的侍从卡木恰。卡木恰带着两个打手来到院子里，吐鲁木从房后赶忙迎出来。卡木恰对吐鲁木说道：“塔西巴依老爷对你家的婚事很关心哪！老爷吩咐了，你们家库尔班的婚礼要在三天以后举行。”

“管家老爷，我们本来打算十天以后再举办婚礼，虽然我们穷，可是，这是孩子一辈子的大事，怎样都要准备准备给孩子们一个交代吧，三天的时间来不及，太仓促了！”吐鲁木猜到了塔西巴依的阴谋，他想为库尔班和图尼莎汗多争取一些时间。

卡木恰丝毫不退让：“不行，就三天！你以为办婚礼是你想办就办的？老爷叫你怎么办就怎么办，这是老爷派给你的活儿，就像给老爷干别的活儿一样，这两天我们就在这里天天看着你们准备婚礼。”随后卡木恰对家丁们吩咐道，“还是跟以前一样，我管着这一家，恰巴克再带两个人去管图尼莎汗家！”

眼看着现在是走不成了，图尼莎汗虽然万般不甘，却也不能违背塔西巴依的命令，否则遭难的就不仅仅是她和库尔班两人了。离婚礼的日子越来越近，她不知该找谁倾诉自己积压在心头的畏惧和困惑，从前还有阿瓦古丽能帮着她纾解心结，而今只有她自己消化这些情绪。库尔班等人在这几日忙着建造结婚的新房，由于时限短促，他们在旧木屋旁建了一个简易的红柳把子房，简易到像是一个棚子。

婚礼如期举行，村民纷纷赶来祝福。土屋前铺着席子，席子上铺着餐布。多小兰充任婆家的婚礼管家婆，客人们把带来的一小口袋干果、三五个鸡蛋、一小捆棉花团、一团羊毛线、两三个馕等礼品交给多小兰，多小兰高声宣布："拜贺提家送来杏干一麻袋！萨拉麦提家送来鸡蛋一筐子！海依尔家送来棉花一大车！库特鲁克家送来羊毛线一陀子……"库尔班的妈妈用塔西巴依送的粮食打了新鲜的馕，放在餐布上招待大家。卡木恰带领众多打手围住院子，他们并不在乎婚礼办成什么样子，只等着仪式一完就抓走图尼莎汗。库尔班在几个年轻人的陪同下，带着图尼莎汗来了。库尔班的妈妈迎上图尼莎汗，吻了图尼莎汗的额头："谢谢你了，我的孩子，嫁给我们家的库尔班!"

多小兰在一旁应和道："是啊，库尔班能娶到你这么漂亮勤快的媳妇真是他的福分！来吧!"随后她把图尼莎汗带往红柳把子房去。这时，卡木恰插了过来，几个家丁围住了多小兰和图尼莎汗，准备要带图尼莎汗走。

多小兰毫不慌乱，问卡木恰："他们结婚了吗?"

卡木恰看了看图尼莎汗："这不是结婚了吗?"

"新娘都没有进新房呢，算是结婚吗？没有进新房的姑娘，你们有什么理由带走让塔西巴依行使初夜权?"多小兰几句话令卡木恰哑口无言。

卡木恰不耐烦地说道："快去快去，别磨蹭，塔西巴依老爷还等着呢!"

多小兰绕过卡木恰等人，带着图尼莎汗进了"新房"，她们前脚一进去，后脚卡木恰便挥手命令几个家丁站到了"新房"的前面。多小兰从"新房"里出来，说道："人，我可安顿好了，库尔班!"多小兰向多来地使了个眼色，多来地见势从褡裢里掏出一双新布鞋和一双绣花鞋，对吐鲁木和库尔班的妈妈说："这是我们一家人送给库尔班和图尼莎汗的贺礼，请收下。"

妈妈接过鞋欣喜地说："真是太漂亮了!"妈妈把绣花鞋交给库尔班，

"孩子，快进新房去，给图尼莎汗穿上这双新鞋!"

多小兰和库尔班交流了眼神，故意又嘱咐了一下："一定把鞋给图尼莎汗穿好了!"

卡木恰骂骂咧咧："你们真够啰唆的，还不快点，臭奴隶!"

库尔班愤恨地看了一眼卡木恰，捧着绣花鞋转身进"新房"里去了，并顺手关上了门。库尔班关上"新房"的门后，迅速地跑到"新房"的后墙上，掀起一段红柳把子墙，一个墙洞赫然出现。库尔班和图尼莎汗从墙洞中钻出后，便跑进了屋后的杂树林里。两人一边奔跑，一边笑着。终于自由了，图尼莎汗心想，这一刻她等了这么久，总算是等到了，从前的万般屈辱都值了。

而此刻守在"新房"前边的卡木恰等得不耐烦了，便去敲门，并恶狠狠地说："快点！穿个鞋要那么长时间吗？快出来!"

吐鲁木尽力为两人的逃走争取时间："孩子刚进去，鞋子还没能脱下来呢!"

多小兰附和道："是啊，你怎样都要等他们把鞋穿利索了吧?"

卡木恰不耐烦："让他们快点!"转头对屋内喊，"鞋穿好没有？快出来!"

"新房"里没有人应答，卡木恰去推门，谁知小窝棚的门很结实，推不开。"把门踹开!"卡木恰命令几个家丁轮番猛踹，整个"新房"都要被踹倒了。门被踹开后，卡木恰和家丁冲进房门，发现里面空无一人。家丁们面面相觑，卡木恰傻了眼。

"管家老爷，里边没有人!"

卡木恰大怒："人呢！人跑哪去了？找！快，快去找人!"

家丁们抬起木头，清理着红柳把子。折腾了半天，"新房"的屋架子已经被清理开了。原来的"新房"里除了一个小土炕，什么也没有。卡木恰在四周寻找，什么也没发现，他恼羞成怒地对家丁们喊着："都愣在这儿干什么？还不赶快去找？快去!"

而此刻庄稼地另一边，库尔班和图尼莎汗已经上了肖炉匠牵来的多来地家的驴车，为了掩藏住库尔班和图尼莎汗，肖炉匠把一口补好的铁锅和两支砍砍塞到两人身边，然后又用一张毡子盖住两人，随后在毡子上堆了些装麦草的麻袋，看不出破绽后，肖炉匠赶着驴车迅速地离开了。

然而，没等他们跑出去多远，卡木恰便带着几个打手追了上来。

“站住，站住！”

肖炉匠故作镇定：“卡木恰，你这是怎么回事？”

卡木恰一挥手，家丁们便上前搜查：“你可是够忙的，连库尔班的婚礼都不参加，忙什么呢？”

肖炉匠以进为退，主动搬开装麦草的麻袋，下面什么也没有。他笑眯眯地看着卡木恰：“参加婚礼得给别人钱，我这是挣钱去，把在婚礼上损失的钱都挣回来！”

卡木恰见家丁们搜查无果，只能放肖炉匠走。躲在驴车上的库尔班和图尼莎汗憋了一口气，生怕被察觉出异样，如果被抓住带回去，所有相关的人们都会受到牵连。他们直等到离卡木恰等人走远了才缓过气来。

肖炉匠想尽量将库尔班和图尼莎汗送得远一些。驴车颠簸前行，直到离村子将近五里地远。“就到这吧。”库尔班对仍在赶车的肖炉匠说。确认四周安全后，两人从驴车里钻了出来。库尔班紧紧握住肖炉匠的手：“大叔，真的太感谢你了，我和图尼莎汗——”没等他说完，肖炉匠便摆了摆手，示意他们快走。两人眼中满是感激的泪水。同肖炉匠作别后，库尔班背着一个装满东西的褡裢和一个旧麻袋，牵着图尼莎汗的手跑开了。

图尼莎汗喘吁着问道：“咱们要跑到什么地方去？”

“咱们逃到荒原上去。”

“荒原在北边，咱们为什么跑到南边来了？”

“北边是沙土地，塔西巴依家的狗腿子会发现咱们的脚印，他们会骑着马、骑着驴追上咱们的。”

“要不咱们就顺着这个方向一直逃到昆仑山里去？”

库尔班放慢脚步，极力控制着喘息：“昆仑山里太冷，会把你冻坏的。昆仑山里边没有树，没法盖房子，连烧的柴禾都没有。还是荒原上好，荒原很大，有很多的胡杨树和芦苇草，还有河流和沼泽地。胡杨林里有很多很多的树枝，我们可以用树枝和芦苇搭窝棚住。我们能抓到野兔子、呱啦鸡，能在沼泽地里抓到鱼，能在靠水的地方开垦田地种粮食！”

“咱们绕了一个大弯，要多走好多路呢。”

“只有这样塔西巴依的狗腿子们才找不到咱们。加油，图尼莎汗！”库尔班鼓励着图尼莎汗，两人加快了脚步。

不知道跑了多远，两人跑到了荒漠里。图尼莎汗快跑不动了，她踉踉跄跄几乎摔倒。库尔班拉着图尼莎汗的手，拼命拉着她跑。图尼莎汗腿一软扑倒在地上。库尔班扶起图尼莎汗，把她背在背上，吃力地踩着沙土快步走着。图尼莎汗说：“放我下来，我能走……让我自己走吧……”图尼莎汗一挣扎，库尔班脚下失去平衡，扑倒在地上。图尼莎汗急忙去拽库尔班，库尔班挣扎起来，两人互相搀扶着向前走去。

前方是一个大沙包，库尔班和图尼莎汗决定先去那里休息片刻，在即将爬到沙包顶部的时候，两人都已经精疲力竭了。他们只好翻转过身子，紧挨着躺在沙土上喘息。

“真是太不好意思了！”库尔班抓着图尼莎汗的手说。

“你为什么这么说？”

“我娶了你，可是我却让你这么受累。我没有办法让你过上好日子，却把你带到荒原沙漠里来了。哎……我不是一个好丈夫！”库尔班低下了头。

“如果你这么说，我也会说，是我把你带到荒原沙漠里来的，我不是个好妻子……”

“不不不！你是对的，为了你，我愿意吃遍世界上所有的苦。”

“库尔班……”

两个人的四只手紧紧地握在了一起。如血的残阳包裹了在沙丘上的库尔班和图尼莎汗，瑟瑟的风声如同吹鸣的骨笛。两人在沙丘旁避风处搭起了简易的窝棚，燃起了篝火，熊熊的火光映着库尔班和图尼莎汗两人红红的面庞。库尔班抱起图尼莎汗在火堆上晃着，一边晃一边喊道："一，二，三！你跨过火堆，就是库尔班家的新娘了！"库尔班又从一旁的褡裢里取出一个陶瓶，拔掉瓶口当塞子的玉米芯，往木碗里倒了一些水，将一小块馕掰开，蘸了蘸木碗里的水，递给图尼莎汗："我们就像盐水和馕一样，永远不分离！"图尼莎汗吃了一口馕，对库尔班说："就是像盐碱水一样又苦又咸的日子，我也跟你过到底！"库尔班拉着图尼莎汗的手跑上沙丘，向着天上的星星喊道："乡亲们，我们结婚了！我们结婚了！"那声音久久响彻云霄，似乎天边的星星也都愈发明亮了。两人牵着手在篝火旁跳起了舞，唱起了和田乐歌……

第三章

在塔西巴依庄园的院子里，吐鲁木、肖炉匠和多来地被家丁们围在中间。塔西巴依在他们面前走来走去，瞪着凶狠的眼睛看着这几个人："谁放走了库尔班和图尼莎汗？再不说，我就报官了，把你们都送到警察局里去！"

"塔西巴依先生，我可不是你家的农奴，你最好把我当客人来招待。"多来地义正词严地盯着塔西巴依那张油光可鉴的脸。

塔西巴依气得举起了马鞭，他意识到确实不能把多来地怎样，马鞭只好停在了半空。塔西巴依看向一旁的吐鲁木，他笑了笑，吐鲁木是他的奴隶，可以随意使唤。他命令家丁把吐鲁木给捆了起来。随后，塔西巴依看了看一旁的多来地："多来地老板，我惩罚我的奴隶，你管不着吧？"

"老爷，你不能这样，你是位慈善的老爷，不能这样啊！"肖炉匠上前为吐鲁木求情。

“不许你随便打人!”多来地很是气愤，却又对塔西巴依无可奈何。

塔西巴依在他们三人面前踱来踱去：“是，我从不随便打人！你知道一个干活的值多少钱吗？两个干活的可以换一匹马！你说，让我塔西巴依损失了一匹马，应该用什么赔偿呢？我可以不打他，依盖尔——”

“是，老爷!”

“问问他，用什么赔偿?”

依盖尔指着被绑在柱子上的吐鲁木问道：“吐鲁木，你想怎样赔偿老爷的损失?”

“我什么都没有，我没法赔偿。”

“你这个土块脑袋，你不是还有一块新开垦出来的土地吗?”

吐鲁木似乎明白了，塔西巴依真正想要的是自己的那块土地。他哀求道：“那块地是属于库尔班的。我老了，我给儿子开一块地，让他成为有地的人，这也是巴依老爷答应过的呀!”

“打!”塔西巴依命令道，只要吐鲁木不松口，他就绝不会善罢甘休。长鞭抽打在吐鲁木身上，没几下便抽得皮开肉绽，吐鲁木始终强忍着不吭声。

这时，一声充满震慑力的“住手!”让挥舞长鞭的家丁们瞬间怔住了，说话的人正是当地的警察局长杨国富，他身穿整洁的警服，蹬着一双黑色长筒马靴，带着两个警察闯了进来。

塔西巴依打量了一下此人，便知道定是贵客，他和依盖尔连忙迎接，请杨国富上炕坐。杨国富瞅了一眼塔西巴依：“巴依老爷，你知道不知道，用私刑可是犯法的。”

塔西巴依指着吐鲁木，连忙解释道：“这是我家的奴隶，是我家的财产，不是你们公家的人。”

“现在可是民国，是民众之国，一切要依国家的法度办事，把他放了!”

塔西巴依无奈，怕得罪了这位贵客惹来不必要的麻烦，只好对家丁们吩咐了一声。杨国富看到吐鲁木被松绑后，对塔西巴依说道："听到有人报告，说你这里出事了，是什么事啊?"

塔西巴依才想起来，他跟杨国富说道："我家有两个奴隶被人放跑了。"

"嗯？是谁干的?"

"就是这两个人干的。"塔西巴依指着肖炉匠和多来地说道。

杨国富踱着步走上前，看着多来地和肖炉匠，问道："你们怎么干这种事呢?"

多来地解释着："我们什么也没干!"

"你说没干我就信了，我这个警察局长是不是也太好糊弄了？把他们给我带走!"几个警察随后用长枪顶住多来地和肖炉匠的后背。

塔西巴依惊愕不已，他没想到这个人竟然是警察局局长："杨……局长!"

"巴依老爷还有什么吩咐?"

塔西巴依有意重复了一遍："就是他们放走了我家干活的!"

"你有证据吗?"

证据？塔西巴依想了想，看着依盖尔，依盖尔看着卡木恰，卡木恰摇了摇头。杨国富看着哑口无言的三人："你没有证据是不能抓人的，但是我没有证据就可以抓人。把他们带到我们警察局里去，一审问不就有证据了吗？巴依老爷是不是还要留他们喝茶呢?"塔西巴依无奈，只好放他们走。

吐鲁木被带到警察局审讯室。封闭的屋子里悬挂着一盏白亮的顶灯，坐在吐鲁木对面的是安民队队长色日克，他腿翘在桌子上，问多来地："认识我吗?"

"认识，老爷是安民队的队长。"

"老百姓里有一句话说'宁愿遇见警察，不愿梦见安民队'，你听说过吗?"

多来地点点头："听说过。"

色日克从椅子上站起来，踱步到多来地身旁："其实呢，对于那些不识相的人来说，他们听不懂人说的话，只能听得懂棍棒和鞭子说的话。你说你是个识相的人呢，还是个不识相的人？"

多来地吓得赶忙站起来弯着腰："我可是个守法国民啊！我们小小心心过日子，和和气气做人，犯法的事想都不敢想啊！"

"我问你是不是一个识相的人？"

"我笨，请老爷给我指路。"

色日克一边说一边又踱回座位坐下："其实呢，警察和我们安民队的也不容易，警察一个月才两个铜板，我们安民队才一个铜板，连喝茶的钱都不够。识相的守法国民要体谅我们的苦衷，我们就是到你家去要捐，你们能不给吗？何况你现在进了警察局了，都说我心狠手辣，可是我很想跟你套套近乎的。"

"我认了，认了，老爷！走到路上还能被核桃砸着头呢。我出两秤子麦子的捐行吗？"

"我们这个院里边跑来跑去的可不是要饭的，两秤子？亏你说得出来！"

"那就三秤子！我们全家一个月的口粮呢！"色日克不说话，看着多来地。

多来地狠了狠心："那就五秤子吧，再把一秤子专门送到你家去，求老爷开恩了！"

"其实呢，我知道你是杨局长的亲戚，刚才杨局长把你们从塔西巴依家带出来，是为了保护你们不受塔西巴依欺负的。所以到了这里，杨局长不好意思亲自审问你，就叫我对你多多关照。请你明白杨局长和我的一片好心，比如，你不出点血，传出去就会让老百姓觉得警察局是个喝茶的地方，让我们以后在老百姓面前都没有威严了，那还怎么维持本地的秩序？好吧，就按你说的办！"色日克让多来地做了笔录后便放他走了。

肖炉匠从行刑室外的椅子上起身走了进去，正准备接受审问。一个警员走了进来，对杨国富说：“局长大人，有个女人要见你。”

杨国富万没想到这个女人竟然会是自己曾经暗恋多年的人——多小兰。多小兰满脸杀气地坐在办公室里。杨国富看着多小兰，有些不知所措：“是你，多小兰？”

“是我！”多小兰像是要把他吃了一样。

“你……你怎么来了？”杨国富紧张得有些口吃。

“我来领我的丈夫。”

旧情重燃的杨国富听着这话一脸疑惑：“谁是你丈夫？”

“肖连坤，肖炉匠。”

杨国富不敢相信：“他……他怎么会是你丈夫？”

多小兰懒得搭理杨国富：“你管得着吗？”

“你丈夫不姓肖啊！”

“我前夫死了，我又嫁给肖连坤了，怎么了？”

“我白等了你那么多年！”杨国富对于这个事实是既难过又气愤，自己哪点比不上那个卑贱的肖连坤。

“反正我就不嫁给你。还有，我哥哥多来地也在你这里。”

“我不会为难他的，但是姓肖的一家是我的杀父仇人，我是不会放他的。”

多小兰从怀里掏出一把刀子，“叭”地拍在桌子上：“当年，你说的话忘了？”

杨国富看着那把明晃晃的刀子：“我……我说什么了？”

“你把这把刀子交给我，说哪一天你要是做了负心的事，我就把这把刀子拿给你，你自己了断。你忘记了吗？”多小兰死死地盯着杨国富。

“我……我没做对不起你的事啊！”杨国富硬是被多小兰直狠狠的眼神看得有些心虚。

“你把我丈夫抓起来不放，这是不是负心事？你还说要为我刀山敢上火海敢闯呢，现在你给我上一上闯一闯看看！”

杨国富皱着眉头不吱声。

“你别逼着我跟你撕破脸皮，我到迪化跑一趟，把你当年做的那些缺德事说一说，你还能活吗?”

杨国富一惊：“啊，兰兰……”

“别叫我的小名！我现在是肖连坤肖炉匠的老婆多小兰。如果你不傻，就给我马上放人!”多小兰不想再跟他废话，她双手交叉在胸前，背过身去。

对于多小兰，杨国富始终是放不下旧情的，无奈只好作罢：“啊，好，好，放人，放人。”

“现在就放，我要马上领着人回去!”

“现在放，现在就放人……”

这边多小兰带着肖炉匠和多来地从警察局离开了。塔西巴依那边对于杨国富的突然来临疑心重重，他这边刚一审讯吐鲁木等人，杨国富就带着人来了，天下怎么可能有这么巧的事！他心想，庄园里必定有杨国富的眼线，把家里的事情给捅出去了，他命令依盖尔等手下一定要拔出靴子里的这根刺。

老胡杨树下，图尼莎汗正在煮洒有玉米粉、沙枣粉、杏干和葡萄干的糊糊。库尔班腰里别着砍砍，手上提着一只野兔子回来了。

“请坐吧，我的男人!”库尔班坐在灶旁，图尼莎汗盛了一木碗糊糊递给库尔班，“玉米面不多了，只能多放些沙枣面了。”

库尔班接过木碗：“在村里也是吃这东西，没关系，饿不死就行。今天晚上我回趟家，拿些玉米来。”

“可是，家里也没有吃的，咱们不能叫爸爸妈妈饿着啊!”图尼莎汗面露难色。

库尔班一笑说：“我知道家里没有吃的，我回家只是报个平安。我到塔西巴依家去拿粮食。”

图尼莎汗惊诧：“啊？你去塔西巴依家?”

“看把你吓的！塔西巴依家住的前院我进不去，可是他家的侧院是马号，马号里有存放马料的地方。马不光要吃草，还要吃料。马料就是喂马的精饲料，就是玉米粒。那个马号里没有塔西巴依家的人，只有玉木拉克住在那间小饲料房里。所以嘛……哈哈哈！”

“你真能！”图尼莎汗捂着嘴也跟着库尔班笑了。

“我们虽然躲在荒原上，还能吃到塔西巴依家的玉米粒，真的比在家里吃的还好。我已经看好一块地了，那儿引水方便，过两天我就把那块地开垦出来，种上庄稼，再在地边上盖一套房子，十年以后那儿就成了一个村子了，村子的名字就叫图尼莎汗村。哎，你也吃点啊！”

图尼莎汗给自己盛了半碗，拿起木勺刚要吃，一阵恶心上来，捂着肚子要吐，却又吐不出来。库尔班赶紧过来拍了拍图尼莎汗的后背：“你怎么了？”

图尼莎汗捂着胸口：“我也不知道，就是想吐。”

“你不会病了吧？”

“怎么会呢！这点小事不算什么。”

库尔班吃着糊糊，突然想起来了什么，他放下碗：“我听我妈妈说，女人怀了孕，一开始就是想吐，你是不是怀孕了？”

这话提醒了图尼莎汗：“让我想一想……我从小就没有了妈妈，没有人给我说怀孕的事……也许吧！”

库尔班兴奋地抱住了图尼莎汗：“咱们有孩子了？我的宝贝，我太高兴了，我库尔班有孩子了！”

“让你一说，越想越像，看来我确实是怀孕了，这可怎么办呢？”图尼莎汗虽说是掩藏不住喜悦，却也多了一些担忧。如今这种处境，自己又怀孕了，岂不是难上加难？

“怎么办？从现在开始我要天天好好照顾你，去给你抓鱼吃，沼泽里有的是鱼，我有办法每天都能给你抓到鱼吃，我要让你比在村子里吃得还好！给我生一个像你一样美丽的女儿。”库尔班几口吃完了糊糊，放下碗起身就走。

“你又去干什么?”

“我去砍野麻剥一些麻皮，把咱们棚子上的草捆结实了，现在是刮风季节，说不准什么时候就来黑风暴。”

“小心着点!”图尼莎汗担心地嘱咐道。

“放心，这里没有厉害的野兽。”

“我是说要小心的是人!”图尼莎汗生怕他出去会被塔西巴依的人看到，如今，人可比动物可怕多了！此时，卡木恰正带着一批人在戈壁中搜寻着库尔班——库尔班和图尼莎汗万万没想到，他们竟会被另一群人歪打正着给碰上。

色日克带着叫丘娄克和卡巴克的两个警察骑着马在荒滩里乱闯，半天了，结果连只黄羊的影子都没见到。色日克脚踏着马镫，站高了身子，仍不气馁地四处张望。他极力吸着鼻子：“我闻到了有肉味，是烤肉的味道。”

两个警察听闻有烤肉，立刻也站高了身子四处嗅着：“没错，是烤肉的味道!”

“嗯？这个地方怎么会有烤肉味呢?”

“管他呢！不管是什么人，还不都是在给咱们烤肉吃吗？走!”

他们辨别了方向，向着远处的一棵高大的胡杨树走去，没多远，便发现了正在窝棚旁烤兔子的图尼莎汗。

色日克一挥手，三匹马冲了过去，把图尼莎汗围了起来。图尼莎汗被突然冲出来的三人惊得扔下串着野兔的木杆站起来，惊恐地看着色日克等人。三人下了马，两个警察扭住了图尼莎汗，几下便把她捆了起来。

烤野兔的味道实在太过诱人，以至于他们并不着急审问图尼莎汗，而是看着那烤肉垂涎欲滴。色日克来到炭火旁，拿起木杆子，揪了揪野兔子肉，对两个警察说：“差不多熟了。”三个人分食着烤野兔。图尼莎汗趁着他们狼吞虎咽的工夫，向荒滩里跑去。

三人一边啃着野兔肉，一边爬上马去，驱马追赶图尼莎汗。图尼莎汗奋力地奔跑着，被捆着的上肢影响了她的平衡感和奔跑速度，几次差点摔倒。库尔班正打了鱼从沼泽地里往回走，两人隔着高耸的芦苇群，谁都看不到对方。可图尼莎汗能够感觉到库尔班就在对面，而且正一步步朝自己走近。

图尼莎汗不顾一切地大声喊道："库尔班，快跑！库尔班，快跑啊！库尔班，你听到了吗？快跑啊……"

库尔班听到了图尼莎汗的喊声，他吃了一惊，从腰里抽出砍砍，向着图尼莎汗的方向跑去。此时色日克打马冲了过来，从马上伸手抓住图尼莎汗背上的绳子。图尼莎汗挣脱不开，只好向着库尔班的方向大声喊着："库尔班，你不要过来，你快跑啊，不要叫坏人抓住你……"库尔班从芦苇丛中冲了出来，冲向图尼莎汗。两个警察用枪对准了库尔班。库尔班愣了一下，一把抓住丘娄克的枪，往马侧狠狠一拽，将丘娄克拽下马去。库尔班举起砍砍对准了丘娄克的头。

库尔班冲着色日克大喊："放开她！"

丘娄克在库尔班的砍砍下瑟瑟发抖："放了那个女人吧！他的砍砍要把我的脑袋劈开的……"

色日克对着愣在一边的恰巴克喊道："你手上那玩意是干什么的？开枪，开枪啊！"

一声巨响震彻了这片广阔无垠的荒原戈壁，乌鸦惊叫着四下散去，库尔班被枪声镇住了。色日克趁这时候打马上前，从后腰上抽出安民队的标配武器——红柳短棍，照着库尔班的头上砸了下去，图尼莎汗大叫起来。库尔班本能地用砍砍挡开短棍，另一只手抓住了色日克的腰带，色日克死死地抓住马鞍轿才没被库尔班拽下马。

色日克一边用短棍打着库尔班，一边向两个警察喊道："快，快上啊，你们两个笨蛋！"

"你不要打他，老爷你生气就打我吧！别打他……"图尼莎汗想为库尔班求情，却没想色日克转身一鞭子抽到了图尼莎汗身上："你想挨打？这还不好说！"库尔班这下真的暴怒了，图尼莎汗肚子里还怀着他库尔班的孩子呢！他一头向色日克撞去，把色日克撞倒在地上，他用脚狠踢着色日克。忙着防护的色日克对两个警察喊："你们两个在干什么？打死他！开枪打死他呀！"两个警察用枪托费力地把库尔班打倒在地上。色日克跳了起来，抢过丘娄克的枪要向库尔班开枪。

丘娄克与色日克争抢着枪，一边说："一颗子弹五个铜钱呢！我们三个人还对付不了一个老百姓吗？别浪费子弹了！"色日克放开了枪，捡起他的红柳棍子狠狠抽打库尔班。三人将库尔班和图尼莎汗一路押解回了警局。

"局长大人，我们回来了。"色日克带着库尔班和图尼莎汗走进了审讯室。

杨国富看了看面前这两个狼狈不堪的人："没打到野味，就抓了两个人来？"

"我猜，这两个就是塔西巴依庄园逃跑的那两个农奴。"

"这么说，我们是做了件好事了？"

"局长大人，现在在人市上，一个壮男人可以换五只羊，一个长得还算可以的女人可以换三只羊。这样算下来，不是比打一两只黄羊要赚得多吗？"

"贩卖人口的买卖警察局怎么能做？我们可是保护民众的。"

色日克心领神会地看着杨国富："不是还有我们安民队吗？"

"你们也不能做。你们也拿着公家给的铜板呢。"

"当然，当然我们不会自己出面去做。"色日克笑了笑。

"你到塔西巴依那儿跑一趟，把这个消息告诉他。"

"塔西巴依可是个一毛不拔的吝啬鬼。这个老财迷跟他的名字一样，塔西巴依，石头财主，就是一毛不拔的意思。"

"他能当上那么大的大巴依，说明他还是懂事的，你尽管去。"

然而，杨国富和色日克都低估了塔西巴依这个"铁公鸡"一毛不拔的程度。塔西巴依明确表示，不会出一个铜板赎回这两个人。

"那，咱们就等着瞧吧！"色日克气狠狠地站起来，跳下炕走了。

色日克走后，塔西巴依担心库尔班和图尼莎汗真的会被色日克卖掉，他想了想，实在想不出应对的方法，便询问依盖尔有什么对策。

依盖尔来回走了两圈，说："给杨国富送礼，送少了要得罪他；送多了，为了两个农奴又不值得。请他吃饭呢，那家伙山吃海喝的地方多了，并不稀罕咱们家的烤肉抓饭。咱们办个婚礼，请他来怎么样？"

"办婚礼？给谁办婚礼？"

"给库尔班和图尼莎汗办婚礼。"

塔西巴依一脸不解："为什么？为什么给两个逃跑的奴隶办婚礼？"

"第一，以给家奴办婚礼的名义请杨国富来当贵宾，堂而皇之地把库尔班和图尼莎汗从他手里要回来；同时给他一个亲民爱民的好借口，他会很高兴地来出席的。第二，来参加婚礼的客人按传统规矩都会带些礼物来，咱们大不了杀一只羊，但是客人带来的礼物会值三只羊，咱们只赚不赔。第三，让所有干活的都知道，谁都逃不出老爷您的手掌心，逃了还会被抓回来。而老爷您宽厚仁慈，还给他们补办了婚礼。但是婚礼之后，要让库尔班掏办婚礼的钱，他哪有一个铜钱？咱们再把图尼莎汗抓起来给家丁们当临时老婆，逼着他交了地来换人，他就只好把那块新开垦出来的田地赔给老爷您了。"

塔西巴依听后喜笑颜开："嗯，这叫一个石头打了四只鸟！好！哈哈哈哈！这买卖划得来，就这么办！"

听闻库尔班和图尼莎汗回来了，肖炉匠、多小兰、玉木拉克都来看望，行完礼后，一行人进了屋。库尔班的妈妈很是激动，她怎么也想不到，库尔班和图尼莎汗就这样平平安安地回来了。大家都很兴奋。

只有玉木拉克若有所思："我看这……算了，不说了，不应该扫了大家的兴。回来就好，回来就好啊！"

话音刚落，便听屋门的门框子被马鞭抽得发出很大的声音，随后便是卡木恰的声音："里边的人听着，明天塔西巴依老爷要在自己家里给库尔班和图尼莎汗举行婚礼，都收拾干净点去参加婚礼！"

大家伙听到这个消息都面面相觑，看向库尔班，库尔班心里当然也没底，他摸不清塔西巴依这又是要搞哪出戏，直觉告诉他：他和图尼莎汗又难逃一劫。

卡木恰见没有人应答，又说：“库尔班和图尼莎汗听着，你们也用不着再逃跑了，塔西巴依老爷已经宽恕你们了，给你们补办婚礼就是证明，你们别忘了到时候要当着大家的面大声地感谢塔西巴依老爷啊！”

肖炉匠疑惑地看着大家：“他这肚子里装的是什么杂碎？”

玉木拉克眉头紧蹙：“我还是觉得这是猫在玩耗子。”

婚礼的当天，庄园大门旁，几个鼓乐匠人吹着苏奈依（维吾尔族式木制唢呐），敲着铁壳鼓，好不热闹！依盖尔和家丁们在大门前迎候着来宾，收取礼金和礼物。而此刻，婚礼的主人公却在塔西巴依的土地里忙着活计，远处传来苏奈依和铁壳鼓的声音。库尔班站起身歇口气，望着传来鼓声的方向：“这婚礼，办得还挺热闹啊！”

吐鲁木握着坎土曼翻着土：“再热闹跟你也没关系。”

“他们不是说给我办婚礼吗？就不让我露个脸了？”

“你还是干你的活儿吧，活儿干不完，人家不给你发馕，你就得饿肚子。”

热杰甫和图尼莎汗从邻近的地里走过来看望大家：“歇歇吧，也到了吃中午饭的时候了。”大家都放下了手里的农具，坐在田埂上。图尼莎汗提过来一只大葫芦，从葫芦里往外倒着沙枣汤，给每人都分了一碗。

“昨天，我煮了一罐沙枣汤，今天咱们就用这沙枣汤来庆祝两个孩子终于光明正大地成了夫妻吧。来，干了！”热杰甫将手里的碗高举，其余三个人也将葫芦碗高高地举过头顶，相互点头致敬，然后郑重地把沙枣汤喝了下去。而此刻，卡木恰带着塔西巴依的指示来了。

库尔班和吐鲁木跟着卡木恰来到塔西巴依庄园的大门口站住。卡木恰进门去跟塔西巴依通报完后，对库尔班和吐鲁木说：“叫你们来，是咱们该算算账了。塔西巴依老爷为了给你们补办婚礼，杀了两只肥羊，用了三秤子大米、一秤子胡萝卜、半秤子洋葱和两葫芦菜籽油，这是做抓饭用的。招待客人还用了一块砖茶、五两茶药、三个西瓜、五个甜瓜、一秤子杏干、一秤子桃干。说吧，你们怎么还?”

吐鲁木低声下气地回复卡木恰：“管家老爷，你也知道，我们没有办法还这些账，我们只有给老爷不停地干活来抵账了。”

“塔西巴依庄园的钱财就不是钱财了？你们不是还有一块开垦的田地吗？没有钱就用那块新垦田来抵!”卡木恰也不打算跟他们绕弯子了，恶狠狠地看着吐鲁木。

吐鲁木吸了口冷气：“啊……不，不，那块地是我们的命根子……”

“那块地你不是传给了库尔班了吗？库尔班，你可要想好了，如果你不把地拿来抵账，图尼莎汗就得离开你们家，来给家丁们当临时老婆，直到她死。要人还是要地，你们自己看着办吧!”

库尔班大吃一惊，一时说不出话来。

“说！你要地还是要人?”

土地是他们一家的命根子，可是他决不能失去图尼莎汗：“我要人，我要图尼莎汗……”

吐鲁木推开库尔班：“孩子，你糊涂啊，没有地，你永远都是塔西巴依家的农奴啊，你永远都没有自由啊!”

库尔班岂能不知道失去了这块土地对于他们一家来说意味着什么，可是他被逼做出选择，他只能选择图尼莎汗，图尼莎汗已经成了他生命中的一部分，失去了她，自己也活不成了。库尔班将父亲扶起，吐鲁木一把将他甩开，兀自往家的方向走着。

第二天一早，卡木恰带着几个家丁去了原来属于吐鲁木家的那块土地。吐鲁木正蹲在地里，搓着地里的土。他不甘心就这样拱手把这片土地让给塔西巴依。

“吐鲁木，这块地已经是塔西巴依老爷的了，没派你到这里来干活，你就离这里远一点，别找挨打。”卡木恰大摇大摆地走到吐鲁木的地头上。

吐鲁木疯狂地挥动手臂不准卡木恰等人靠近："这块地是我的，是我的！谁也别想把它拿走!"

卡木恰挖起一坎土盖在吐鲁木的头上："如果是你的，你就把这些土吃下去吧!"吐鲁木被激怒了，他站起来想和卡木恰等人拼命。

吐鲁木激愤地一脚踢在了卡木恰的裆部，然后抡着拳头疯狂地打着另一个家丁。卡木恰疼得在地上打滚，一边喊着："打死他！老爷说了，打死这个不死心的农奴!"其他家丁一拥而上，把吐鲁木围在中间，残忍地踢打着，没一会儿吐鲁木便被打晕，倒在了地上。

卡木恰指挥一个家丁："你，在这里挖个坑，把他埋进去。他不是喜欢这块地吗？就让他被这块地埋掉吧!"家丁用坎土曼挖了个坑，其他人把吐鲁木拖了过来，塞进坑里，将吐鲁木埋了起来，只剩下头露在外边。

卡木恰对吐鲁木骂道："你不是喜欢这块地吗？你就死在这块地里吧!"家丁们扶着卡木恰离开后，一路找寻来的库尔班听到吐鲁木微弱的呻吟声，发现了被埋在土里的吐鲁木，他赶忙扑过去，拼命地用手挖着土："爸爸！爸爸……你忍一忍，爸爸……"

卡木恰阴魂不散，第二天一早又带着家丁去库尔班家里找吐鲁木的麻烦。卡木恰横在院子里，朝着吐鲁木一家大喝道："太阳都到头顶了，你们一家怎么还没有去干活!"

库尔班急了，想冲撞卡木恰，却被母亲拦住。母亲向卡木恰求情："让吐鲁木休息几天吧，他都快死了……如果是死在你跟前，会坏了你的名声是不是?"

卡木恰歪头看了看吐鲁木，见吐鲁木脸色蜡黄，口吐白沫。但他根本不吃这一套，恶狠狠地冲着库尔班吼着："他不干活，你就替他顶工去！都走，干活去!"

无奈，库尔班的母亲被带去了塔西巴依庄园的馕坑边，她昨晚忙着打馕一夜没睡，强烈的困意使得她眼前一阵眩晕，跪坐在馕坑边打盹。不巧，却被正巡视的布丽汗给撞了个正着。她大声呵斥着库尔班母亲：

"你又在这里偷懒！你们一家人只会偷懒，打不完这一盆子面的馕，你就别想动一动地方！"库尔班母亲赶忙继续干活。她颤抖无力地将馕从馕坑里钩出来的时候，一不小心将一个馕掉进了馕坑。

布丽汗怒火中烧，骂道："你的贱命还不如一个馕值钱，你能赔得起吗？把这个馕给我够上来。"

"太太，馕坑里太烫了……"

"我知道那里边烫，不烫能把馕烤熟吗？难道你叫我下去拿吗？"

库尔班母亲没有办法，只好探身到馕坑里去，伸手够掉在炉底下的馕，几次都没有将馕够上来。她望着布丽汗哀求道："让我喘喘气行吗？"

"等你喘好了气，那个馕都变成黑炭了。快点，别想偷懒！"

库尔班母亲再次将上半身探到馕坑里去，用手够掉在底下的馕。

"再深一点！"

馕坑里高温炙烤，库尔班母亲不得不赶紧缩回身子喘口气。

布丽汗抓起一根红柳枝抽在库尔班母亲的后背上："你给我快点！"

库尔班母亲只好再一次把身子探进馕坑里，馕坑底的炭火烧得火热，她的手试探着，浑身的衣服都被汗水湿透了。

"你还给我偷懒！"布丽汗手按住库尔班母亲的后背一推，库尔班母亲整个人被推到馕坑里去了，灼热的灶膛在炙烤着她，她在馕坑里痛苦地挣扎，发出凄惨的呼喊声。

布丽汗站在一边看着，对着外边喊叫道："这个女人把我家的馕坑弄脏了，来人啊，把她拉出来！"等到库尔班母亲被几个杂役拽出来的时候，已经奄奄一息了。

"你们都看到了，是她自己掉进去的，她想弄脏我家的馕坑！"布丽汗骂骂咧咧地走开了。

一旁的卡木恰目睹了整个过程，他眼睛一转，有了主意。他跑到库尔班劳作的土地上，走到他身边。库尔班看了他一眼，继续手里的农活。卡木恰慢悠悠、若无其事地说着："库尔班，你妈妈会烤馕吗？"

库尔班不以为意："我妈妈当然会烤馕了，虽然她也是个农奴，但是她什么活都干过，什么活都会干。”

“那她怎么烤着馕就钻到馕坑里边去了呢？”卡木恰无关痛痒地说着。

库尔班一惊：“啊？什么？我妈妈掉进馕坑里边了？”

卡木恰不怀好意地笑了笑：“那可是她自己掉进馕坑里边的，把塔西巴依老爷家的馕坑都弄脏了。可能这一阵子都死过去了吧。”

“你这个混蛋！”库尔班愤怒地举起坎土曼想砸卡木恰，但又一想母亲那边更为紧急，他扔下了坎土曼，往村庄的方向跑去，图尼莎汗紧跟在他身后。等到库尔班赶到的时候，母亲已经被蒙上了一层旧布单，永远离开了他。从上午离家才过了几个小时，母亲竟然就这样离他远去，库尔班伤心欲绝，和图尼莎汗扑倒在妈妈身边哭喊着。

依盖尔在一旁毫不留情地喊着：“赶快把人抬走，老爷家的馕坑都让她玷污了，这馕还能吃吗？赶快把这个晦气的女人抬走！”

库尔班起身扑向依盖尔，众人拦住了他，他嘶喊着质问依盖尔：“你们到底还是不是人？”

依盖尔一马鞭抽了过来，狠狠地骂道：“拿马鞭子的是人，被马鞭子抽的是牲畜。你明白了没有？赶快滚！”

库尔班和玉木拉克用一辆破牛车把母亲的尸体拉回来，肖炉匠提前来到屋前，找了几根木棍扎成一个支架，把破牛车在土屋前支好。图尼莎汗跑进土屋，拿来一条打着补丁的破帕拉孜（维吾尔族式的薄毯）盖在母亲的身上。气息奄奄的吐鲁木强支起身子，想爬下炕去见一见妻子，却支撑不住，一头栽到炕下。他挣扎着爬到屋门口，向屋外伸着手，死去了。

哭丧声在幽静的夜空中久久地回荡着。库尔班为父母通宵守灵，他眼泪已经流干了，形容枯槁，一瞬间苍老了二三十岁。同时，这也让他更为深刻地认识到，身处在这个吃人的社会，不反抗就只有被生吞活剥的命运。然而，他却和其他农奴一样，被缚住了手脚，只能任由使唤。

图尼莎汗被带到塔西巴依家的厨房。那厨房是一个半敞式的房屋，紧挨着烤馕的馕坑。厨房里有两个灶，大灶用来为客人做抓饭，小灶用来煮肉和做汤饭。厨师正在厨娘的配合下，用小灶来做油炸点心。厨房外边，图尼莎汗在用大斧头费力地劈着红柳根。红柳根扭结、坚硬，十分难劈。她艰难地将斧头举起然后重重地落下，每砍一下她都要停顿下来缓一会儿。

厨娘心疼图尼莎汗，对厨师说："你去劈柴，叫图尼莎汗来炸油点心吧，她怀着孩子呢，怎么能干这么重的活？"

厨师走到满头大汗的图尼莎汗身边说："好了，把斧头给我。"

"可是……我不把这一堆柴禾劈完，就不给我发馕。"

"我来劈柴，你去炸油点心吧！"

图尼莎汗感激万分："谢谢大叔了！"

"谢什么！我们都是受苦受难的奴隶，再不相互帮着还有谁帮我们，去吧。"

图尼莎汗冲大叔点了点头，便来到小灶边。厨娘见图尼莎汗脸色苍白，赶紧拣起一个放凉了的油果子塞到她手里说："快，快吃了！怀孩子的人吃得多，快吃，别叫巴依太太看见。"

"谢谢大婶！"图尼莎汗感激地看着大婶，接过油果子，狼吞虎咽地吃着。

"你跟库尔班真是有勇气，为了自由，敢跑到荒原上去过日子，那可不是谁都敢干的事啊！了不起，了不起！"

这时屋外传来了厨师的几声干咳，厨娘知道这是厨师发的信号，她对图尼莎汗说："快，布丽汗那个妖婆子来了！"图尼莎汗使劲把最后一口咽下，若无其事地拿着长筷子翻动着锅里的油果子。

布丽汗走过来，用红柳条子抽了图尼莎汗一下，恶声恶气地问："不是叫你劈柴禾吗？你怎么跑到灶上来了？"

厨师慌忙说："太太，是我自己来劈柴禾的，老人们说女人劈的柴禾烧不热锅，这您是知道的。"

布丽汗继续恶狠狠地看着图尼莎汗："我们家的油香味好闻吧？还让

你享上福了是不是？你现在跟我走，到洗衣房干活去。”

青砖铺成的洗毯地坪上堆着几条脏地毯，布丽汗指着地毯，瞪着图尼莎汗：“一天之内给我洗出来。”

图尼莎汗不吭声，去扯那些地毯。她从大木桶里舀来水泼到地毯上，然而水点溅到了布丽汗的脚上。布丽汗尖叫了一声，随后拿起一把扫帚朝图尼莎汗扔了过去，骂道：“你眼睛瞎了？”

图尼莎汗头发散乱地跪在湿地毯上，一边用木板刮着地毯上的泥垢，一边泼水冲洗。这时，玉木拉克提着两木桶水走了进来，把水倒进大木桶里。布丽汗打量了一眼洗衣房内的农奴们，刻意冲着图尼莎汗说：“都不许偷懒！我随时来监工的。”

布丽汗走后，玉木拉克迅速地跑过去，帮助图尼莎汗清洗地毯。一个年轻的家奴走过来对玉木拉克说：“叔叔，我那里有洗好的，咱们把它抬过来，把图尼莎汗这里脏的抬过去我们洗。”

“谢谢，谢谢你了！来，咱们把这块脏地毯抬过去。”玉木拉克抬起了脏地毯的一边。

一个女杂工过来对图尼莎汗说：“你先休息一下，我们来帮你干。”

“那多不好意思啊！我能干。”图尼莎汗对着女工不好意思地笑了笑。

“你怀的这个孩子，是跟塔西巴依斗出来的，是自由的希望，也是我们大家的希望。你一定要保护好这个孩子，这些活儿我们来帮你干。”女工的这些话让图尼莎汗备受感动，眼睛里含着热泪，不知该怎么感谢这些善良的人。

这时一个头发披散、胡子凌乱、衣服破烂不堪的人走了进来，图尼莎汗仔细一看，才认出是图尔迪，只是他现在像个疯子一样。她眼泪不由得流了下来，轻声叫道：“图尔迪，图尔迪，你怎么不理我？”

图尔迪就像没听到似的，没有反应。图尼莎汗跑过去拉住了图尔迪，问：“图尔迪，你不认识我了？”图尔迪傻笑着摇头。图尼莎汗难以想象曾经的那个图尔迪会变成现在这个模样。她从头巾上取下针线，给图尔迪缝补衣服上的破洞。布丽汗突然出现在图尔迪的身后，她挥起一把扫帚，狠狠地打着图尔迪，图尔迪抱着头跑出了洗衣房。

“你倒清闲啊！你的活儿干完了吗？”布丽汗怒视着图尼莎汗，图尼莎汗走到自己清洗的地毯旁，让布丽汗检查。布丽汗不相信图尼莎汗自己能把这么多地毯洗干净，她一脸狐疑地瞥了一眼，拿起地毯仔细地检查了一番，不得不承认，地毯洗得很干净。她本来想责骂图尼莎汗，但也无法发作。不过布丽汗很快就心生一计，她指着图尼莎汗命令道：“你，把这块地毯背到晒毯场去！”

“太太，晒毯场那么高，毯子又那么重，还是让我背上去吧！”年轻的家奴跑了过来。

布丽汗踢了年轻家奴一脚，说：“这里轮得着你说话吗？滚！”

年轻家奴退到一边去了，他担忧地看着图尼莎汗。图尼莎汗吃力地扛起湿漉漉的地毯，向一个高房走去，高房墙上支着一架梯子。行动已经略显不便的图尼莎汗，背着沉重的湿地毯，怎么也爬不上梯子。布丽汗在下面骂道：“你以为塔西巴依老爷家的馕是白吃的吗？你要是爬不上去，明天就叫你去提水，一天提一百桶水，我看你还敢不敢偷懒！”

这时候，图尔迪突然冲过来，抢过图尼莎汗背上的地毯，很快就爬上屋顶。惊呆的不仅是图尼莎汗，还有恼羞成怒的布丽汗，她大喊：“来人啊！”

卡木恰跑了过来：“太太，有什么吩咐？”

布丽汗指着屋顶上的图尔迪说：“那个傻子图尔迪，他身上痒了，去给他来点过瘾的！”

“是，太太！”卡木恰放下长鞭子，从腰里抽出马鞭，顺着梯子上了屋顶。

屋顶上的图尔迪很快便将地毯都晾好了。卡木恰爬上了屋顶，站在图尔迪身后，挥起鞭子朝他一顿狠抽。然而图尔迪不但不喊疼，还笑呵呵地挨着鞭子，享受一般地趴在地上不动。图尼莎汗看着卡木恰手里挥动的鞭子狠狠地落到图尔迪身上，她万般自责。图尼莎汗等卡木恰走了，扶起图尔迪，说：“图尔迪，你怎么变成了这个样子？如果阿瓦古丽看到了会有多难受啊。”一听阿瓦古丽这个名字，图尔迪就跟发疯了一样，猛然推开图尼莎汗，怪叫着跑掉了。

次日上午，图尔迪被安排到了布丽汗的房内往墙上钉壁毯。布丽汗一边指挥着，一边满是嫌弃地看着图尔迪。这时依盖尔捧着一个瓦罐走了进来，他将瓦罐放在布丽汗面前：“这是那个最厉害的医生配的药，他想让谁生孩子谁就能生孩子，他想让谁流产谁就不可能把孩子生下来！”

“真的就能这么灵？”布丽汗怀疑道。

“灵不灵叫图尼莎汗喝下去不就知道了吗？”依盖尔说完，突然发现了正在挂地毯的图尔迪，他担心计划败露，朝布丽汗使了个眼色。

布丽汗看了看图尔迪：“那是一个傻子，什么都不知道，你叫个工头把这个罐子放到洗毯场去吧，就说是图尼莎汗的专用水罐。”

这些话一字不落地进了图尔迪的耳朵里，他手上的动作一顿，随即又继续干他的活儿，像什么都没有听到一样。

第四章

在洗衣房始终不停干活的图尼莎汗已经又累又渴，她捧起一旁的瓦罐正要喝水，图尔迪突然冲了过来，他二话没说一把将瓦罐打碎在地。图尼莎汗吃惊地看着满地的碎片，又看着图尔迪已经跑开的身影："你……图尔迪，你真的傻了?"图尔迪已经被折磨得精神恍惚了，图尼莎汗心想，蹲下收拾着散落一地的瓦罐碎片。

午饭过后，塔西巴依打着饱嗝，大摇大摆地在树林边散步消食。图尔迪手里拿着一把砍砍一路尾随着塔西巴依。他悄悄跟在塔西巴依后面，寻找下手的机会。图尔迪正准备下手，却有人忽然拍了他的后背，他转身一看，是塔西巴依的狗腿子卡木恰："你鬼鬼祟祟跟在老爷后面干什么呢?"图尔迪伸出舌头舔着砍砍，像在舔瓜皮一样，傻呵呵地笑着。

这时塔西巴依也转过身来，发现了图尔迪手上的砍砍，他问卡木恰："什么？一个傻子还想杀我?"

"老爷，幸亏我来得及时，要不图尔迪就把你杀了。"

图尔迪怒吼一声，举着砍砍向塔西巴依冲了过去，对着塔西巴依疯狂地砍着。塔西巴依惊慌之中仓皇躲闪着，看见老爷有危险，卡木恰挥起长鞭抽打图尔迪。然而，图尔迪并不躲避，他仍旧挥着砍砍追着塔西巴依。塔西巴依一边狼狈地躲逃，一边大声喊道："来人哪！来人哪……"闻声赶到的家丁们扑上去，对着图尔迪鞭抽棍打，很快就将疯狂的图尔迪捆绑住了，塔西巴依这才松了一口气。

图尔迪被吊在了桑树下。塔西巴依岂能让一个要置自己于死地的农奴活下去，他命令家丁们狠狠地抽打图尔迪。图尔迪被鞭子不停地抽打着，他的身体裂开了一道道触目惊心的血口，他大喊着："我就是要杀了他！我要杀了他！"他似乎感觉不到一点痛苦。

库尔班见这势头，知道塔西巴依必定要将图尔迪打死才会罢休。他从人群中出来为图尔迪求情："老爷，谁都知道图尔迪是一个傻子，你怎么会跟一个傻子较真呢？你就饶了他吧！"

塔西巴依一挥手，两个打手冲上去把库尔班按倒在地上。库尔班挣扎着想起来，依盖尔又冲过去，用脚踩住库尔班的头："听着！无论是什么人，是正常人还是傻子，任何人想冒犯塔西巴依老爷都是绝对不能允许的！"

塔西巴依朝卡木恰挥挥手，卡木恰领会了老爷的意思，吩咐其他几个家丁："往死里打！"

卡木恰的鞭子雨点般地抽向图尔迪，图尔迪却仍旧大喊着："我要杀了你！"但是声音越来越微弱。库尔班眼睁睁看着图尔迪被鞭子活活抽死却无能为力，他满眼怒火地瞪着塔西巴依等人，痛苦地将双手插进了泥土里。直到肖炉匠和多来地赶来，图尔迪才从鞭打之下被救了出来。

"你看老百姓的眼神，好像要吃了咱们似的，情况好像不妙。"依盖尔小声地对塔西巴依说。

塔西巴依想了想，对着围观的群众说道："诸位乡亲，你们给评评理。我家的这个奴隶，吃我家的馕，穿我家的衣服，还想要杀死我，你们说，他这样做对得起我慈悲善良的塔西巴依吗？说他是疯子，难道疯子就可以杀死他的恩人吗?”

“既然你塔西巴依老爷这么慈悲善良，那么就请塔西巴依老爷行行好，把他放下来吧！人死在你的大门前可不吉利!”肖炉匠扶着库尔班对塔西巴依恳求道。

塔西巴依看着奄奄一息的图尔迪，翻翻眼睛，对众人说道：“看在肖师傅的面子上，就把这个傻子放了吧!”

图尔迪被库尔班等人从树上解下来时已经咽气了，他浑身被抽打得体无完肤。库尔班和肖炉匠把图尔迪埋在了沙石地里。由于没有钱为图尔迪立碑，他们只好在堆砌的土堆上放了几块石头。库尔班在坟前轻声地说：“图尔迪兄弟，我的仇恨已经填满胸膛了，塔西巴依害死了我的爸爸、妈妈，害死了阿瓦古丽，现在又打死了你，等着吧，只要我还活在这个世界上，这些仇恨一定要报的，塔西巴依，我要送你下地狱!”

这天，依照布丽汗的吩咐，卡木恰偷偷跟随着图尼莎汗来到了涝坝边。图尼莎汗挺着大肚子提水。她艰难地俯下身子，小心地把木桶沉在水里。假装也来打水的卡木恰，恶毒地从后面推了图尼莎汗一把，图尼莎汗掉进了很深的涝坝里。图尼莎汗不会游泳，只能四肢疯狂地在水里摆动以免沉下去；她想喊救命，却被一口又一口的河水灌得发不出声音。

“快来啊，涝坝水被女人玷污了!”卡木恰在一旁幸灾乐祸地喊道。

听到卡木恰的声音，很多农奴都赶过来，看到在涝坝里挣扎的图尼莎汗，大家伙连忙把她救了上来。图尼莎汗浑身湿透，风一吹冻得瑟瑟发抖，正当大伙要送图尼莎汗回家的时候，依盖尔却带着打手赶到了：“站住！把她放下!”

玉木拉克求情说：“管家老爷，她都被淹成这样了，你就放她回家去吧!”

“孕妇跳进涝坝里了，这可不是个小事。她已经把这个涝坝污染了。这可是专供塔西巴依庄园喝水的涝坝，污染了高贵人家喝水的涝坝，不受惩罚，就这么走了，那世界上还有传统吗，还有规矩吗?”

图尼莎汗气息奄奄地恳求依盖尔："管家老爷，我……我觉得不对，我可能要流产，就求你放我回家去吧！"

依盖尔决心一定要将她肚里的孩子除掉："啊？要流产？那可就更严重了，这涝坝的水五年都不能喝了。这还得了？来人，把她捆起来！要让她的喊叫声为这个涝坝驱除邪气！"

依盖尔下令将图尼莎汗带回庄园。几个家丁押回浑身湿透的图尼莎汗，然后将她捆到了大树上。卡木恰在塔西巴依的指挥下，狠狠抽打着图尼莎汗。

图尼莎汗凄惨地大叫着："我的孩子！我的孩子……"

闻讯赶来的库尔班、多来地和肖炉匠全都怒火中烧，库尔班像疯了一样，冲上去夺卡木恰手里的鞭子。

"你们住手！"家丁上来将库尔班按在地上，库尔班嘶吼着。

热杰甫也不顾一切地冲上去，他用身体护住图尼莎汗："你们凭什么打我的女儿，你们凭什么？"热杰甫同样被家丁按倒在地上，被狠狠地踢踹着。

"爸爸，爸爸——！"图尼莎汗嘶喊着。

"我可怜的女儿啊！爸爸救不了你啊……"热杰甫很快便趴在地上不动弹了。

图尼莎汗看着地上的父亲，她用力想要挣脱束缚，却无能为力。她撕心裂肺地大声呼喊，那凄惨的呼喊声震惊了所有人，甚至连挥动鞭子的家丁们都愣住了。塔西巴依气势汹汹地走出庄园，可百姓们脸上的表情似乎要杀了他一般，平日里温顺的图尼莎汗呈现的疯狂神态令他不寒而栗。台下的多小兰连忙冲上来，推开惊呆了的家丁们，多来地帮着库尔班推开卡木恰，肖炉匠连忙解开被绑的图尼莎汗。村民们也随之冲了上来，围在死去的热杰甫身边，愤怒地看着塔西巴依一伙。塔西巴依对眼前的景象感到害怕，他也不想犯众怒："叫他们退下！"

卡木恰吹响骨头哨，奴才们一哄而散。大伙抬着浑身是血的图尼莎汗，快速奔向库尔班家。图尼莎汗的产期提前了，她躺在炕上痛苦地呻吟着，下身被鲜血染红，幸好有多小兰接生。大伙在门外等候，库尔班急得满头大汗，他担忧地侧耳细听着屋里的声音，大概过了将近半个小时，直到一声清脆的“哇”声出现，库尔班才松了一口气。

屋内，一家人欣喜地看着包裹中的婴儿。多小兰抱给库尔班看：“是个女儿，母女平安，可是你看，孩子的背上，竟然有和图尼莎汗背上一样的鞭痕。”

库尔班难以置信地凑上来看：“是吗？”

“这是一个命大的孩子，她是带着仇恨出生的。”多小兰神情复杂地看着怀中的婴儿。

肖炉匠感叹道：“就怕她以后多灾多难啊！库尔班，一定要给孩子起个好名字。”

库尔班想了想：“希望这孩子以后无论什么灾祸都抗得过去，什么样的难事都难不倒她，嗯……就叫她托乎提汗吧！”

九年的时光转瞬即逝。托乎提汗长成了一个大孩子。即便仍旧遭受着塔西巴依的压迫和欺凌，但对于库尔班和图尼莎汗来说，日子却也是幸福的——他们拥有了爱和希望的结晶。托乎提汗承载着父亲对她的期望，一路成长，她似乎要比同龄的孩子更加懂事。

这天，托乎提汗来给爸爸送水。她从葫芦里倒了一葫芦碗水递给库尔班，但库尔班没有喝碗里的水，而是走到那块新垦田地里，把水洒在田土上。

托乎提汗好奇地问道：“爸爸，为什么要这样？”

“这块地原来是一片荒沙坡，根本没有办法种庄稼的。是你爷爷带着我开垦出来的，是咱们家的地，但是现在被塔西巴依霸占去了。”

“塔西巴依为什么霸占咱们家的地？”托乎提汗一双纯真的大眼睛看着库尔班。

“因为他要我们永远给他当奴隶。”

“我们自己有了土地就能不给塔西巴依当奴隶了吗？”

“是。我们有了自己的土地，就有自由了。”

托乎提汗的声音稚嫩却十分坚定：“我们要把这块地夺回来！”

“对，只要有机会，爸爸一定把这块地夺回来。”话音刚落，一鞭子便抽到了库尔班的身上，卡木恰看着库尔班：“干吗呢？一个干活的你还想干什么？”

托乎提汗看到父亲被打，捡起土块就朝卡木恰扔过去：“凭什么打我爸爸？”

卡木恰没有防备，土块打中了他的腹部，他没想到一个九岁大的小女孩竟然敢打自己。他恼怒地举起鞭子，想打托乎提汗。库尔班举着坎土曼向卡木恰冲去，卡木恰心生畏惧，赶快退到远处，举起牛骨头号说：“你再不老实，我就吹号叫人了！”

库尔班毫不示弱：“你是个男人的话，来，跟我一对一地打！我打死你这个狗腿子！”

“我不跟你打架，你老老实实地去干活就行了，咱们谁也别跟谁过不去。”

卡木恰回到庄园后，将库尔班的言行都一五一十地报告给了塔西巴依。塔西巴依把茶碗扔在餐布上，阴狠狠地说道：“看来他是一直没有死心啊！我会让他死心的，想跟我斗，哼！”

这天，一个衣衫褴褛、狼狈不堪的人骑马来到了塔西巴依庄园的大门前，身后跟着一个提着木箱的管家。此人是布丽汗的哥哥萨迪克。而在不远处，一个留着短胡子、看起来三十多岁的小贩模样的人悄悄盯着萨迪克等人。此人名叫海青川，他戴着一顶旧羊皮帽子，穿着一身旧袷袢，肩上背着一个插着绢花和绒花、缀着一些钢针和彩线的旧褡裢，手里拿着一个维吾尔式的拨浪鼓。

布丽汗迎接萨迪克，两人寒暄了一会儿，布丽汗引领着萨迪克进了屋：“你怎么弄成这个悲惨的样子？遇着什么事了？”

塔西巴依请萨迪克坐到凉炕上去。萨迪克一边脱靴子上炕，一边说：

“快走出沙漠的时候，遇到了一帮土匪，把我的货抢了，还打死了我的两个伙计。幸亏我的马好，带着管家冲出来，差一点就没命了。”

塔西巴依惊叹：“嗯？咱们这块地方出土匪了？以前可是没有啊！”

“他们穿着破烂的军装，手里还有枪，一副残兵败将的样子，一看就知道是逃命到沙漠里的兵，就是一群穷凶极恶的土匪。”

“当土匪应该到绿洲里来抢啊，沙漠里除了沙子什么也抢不到啊！”

萨迪克猜测说：“看样子，那帮土匪是几个被打散了的残兵，在沙漠里迷了路又没去处，就在沙漠古道上当了土匪。”

“你丢在沙漠中的东西有没有特别重要、一定要找回来的？”塔西巴依装着关心的样子，实际上他为了达成自己的目的正在等这样一个机会。

萨迪克想了想：“最重要的东西我都贴身带着呢。就是有一匹马跑丢了，那是我最喜欢的马，都舍不得骑，拴在我马后边当备用马的，被那帮土匪开枪吓跑了，我实在太心疼了。”

“我派人去给你找回来。”

萨迪克听着塔西巴依的语气如此坚定，似乎看见他的马已经在院子里站着了，他描述道：“是一匹青马，个子高高的，额头上有一个白卷。就这一匹马能换你这座庄园呢！”

塔西巴依略一思忖，对依盖尔说：“你过来！”

“老爷！”

“给那个库尔班派个活，叫他去把萨迪克老爷刚才说的那匹马找回来。”

“到那帮土匪那里去找？”

“到你家炕上去找吗？”塔西巴依瞪了一眼。

“唔……明白了，老爷！”

萨迪克担忧地提醒：“到沙漠古道上去找马，那可能会把命都搭上的。”

“你放心，我这里有专门干这种丢命差事的奴隶。”

“是吗？”

“是，没有要命的大事他就在地里干活，有要命的大事他就去干可能丢命的活，活着回来继续给我种地，死了也就死了，这种奴隶叫死奴。”

萨迪克沉默了一会儿，若有所思地看着塔西巴依：“以后做事尽量不要再得罪人，越少越好。”

“得罪了又怎么的？他们只是我的奴隶，只有别人怕我，我怕谁！”

萨迪克淡淡地笑了下，没再说什么。

午饭时，塔西巴依让厨房准备了一桌好菜招待贵客萨迪克。萨迪克挑了一块煮羊肉放进嘴里咀嚼着，他始终心有顾虑，吃饭都吃不踏实。他看着塔西巴依，说：“给你说的话，你一定要往心里去，现在天要变了，解放军要来了，做事一定要谨慎。”

“解放军是什么？”

“是中国共产党的军队，就是他们把马家军打败了……”

塔西巴依不以为意：“啊！不管是什么军队来了，要钱咱给钱，要粮食咱给粮食，有什么办法？人家人多有枪，咱不顺着人家咱就没命了。”

萨迪克无奈地笑着摇摇头：“解放军要消灭地主，解放奴隶，这可是要你的命呐！”

“是真的吗？”

“解放军可是和从前的军队不一样，现在新疆已经和平解放了……”

“什么是和平解放了？”

萨迪克解释道：“就是以前的政府和军队向解放军投降了。”

“他们没打仗就投降了？”

萨迪克叹了口气：“他们打不过。解放军太厉害了，只用了三年的时间，就解放了整个中国，他们很快就到这里来了，天下要大变了。你提前做好准备，你的财产该藏起来的藏起来，该转出去的转出去，别什么都攥在手里，到时候一下子全丢光。”

塔西巴依摇着头说道：“你说的这些也太没边际了！这个世界自古以来就是这么个样子，它还能变得了？清朝梳辫子的兵走了，民国不梳辫子的兵来了，我们家还是我们家。马虎山的军队来了，我们给了他粮食和沙金他就走了。盛世才的军队来了，我们给他粮食他也走了。你说那个什么解放军来了，不就是跟我们要粮草要钱嘛，我们给嘛，给完了他们就都走了嘛！”

“以后你遇到什么事，可不要说我没有提醒过你。”

塔西巴依笑着说：“我不是于田县最大的巴依，不过也没有比我更大的巴依，依我的智慧和能力，世界上没有我搞不定的事情！”

“好吧，你好自为之吧！”萨迪克知道塔西巴依是不见棺材不落泪，索性作罢，打着饱嗝喝茶。看了看周围没有人，又小声地对塔西巴依说：“从明天开始，我就是小商人萨迪克，我没有出过国，没有做过大生意，而且我比你还小 15 岁，我不是你的大舅哥，咱们从来不认识。特别是你们不要去找我，如果有了大事我会找你们。请你记住了，不要对任何人讲。”

“用得着这么神神秘秘的吗？你的胆子也太小了吧？”塔西巴依喝了口茶，嘲笑萨迪克。

“你们还会需要我，但千万不要去找我。”

萨迪克如此谨小慎微，让塔西巴依觉得他仿佛变了个人。第二天一早，塔西巴依和布丽汗将萨迪克送走后，布丽汗对哥哥昨天所说的话心有疑虑，她心想，哥哥变成这个样子，想必事情肯定不简单，她问塔西巴依：“我哥哥说的那些事，有那么可怕吗？”

“胆子比兔子还小，我就看不上这种人！”塔西巴依朝着萨迪克远去的身影轻蔑地笑了笑，而他不知道的是，不远处，化装成小商品贩子的海青川正监视着远去的萨迪克和塔西巴依庄园。

库尔班在家里接到塔西巴依的传令后，便即刻启程去往沙漠寻找萨迪克跑丢的马。如今他有了心爱的托乎提汗，考虑到一家人的安危，他更不能违抗塔西巴依的命令。

他发现了荒原上一串凌乱的马蹄痕迹，于是顺着马蹄印一路急行找去。马蹄印迹最终消失于一片芦苇草滩前。库尔班茫然四顾，企图寻找到一些痕迹，但环顾四周，只有一望无际的满地沙土。他抬起头看向天空，观察着天上的飞鸟，有几只乌鸦在向同一个方向飞去。库尔班自语道：“乌鸦飞去的方向，应该是有死了的牲畜，如果死掉的是那匹马，我把马鞍子带回去，也算是交差了。”

他向着乌鸦飞去的方向走去，走了一段路后，库尔班停下来看着前方，心想：“那边是沙漠古道，马会往沙漠里边跑吗？马认识来过的路，它是不是往回老家的方向跑呢？”他举起葫芦掂一掂、摇一摇，葫芦里还有一些水，应该足够他找寻到下一处水源，他做了决定，向前走去。

库尔班顺着一路的骆驼骨头，来到了一片枯死的胡杨林。他发现一堆破烂不堪的、绑着麻绳的货包和几个破损的木箱堆在地上。他兴冲冲地跑到木箱跟前翻看，却只发现了西洋白布、陶瓷餐具、肥皂等一些不能吃的东西。他有些失望，便将整个木箱放倒，一个白森森的骷髅头从箱子里滚了出来，一直滚到树林边。库尔班吓得一哆嗦。当他正准备离开这个是非之地的时候，突然传来一阵怪叫声，几个穿着破军服的土匪不知从哪儿窜了出来，围住了库尔班。库尔班慌乱之中打量着这群人：他们头发散乱、面黄肌瘦、眼窝深陷，一看就是饿得失去人形的状态。库尔班从腰里抽出砍砍准备搏斗，一个残兵冲了过来。库尔班挥着砍砍朝那人头上砍去，却被那人敏捷地躲开了。库尔班不等他站稳，举着砍砍冲了过去，那个残兵惊慌中掏出腰间的枪朝库尔班开枪，库尔班慌忙躲避，却被子弹打中了腿部。他身体剧烈地颤抖着，跪倒在地。

库尔班强撑起身体，一瘸一拐地逃跑了。幸运的是，这些残兵多日没吃东西，并没有多少力气，才追了库尔班几步路，就倒在地上不追了。库尔班踉踉跄跄跑不动了，随后瘫倒在沙地上。他拿自己的腰巾包扎腿部的伤口，幸好子弹没伤着骨头，只是把他的皮肉打出了一个深深的沟，血在不停地往外流着。

眼看天就要黑了，库尔班环顾四周，发现并没有地方能供他落脚过夜。他只好倚靠在沙丘的背风面。荒漠里的冷风瑟瑟，把沙子吹得沙沙作响。库尔班想念图尼莎汗和托乎提汗，不知不觉便睡着了。夜深了，又饿又冷的库尔班被冻醒了。为了御寒，他开始摸黑在沙地上刨坑。库尔班躺进自己刨好的坑里，用沙土将自己掩埋起来，只露一个头在外面，他感觉温暖多了。

与库尔班同在沙漠中的还有一队人，此刻他们行走在沙漠古道上。长长的队伍后面还跟着五头骆驼、二三十头驴，驮着粮包、弹药箱、帐篷和帐篷撑杆、行军水桶等，另外还有几匹驮着军用背包的马。在队伍后边，跟着十几个穿着军装但不佩戴帽徽胸牌的军工，他们有的是饲养员，有的扛着担架，炊事班的战士用担子挑着粮食、劈柴和军用水桶，背着军用大锅。这些人正是萨迪克所称的解放军。

仍在熟睡的库尔班是被行走在队伍前面的尖兵班发现的。班长走过来，用手指试了试库尔班的气息："他还活着，把他挖出来。"

战士们用手挖着库尔班身上的沙子，库尔班这才醒了过来。他惊恐地看着面前的这些人，既好奇又害怕。在战士们的帮助下，库尔班自己一挣扎，从沙坑里挣脱出来。库尔班惊恐地发现这些人手里都拿着枪，他下意识地往腰里摸他的砍砍，却发现砍砍在一个战士的手上。库尔班猜想，他一定是遇到另一拨土匪了，而且这群土匪人数更多，武力更强。他爬起来就跑。但受伤的腿剧烈地疼痛，他没跑几步就栽倒在了地上，晕了过去。战士看到库尔班摔倒在地，跑过去，察看库尔班的伤处："班长，他腿上受伤了。"

"你们两个在这里守着这个老乡，把他交给指导员，其余人跟我继续前进。"班长带着其他人离开了。指导员柯有田安排了两个解放军将库尔班抬到了担架上，他想：这人形单影只，在荒漠中肯定是又渴又饿。便一边喂水，一边把用水和干炒面搅成的糊糊喂到他嘴边。库尔班醒了过来，他想跳起来逃跑，却被蹲在担架旁的小甘肃按住了："老乡，别动。"

库尔班看了看碗里的糊糊。他实在是饿极了，却不敢吃。柯有田清楚库尔班在想什么，他把军用搪瓷碗交给小甘肃，小甘肃也领会了指导员的意思，他自己先喝了一口碗里的糊糊，然后把碗凑在库尔班的嘴边：

“可以吃的，你吃吧！”库尔班看着小甘肃，这个看起来十五六岁、稚气未脱的男孩令他感到放松，他喝了一口炒面糊糊。

柯有田笑了：“老乡，我们是中国人民解放军，是咱们穷人的队伍，你不要害怕。”

小甘肃把库尔班扶着坐起来，让他自己端着碗吃糊糊。

“我没有钱……”

小甘肃笑了：“不要你的钱，这碗糊糊是送给你吃的。”

库尔班将信将疑地把糊糊喝了后，女卫生员于香秀背着药箱跑过来，库尔班打量着面前这个眉清目秀的女子，他难以置信，原来女人也可以当兵。于香秀解开库尔班腿上缠着的腰巾，准备处理已经有些化脓的伤口。于香秀对小甘肃等人说：“你们把他抓紧，别让他乱动。”

“我没有钱给她付工钱。”

“我们是共产党、人民的军队，我们不要你的钱。”

“好吧。”库尔班看着这个女军人用行军壶里的水给自己清洗伤处，用酒精消毒，再撒上消炎粉，最后用绷带包扎。她手法熟练，细心麻利，库尔班似乎忘记了疼痛，诧异地看着眼前的这一群军人。这些人似乎都是幻影，水是幻影，糊糊也是，可腿上的疼痛又是那么真实，他被两个解放军抬着担架一同行进着。此时的他除了感激，更多的是诧异，他难以相信世上怎么会有这样一群人，不求回报，给他水喝，给他食物，甚至还为他包扎伤口。

在塔西巴依庄园附近，海青川背着一个插有头花的褡裢，用麻绳吊着铜手镯、耳环、针包、彩线，一只手摇着维吾尔族式的拨浪鼓，经过肖炉匠的摊位。海青川走过去又退了回来，从褡裢里取出两三个断了的生铜手镯：“师傅，你能把它们接上吗？”

肖炉匠看了看说：“生铜的，要铜焊、锉平、磨光，要不要做旧？”

“当然要做得跟没断过一样，要不就掉价了。”

肖炉匠想了想：“得一天。”

“那我后天来拿。什么规矩?”

“老规矩。”

“那就拜托了！大哥，你说我这些货往哪边走买家多?”海青川有意打探。

“这个地方是塔西巴依庄园的地盘，就他家地多，财大气粗，能买你的东西。但是他们家是出了名的抠门，想赚他们的钱可是不容易。有十几户自己有地的农民，一家老小能吃饱肚子就不错了，花里胡哨的东西他们是看得多买得少。另外还有十几户人，都是塔西巴依庄园的农奴，干一天活儿才能领到三个杂合面的馕，自己家里连粮食都没有，穿的都是塔西巴依庄园扔掉的破衣服，这些人只是会说话的牲畜，什么都买不起。”

“怎么？现在都民国了，还有农奴?”

“这儿天高皇帝远，谁管你民国不民国的!”

海青川听着这话若有所思，果然，塔西巴依庄园跟他们之前预想的一样。他现在仍要继续潜伏，等待与大部队会合。在荒漠里，解放军队伍仍在行进中，而他们被躲在枯树背后的残匪们窥探着。土匪们等到时机成熟，举着刀向解放军尖兵发起突然袭击。解放军尖兵见势立即回击，一场贴身肉搏展开，土匪们饥饿多时，力不从心，很快处于下风。班长找准机会用冲锋枪扫射，打死了两个土匪，其他土匪迅速逃跑了。尖兵们占据有利地形，向土匪们进行封锁射击。土匪们被解放军的火力压制在几棵胡杨树后边，制胜关头，柯有田带着主力赶来了。尖兵班长向柯有田汇报完情况后，解放军迅速向土匪发起了攻击，土匪们疯狂反扑，但被解放军全部消灭。

正在解放军准备庆祝胜利之时，前方传来了密集的枪声。军工们迅速指挥畜群卧倒隐蔽。小甘肃拿着一支又旧又破的司登冲锋枪，带着于香秀隐蔽在沙丘上。小甘肃拉开枪栓，让冲锋枪处于随时可以开火的状态。

于香秀从腰里抽出一支小手枪，上了子弹，对小甘肃说："咱们占领那个沙包顶，那是一个制高点，咱们观察和行动都方便。"两人迅速向沙包顶上跑去。而在一旁的库尔班从没见过如此的阵仗，他害怕地从担架上坐起来，见四周没有人，便爬下担架，连跳带爬地上了另一面的沙丘，从沙丘上滚了下去。

战斗打响后，库尔班趁大家没注意，偷偷溜走，步子一瘸一拐，连走带跑消失在远方。

柯有田站在一个大树墩子旁，用望远镜四处查看着。连队文书何光辉走来，向柯有田报告："报告指导员，战场打扫完毕。马家军残匪 10 人被我全部消灭，缴获步枪 9 支，手枪两把，子弹 13 发，手榴弹 4 颗，马刀 8 把，刺刀 5 把。报告完毕。"

"报告指导员，那个受伤的老乡不见了。"小甘肃这时跑了过来。

柯有田想了想："小巴图!"

"到!"

"你们两个迅速查明那个老乡的去向，特别是要查一查那个老乡与土匪有没有关系。"

"不用查了，我知道。"这时海青川从不远处赶来。

柯有田喜出望外，迎着海青川跑了过去："老海，你回来了！我们都为你担心呢!"

海青川一边脱便装，一边说："我这一趟侦察可以说是最不惊险的。侦察清楚了，这块地方没有有组织的武装人员，虽然可能隐藏有敌特分子，但没有能对我们构成武力威胁的团伙。"

"这里距有人烟的地方还有多远?"

"三个小时路程。"

"早晨我们救了一个老乡，刚才战斗的时候他跑了。你说你知道那个人的情况?"

"我来的路上碰到他了。他不认识我，但我知道他是塔西巴依庄园的农奴，是个穷苦人。"

“这样我就放心了。”

库尔班去了七八天了还没回来，图尼莎汗正要带着托乎提汗去找他，刚到村口就遇到了一瘸一拐走来的库尔班。托乎提汗一看见库尔班便兴冲冲地跑了过去：“爸爸，你怎么了？”

“你受伤了？怎么伤的？”图尼莎汗忙走过去扶住了库尔班。

“遇到土匪了，他们打了我一枪。后来遇到了一支奇怪的军队，他们救了我，给我的伤口上了药，还包上了这么漂亮的布。”图尼莎汗和托乎提汗扶着库尔班往回走，图尼莎汗担忧地看着库尔班：“咱们这里要来军队了？”

“他们今天就会走出沙漠，离咱们村子不远了。”

“二十年前，马虎山的军队来咱们这里的时候，要粮食要金子，还糟蹋了好几个大姑娘小媳妇。”军队对于图尼莎汗来说简直是噩梦一般的存在。

“这次来的军队，看样子不是坏人。”

“老人们都说‘河滩上没有好瓜，军队里没有好人’，会有好军队吗？”

“他们把那帮子贼娃子打死了，还给我喂吃的，给我治伤，没有向我要钱。”

图尼莎汗诧异道：“他们连钱都不要？”

“他们的人都特别和气，在我跟前就像亲人一样。他们那个当官的，亲手给我做面糊糊吃，那种面糊糊很香很香。我觉得他们是好人。”

“能对穷苦人好的军队，是什么样的军队呢？”图尼莎汗对库尔班口中的军队充满了好奇。

“我是觉得，我们不用害怕这支军队。”

“我们也用不着害怕。反正咱们家里什么东西也没有，家里的人也都老了，没有什么值得他们抢的。就是托乎提汗可不要到处乱跑了，当心坏人把孩子抢走，卖到别的地主家当小奴隶。托乎提汗你可要听话啊！”

图尼莎汗看了看在另一边扶着库尔班的托乎提汗。

经过长途跋涉，解放军第二天早上终于抵达了巴扎县。海青川带着于香秀和小甘肃来到肖炉匠家，海青川穿着军装、挎着驳壳枪，显得十分英武，而小甘肃背着他那支有些破旧的司登冲锋枪，也颇有气势。

肖炉匠见是上次找自己修镯子的人，这次他却穿着一身军装，吃了一惊："啊，军爷，你好！"

"不要叫军爷，叫我同志。"

"同志，你的镯子已经焊好了，还没来得及打磨。"

"肖师傅，谢谢你了。那几个镯子我用不着了，送给你了。"

"这怎么行，那几个铜镯子虽然不值钱，但也能换半袋子麦子呢。"肖炉匠连忙摆了摆手。

"我不要你的钱，是送给你的，只是请你帮两个忙。"

"军……同志尽管吩咐！"

"第一，你们村有个受了枪伤从沙漠里跑回来的人，你帮我们了解一下是谁，把我们这位卫生员带到那个人家里去，卫生员要给他治疗伤口，免得感染发生意外。第二，你找几个了解本地情况的人到村子北边的荒滩上去，我们部队已经在那里扎营了，我们的首长要跟你们聊聊，了解一下本地的情况，你看可以吗？"

"可以可以！军爷同志能看得起我，让我干什么都行。如果军爷同志那里还有修修补补的活，我把我的炉匠担子挑上，还能干点活儿呢。"肖炉匠点头哈腰，十分客气地对着海青川笑。

"我们部队一路走来没有休整，肯定有些设备需要修修补补了。你放心，我们会给你非常公道的工钱的。我有事先走，这里的事就拜托你了！"

于香秀始终惦记着库尔班身上的伤，她原本是想询问肖炉匠库尔班家的住处，谁知肖炉匠热情地要一起去，为他们引路。库尔班看见是肖炉匠带着女军人和那个稚气的小军人来了，吓得站起来，紧张地说：

“我……我……你们不要抓我……”

肖炉匠笑道：“人家是来给你治疗伤口，换药来了！”

小甘肃应和：“是的，老乡！”

“老乡，伤口不治疗会发炎的，严重了还会有生命危险。”于香秀对满心担忧的库尔班解释道。

库尔班看着他们，将信将疑，虽然他们的确救了自己，但谁知道是不是像塔西巴依一样猫哭耗子假慈悲呢。

于香秀将药箱放到桌子上，叫库尔班坐到炕上。肖炉匠作别离开了。于香秀看见躲在一旁的小女孩，微笑地冲她招了招手。托乎提汗看着眉清目秀、满脸笑意的大姐姐，也不害怕了。她走上前。于香秀从军装口袋里掏出一个小小的纱布包，从纱布包里拿出两颗黑红色的水果糖。她把水果糖放在托乎提汗的手里，看着她说：“这么漂亮的小姑娘，给我当妹妹好不好？”托乎提汗不知道水果糖是干什么用的。于香秀把水果糖放在她的嘴边，让她舔一舔。

“啊，这么甜啊！”托乎提汗惊奇地看着面前这个大姐姐，又转头看了看母亲和父亲。

“给你的，吃吧！”

托乎提汗咂了几口，把水果糖取出来往图尼莎汗嘴里塞：“妈妈你吃，太甜了！”托乎提汗又把另外一颗递给库尔班，“爸爸你受伤了，这个给你吃！”

于香秀看着这样的场面心头一暖，这让她想起了自己的小时候，她转头看着小甘肃：“拿来！”

“啥？”小甘肃一脸疑问。

“发的水果糖，一人两颗，你的呢？”

“我只剩下一颗了。”小甘肃不情愿地掏出一颗水果糖递给于香秀，于香秀把那颗放在托乎提汗手里：“这一颗给妈妈，你吃你的那一颗。”

托乎提汗跳跃着将这颗糖放到了妈妈的手心里。图尼莎汗看见女儿这么高兴，自己也跟着高兴，她拍着钻进自己怀中的托乎提汗的背，对于香秀和小甘肃笑着点了点头，眼中满是感谢之意。

于香秀解开库尔班腿上的绷带，查看了伤口说："还好没有感染。"她换了一条新绷带给库尔班缠上。图尼莎汗端来一葫芦碗葡萄干，抓起来就往于香秀的口袋里塞，于香秀推让着，图尼莎汗把剩下的干果倒进小甘肃的挎包里。

库尔班一家站在门口，望着于香秀和小甘肃走去的方向："看来他们是好人。"

"他们就是好人。他们的眼睛里没有住着坏人。"托乎提汗回想起来大姐姐的笑脸和那颗甜美的糖果，笑着说道。

"他们是什么人？"

"他们说他们是解放军。"库尔班看着两人远去的身影，直至他们消失在拐角……

几天内，解放军便在村边建起了营地，每个人都在紧张有序地忙碌着。有的抱来树枝搭棚子，有的和泥垒防守工事，有的用木头做防御障碍，炊事班在做饭，军工在往地上钉拴马桩……军营周围很快地出现了一道用干胡杨树枝钉成的篱笆墙，各个方向都有哨兵在放哨。军营入口用粗一些的胡杨树杆钉成了一个大门，没有门栅，只用一根长木杆挡在两个门柱子中间。门口有哨兵持枪警戒。而在不远处的树后边，卡木恰在偷偷窥视着这群来历不明但颇有阵势的军人，之后他溜回庄园将见闻报告给了塔西巴依。

塔西巴依听后满脸愁容："以前来了军队，第一件事就是来找我要粮食要草料，可是这些人一直没有来找我。"

"那……我带些东西去试探试探？"依盖尔说道。

第二天上午，依盖尔等人带着一筐子馕、两牛车苜蓿、三只羊来到了军营入口处，却被哨兵给拦住了："请站住，这里是军事禁区，请站在警戒线以外。"

走在前面的卡木恰回头看了看依盖尔，依盖尔晃了晃头，卡木恰挤过去对哨兵说："哎，你有没有眼睛？"

哨兵莫名其妙："怎么了？"

"你不看一下是什么人来了？"

"什么人？"

"我把他的名字说出来的话，要把你吓死呢！"

"到底是什么人啊？"哨兵愈发不解。

卡木恰清了清嗓子："他就是世界上最伟大的大管家依盖尔老爷！就站在你跟前呢，你还把他的路挡着呢！"

"不管你们是什么人，第一，军事禁区不经过同意是不能进的；第二，你们有什么事情请通报一下，便于我们向上级报告。请讲吧！"

家丁们见哨兵丝毫不为所动，吵嚷起来，有的说："我们是塔西巴依老爷家的人。"有的说："塔西巴依老爷家的人想去哪儿就去哪儿。"场面一度嘈杂混乱。

"请安静！请你们带队的人说话。"

"我们是来送慰问品的。"依盖尔走了过来，对着一脸严肃的哨兵笑道。

哨兵打量了依盖尔一眼，吹响了哨子，一级级上报，半晌，柯有田从营帐里走了出来。

"报告指导员，这位叫依盖尔管家，他说来送慰问品。"

"老乡，谢谢你！我们是解放军，不拿群众的东西。如果过两天需要的话，我们会向你们购买。请回吧！"柯有田冲着依盖尔点了点头。

"军队来到我们这儿，我们要给东西给钱，这是老规矩了。解放军老爷到了我们这里，没有去跟我们要，我们就先送些慰问品过来。"

"我再一次说明，我们是共产党领导的人民解放军，不拿群众一针一线。你说的那些老规矩跟我们没有关系。谢谢你们了，请回吧！"

"这些东西你们真的不要？"依盖尔心想，这大概是军队故意耍的把戏。

"真的不要。"

“你们会不会现在不要过两天要?”

“我说过了，如果我们需要的话，我们会按市场价向你们购买的。请回吧!”

依盖尔狐疑地看着柯有田，一摆手，转身走了。家丁们不时地回头看看军营。依盖尔实在摸不清这支军队的底，但他不相信这世上还会有不收东西的军队。值班军官和哨兵都疑惑地看着柯有田，不明白为何百姓的慰问品指导员这么坚决地拒收，柯有田对哨兵和值班军官一笑，说：“你们知道他们是什么人吗?”两人轻轻摇头。

“如果我们收下了大地主、大恶霸的慰问品，群众会怎么看待我们?我们的一举一动群众都看在眼里的。”

两人笑着点头：“明白!”

依盖尔带着人回到了庄园，卡木恰跑到塔西巴依跟前汇报情况：“老爷，他们什么都没要，咱们省下了。上次的军队嫌给得少，但是这支军队什么都不要。”

塔西巴依满脸愁容：“现在不要以后要得更多。我不怕他要得多，就怕他不要。”

“老爷，我听说库尔班回来了。”

“啊?回来了?他的命这么大?”塔西巴依难以置信，在荒漠戈壁那样险恶的环境中，库尔班还能存活下来?

“看来这个人不得了，那些连人都吃的匪徒竟然也收拾不了他。”

“有这样的人在，我是睡不好觉了!”塔西巴依叹了口气。

“他没有完成老爷派给的活儿，还不得教训教训他吗?要让所有干活的都来看，完不成老爷派的活儿是什么下场!”

“这次要往死里打!”

第五章

依盖尔下令，几个家丁将库尔班绑到了大桑树上。玉木拉克也被迫用柳树条鼓鞭，敲响了铁壳鼓。在这阵阵鼓声中，库尔班被残忍地鞭挞，鞭子抽打在他身上的声音和他痛苦的呻吟声似乎都被鼓声掩盖了。没多久，库尔班已经被抽得鲜血淋漓了。

“库尔班你说，老爷派给你的活儿你不干，该不该挨鞭子?”依盖尔指着库尔班问道。

“在这个世界上，塔西巴依最没有良心，他是害人的恶魔，他害死了我的爸爸我的妈妈，害死了图尼莎汗的爸爸和妈妈，害死了阿瓦古丽和图尔迪兄弟还有好多农奴……”库尔班狠狠地瞪着塔西巴依等人，似乎要把他们吃掉一样。

塔西巴依怒火更盛，冲过来，一把夺过鞭子，狠狠地朝库尔班抽去，库尔班强忍着一声不吭。

“住手!”这时，柯有田带着亚森江、小甘肃等解放军战士，骑着马急驰而来。塔西巴依被这充满震慑力的声音惊住了，手中的鞭子停在了空中。他心想，难道这军队真是库尔班的救星？

柯有田跳下马，走到塔西巴依面前：“不许欺压百姓！”

“我用家法教训我家干活的，用不着别人来管吧！”塔西巴依趾高气扬地打量着柯有田。

“中华人民共和国在两个月前就已经成立了，一切剥削、压迫、残害人民的行为和规矩都被废止了！你如果再肆意欺压百姓、横行乡里，就要受到人民政府的制裁！”柯有田一挥手，“把他放下来！”小甘肃和亚森江立即跑过去，解开了库尔班身上的绳索。已经血肉模糊的库尔班冲进人群里，从一个农奴的腰里抽出砍砍，举着向塔西巴依冲去。亚森江见势连忙上前阻拦，一把抓住了库尔班的胳膊。库尔班悲愤地喊：

“你们既然来救我，为什么不让我砍死这个恶霸？”

“人民政府会给你一个交代，会给所有的人一个公道！”

库尔班虽然被解放军解救，却仍旧对塔西巴依心怀怒火，他的愤怒必须要发泄在塔西巴依身上才行。如今有了解放军这个靠山，他没了后顾之忧。这天夜里，他顺着院墙来到庄园侧院门前。这是庄园的马厩，供牲畜和大车进出，只有不高的木栅栏门。库尔班很容易地解开了拴在栅栏门上的皮绳，推开栅栏门进到了侧院里。库尔班挨个察看着各个建筑，他来到一个小房子门前，悄悄地推开门，发现玉木拉克正熟睡着，鼾声不断。他小心翼翼地从里边抄了一个麻袋出来。

库尔班趁着微弱的月光，摸到一处土墙旁。突然，不远处发出声响，他赶忙藏在就近的墙角里。庄园通往侧院的门被拉开，他看见一个人影提着马灯从门里走出来，那个人向这边走来，马灯的灯光照出了那人的样貌——正是他等候多时的塔西巴依。库尔班在角落里观察着，正准备从腰里抽出砍砍，想了想，又把砍砍插回腰里，随后从肩膀上取下了麻袋。他找准时机便冲了过去，一下把麻袋套在塔西巴依的头上。塔西巴依惊慌地抬起胳膊挣扎，他一抬手，手里提着的马灯飞了起来，马灯落在了草料堆上。为了制止塔西巴依的挣扎，库尔班抬腿踢在塔西巴依的裆部，塔西巴依痛得立即用手捂住了裆部。趁这个机会，库尔班用力把麻袋套下去，把塔西巴依整个套进了麻袋里，随后他抓住麻袋口，从底下猛力一拽，塔西巴依整个人倒在了地上。库尔班用力一扭身，拽着麻袋口，把麻袋背到了身上。麻袋里的塔西巴依头朝下，身子只能扭动，嘴里的喊声弱小又含糊不清。库尔班背着麻袋离开了庄园。

落在草料堆上的马灯点燃了干草，火越烧越大，牲畜不安地叫起来。玉木拉克惊醒后跑出小屋，见状大喊道："救火啊！着火了！着火了！"依盖尔带着家丁们来救火，场面一度混乱。正在屋内熟睡的布丽汗被嘈杂的牲畜声和救火声吵醒，她起身一看，发现塔西巴依不见了。整个庄园的人一边救火，一边寻找着这个家里的大老爷。而此时的塔西巴依已经被库尔班扛到了新垦田中。

库尔班把麻袋放下。终于有了手刃仇人的机会了，他等这一天等了好久，他举起砍砍要砸，想了想又放下砍砍，把塔西巴依从麻袋里放了出来。塔西巴依头朝下被从麻袋里倒出来，挣扎着坐了起来，他想跳起来反抗，却被库尔班一脚踹倒在地上。库尔班举着砍砍对着塔西巴依的头。

"啊？果然是你，库尔班！"

"刚才你进厕所的时候，我从你背后一砍砍砸过去，你就死了。但是把你一砍砍打死，就太便宜你了。我有太多的仇要报，我要让你知道我为什么要打死你！"

库尔班举起砍砍狠狠地砸了下去："这一砍砍是我爸爸的！"

塔西巴依一边连滚带爬地拼命躲避，一边大声喊着："来人哪！救命啊！"他狼狈地在地上爬滚奔逃，但是库尔班比他跑得快，在前边堵住了塔西巴依，把他又逼回了原地。"这一砍砍是我妈妈的！"库尔班举起砍砍再次砸向塔西巴依。塔西巴依从地上抓起一把土朝库尔班扔了过去。库尔班躲闪不及，脸被土击中，迷住了眼睛。趁着库尔班擦眼睛的机会，塔西巴依撞了过去，将库尔班扑倒在地，抢夺着库尔班手中的砍砍。然而塔西巴依根本抵不过身强力壮的库尔班。库尔班像雄狮一样怒吼着，把塔西巴依一把推开，抽出砍砍就砸！“这一砍砍是我岳父的！”塔西巴依极力躲避着，库尔班挥着砍砍追赶，“这一砍砍是阿瓦古丽的，这一砍砍是图尔迪的……”塔西巴依狼狈地躲着，发现自己既跑不掉又不能跟库尔班硬拼，于是大叫，希望能被人听见。库尔班步步紧逼：“他们被你害死了，我要为他们报仇！”塔西巴依脚下一绊，扑倒在地，他转身爬起来，坐在地上绝望地大声喊叫着：“救命啊！救命啊……”库尔班举着砍砍一步步逼近塔西巴依。

这时，闻讯赶来的柯有田带着小甘肃和小巴图冲了过来。柯有田几下便轻松地夺下了库尔班手中的砍砍，他大喊：“住手！”库尔班没弄明白柯有田是怎么夺走他的砍砍的，他看看空着的手，十分疑惑。塔西巴依喊道：“解放军老爷救命！”库尔班看见了小甘肃身上的枪，便冲了过去，要夺小甘肃的冲锋枪。小甘肃拼命抵挡。突然，司登冲锋枪走火了，射出了一梭子子弹，子弹打在了塔西巴依的两腿中间。塔西巴依吓直了眼，直接尿失禁了，尿液透过裤子弄湿了地上的沙土。塔西巴依惊恐万分，连滚带爬地逃跑。小甘肃一愣神，库尔班再次用力夺枪。两人纠缠中，枪又响了，这次子弹贴着塔西巴依的头顶射过，飞进漆黑的夜幕中。大惊失色的塔西巴依栽倒在地上一动不动。

柯有田回到了营地后将小甘肃叫了过去：“一个军人，差一点让别人把枪夺了去，这要受什么处分，你应该知道吧？”小甘肃没有说话，柯有田继续问道，“按枪支保管纪律，枪走了火，又要受什么处分？”

小甘肃不服气：“你给我的这支破枪，旧得连枪机都快磨平了，这个牌子的枪又是出了名的爱走火……”

“你还怪上我了啊！”

小甘肃委屈得哭起来：“大不了关禁闭嘛，我接受处分！”

“这不只是关禁闭的事。你违反了群众纪律，造成了很严重的影响，你知道吗？咱们部队刚到这里，敌情不明，社情和民情都不清楚，我们必须严格遵守群众纪律。天一亮，你立刻到塔西巴依庄园，就枪走火一事向他道歉!”

“向那个地主老财道歉? 我不去!”小甘肃执拗地别过头去。

“你必须去!”柯有田一脸严肃。

“你就是多关我十天禁闭,我也不去!”

“你又给我耍小孩子脾气了是不是? 你现在是一个解放军战士了,不是小孩子!”

“我不是小孩子! 我要真是个小孩子,我就一梭子把那个地主恶霸打死! 我恨透了那些地主恶霸,我就是想见一个杀一个!”柯有田一时找不到合适的词,只能严厉地盯着小甘肃:“你有出息了,有觉悟了是吗? 出了这么大的事还不认错!”

这时,值班军官跑了进来:“报告指导员,外边有人在闹事。”

柯有田走了出去,看见是布丽汗带着众家丁来到军营入口处。布丽汗看见柯有田出来,酝酿了一下,想撒泼哭叫,刚咧开嘴哭喊着要坐在地上,想到地上土太多,怕弄脏了衣服,便止住了哭,叫依盖尔往地上铺了一条薄毯,她坐在薄毯上号哭起来。

依盖尔领着卡木恰等人喊叫着:“解放军老爷做主啊! 要严惩凶手啊!”

布丽汗见柯有田往这边走来,一下扑上去往柯有田怀里钻,一边哭喊着:“老总给民妇做主啊! 我们老百姓都活不下去了……”小甘肃跑过来,把布丽汗拉开,然而布丽汗又往柯有田怀里钻,哭喊着:“给我们个公道吧! 军队要保护老百姓啊! 你们要去打土匪啊!”哭喊的布丽汗再一次被小甘肃拉开,布丽汗对着小甘肃连扑带打地逼过去,她怎么能容忍一个小孩子这样对自己?“你不就是个小兵娃子吗? 你们长官不说话,你管什么呢? 你爸爸妈妈没管教过你要守规矩吗? 你没有爸爸妈妈是不是?”

小甘肃一声大叫,把枪对准了布丽汗:“我就是没有爸爸妈妈了,我的爸爸妈妈被你们这些地主恶霸害死了! 我要杀了你们!”小甘肃一下子拉开了枪栓,布丽汗吓得一下子瘫坐在地上。柯有田一把抓住小甘肃的枪，手一按弹夹卡隼，弹夹掉落下来。与此同时，小甘肃扣动了扳机，但是只发出了枪机的撞击声，没有射出子弹。布丽汗仍旧在惊悸中没有缓过来。小甘肃被指导员关了禁闭。于香秀将地上的布丽汗扶了起来，对她说道："我们这里的年轻人可是都不喜欢你啊，你还是回去吧！"布丽汗赶紧站了起来，心有余悸地看着四周。

"这位女老乡，我们送你回家去。"

塔西巴依听说解放军来了，吓得不知如何是好，只能在家里装死。柯有田和维吾尔族战士亚森江把布丽汗送到塔西巴依庄园里后，布丽汗便哭哭啼啼地跑进了屋："老爷呀，我差点让解放军开枪打死，你可要替我做主啊！"

塔西巴依一听，这算是找到了解放军的把柄，他一骨碌爬起来："你们解放军怎么可以随便开枪打人？你们还有没有王法？"

亚森江站在塔西巴依身边，问布丽汗："你不说你男人被打死了吗？死人怎么还说话呢？"塔西巴依和布丽汗一怔，无话可说。

"塔西巴依，今天我是来向你道歉的。"柯有田走了过去，塔西巴依刚想说话，柯有田抬手止住他，继续说道，"我们解放军是有组织有纪律的，枪在我们手里是为正义铲除邪恶的，不是随随便便为了一己私愤出气用的，枪走了火，是事故，还让你受了惊吓，是不应该的，我为此深表歉意，也请你能接受我们的道歉。"

"如果我不接受你的道歉呢？"

柯有田一笑："我想我们解放军是讲道理讲公平的，如果是正确的意见，我们会欣然接受，如果是恶意的无理取闹，我们也会视情节严重程度，采取相应的措施！"塔西巴依瞪着眼无话可说。柯有田等人离开塔西巴依庄园后，于香秀请示指导员，去库尔班家一趟，她记得该是检查伤口的时间了。

库尔班见是解放军的卫生员来了，忙从炕上起来迎接："那个小兄弟怎么没有来？"

"你说小甘肃啊，他被关禁闭了。"于香秀仔细地翻开库尔班的衣袖。

“关禁闭？什么是关禁闭？”

“他出了事故，他的枪走了火，差点打到人。柯指导员叫他去向别人道歉，他坚决不去道歉，所以就关了他禁闭。”

库尔班腾地站起来：“这太不公平！我不服！我去找你们那个指导员去！”于香秀软磨硬泡劝说库尔班不要去，解放军有解放军的纪律，即便是去了，也不会有什么结果的。然而库尔班根本听不进去，他暂时应了于香秀，等她离开后，自己偷偷去了解放军的营地。

营地一侧，有一个用木杆和芦苇草把子搭起来的棚子，有顶有门框，但没有窗子和门扇，门上只遮着一块军用遮雨布。这是小甘肃关禁闭的地方。库尔班走到军营入口处，向站岗的战士行礼。

“库尔班，你是来找柯指导员的？”

“我来找小甘肃，他在哪里？”

哨兵指了指那个棚子：“在那里，关禁闭呢。”

“我能去见他吗？”

“不能。关禁闭就是不能见人的。”

库尔班脑筋一转：“那我去找于香秀行吧？”

“行，她在那边的卫生室帐篷里。”

库尔班向哨兵行礼道完谢后，走到一顶帐篷前边，他回身看了看哨兵，随后绕过了这顶帐篷，快步向那个草棚子走去。库尔班走到棚子门前，一下子把军用雨布掀起来，棚子里的正是小甘肃。只见他盘腿坐在沙土地上，在低头思过。见到门帘被掀起来，小甘肃转过头来。

“小甘肃，出来吧！”库尔班朝着小甘肃招了招手。

“不，我在关禁闭。”

“这棚子连个门都没有，你想出来不就出来了？”

“不行，这是纪律。”

“你又没有被捆住，出来就出来了嘛！”库尔班很是费解。

“革命战士必须严格遵守纪律。”

库尔班见实在说不动小甘肃，就跨进棚子，要拉他出来。

“你不能进来。关禁闭的人不能跟别人说话，你快出去！”

库尔班使劲拉小甘肃，小甘肃一声不吭，躺在地上坚决不让库尔班拉他。库尔班拖着小甘肃往外走，小甘肃掰着库尔班的手，“哇”的一声大哭起来。库尔班大吃一惊，放开了小甘肃：“孩子，你为什么哭？我拽疼你了吗？”

小甘肃哭道：“都怪你，都怪你！害得我关了禁闭，我都没脸见战友们了……”

“怎么了？为什么怪我？”库尔班满脸无辜和疑惑。

“如果不是你抢我的枪，我的枪也不会走火。枪走火就是严重违反纪律，你知道吗？我一被关禁闭，大家都知道我犯错误了，都怪你让我犯错误的！”

库尔班蹲下来，哄着小甘肃：“你比我的女儿大不了多少，你就跟我的孩子差不多。看到你哭得那么伤心，我心里很不舒服，你别哭了好吗？我怎么会故意要害你关禁闭呢？当时，看到你拿着枪，我就想把枪拿过去打死塔西巴依。塔西巴依害死了我的爸爸、妈妈和岳父，害死了阿瓦古丽和图尔迪兄弟，我要给被塔西巴依害死的人报仇啊！”

“如果我不是个解放军战士，我也会打死这些地主老财，给我爸爸、妈妈和姐姐报仇的……”小甘肃想起了家人，眼神突然柔软下来。

“怎么？你的亲人也被塔西巴依害死了？”

“是被我们老家的恶霸地主害死的，我才十二岁，就成孤儿了。我恨死地主老财了！”

“你……你跟我一样，也是个心里有仇恨的人啊！那你为什么不用枪把塔西巴依杀了？”

“我是解放军战士，我要遵守‘三大纪律八项注意’……”

“不！这不公平，不公平！我去找柯指导员，我要他给我们一个公道！”库尔班怒气冲冲地走了。

柯有田正在读资料，库尔班急匆匆地闯了进来，他一把扯住柯有田的衣服领子。然而柯有田是训练有素的，反应极其灵敏，他一把抓住库尔班的手，一个反制动作，把库尔班推到一边。柯有田看清是库尔班，赶紧将库尔班扶住，抱歉地说：“是库尔班大哥啊，实在对不起！你悄悄地抓我，我还以为有敌情呢！没伤着你吧？”

库尔班怒气冲冲地说：“你还打我！来，好好地打！塔西巴依把我打过多少次了，我就是不服！你也打我，打吧，打吧！”

“库尔班大哥，你这是怎么了？看样子你的火气不小啊！”

“那么好的一个娃娃，你把他关起来，你还给塔西巴依那个坏人道歉，你把小甘肃打死，再把我打死算了！”库尔班越说越气，忍不住抓住了柯有田的衣领摇晃着。小巴图冲进来拉架，结果三个人推推搡搡的，库尔班硬是不放手，意外地把柯有田脖子弄破了。

小巴图看着指导员脖子上的伤痕，冲着库尔班吼道：“库尔班，你干什么？你把柯指导员都弄伤了！”库尔班一看柯有田的脖子流血了，连忙放了手。

“你出去吧。”柯有田对小巴图说道。小巴图不放心地看了一眼库尔班，退出了帐篷。

“库尔班大哥，你先坐下，我给你解释……”柯有田知道对待库尔班不能用硬的，他是个倔脾气，只能耐心地跟他解释了。

库尔班一旦脾气上来便不容易压下去，他仍是一腔愤怒：“我不听你解释！塔西巴依害死了我的爸爸、妈妈和我的岳父，还害死了阿瓦古丽和图尔迪，我发过誓，只要我还活在这个世界上，我就要杀了塔西巴依，替他们报仇！”

“库尔班大哥，你有深仇大恨，我们知道……”

“可是你还巴结塔西巴依，你说的话我不信了！”库尔班一扭头就走了。柯有田看着库尔班的身影，觉得既无奈又好笑。他摇了摇头，走出了帐篷，去了连队的卫生室，先把伤口处理一下。库尔班与塔西巴依的仇怨虽然迫在眉睫，但也是急不来的，必须从长计议。

简陋的卫生室内，只有于香秀和柯有田两人。夜色静谧，柯有田快要贴上于香秀的额头却浑然不觉。于香秀为了缓解尴尬找了话题："指导员，听说你在战场上一个人跟十个敌人拼刺刀，一个人俘虏了一个排的敌人，是真的吗？"

"那不假。我还一个人端掉了敌人的团指挥所呢。那是我当排长的时候，一支冲锋枪四颗手榴弹，冲进敌人的团指挥所里边。敌团长一下子没反应过来，还冲着我喊：'在外边顶住，顶住！掩护团部撤退！'我朝他们头顶上'哒哒哒哒哒哒'一个长点射，大喊：'要命的把手举起来！'你说怎么着，那帮子当官的一个比一个怕死，都把手举起来了。我的战友们随后冲进来了，缴了他们的枪。"

"你在敌人面前是个英雄，在库尔班跟前你就像长辈对待孩子一样。"

"老百姓是咱们的亲人，对待老百姓，我们只能打不还手、骂不还口。"

"可是库尔班这个人也太过分了，我们应该教育教育他才对。"

"咱们刚刚解放这里，当地群众对我们很不了解，我们对当地的情况也不了解。所以我们一定要严格遵守党的政策，要做好群众工作，特别是要做好穷苦百姓的工作。"

"库尔班确实是苦大仇深的穷苦百姓。"

"我们要尽快地把他们从苦难中解救出来。我想派你当解放军群众工作队的队长，去做当地的群众工作。"

"我？当队长？不行不行，我就是一个卫生员，我不会当队长啊。"于香秀连忙推辞。

"咱们共产党的队伍里，都是边学边干、边干边学的嘛。你是卫生员，能为老百姓救死扶伤，还有卫生知识，能处理一些常见的病，你最容易接近群众，群众最容易信任你。所以我觉得你可以担当起这个队长的责任。你就当作任务来完成吧。"

于香秀一个立正："保证完成任务！"

"好！我刚刚看过关于本地情况的资料。这里还残存着农奴制，伯克制就是农奴制的典型代表，凡是有伯克的地方就有农奴制。所以这里的百姓比内地的百姓还要悲惨，他们都是咱们的阶级兄弟，他们对咱们还不了解，咱们需要有足够的耐心。”

第二天一早，于香秀带着亚森江来给库尔班换药，还没走进大门，便听到库尔班家里传来卡木恰骂骂咧咧的声音：“你别以为解放军来了你就怎么的，告诉你，这里还是巴依老爷的天下！解放军走了之后，你连活路都没有。老爷说了，你不把烧掉的草料给赔上，就别想在地里干活了。”

“胡说！新中国都成立了，人民的政府是不会走的！”于香秀推门而入。

依盖尔见是解放军来了，慌忙行礼：“军老爷，挡你路了，对不起！”随后便带着卡木恰几个人灰溜溜地走了。

图尼莎汗看见是解放军恩人来了，从屋子里迎出来，抓住于香秀的手流下了眼泪：“怎么办呢？塔西巴依不给我们发馕，家里没吃的了，他还要我们拿钱赔偿他被烧掉的草料。”

“他想整死我，没那么容易，我要跟他们斗到底！”库尔班语气中满是愤懑。

“库尔班大哥，你这样干不行，小甘肃为了你还在关禁闭呢。你再蛮干，我们都帮不了你了。我还是带你去找柯指导员吧。”

“我不去！”昨晚刚跟柯有田闹得不愉快，今天就让自己低声下气去找他，库尔班很不乐意。

“你不去我去。你一个人不吃馕就算了，我还要想着怎么样不让托乎提汗饿死呢。”图尼莎汗瞅了一眼库尔班，牵着托乎提汗，跟着于香秀到了柯有田的帐篷。

见是库尔班的妻子和孩子，柯有田忙站起来迎接，了解了情况后，他心急如焚。

当天下午，柯有田便召集了连党支部的委员们开会。百姓的吃饭问题是重中之重，万不能耽误。委员们整齐地坐在那截倒地的胡杨树上，每个人都对塔西巴依怀有深深的愤怒。

听了几个人的发言后，柯有田看了看大家，问道："还有没有不同意见？"大家沉默着，柯有田接着说道，"同志们，上级的通报说，毛主席在亲自指挥新疆的工作。毛主席要求我们，要充分发动群众，群众没有充分发动起来，就不进行社会改革。毛主席的指示我们要坚决照办。上级要求我们尽快派出解放军群众工作队，到当地群众中去做群众工作。同时尽快接管当地旧政权，成立军管会，颁布新的政令。"

这时军工队长牛百力站了起来："我是临时委员，我请求发言。"

"你说吧。"

"现在，像库尔班这样赤贫的农奴不止一家。我们把所有的军粮都拿出来救济他们，我们的存粮也不够。关键的问题是：第一，要稳住地主农奴主，叫他们不要进一步迫害农奴；第二，尽快以政府的名义颁布政令，宣布消除农奴制，并命令农奴主立即向农奴发放粮食。"

海青川也站了起来："我也是临时支委，我也要求发言。关于命令农奴主给农奴发放粮食，我多说几句。这里的农奴主统治农奴的办法，就是只给农奴发馕而不是粮食，农奴家里一点存粮都没有。如果农奴主不给农奴发馕，农奴就一点吃的都没有了。所以，一定要命令农奴主给农奴发粮食而不是馕。"

"我支持牛百力队长和海青川同志的意见。"其他人纷纷表示同意。

"那么咱们散会。"

眼前要解决库尔班一家的粮食问题，柯有田想了一夜。第二天，他和亚森江来到了塔西巴依庄园，塔西巴依一见进来的人是柯有田，就歪着身子装可怜。

亚森江也不跟塔西巴依绕弯子了，开门见山地说："塔西巴依，听说你欺压老百姓，不给库尔班家发馕了，还要库尔班赔偿你被烧掉的草料，有这么回事吗？"

"你们的纪律不是说，损坏东西要赔偿吗？库尔班放火烧了我的草料，当然要赔偿了。”

“库尔班放火烧的，有证据吗？”柯有田看着塔西巴依。

“除了他还有谁敢烧了老爷的草料？你们要是主持公道，就必须让库尔班赔偿！”布丽汗在一旁搭腔。

“损坏东西要赔，但是也不能随便诬陷一个好人！”柯有田从手腕上解下手表，放在塔西巴依面前，“在事情调查清楚之前，我先把上级配发给我的手表抵押给你，抵押你的草料钱！”

布丽汗一把拿过手表，高兴地看着，说道：“好啊，好啊！”

塔西巴依爬起来，赶紧从布丽汗手里抢过手表，还给柯有田：“解放军老爷，啊，同志！我怎么敢收你的手表呢？我就是丢了三堆草料，也不敢收你的手表啊！你开开恩，把手表收回去吧！”

“手表你先收下，但是你要答应，不得再迫害老百姓、迫害库尔班！”

“是是是！”塔西巴依低声下气地不停点头。

“立即给库尔班家发馕！”

“是是是！”

“那我们就告辞了。”

“是是是！”解放军的话他塔西巴依怎敢不听？他可是时刻都忘不了那天晚上差点被枪毙了的情景，如今想想都后怕！

依盖尔送柯有田和亚森江出了大门。塔西巴依呆呆地看着，心想：今天算是过去了，以后不知道什么时候还会再来，只要解放军一刻不走，他的日子就一刻都过不安生。而一旁的布丽汗眼中只有那块手表，她高兴地说：“我听我哥哥说过，这一块手表能换两座像咱们这样的庄园呢，咱们发财了！”

塔西巴依气狠狠地说：“放下！子弹打在你身上的滋味好受吗？把这块手表好好地放起来，千万别弄脏了！”

布丽汗还在那里傻愣着，依盖尔送完柯有田回来，对塔西巴依说：“他们是什么意思？”

“什么意思？这块手表就是个警告，就是在时时刻刻提醒我，要老老实实听他们话。库尔班，你们等着！”

既然收了解放军的表，答应的事就不得不照办了。有馕吃了虽然是好事，但是库尔班死活想不通，为什么解放军有那么多枪和子弹，随便开一枪就能把塔西巴依杀了，却就是不这么做，反而还要把手表赔给塔西巴依。他越想越气，于是去找小甘肃。小甘肃正在用一个大木槌砸麦草，这些麦草砸碎砸柔软以后可以做饲料。

“小甘肃，你怎么干这个活？”库尔班问道。

“这也是在关禁闭。你不要跟我说话，关禁闭是不能跟别人说话的。”小甘肃看见是库尔班，有些刻意回避，他担心库尔班又要让自己犯错误。

“我就想不通，你们手里有枪，为什么不枪毙了塔西巴依？指导员还跑到塔西巴依庄园，把自己的手表赔给塔西巴依，那个柯指导员还是个男人吗？”

小甘肃生气了：“你给我滚！滚滚滚！”

库尔班看见小甘肃这个样子，有些费解：“你为什么生气了？”

“柯指导员是战斗英雄，他16岁就当了八路军游击队员，一人杀过十几个鬼子，18岁就当了区小队的队长。在大西北保卫党中央的时候，他一人就俘虏了一个排的敌人，还一个人端掉了敌人的团指挥所。他的政治水平也非常高，不许你说柯指导员的坏话！”

“难道我说的不对吗？”

小甘肃看着库尔班理直气壮的样子，有些无奈，他端正地坐好，用教导人的姿态说道：“解放军是共产党领导的人民的军队，可不是一帮子拿着枪的土匪，不能想打谁就打谁，想怎么干就怎么干。我们能够打胜仗，能够解放全中国，靠的可不是胡干蛮干。我们靠的是一切行动听指挥，步调一致才能取得胜利……”

库尔班没想到，小甘肃这个比托乎提汗大不了多少的孩子，竟然会讲这么多的道理，诧异得半天说不出话来。小甘肃看着库尔班：“明白了吗？”库尔班摇着头。

“跟你说也没有用，你不懂！”

“那你就给我说说嘛！”

“革命的道理不是一句话两句话就说得清楚的。不跟你说了，我还在关禁闭呢，我不能跟你说话。”

这时一班长跑了过来：“战士小甘肃！”

“到！”小甘肃立刻站直了身子。

“你的禁闭解除，马上去集合！”

“是！”小甘肃对库尔班开心地笑起来，“我的禁闭解除了，哈哈！我走了！”库尔班看着小甘肃欢蹦乱跳地跑走了，很是费解：这么小的一个孩子，就会讲这么多的大道理……一关禁闭他就懂事了？是不是叫柯指导员把我也关几天禁闭？他摇着头离开了解放军营地。

经过一段时间的调查和计划，柯有田眼见时机成熟了。午后，他在营地口召集了连队，动员讲话：“同志们！经过短期休整和熟悉情况，现在条件成熟，我们要去完成一个光荣的任务：接管于田县政府。一排二排跟我去于田县城，三排和军工队在此地留守，保证咱们战略支撑点的安全。解散以后一排二排整理军容，准备出发。三排向一排二排接管防务和群众工作队。稍息，立正，解散！”战士们迅速有序地向各自帐篷走去。

“于香秀同志！”柯有田继续说道，“经过上级批准，任命你为群众工作队队长，你立即着手组建群众工作队，尽快开展工作。”

“是！可是指导员，我当这个队长都应该干些什么？我什么也不知道啊！你教教我吧！”

“好吧。其实我也没当过群众工作队的队长，只是按照上级的要求，有我的一点想法。这样吧，咱们先从工作队选人开始吧。”解散后，两人在军营里边走边谈。

“小甘肃一定要选入你的工作队。”

“为什么？”于香秀问道。

“库尔班很喜欢他，说明群众认可他。我们就是要选一些群众容易接受的人到工作队里来。”

“这么说来，群众工作就是先从接近群众、深入群众做起?”

“对，我们常说军民鱼水情，不与群众建立鱼水之情，我们的群众工作怎么能开展得起来呢?”

于香秀看着柯有田微笑着点了点头，指导员已经成了她的精神指引，有时毫无头绪的工作一经他的指导便能找到出路。对于香秀来说，柯有田已经不仅仅是解放军的指导员了，也成为她生活中一种不可或缺的精神力量。

次日，欢迎解放军进城的群众分列在道路两边，孙县长、杨国富等人站立其中，等候解放军的到来。不远处，柯有田骑着马带着队伍走来。战士们队列严整、步伐整齐、士气高昂。队伍在近前停下，柯有田下了马，在孙县长等人面前站定。

几人行礼介绍后，柯有田问道:“孙县长，包尔汉主席的和平起义通令你们都看到了吗?”

“我们通过有线电报收到了，抄送给了各位官员，于田县全体官职人员完全拥护和平起义，我们全部在和平起义通令上签了字，这是各位官员签过字的起义声明!”孙县长向柯有田递上了一份文书。

柯有田快速翻阅了一下:“嗯，既然这样，就请各位严格按和平起义通令的要求，各司其职，维护好当地秩序。并请孙县长以县政府名义发出通告，从即日起，于田县由中国人民解放军军管会接管，一切政令以军管会所颁布的为准。”

“是是是! 立即照办，立即照办!”接管厅后面的大道上，聚集的群众敲响了铁壳鼓，吹起了苏奈依。群众自发地跳起了迎宾舞。解放军的队伍便在这样欢庆的气氛中向着载歌载舞的人群前进。然而另一边，解放军的到来意味着有些人的天快要塌了。

警察和安民队员们一个个哭丧着脸站在院里，杨国富捧着倒扣的大盖帽，从帽里拿出一些铜板，分给警察和安民队队员。色日克哭丧着脸:“杨局长，我们的好日子就这样完了吗?”

“完了？没那么容易！这只是暂时的，大家先分散潜伏下来，如果不方便的就躲到乡下去，越分散越好，千万不能让解放军了解你们的踪迹，在适当的时候，我会派人去召集你们的。”

杨国富接过吕勇从口袋里掏出的几张纸，只见上面赫然几个字——于田县警察局骨干人员名单。杨国富指着名单上的人名，念道：“局长杨国富，巡逻警股长庞光炎，密探股长魏奎阳，长官保卫股长常布再，通信股长段贤，公文邮递股长吕勇，嗯，公文邮递股长吕勇……”杨国富对吕勇点头笑笑，“把你们都弄成股长，共产党就是不让你们当股长，起码也得保住你们的饭碗吧？好，我这就把它交给解放军军管会。”

次日，在警察局的会议室内，柯有田当着关恒山、海青川等五位解放军领导和杨国富、孙县长等五位当地官员的面，宣布接管令。柯有田宣布军管会命令：

于田军管会公告：中国人民解放军于田县管理委员会令字第壹号

关于在于田县全面彻底废除农奴制的公告

一、即日起，彻底废除伯克制度，在农村基层政权机构建立之前，由各村农会代行农村基层行政管理职能。

二、即日起，全面彻底废除农奴制度，所有农奴具有自由独立之公民身份。农奴主和蓄有农奴的地主不得再对前农奴行使支配之权力。

三、即日起，农奴暂以雇农身份及租种关系继续耕种农奴主或者地主的土地，农奴主或蓄有农奴的地主不得随意收回该土地，租金按惯例减半以下，对租种土地的前农奴不得再以发放馕的形式计发工酬，而必须为前农奴预发半个月以上的粮食及必需之食品。

中国人民解放军于田县管理委员会主任柯有田（签字代章）

一九四九年十二月一日

“各位，现在宣布军管会关于于田县政府人事安排的决定。第一，原县长孙有财任军管会主任助理，在军管会咨议办公室办公。警察局长杨国富任政府传达室副主任，并随时配合军管会公安科的工作……”

会议一结束，县城及各村口的砖墙上便贴上了大大的通告。围观的群众听识字的人读通告，欢喜地议论着。虽然他们现在还身受农奴主的奴役，但这片即将亮起的天已经照亮了人们的心扉，这会是个好的开始。每个人都充满着希望。

库尔班听到这个消息，抱着图尼莎汗和托乎提汗，激动得热泪盈眶。他心想，我们的春天要来了，终于可以逃脱塔西巴依的魔爪了。然而，他没想到，塔西巴依始终都没有放过他。

“库尔班，你出来！”外面传来卡木恰的声音。

库尔班走出屋子，见是依盖尔带着人来了。图尼莎汗和托乎提汗听声也跟了出来。沿途经过的肖炉匠与多小兰等人便躲到土墙后边去了。

“库尔班，你说，你对得起塔西巴依老爷吗？”卡木恰话中有话。

“塔西巴依就是恶魔，我不会饶过他的！”

“如果你是塔西巴依老爷，你会把你这种人留在身边吗？”卡木恰试图引诱库尔班掉入设好的陷阱。

“你们想怎么害我，就直说吧！”库尔班心知肚明，依盖尔他们来，肯定没好事。

“老爷用你跟尼雅的巴依老爷换了两头骡子。你准备好，马上就送你去尼雅。这可是走远路，你可不要在路上掉了膘，让尼雅的巴依老爷退货。所以你得把走远路的东西都准备好。”

“你就不怕我今天晚上跑了吗？”

卡木恰笑了笑：“我们不怕。你跑了，我们就去找解放军。上次你烧了塔西巴依老爷家的草料堆，柯指导员赔了一块手表。你知道那块手表值多少钱吗？可以换十个草料堆呢。你要是跑了，柯指导员会用更值钱的东西来赔。你不想给解放军找麻烦你就跑。”卡木恰说完扭头就走了。

库尔班转身看着挺着大肚子的图尼莎汗，愣在那里不动了，他不知道该怎么办。依盖尔等人走后，肖炉匠和多小兰走了过来。图尼莎汗见到多小兰，扑向多小兰哭了。

肖炉匠看着库尔班：“你是男子汉，你得要拿主意啊！”

“我要杀了塔西巴依！”库尔班说着就去拿砍砍。

“站住！你不要你的老婆了？你不要托乎提汗了？你不要你快出生的孩子了？”

库尔班站住了。托乎提汗扑过去抱住了库尔班。库尔班愣着。

“光愣着有用吗？得赶快想办法呀！”

“你有什么办法？”库尔班愁眉苦脸。

“现在世界上能救你的是谁？”

“只有解放军。”库尔班虽然不想再次给解放军添麻烦，但是眼下这种情势，也只有解放军能救自己了。

当天下午，卡木恰便和两个家丁把库尔班拴在驴后面，准备出发。他们清楚，耽误的时间越久，越可能有变数，但托乎提汗堵在卡木恰身前不让走。

“让开！我一鞭子下去抽死你！”

“你把我爸爸放开！放开我爸爸！”

卡木恰举起鞭子，库尔班冲过去喊道：“卡木恰，你敢打我女儿，我就和你拼命！”

图尼莎汗在一旁向依盖尔苦苦哀求：“管家老爷，你就行行好，放过库尔班吧！没有库尔班我们怎么活啊！”

“你还有脸说怎么活？你们私奔坏了塔西巴依老爷的规矩，没有经过塔西巴依老爷的允许，还跟库尔班有了孩子，你们早就不该活在这个世界上了，是塔西巴依老爷宽宏大量才让你们活到今天！库尔班，拿你换两头骡子，是老爷给你一条生路，再不识抬举，就让你做鞭子下的死鬼！”

托乎提汗和图尼莎汗抱着库尔班不松手，卡木恰正要举起皮鞭抽库尔班一家，远处传来了柯有田的威严喊声：“不许打人！”

随着一阵马蹄声，柯有田带着亚森江、小巴图打马而来。柯有田跳下马，对卡木恰说："你，老老实实站在这儿！"柯有田转脸对一家丁说，"你，去把塔西巴依一家都叫来！"

"亚森江，巴图，把库尔班身上的绳子解了。"

卡木恰想阻拦："哎，你们——"

巴图把枪在卡木恰眼前一亮，卡木恰便吓得不敢吱声了。柯有田登上土台子，塔西巴依和布丽汗从庄园里急速赶来，向柯有田行礼，柯有田只是轻微点头还礼。柯有田从巴图的公文包里拿出通告："这个通告，是中国人民解放军于田县军事管理委员会第一号政令，内容是从政令发布的昨天起，完全、彻底地废除本县范围内的农奴制度。也就是说，所有的农奴都解放了，农奴们不再是农奴主家的财产，你们自由了，从此你们有了做人的权利了！"

柯有田掷地有声的话语让库尔班惊呆了，图尼莎汗不敢相信自己的耳朵，围观的群众由惊而喜，互相议论着。

柯有田看着塔西巴依："塔西巴依，我讲的话你听明白了吗？"

塔西巴依惊诧万分，语无伦次："我的农奴，我的奴隶，怎么？他们都是我的！"

"从今往后，他们不再是你的农奴，不再是你的奴隶，如果敢违抗政府的决议，对于这种行为的恶霸地主，我们将坚决镇压！"

柯有田转身走到库尔班面前，握住他的手："库尔班，你自由了，从此你真正有了做人的权利！"

库尔班不敢相信柯有田所说的话，他问道："我自由了？不再是农奴了？"

"对，是解放军解放了你，是共产党，是毛主席给了你自由，给了你做人的权利！"

库尔班眼眶湿润了："共产党，毛主席！"

"对，是共产党，毛主席！"

库尔班一把抱住了柯有田，他尽量抑制着激动："我解放了？我自由了？"

“对，库尔班大哥，你自由了！你解放了！”

库尔班含泪笑着，转身向周围的群众大声地喊道：“我解放了！我自由了！我解放了，我自由了！我解放了——！我自由了——！”库尔班的喊声响彻天际！

欢庆的鼓点和乐曲再一次响彻整个村子，库尔班、图尼莎汗和农奴们欢快地舞蹈，亚森江、巴图加入群众中，与大家一起跳起了舞。柯有田欣慰地看着眼前欢快的农民，库尔班上前拉着柯有田跳起了舞！柯有田虽然有些不太好意思，但是气氛使然，这个日子对于面前这些欢腾舞蹈的人来说意义非凡，他们的春天来了，他们对于新生活的渴望是可以感染每一个人的。

解放军对各家各户走访调查。库尔班陪着柯有田来到他家的土屋前，请柯有田进屋。柯有田打量着这座屋子，问库尔班：“这就是你的家?”

“是，是我的家。”

“农奴是不是都像你一样住在自己的家里?”

“不是。像玉木拉克就没有自己的家，他住在塔西巴依的马号里。有的农奴住在塔西巴依家放杂物的房子里，有的住在他们干活的地方，比如给伙房劈柴禾的沃炭其，就住在塔西巴依家的柴禾堆上，冬天太冷的时候，他就躲在塔西巴依家的馕坑里过夜。”

“像你们这些有自己住房的农奴，房子是怎么来的?”

“这座房子是我爷爷带着我爸爸自己盖起来的，他们白天给塔西巴依家干活，夜里就自己盖房子。有些农奴以前不是塔西巴依家的农奴，比如我的岳父热杰甫，他家祖上欠了塔西巴依家的钱还不起，就成了塔西巴依家的农奴了，但是他们还住在祖先留下的房子里。柯指导员，请进!”

“你是大哥，你请!”

库尔班笑道：“你是贵客，你请!”

柯有田礼貌地向库尔班躬身，走进了屋子。库尔班请柯有田坐在土炕上，柯有田也请库尔班一起坐下。图尼莎汗端来一葫芦碗沙枣放在柯有田的面前。

“按我们的习俗，来了客人，要把家里最好的食物拿出来招待客人。可是我们家实在没有什么好食物，不好意思！”

柯有田拿起一个沙枣放进嘴里嚼了会儿，对图尼莎汗说：“嫂子挑的沙枣非常好吃，很甜，还带点酸味，好吃，谢谢嫂子！”

图尼莎汗开心地笑了。库尔班说：“柯指导员，我原来怪罪过你，现在回想起来，你是对的。如果像我那样把塔西巴依杀了，是没有用的，光死一个塔西巴依，千千万万个农奴还是会受苦受难。现在，不但我得到了自由，其他农奴兄弟们也都得到了自由，塔西巴依再也不敢欺压我们了。”

“我们解放军是人民的军队，政府也是人民的政府，只有在共产党的领导下，团结起来拧成一股绳，才能跟塔西巴依这些地主恶霸、剥削阶级做斗争。现在减租反霸已经开始了，就是针对塔西巴依这种恶霸地主的。”

“那塔西巴依能答应吗？不得跟咱们拼命啊？”

“所以说，这是一场非常严峻的斗争，你应该带头配合工作队，发动群众，一起跟塔西巴依做斗争。”

“那我们能成功吗？”

“只要大家齐心协力，就没有做不成的事！”

“现在成了，那以后呢？”

“以后，你们还会有自己的土地。”

库尔班不敢相信：“真的吗？这里的地都是塔西巴依、伯克大人的。”

“下一步我们就要进行建政工作，彻底推翻伯克制度，每个区、每个乡、每个村都建立咱们自己的人民政权，一切由劳动人民说了算，天下就是我们人民的天下，是我们劳苦大众的天下，塔西巴依想翻天也翻不了。”

“太好了！哎？要是你们走了怎么办？还不又成了塔西巴依的天

下了?”

“我们不会走的，我们要把像你这种受苦受难的老百姓都解救出来!”

“太好了! 那我就踏实了，再也不用害怕塔西巴依了!”柯有田和库尔班都笑了，对于库尔班来说，这一天是他期盼已久的，他想起了死去的父母，想起了死去的众多农奴同胞，如果他们也能等到这一天该有多好!

而另一头，眼看要变天的塔西巴依正在家中与布丽汗商量着对策。

“这共产党解放军太厉害了，他们不打我也不骂我，可是把一条绳子拴在我的脖子上，越拉越紧了。”

布丽汗眼珠一转:“要不，去找我哥哥萨迪克去问问? 看看他有什么主意，他可是见过大世面的人!”

塔西巴依想了想，已经到这个节骨眼了，再不挣扎一下自己的好日子可能真的就到头了，于是说:“嗯，不管那么多了，我这就去!”

“可千万别让解放军看见!”

布丽汗替塔西巴依收拾好包裹，塔西巴依牵着一头驴从侧院大门里溜了出去。他穿着普通农民的粗布袷袢，两边看看没有人，跨上驴背急急忙忙地走了。

第六章

塔西巴依把驴拴在凉檐柱子上，转身看着从正房里走出来的穿戴朴素的萨迪克，萨迪克诧异："你怎么穿成这个样子？"

塔西巴依鬼鬼祟祟地摘下羊皮帽子："我不穿成这个样子哪敢来找你！"

"是啊，我不是不让你来找我吗？"

"你还是我的大舅哥吗？我很可能要被定成恶霸地主，定成恶霸地主就麻烦了！我不能让那些农奴骑到我脖子上去，你是见过大世面的人，我不来找你我还去找谁？你快帮我想想该怎么办。"

"我早就提醒过你，让你不要太张扬，要夹着尾巴做人，现在是共产党解放军的天下了，对那些干活的不要只知道用鞭子抽，要像对待牲口一样时常给他们加一些料，刷刷毛。你家那么多粮食，又不缺那点精饲料，你要让他们说你好，就用粮食堵住他们的嘴！"

"你说的这些还管用吗？自从那个解放军发了废除农奴制的通告，以前那些干活弯着腰的农奴，都开始把腰直起来了。"

萨迪克想了想，跟塔西巴依说道："嗯，现在你要赶快做两件事：第一，把你的那些地契、卖身契、任命状，赶快藏到其他人找不到的地方。不能让解放军发现，如果让他们发现，你的罪可就大了。第二，把你的牲畜赶快转移出去，一定不要让解放军清楚你有多少牲畜，让他们知道的越少越好。如果万一被解放军发现，你就坚决不承认是你的牲畜。"

塔西巴依很不情愿："我要是不承认，不就成了别人的了吗？不行！"

"你是要命还是要牲畜？命都没了，要牲畜有什么用？"

塔西巴依听着这话，像泄了气的皮球，叹了口气。

萨迪克继续说道："就是再心疼、再吃亏也不能承认，记住！还有，要在解放军工作队面前表现出非常支持他们的样子，他们宣传什么，你就马上做什么，特别是要放下老爷的身架，对那些农奴示好，让那些农奴觉得你是世界上最好最亲的巴依老爷。"

塔西巴依不解："为什么？为什么我要讨好我的农奴，那些臭干活的？我堂堂的塔西巴依老爷要讨好那些臭干活的？"

"不为什么，就是为了让他们觉得你好，在解放军面前都能说你的好话。有一句古话是怎么说来着？'有花的时候就把花夹在耳朵上，没有花的时候就把屁股夹紧'，是这么说的吧？"

"是有这句话，我听到的是'有花的时候把花夹在耳朵上，没花的时候把尾巴夹在屁股里'。"

"就是这个意思，关键的时候，命才是最重要的，有了命你才有机会过你想要的日子！"塔西巴依点着头。告别了萨迪克，他算是明白了，眼下，只能先迎合着解放军，迎合着那些干活的农奴。回到家后，塔西巴依仔细琢磨了一番，决定要主动出击，一定要在解放军面前表明自己的立场和态度，做出一些牺牲也是很有必要的。

这天，依盖尔敲着铁壳鼓，将库尔班和众人聚拢了起来。塔西巴依拿着一摞文书，拿起一份喊道："吾甫尔，吾甫尔在不在？"一个农民走过来，塔西巴依把那份文书递给那个农民，"这是你借我一秤子大米做抓饭办婚礼的借据，现在还给你！”那个农民将信将疑地接过了文书。塔西巴依又拿起一份文书喊道：“图格曼奇，图格曼奇来了没有？”又一个农民挤了过来，塔西巴依故技重演道：“这是你弄丢了我一袋子玉米粒的欠据，现在还给你，响应工作队的号召，我不要那袋子玉米了。”

“谢谢巴依老爷，你真是太慷慨了！”

“我本来就是一个开明人士嘛！我坚决拥护解放军，我坚决拥护减租反霸。所有有眼睛的人都知道，村东边的大水渠是我主持修的，村西边的大涝坝是我带头挖的。没有那个大涝坝，你们要到三公里以外的河里去打水，河水是经常断流的。乡亲们，俗话说‘喝水的时候要想到挖涝坝的人’，要懂得感恩哪，乡亲们！大家都知道，库尔班和图尼莎汗是我家干活的，他们穷得没钱办婚礼、没脸见人，就逃跑了，是我给他们办的婚礼，我今天还要额外给大家发馕吃……”

塔西巴依在地里巡视，他满脸堆笑，见谁都点头哈腰，仿佛他已经不是地位尊贵的农奴主，而不过是个卑贱的小喽啰。农奴们正在田地里用坎土曼平整土地，从不下地干活的塔西巴依脚踩在虚松的田土里，显然很不适应，走路都歪歪斜斜的。

对于塔西巴依突然的转变，柯有田等人都心知肚明，他不过是狼装成了狗的样子。柯有田在众人面前做了指导讲话：“我们的工作是取得了一些效果。但是斗争从来就是复杂的。我们要提高警惕，注意观察和分析，不要轻易做出结论。另外，发动群众的工作进度还有些缓慢，跟不上形势的发展。所以还要加大力量做发动群众的工作，为我们尽早进行土地改革和建立基层政权打好基础。”

话音刚落，一辆军用吉普车开进了营地，车上下来的是刘参谋。双方互敬军礼后，刘参谋向柯有田传达了团长的命令——即刻到和田城开会。柯有田回帐篷简单收拾了一下，便跟随刘参谋一同前往，半个小时便抵达了目的地。

简洁的会议室里，主墙上挂着标题为“十五团垦区地形图”和“十五团垦区规划图”的示意图。十几个人坐在木条板凳上，团首长正在做指示。

“屯垦戍边是党中央毛主席给我们下达的战略任务，上级要求我们在接管了当地政务和军务的第二年，军粮就能自给自足。我们必须坚决执行毛主席和上级的命令。你们回去以后，马上把轮换到昆仑农场开荒生产的人力安排好。参加屯垦的同时，各地的治安和防务不能有一丝一毫的马虎。大家明白了吗？”

“明白了！”

“现在散会！柯有田留下。”

“知道为什么把你留下吗？”

“有新任务了？”

“没错。听说过进藏先遣连的事吗？”

“知道，是从我们于田走的，上昆仑古道，去接管藏北阿里要塞。”

“到了新疆才知道新疆大吧？藏北也是地广人稀。先遣连虽然是一个加强连，200 号人，但要防守差不多两个山东省那么大的阿里地区，怎么够呢？上级命令我们：就近组织一个特别派遣队，一方面要侦察探索一条给先遣连补充物资的备用路线；一方面前去喀拉山地区，先行接管当地的边防，等待后续部队去接替。”

“叫我上喀拉山高原？”

“没错。以你的连为骨干，组织一支特遣队，从你的防区顺克里雅河进入昆仑山古道，走喀拉山路线，侦察前进，完成刚才说的两大任务。”

柯有田立正敬礼：“保证完成任务！”

当日下午回到巴扎县，柯有田召开了一个小型动员会议，解放军工作队、农民积极分子等二三十人与会，库尔班也在其中。

“特遣队需要 50 匹马、50 头骆驼和 100 头毛驴，还需要 5000 公斤粮食、200 公斤食盐、300 公斤清油，同时还要带上这些牲畜路上吃的草料。这可不是个小数字。请各位农民积极分子帮助我们筹集物资，我们将按市场价格从老百姓手里购买。”柯有田郑重、真诚地看着大家。

库尔班想到，这里最大的人家便是塔西巴依，塔西巴依是不会出让他的粮食和牲畜的，别看他这几天见人就笑，他心里对解放军可是恨得要死！只要塔西巴依一天不铲除，库尔班这心里就一天不踏实。这天，于香秀带着亚森江登记居民基本情况，库尔班从他们这儿打听到，柯有田指导员要离开巴扎县回部队执行任务，他原本落下的心又提到了嗓子眼。指导员一走，塔西巴依不是又要猖狂起来了吗？只有指导员能管得住塔西巴依啊！

库尔班回家要收拾行李，准备和指导员一同离开，他对劝说自己的图尼莎汗说：“你就别唠叨了，我知道的事情比你多。柯指导员走了，塔西巴依就会来欺负我们，所以柯指导员走到哪里，我就跟到哪里。”

库尔班骑着毛驴来到县委大院门前，将驴拴在了拴马桩上，向着门旁站岗的解放军战士行礼后，就往大门里走，却被杨国富给拦住了。库尔班说要见柯指导员，杨国富说柯指导员是谁都能见的吗。两人争执了起来，经过的何秘书了解情况后，带着库尔班来到柯指导员的办公室。

柯有田料到库尔班来找自己，应该是为塔西巴依的事，他知道库尔班始终放不下这颗心。

“库尔班大哥，你站着干什么，你坐呀。”

库尔班应了一声，却仍旧呆立着，两眼一直盯着柯有田。柯有田走到一边，拿暖壶给库尔班倒了一杯水，转脸发现库尔班两眼一直盯着自己。

“库尔班大哥，您找我有什么事？”柯有田说着话，将水杯递给库尔班。

库尔班却始终心不在焉，接水杯时不小心被热水烫了一下，他赶忙把杯子放到了桌上。

“柯指导员，听说你要离开这里了？”

“谁说我要离开这里了？”

“于队长说的。你要去执行任务了。”

“哦，是要去执行任务，过段时间就会回来的。”

“你去哪儿执行任务？我也去吧。我要跟着你。”

柯有田笑了：“库尔班大哥，我们执行任务是有严格纪律的，你是不能参加的。”

“你不是共产党解放军吗？”

“是啊。”

“你让我跟着党走，跟着解放军走，那我跟着你们走，有错吗？”

柯有田哈哈大笑，库尔班实在是太单纯、太天真了！库尔班一脸不解：“柯指导员，你笑什么啊，我说错了吗？”

“你说得没错。是要跟着党走，跟着解放军走，但不是一定要跟着我走。库尔班大哥，只有跟着共产党把所有欺压老百姓的地主恶霸都打倒了，我们穷苦老百姓才能有真正的自由，才能过上天天有馕吃的好日子。”库尔班点了点头，柯有田继续说道，“现在你有了自由，不是所有的人都像你一样，还有像你一样的穷苦老百姓需要我们去解放他们。为了大家都能过上天天有馕吃的日子，我现在交给你个任务。”

“柯指导员，你说，我保证完成任务。”

“现在咱们解放军部队执行任务急需筹集大批的牲畜和粮草，需要你带头帮着我们跟老百姓做做动员工作，使大家能够支援我们。”

“行。我一定做到。”库尔班转念一想，说道，“老百姓都是穷苦人，手里没有什么粮食和牲畜，就是有，也很少。只有像塔西巴依那样的地主恶霸的手里才会有大批的牲畜和粮食。咱们应该去找塔西巴依。”库尔班将那天开会时自己的想法如实告诉了指导员。

“对呀，库尔班大哥。我怎么没想到！”

“走！我这就带你们去。”

塔西巴依见是柯有田到来，满脸堆笑，极尽谄媚之词：“我说今天的阳光为什么那么明媚呢，原来是因为柯指导员的到来。”

“塔西巴依，我们需要从你家租用一批毛驴和马匹，还请你积极配合。”

“解放军能找到我，是我非常大的荣幸，我很高兴为解放军效劳。哎呀，真是不巧，我们家的驴和马，前些时候给山里的巴依还账，都被赶到山里去了，还剩下十几头驴，喂牲口的人夜里忘了关马号的门，又有几头不知道跑到哪里去了。管家，我们现在还有几匹马几头驴呀？”塔西巴依装模作样地问道。

依盖尔应道：“回老爷的话，咱们家还有三头毛驴和一匹马。”

塔西巴依向柯有田一摊手说：“你看，就只有这些了。我愿意把仅存的三头毛驴和一匹马无偿地捐献给解放军用，不需要任何租金，只要解放军能用，就是我塔西巴依的无上荣幸！”

“塔西巴依，你别在这里耍花招，你们家里有多少马、多少驴，你以为我不知道呢？你骗谁呢！”库尔班实在看不惯塔西巴依这套把戏。

“库尔班，你说的那是原来，我现在是真的没有了，不信，你们自己去看。”塔西巴依早已做好了准备，将家中的资产都转移了。

“既然这样，我们就不打扰了。告辞了。”

“柯指导员，他肯定在撒谎！他有呢，他肯定是不愿意拿出来给我们解放军用。”库尔班不甘心就这样放过塔西巴依。

“库尔班，你不要血口喷人！你不要陷害我，带着解放军来报私仇。”

“你这个可恨的恶霸地主。”库尔班要冲上前去，却被柯有田拦住了。

“库尔班大哥，既然塔西巴依没有，我们也不能逼着他给我们用吧，我们再去想办法，走。”

塔西巴依得意扬扬地看着他们离去的背影：“一帮穷鬼，还想和我斗！”

“还是老爷高明啊。”

“我幸亏听了大舅哥萨迪克的话，提前把我的畜群转移了。要不这次的损失就大了。”

离开塔西巴依庄园后，库尔班始终耿耿于怀，他追着柯有田问道：

“为什么不去他的马号看看?”

柯有田一笑:“他叫咱们去看,就说明他心里有底,他早就把牲畜转移了,咱们去了什么也看不到。”

“你是说,那里根本没有牲畜?”

“他已经说没有了,怎么可能还把牲畜留到马号里等我们去查看呢?塔西巴依没那么蠢。”

“嗯,说的也是。塔西巴依不会让我们轻易抓到他的尾巴的。”

“库尔班大哥,斗争要讲智慧、讲策略。”

“再讲策略我们也不能让塔西巴依这个恶霸地主把我们骗了!他确确实实有好几百头牲畜呢,柯指导员,你给我三天的时间,我一定把它找出来。”库尔班坚定地看着柯有田。

“好的,既然这样,我就派一名战士保护你,跟你一起找。”

“哎呀,我需要保护啥?我一个人跑来跑去快,不需要什么人保护我。”

“库尔班大哥,你还不明白,斗争形势是非常严峻的,处处都要小心呐。给你增加一个人,不但能保护你,也能照应一下。”

库尔班笑了:“好,那你就把小甘肃给我吧,这个娃娃我喜欢。我把我找牲口的绝技传授给他。”柯有田点头同意了。当天下午,库尔班便和玉木拉克、小甘肃去了塔西巴依庄园的马圈,马圈里果然空空如也。库尔班蹲在地上查看蹄印,小甘肃拿着枪守在一边警戒。

“你不是喂马喂驴的吗?牲口什么时候没了,连你都不知道?”库尔班抬头看了看一旁的玉木拉克。

“前天的时候还都在呢,结果昨天早上起来,牲口就都没了,我还纳闷呢。这么多的牲口,一夜之间都到哪里去了?”

就在这时,一个身影从墙角闪了过去,库尔班等人察觉后连忙跟了过去,发现是依盖尔。库尔班小声道:“这个坏家伙,不知道又要搞什么鬼。”他们悄声地跟了过去,然而他们并不知道,这是塔西巴依的另一个阴谋。

库尔班和小甘肃跟着依盖尔进了树林，依盖尔就不见了，只发现地上马蹄杂乱的痕迹。库尔班仔细查看这些蹄印，推测出依盖尔是沿着河岸往下走了。他们顺着蹄印沿着河岸边寻找。

“这么多的蹄印，好像是塔西巴依家的那些牲口。依盖尔是去追那些牲口吗？”库尔班满心疑惑。

正说着，远处又闪现出依盖尔的身影。库尔班喊道：“依盖尔！站住！”依盖尔刚想跑，便被小甘肃一嗓子威吓住：“站住！我看你跑得快，还是我的子弹跑得快。”依盖尔乖乖站在原地，等着二人走上前去。

“依盖尔，你在这儿干吗呢？搞什么鬼？”

小甘肃拿枪吓唬依盖尔：“快说！”

依盖尔装模作样，一脸无辜地看着库尔班：“我这不是在找塔西巴依老爷家丢了的牲口么。老爷吩咐了，要是能把丢了的牲口找回来的话，都给解放军送去，支援解放军。对了，库尔班，你不是找牲口最厉害的么，牲口跑到哪里去，你都能找回来，你快帮着老爷把牲口找回来吧。”

“依盖尔，你要是敢耍花招欺骗解放军，解放军是饶不了你的。”

“我哪敢欺骗解放军呀？我这着急还来不及呢，哪有心情去欺骗解放军？”

“库尔班大叔，别跟他废话，我们接着找牲口吧。别让他耽误我们的时间，否则牲口就跑远了。”

库尔班和小甘肃走了半天，他们在河边的蹄印前停了下来。

“不对啊，看这些蹄印，最多才十几头驴，这也太少了，不像是塔西巴依家的牲口。”

“如果不是塔西巴依家的牲口，那我们就找错了。”

库尔班恍然大悟：“对，是依盖尔故意让我们找错方向的。”

“对，是敌人故意迷惑我们的，不让我们找到塔西巴依的牲口。”

库尔班和小甘肃开玩笑：“小甘肃，你革命的警惕性很高嘛。”

“那当然，这都是柯指导员教给我的。”

“走。咱们再到其他地方去找找。”

两人找寻了大半天，什么蛛丝马迹都没找到，只好先回去，垂头丧气的库尔班在村口遇见肖炉匠：“库尔班，你眼睛盯在地上走路，这是怎么了，丢了什么东西了吗？”

库尔班抬头看着肖炉匠：“我丢了一群牲口。”

肖炉匠诧异道：“你的一群牲口？你什么时候有一群牲口？”

“没错，就是一群牲口，二百多头驴，还有十几匹马。”

“你说的那是塔西巴依家吧！咱们这里只有塔西巴依家才有二百多头驴和十几匹马。”

“看吧，这事你都知道。可是塔西巴依说他没有牲口，解放军要征用牲畜的时候，塔西巴依说他的牲口一头都没了，全抵押给山里的巴依了。我到他的马号里去看了看，确实一头牲口都没有了。我要把这些牲口找回来，给解放军征用。”

“所以你就看地上的蹄印，看看那群牲口到哪里去了？”

“是啊。可是，我转了半天了，也没发现有那么多蹄印是朝一个方向走的。你帮我想想，塔西巴依的牲口可能往哪个方向走了？”

肖炉匠想了想：“塔西巴依说他们几百头牲畜被抵押到山里去了，山里在南边，这些牲畜绝不会去了南边。”

“为什么？”库尔班若有所思。

“他的牲畜真去了南边，他会告诉你是去了南边吗？”

库尔班恍然大悟：“唔，对啊！那就是他把家里的驴马赶到北边去了？”

“北边是芦苇荒滩，牲畜放到那里不愁没草吃，我能想得到，你也能想得到，我们都能想得到的地方，塔西巴依会把牲畜藏到那里去吗？”

“是，有道理！西边呢？”

“西边是沙漠古道，解放军的营盘就扎在古道口上，几百头牲畜过去，解放军的岗哨会发现的。”

“那就是东边。东边穿过沙漠就是尼雅县的地界。”

“我判断塔西巴依的畜群应该是往东去了。我只是这样想，是不是那么回事还不知道，你到东边去看看，可能会找到蹄印。”

库尔班与小甘肃根据肖炉匠的推断，来到村外一条往东去的沙土路上，果不其然，地上有杂乱的蹄印。

“连我都看出来了，这里曾经有一大群牲畜走过。”

“追!”库尔班很是激动，眼看着便能将塔西巴依的谎话揭穿了。

“情况不明，要先向上级汇报。”

“再不抓紧时间追，它们就跑远了!”

小甘肃也清楚，如果回去汇报，可能就真的追不上了；无奈之下，他只好把自己的军帽摘下来挂在路边的树上留下提示，随后便跟着库尔班顺着地上的蹄印向前跑去。两人不停地跑着，沿着蹄印一直跑到了沙漠深处，远处正有一个人赶着大批的驴马缓缓地走着。库尔班和小甘肃赶上来。库尔班指着：“看！塔西巴依家的牲口都在这里呢。”

库尔班冲着那个远处赶牲口的人喊道：“老乡，等一下！等一下，老乡。”赶牲口的人放慢了速度。库尔班和小甘肃急忙跑了过去。库尔班问道：“老乡，你这些牲口是不是塔西巴依家的?”

“我不知道谁是塔西巴依，别人给我钱，让我来帮着赶牲口。”赶牲口人一边说着一边挥舞着手里的鞭子。

小甘肃总觉得他有所隐瞒：“老乡，你可要说实话啊，可不能欺骗我们解放军。”

“我没有欺骗解放军，我确实不知道这些牲口是谁家的。”

库尔班在牲口群里巡视着，突然他兴奋地叫起来：“这就是塔西巴依家的，这几头牲口我认识，错不了。”小甘肃一听，便把枪口冲准了赶马人：“快说！你到底是干什么的，这些牲口是从哪里来的?”

“我只是一个干活的，为了挣钱才来干这个的，其他的我什么都不知道。”赶马人吓得体如筛糠。

“这些牲口都是塔西巴依家的，如果这样赶走了，就犯包庇地主恶霸罪。”

赶马人急了：“我犯什么罪？难道还没有说理的地方了吗？我倒要跟

着你去讲讲清楚!"

这正合了库尔班和小甘肃的意。库尔班乐了:"这就对了,只要能讲清楚,就什么事情也没有了。咱们快走,快点儿去把事情讲清楚。"

"走就走,驾!"赶马人调转马头,赶着牲口往回走去。库尔班和小甘肃也在一旁帮着赶牲口,两人相视,会心一笑。几百头牲口停在了村口,库尔班兴奋地跑进柯有田的帐篷汇报:"柯指导员,我们找到了好几百头牲畜!"

"唔?塔西巴依家的?"

"我认识那中间的几头驴是塔西巴依家的。"

柯有田思忖道:"这样看来,我们还要把这些牲畜给塔西巴依送回去。"

库尔班急了:"为什么?"眼看着这些现成的牲口就能成为解放军的物资了,却还要送还给塔西巴依,库尔班又急又气愤。

"那些牲畜是没有主人的野生动物吗?"

"当然不是,凡是眼睛能看见东西的人都知道,这些牲口全是家养的。再说野生的驴和马没有驯过,也不能当牲口用啊。"

"这就对了。这批牲畜是有主人的,没经过主人的同意我们就拉来用了,这是违反纪律的,三大纪律第二条就是不拿群众一针一线。既然可能是塔西巴依家的,我们就去问问是不是他家的。"

"可是……塔西巴依是不会把他家的牲畜给解放军用的。"

"他会承认这是他家的牲畜吗?"柯有田意味深长地看着焦急的库尔班。库尔班想了想,这才恍然大悟,开心地笑了。

柯有田带着库尔班和几个战士,把驴马群赶到了塔西巴依庄园门口的大桑树下。库尔班敲起铁壳鼓把大伙召集了起来,塔西巴依听声,也带着依盖尔和卡木恰出来看热闹。

柯有田走到塔西巴依面前问道:"塔西巴依,这些牲畜是你的吗?"

塔西巴依装模作样地察看牲畜,又是点头,又是摇头,他不知如何是好了。现在他是进退两难,骑虎难下。他不能承认这些牲口是他的,可他又不想眼睁睁看着这些牲口就这样被解放军拿走。

库尔班看塔西巴依不说话，问道："你不是说你们家没有牲口了吗？"

"对呀，就是剩下三头驴、一匹马了，这不是都在牲口棚里拴着吗？"塔西巴依狠了狠心，只好一不做二不休。

柯有田继续说道："乡亲们，如果这些牲口没有人认领，我们解放军先代为饲养，并且征用，等找到这些牲口的主人，我们再进行归还。解放军征用这些牲口，不是白用的，到归还牲口的时候，我们将租金一并交给它们的主人。请大家再次确认一下，是不是没有人认领？"

塔西巴依干着急，不敢说话，和依盖尔面面相觑。这时，卡木恰讨好地挤到牲口旁看了看，扯开嗓子喊道："老爷，这不就是你的那些牲口吗？好几个还都是我给起的名字呢。"

卡木恰这突如其来的几句话让塔西巴依更下不来台了，他不知如何作答。依盖尔上去狠狠踢了卡木恰一脚："胡说，你可看清楚了，这是解放军老爷捡回来的牲口！滚！"

"大管家，您那么好的眼神，怎么还能看错呢？这就是老爷的牲口嘛！"

"真的？你确定？"柯有田转脸对着塔西巴依问道，"塔西巴依，这些牲口到底是不是你的？"

塔西巴依已经蒙了，他支支吾吾的，不知说什么好。库尔班看着无措的塔西巴依，心里十分解气，他对柯有田说道："柯指导员，问啥问，这都是我和小甘肃捡来的，等给咱们解放军用完了，全都分给咱们村的老百姓。"

塔西巴依越听越气，这些话在他听来就好像自己身上的肉被割一般，平常赔笑脸倒还好，要是真把自己的这些牲口分发给卑贱的农奴们，他怎么能甘心?!"等等，让我自己再好好看看！"塔西巴依装模作样地走到牲口旁边察看，忽然，他惊讶道："哎呀，这不就是我丢了的那些牲口吗？依盖尔，你再看仔细一点，别弄错了！"依盖尔上前假装仔细察看。

"大管家，你可看清楚再说！"库尔班看戏一般地看着这两人。

“是的老爷，果真是您丢的那些牲口。”

塔西巴依假装欣喜若狂：“真的！太好了，太谢谢咱们解放军了，把我丢了的牲口找回来了！”

库尔班嘲讽道：“塔西巴依，你可看清楚了，千万别弄错了！”

“错不了错不了，只是没有想到，丢了这么好几天了，还能找回来！”

“既然是这样，塔西巴依，和你商量一下，我们解放军需要征用这批牲口，你有意见吗？”

“解放军帮我找回这些牲口，我感谢还来不及呢，怎么可能有意见呢？用吧用吧，我无偿提供给解放军征用！”塔西巴依被逼得走投无路，只能接招，与其将自己的牲口分发给农奴，倒不如给解放军征用。

“好，那就谢谢了！”柯有田高兴地握住塔西巴依的手。塔西巴依赔着笑，只是这满脸的笑容在别人看来却很是尴尬。库尔班对大家喊道：“大家让一下，帮忙把这些牲口赶到解放军军营里去！”人们忙活着轰赶畜群。库尔班从依盖尔身边走过时，依盖尔低声恶狠狠地威胁库尔班：“你等着，等解放军走了，老爷会要你全家的命！”

“我等着！”库尔班毫不畏惧地怒视着依盖尔。

在政府传达室内，杨国富正在办公桌前，这时，酸奶贩苏提汗挑着担子进了政府大门，杨国富一直时不时地瞥着窗外，他看人到了，便走了出去，对酸奶贩说道：“我要的酸奶有吗？”

“有，今天专门给你准备了！”

“谢谢啊！”杨国富给了苏提汗一张大额纸币，苏提汗拿出布袋，从里面掏出一摞纸币，数了数，交给了杨国富。杨国富接过酸奶，走进了传达室，进门时他警觉地观察了一下外面，随后把门关好，躲到了传达室的角落里。他从酸奶碗的底部取出了一张纸条，看完后便放到炉火堆上烧掉了。

中午，杨国富约色日克在附近的一家餐馆吃饭，两人坐在角落，边吃边聊，神情鬼鬼祟祟。

“老板传话过来了，让我们联络一下山里马家的那些人，告诉他们：解放军要去藏北地区，会经过他们那里，让他们早有个准备。这次解放军会带大批的物资，正是他们需要的，一定让他们阻止解放军，如果阻拦不了，就破坏他们的物资。”杨国富对着色日克窃窃私语，眼睛时不时瞟向四周。

“马家军的那些人被解放军打散了，钻进昆仑山当了土匪，给他们的钱少了，他们不会给咱们干活的。”

“那帮子土匪最缺的是粮食和枪支弹药，在山里边跑来跑去的，要钱也没有用，这次正好给他们送上门去了。”

色日克摇着头：“你不知道他们那帮人有多贪，物资金钱什么都得有。”

“问题是咱们没有那么多的钱给他们。”

“怎么也要想办法弄点钱，要不然去绑一票，否则什么也干不成！”

“现在解放军正在强化社会稳定，特别是老百姓眼睛都瞪得老大，你一动就有老百姓给他们报信，就会面临灭顶之灾，不到万不得已不能用这种办法。不过，你说到绑票我倒想起一个人来。”

“谁？”色日克好奇地问。

“孙县长。”杨国富的声音小到几乎只能通过嘴型辨认。

“绑孙县长？”

“不用绑，他自己送上门来了。”

“他熬不住了？”

“他偷偷求我给他安排逃到国外去。”

“这是一条大鱼！他来当县长以后就没有闲着，把于田县的地皮都刮薄了。”

“用孙县长的钱去买通马家军土匪，钱还让孙县长自己扛着去，咱们又做了一个空手套白狼的买卖。”

“你的意思是让我……”

“对，名义上是你护送他，到了地方就——”杨国富做了个杀人的手势。

此刻，战士们正在军营里为出发紧张地准备着，打包，装驮子，为驴马编号，演练行进规则，分发刚送到的骑兵护目镜等防备器材，尤其是炊事班，正反复研究着在高原缺柴情况下的炊事方法。库尔班来找小甘肃，看见他正在进行爬绳训练，便没有过去打扰。库尔班看到军营里的情景，感到异常，他走向柯有田的帐篷，想向指导员询问情况，却被在帐篷外站岗的小巴图拦住了："库尔班大叔，指导员正在开会布置工作，这是军事秘密，请你离开帐篷 30 米以外。"

库尔班只好后退一段距离，蹲在地上看着柯有田的帐篷。他看到军营里边有些战士帽子上戴着罩罩子，感到奇怪，便问小巴图："他们的帽子上戴着罩罩子干什么？"

"那不是罩罩子，那叫骑兵风镜。"

"你的帽子上怎么没有？"

"风镜不够，只好先发给侦察排的战士，还有排长和柯指导员，我们是警卫排的步兵，没有发。"

这时，关恒山、海青川等人从柯有田的帐篷里走了出来，库尔班急忙站起来喊道："柯指导员，我要见你！"柯有田从帐篷里出来，向库尔班走过来："库尔班大哥，你找我有什么事吗？"

"你要走？"

柯有田看了看周围的情景，说："对，我们要去执行任务。"

"我说过了，你去哪儿我就跟着你去哪儿。你要带着我！"库尔班盯着指导员，他已经铁了心。

"我们这次要执行一个非常艰巨、危险的任务，我们不能带你去。"

"我一定要去！我可以给你们带路啊！"

"我们要去的地方你没有去过，你带不了路。"

"我给你们赶驴赶马。"库尔班心想，只要能带上他，让他做什么都行。

“我们有军工队，他们都是侍候牲畜的高手，你看那边，那是我们的军工队员，他们都比你年轻。库尔班大哥，你年龄大了，不适合完成长时间的艰险任务。”

说完柯有田便回帐篷去了。库尔班想跟着柯有田进帐篷，却被小甘肃给拉住了：“库尔班大叔，请你回家去吧！”

“我不！”

“库尔班大叔，你要害我是不是？”

“你这是什么意思？你是我最喜欢的人，我怎么会害你呢？”

“如果我完成不了送你回家的任务，指导员又要关我的禁闭了，你知道不知道？你这不是在害我吗？”

库尔班愣住了：“这么厉害？”

“我们是中国人民解放军，是有纪律有秩序的，你在这里一闹，把我们的秩序搞乱了，你是在做好事呢还是在做坏事？”

“真的这么严重？”

“你是一个老百姓，你不懂军人的纪律性。像你这样想干什么就干什么，部队里也不敢要你啊！”库尔班低头不说话了，小甘肃语重心长地说道，“库尔班大叔，你还是回家去吧！”

这一番话说得库尔班心里很不是滋味，可他还是不明白，为什么指导员就是不让自己跟着他一起去，他低垂着头走在回家的路上，小甘肃在一旁陪着。

“柯指导员为什么不要我？他讨厌我了？他嫌我穿得破、穿得脏了？嫌我不会像你们一样会敬礼，说‘报告指导员’了？他不是说大家要跟着解放军走、跟着共产党走吗？我要跟着他走他怎么就不愿意了？”

小甘肃急了：“你还有完没完？你是一个最自私的人，你根本就不为朋友着想！”

“我怎么自私了？我怎么不为朋友着想了？”

“指导员整天要忙那么多的事，全都是大事，你还为了你那点小事去麻烦他。为了你那点破事，你根本不为我着想，还要把我害得被关禁闭。

你自己说说，你是一个好心的人吗？你替我想过吗？你替指导员想过吗？”

库尔班火了，攥着拳头要揍小甘肃：“你！你敢说我不是个好人？”

此时的小甘肃也正在气头上：“你还想打我？我还真恨不得把你打一顿呢！好，这周围没有人看到，我把军装脱了，咱们两个来打一架！”说着小甘肃便把军装、军帽脱下来，小心地挂在树枝上。转过身，摆了个搏斗的姿势。

“你还真的要跟我打架？我可是厉害得很呢！”

“打马家军的时候我也打过几次仗了，我一对一打倒过两个马家军呢！”

库尔班马上换上一副笑脸。一方面，他是担心自己真的会被这个小孩子给打败；另一方面，他又不忍心打小甘肃。“小甘肃，我怎么会跟解放军打架呢？我再糊涂也知道，解放军是我的救命恩人，解放军是解放我的，就是塔西巴依给我10个金元宝，我也不会说解放军不好的。其实我没有别的意思，我就是觉得柯指导员好，我就是想跟在柯指导员身边。我的心跟你是一样的。”

小甘肃仍然气哼哼的：“你看你弄的，还叫我来送你回家，哼！”

“你别生气，你比我的女儿才大一点，我最喜欢你，我把你看成是我的孩子。我听你的话，不叫你生气好了吧？别生气了，我不骂柯指导员了，我好好地回家，行了吧？”

小甘肃却哭了：“就是为了你，我耽误了训练，我的成绩又赶不上别人了，你还给我找麻烦，我恨死你了！”

库尔班看小甘肃哭了，心里很是愧疚。他从树枝上取下军装，帮小甘肃穿上，赔笑道：“你不要生气了，我老老实实回家去就行了嘛。好了好了，我走了，你赶快回去吧！”

小甘肃虽然被库尔班搞得心烦意乱，却时刻谨记指导员布置给自己的任务，他不放心地站在那里，直到看见库尔班大步流星地离开后，他才飞快地往回跑。然而他跑了几步却站住了，仍不放心地转过身来，却发现库尔班站在不远处，于是他又追了过来。

库尔班慌忙摇手喊道：“你别过来了，我走就是了，我向你保证，我真的回家去了，你赶快回军营吧！”

小甘肃看着库尔班这次真的走远了，已经看不见他的身影后，这才转身飞快地跑回军营去。

第七章

但库尔班并没有直接回家，他始终耿耿于怀，心头的这个结无论如何就是纾解不开；他去了肖炉匠家，想向肖炉匠询问一些问题。肖炉匠正忙着干活，一把铁勺的把儿断了，他在用铜焊的技艺把勺把焊接起来，玉木拉克也在一旁，帮肖炉匠操弄着羊皮风袋。跟两人说完自己被指导员赶回家的事，库尔班便蹲在一边闷闷不乐。

玉木拉克手中操弄着羊皮风袋，看向库尔班："库尔班，你从小性子就太倔，好多事情明明要吃亏，还是要干，结果怎么样呢？鞭子挨得最多，苦受得最多，气也生得最多，这次又犯了这个毛病。别看你为解放军干了些事，以为就能留住他们的心，人家解放军该走的时候还是要走的。"

"所以，我要跟着解放军走，要看看他们到底搞什么鬼把戏，看明白他们到底是什么人。之前对我们挺好的，现在是什么意思？把我们甩了，不管了？你们看看塔西巴依、依盖尔他们凶神恶煞的样子，如果解放军这样走了，以后我们还有好日子过吗？还能活命吗？"

“哦，库尔班，你天天黏着解放军，心里是怕解放军走了，不回来了，是怕塔西巴依要报复，是吧？”

“是，想到解放军要走，是有些害怕。我刚刚获得自由，还没过上几天好日子，要是塔西巴依重新骑到我们头上，他会对我们这些农奴变本加厉，从此我们再也没有好日子了！”

“现在军管会成立了，工作队还在，军营里边肯定有留守的解放军，你怕什么？农奴制度废除了，塔西巴依就是想变天，解放了的农奴们也不答应啊！你还是放宽心，把地种好，让老婆孩子吃饱肚子，这才是正经事。图尼莎汗快生孩子了，你别瞎折腾了。”

“我就觉得，只有柯指导员在我们身边，我这心里才能踏实。就像一只鸟，不落在解放军那儿，就没有地方落。”

库尔班这是钻进牛角尖出不来了。晚上躺在床上，指导员和小甘肃的话始终在他脑海中萦绕，他翻来覆去睡不着。

第二天一早，库尔班匆匆跑去营地，想要跟指导员好好说明一下情况，却发现军营里的畜群和驮子都不见了，大部分帐篷都拆了，只留下了四五顶帐篷。库尔班急了，发脾气跳着脚骂起来：“都是骗子，骗我，你们都走了……”

于香秀闻声从卫生室帐篷里走了出来，看着气急败坏的库尔班：“库尔班大哥，你怎么了？”

库尔班没理她，转身向村里跑去。回到家后，他匆忙地往褡裢里装了一些馕，准备去追随指导员他们。

“你把馕都拿走了，我跟托乎提汗吃什么？”

库尔班犹豫了一下，又把馕从褡裢里取出来，放在餐布上。图尼莎汗拿起两个馕塞进库尔班的褡裢里：“你一定要跟着解放军走？”

库尔班去意已决，他铁了心要做的事，任何人都劝说不动：“你找肖炉匠他们，说一声我去追解放军了。我看看他们到底去哪里，我要把他们追回来。”

特遣队在山前戈壁上行进着，为了保持行进队形，全部人员都步行前进，只有尖兵班骑着马在前方搜索前进。队伍中间是驮着货物的驴马，队伍拉得很长。黑灰色的大山近在眼前，特遣队宿营在一座平缓的小山丘前。炊事班迅速埋锅烧水做饭。柯有田和海青川、关恒山等与战士们一起围成圈蹲着，用军用搪瓷碗吃着汤面片。此时的库尔班仍在急急忙忙地赶路，他背着褡裢，腰里别着砍砍，手里提着一根红柳棍子。他发现了前方的解放军宿营地，一阵欣喜，加快了脚步。

库尔班来到宿营地外，大声喊道："柯指导员、小甘肃，我可追上你们了。还有面片吗？快给我盛上一碗。"

小甘肃、巴图等战士看到库尔班突然出现，都傻了。柯有田端着碗站起来，看着走来的库尔班，笑着摇摇头。

小甘肃走上前："库尔班大叔，你怎么来了？"

库尔班笑嘻嘻地看着小甘肃："你们能来的地方我就能来！"

柯有田从炊事班大锅里盛了一碗汤揪片子，招呼库尔班："既然来了，先吃饭，吃饱了再说话。"柯有田把碗递给库尔班，库尔班高兴地端过碗，便狼吞虎咽地吃了起来。

巴图很是惊奇："你是怎么找上来的？"

小甘肃看着正在吞食面片的库尔班："他有辨识印记的功夫，跟着咱们驴马的脚印，他就追上来了呗。"

库尔班一边开心地吃着，一边说道："还是小甘肃了解我！"库尔班很快地吃完了汤面，把碗交给炊事班的战士，对着柯有田嘿嘿嘿地笑着。

"吃饱了吗？"

"吃饱了。"库尔班点了点头，打了个饱嗝。

"吃饱了你就回去吧！"

"什么？叫我现在就回去？"

"现在回去怎么了？"

"天黑了有狼呢，山里边还有人脚熊，遇到它们我还能活着回去吗？"

"你来的时候遇到过了吗？"

库尔班摇了摇头："没有。"

"来的时候没有，说明回去的时候也没有。"

"我来的时候嘛，它们都睡觉了。"库尔班挖空心思要跟着指导员的队伍一起。

柯有田笑着："好吧，安全起见，你今天就睡在这里吧。小甘肃，让库尔班跟你睡。"

小甘肃气哼哼地看着库尔班，但指导员发话了，他只好领着库尔班去了自己帐篷。夜里，库尔班用衣服蒙着头，睡得很香。天蒙蒙亮时，库尔班睁开了惺忪的睡眼，用手抬起帐篷的一角，往外看了看，发现好像不对劲，四下怎么没人了？库尔班立刻坐起来，一看，果然没人了！再一扭头，小甘肃正噘着嘴气呼呼地坐在旁边，手里拿着枪。

"怎么剩你一个人了？"

"都怪你，队伍天刚亮就出发了，柯指导员命令我送你回去，我都不知道，回来的时候还能不能追上队伍了！"

看着快哭的小甘肃，库尔班感到十分抱歉，是他拖累了小甘肃。小甘肃站了起来："快给我回去吧，库尔班大叔，要不然我可追不上队伍了。"

"可是，我要不跟着解放军，柯指导员把我们忘了，不管我们怎么办？塔西巴依就怕柯指导员！"

"那你更应该听柯指导员的话，现在村里正在减租反霸，需要你这样的积极分子配合工作队的工作。你就听柯指导员的，好好在村里待着，别再给我们找麻烦了好不好？"

库尔班闷闷不乐地说："好吧……"

两人走了大半天，终于回到了工作队帐篷里。于香秀跟亚森江正在写标语，因为没有墨汁，于香秀把一些锅底灰调成墨汁。小甘肃见她手上沾满了墨水，脸上也沾上了墨汁，不禁笑出了声。

于香秀听见声音，回头发现是小甘肃，非常惊讶："咦？小甘肃，你怎么回来了？"

小甘肃一想到库尔班，就没好气："还不是这位好大叔给我惹的麻烦，过来吧，库尔班大叔!"

库尔班走进帐篷，对着于香秀行了个礼，不好意思地说："你好，于香秀队长，是我给小甘肃找麻烦了。"

小甘肃看着于香秀："柯指导员说，一定要照顾好库尔班，他可是我们的依靠力量。我要走了，不然就追不上队伍了。"

"唔，我明白了。你快回吧，我们这里有很多重要的工作，需要交给库尔班大哥做呢。"于香秀对六神无主地站在那里的库尔班说，"走，库尔班大哥，陪我去入户走访吧，我还有二十多家没走访完呢。"

库尔班点了点头，随后便跟着于香秀和亚森江挨家挨户地走访调查，只是他始终心不在焉，时不时望向塔西巴依庄园。而库尔班这些举动全都被于香秀看在眼里，她知道库尔班的担忧，却也十分清楚，部队还有更为重要的任务，不能由着库尔班的性子胡来。

三人去了肖炉匠家。肖炉匠和多小兰拿出水果和馕，倒了茶，热情地接待于香秀、亚森江。库尔班得空把肖炉匠拉到一边："你给我准备半袋子粮食，然后找多来地，就说我要借他的毛驴用用。"

"你还要去追柯指导员?"

"柯指导员他们对于这边山里的情况不熟悉，运输队里的驴又是从咱们这里征集的。咱们这里的驴走远路到了外地，会犯毛病呢。我得去帮他们把驴群收拾好，要不然会耽误大事的。"

肖炉匠想了想："嗯，既然是要帮解放军，我就再帮你一次吧!"

调查任务完成后，于香秀亲自把库尔班送回了家，图尼莎汗和托乎提汗拉着库尔班的手，欣喜万分。

"爸爸，你走了以后，妈妈可担心了。"

图尼莎汗喜极而泣："于香秀队长，见到你太高兴了!"

"大嫂，库尔班大哥我可就交给你了，你一定要把他看好啊!"

"库尔班给你们找麻烦了?"

“那倒不是。库尔班大哥的积极性是非常高的，但是我们的工作需要按照计划一步步地推进。我们希望库尔班大哥配合工作队的工作，不要再乱跑了。”

“你是让我把他看住?”

“是啊。现在工作很忙，任务很重，我们非常需要库尔班大哥这样有觉悟有热情的同志配合工作。”

送走于香秀后，图尼莎汗坐在炕上，睁大眼睛一直看着库尔班，她不能让库尔班再去犯傻。库尔班躺在炕上，看了一眼图尼莎汗：“你坐在这儿看着我，我睡不着。”

“于香秀说了，叫我把你看好。”

“你躺下看着我就行了嘛。”

“你要知道，我怀着孩子呢，我很累，一躺下就会睡着的。”

“你躺下，抓住我的衣服，你就是睡着了也不怕我跑了。”

“你要保证听于香秀的话。人家一个小丫头，当工作队的队长很不容易，她可是救过你的人哪，你要好好听人家的话。”

“我听话，听话。我跑了一天，也累了，睡觉吧……”库尔班很快就发出了轻微鼾声。图尼莎汗仍旧坚持坐着，用手抓住库尔班衣服。过了一会儿，睡意袭来，她虽然想极力保持清醒，却很快就睡着了。库尔班打着微鼾，偷偷睁开眼睛观察图尼莎汗。他确认图尼莎汗是真的睡着了，抓自己的手也自然地松开垂落下去。库尔班一边轻轻把她放倒，一边装作继续打着呼噜，然后悄悄地从炕上溜了下来，摸索着找到沙枣箩筐，从里面找出了一个布口袋，他把半箩筐沙枣都倒进了口袋。这时突然传来图尼莎汗的两声咳嗽，库尔班吓得一下趴在地上，他抬起身看到图尼莎汗又翻身睡去，才小心翼翼地爬起来。他想了想，又从口袋里捧出两大捧沙枣，放回了箩筐里。临出门时，库尔班又顺手拿走一陶罐熬制的杏干酱，蹑手蹑脚地开门闪身而出，又悄悄地把门掩上了。

库尔班扛着一口袋干果匆匆走着，肩上背着褡裢，褡裢里装得鼓鼓囊囊的。他来到了肖炉匠家门口，往院子里扔了一颗小石子，随后门便开了。肖炉匠从里面提着两个小口袋出来了，悄声说：“这是馕，这是杏干。”

库尔班感激地拥抱肖炉匠：“你真是我的好大哥!”

肖炉匠不放心地嘱咐道：“你路上可一定当心!”

“肖大哥，图尼莎汗和托乎提汗就拜托你和嫂子帮我照顾了，等我回来再感谢你们!”库尔班与肖炉匠告别后，骑上从多来地那儿借的驴，追赶部队去了。行进到山区时，他察觉驴似乎有点异常，有些不听使唤。他下了驴，发现地上有驴粪蛋。他蹲在驴粪蛋旁，拣起根小红柳棍，拨拉着看了一会儿，自语道：“我说要出毛病吧？这不就真的出毛病了啊!”库尔班跨上驴继续往前赶，走一段后跳下驴，撮起地上的沙土放在鼻子前闻一闻，用口水蘸一点，尝一尝。走到另一处，他又尝了尝地上的沙土，很受刺激地把沙土吐了出来。他从驴背上取下坎土曼，一边在沙土地上走着，一边用红柳棍子捣着沙土。棍子捣到了地面下有硬的东西，他挥起坎土曼挖着沙土，很快就挖出了一块板结成硬块的盐碱土。把这种硬块泡进水里化开，就是南疆人民传统上食用的咸盐。库尔班又挖出了几块，用砍砍砸碎装在袋子里，放在驴背上驮着。眼看驴就要走不动了，此时不知距离解放军队伍还有多远，库尔班牵着驴，行走在大漠戈壁上。他信念坚定：一定要追上解放军。

此时，特遣队已经进入深山，由于海拔比较高，空气稀薄，气温降低，战士们行走明显吃力。柯有田突然发现雪地上的血迹，他对着血迹仔细看了一会儿，大声喊道：“关恒山!”

值日排长关恒山喘着粗气走过来，问道：“指导员，怎么了?”

“停止前进!”

关恒山吹响了哨子：“停止前进!”队伍原地站住。

“为什么停止前进?”

柯有田指着地上的血迹问：“这是怎么回事?”

关恒山也不清楚状况，兴许随队医生汤军医能了解些情况。军医汤守仁背着药箱、喘着粗气快步走了过来。通过对地上血迹的查看，汤守仁跟柯有田汇报：“这是有的战士口腔出血，吐出来的。我们从出发以来，就没有吃到过蔬菜，更没有水果。有的战士自身合成维他命的功能比别人低，又对缺乏维他命反应强烈，就出现了这种症状。这在西北地区是常见病，民间叫癞皮病或者春荒病，严重的会使人体力下降或者失去活动能力，个别的会因败血病而死亡。”

“啊？这么严重？有什么办法可以治呢?”

“最简便的办法是给患者服用维他命片，但是我们没有。”

“说有用的。”

“据说，新疆的好几个少数民族的人民没有吃蔬菜的习惯，他们的维他命是靠水果、干果来提供。在没有水果和干果的牧区，游牧民族的维他命是靠酸奶和由酸奶制成的奶干来提供的。”

“这些东西咱们也都没有啊，你有什么办法?”

“我一时也没办法，我想跟少数民族的战士商量一下，让他们也帮着想想办法。”

“好!”柯有田对值日排长关恒山说，“你安排一下，把各排的藏族、蒙古族、维吾尔族的战士召集在一起，跟汤军医商量下解决问题的办法。”

这个节骨眼，坏消息一个接一个，军工队长跟柯有田报告：“指导员，有两头驴趴下起不来了。”

柯有田来到运输队队列里，只见两头驴趴在地上起不来。军工们把它们背上的驮子卸下来，又拽缰绳又拽尾巴，终于把驴拽起来了，然而驴四肢软弱地走了几步，又趴下了。

柯有田席地而坐，焦虑地思索着：眼下人员和牲畜接连出了问题，而距离目的地还有好一段路，硬撑着肯定不是办法。这时，两个排长和刘参谋赶来，向柯有田敬礼。柯有田看着汤军医，问道：“有办法了吗?”

“藏族和蒙古族战士建议，到河道里去找野菜，他们认识哪些草有毒、哪些草没有毒。他们说，如果能找到野葱野蒜野韭菜就更好了。”

柯有田对值日排长和刘参谋说："通知部队就地宿营，刘参谋负责安营扎寨，侦察排派些战士跟着少数民族战士到河道里去找野菜，一定要注意安全。"

宿营地选在一个平缓的山丘上，柯有田与刘参谋站在山丘顶上查看着四周。柯有田说道："进入高山感到气喘以后，就没看到树木了，只在河道两旁可以找到非常少的野草。在高山上行军，一定要带足干菜或者干果，最好是准备充足的维他命片，这些一定要写到《兵要地志》里边，以前我们没有这方面的经验。"

"你说得对，咱们前边的地势还会更高，遇到此类的问题还会更严重。我怀疑，驴趴下走不了，跟这些问题也有关系。"

"是啊，我们的路还很远，怎么保持我们的战斗力，这是一个大难题啊！这样下去，问题会越来越大，损失会更大，无论如何要想办法解决。"

这时，小甘肃提着一个小口袋走了过来，口袋里装的是老乡送给工作队的杏干、葡萄干和沙枣，柯有田让小甘肃把干果交给汤军医，小甘肃提着袋子快步走了。然而还没走多远，就听到了一阵畜铃的声音，循声望去，发现竟是库尔班骑着一头驴唱着歌，优哉游哉地来了。小甘肃感到不可思议，又惊又气，跑了过去："库尔班大叔，你怎么追上来的？你怎么又来了？"

库尔班对小甘肃一笑："小甘肃，我会告诉柯指导员，这次我来跟你没有关系，他不会关你禁闭的。"

库尔班赶着驴朝柯有田走去："柯指导员！"

柯有田笑了："库尔班大哥，看来你是跟定解放军了！"

"柯指导员，你说得对，解放军到哪里我就到哪里！"

柯有田笑了，这股犟脾气他也是服气了。库尔班跳下驴，向柯有田和军工们行过礼后，走向卧在地上的驴。库尔班问军工："它是不是不好好吃草？"

"是的。"

“我一来，它们就好好吃草了。”库尔班拖来一麻袋草倒在地上，把小口袋旦的一些土盐倒在草上，拌匀了，把草拿到驴嘴前，谁料驴一下子来了精神，贪婪地吃着草。库尔班叫军工们把他拌过的草拿给其他马驴吃，牲畜们一下子胃口大开，大口吃着草。

库尔班对军工们说：“再给它们加点料。”

柯有田看着重新焕发生机的驴，感到不可思议：“库尔班大哥，你行啊!”

“这个对我嘛，简单得很!”库尔班咧着嘴得意地笑着，他自小跟土地和牲畜相依，牲畜病了他一眼就能看出来。

卧地的驴吃过草，休息了一会儿，便精神百倍地对着库尔班晃头喷响鼻。库尔班对其中一头仍躺在地上的驴说道：“起来吧，你别以为你是一只猫!”库尔班抖了抖缰绳，那驴像是真能听懂库尔班说话一样，竟然自己站起来了。库尔班牵着那头驴，对其他驴说：“走，喝水去!”驴群就跟着库尔班向河道的方向走去了。

柯有田不由感叹：“看来库尔班来得正是时候，来对了!”

本来害怕挨批评的小甘肃一听也高兴了：“库尔班大叔，我来帮你!”小甘肃说完追了上去。

天色将近黄昏，库尔班带着畜群回到了运输队。军工们把牲畜牵到各个群集点，检查畜情，看到牲畜一个个都充满活力，军工们很是兴奋。库尔班坐在地上，从褡裢里掏出馕，从葫芦中往木碗里倒了半碗水，把馕掰开蘸着水吃馕。柯有田来到运输队，不动声色地蹲在了库尔班身旁。

“走了这么远的路，你能受得了?”

“这算什么？走路就是玩嘛，还可以唱歌。”

“我刚才看到你给饲料里边掺了些东西，那是什么东西?”

库尔班笑了：“那个是我们于田人的秘密，我们不给别人讲。”

库尔班听说战士们也患了病，身体很不舒服，他担忧战士们的安危，便去宿营地帐篷里察看，发现确实有的战士身体虚弱。他来回询问着病情，伸手摸摸战士的额头：“没事儿，不发烧，你是不是觉得浑身没力气？”

“是，腿上没力气，走不动！”

正手足无措的汤军医也到这里检查。他看到库尔班在病倒的战士面前走来走去，就提醒说：“库尔班大叔，你最好离开这里到一边去，他们身体很虚弱需要休息。”

库尔班不但不走，还拉着军医问：“军医，你能告诉我他们是怎么回事，难道没有带药吗？”

“其实这个也不算病，就是缺乏维生素。”

库尔班不懂：“什么是维生素？”

“举例说，你们常吃的干果、沙枣、杏干什么的就富含维生素。”

库尔班一听，特别得意，他把褡裢打开，掏出一把沙枣、葡萄干、杏干：“你说的是不是这个？”

汤军医一看十分高兴：“太好了，你带了这么多干果！”

库尔班一看，立马把褡裢合上，摆着手说：“如果柯指导员要我回去呢，我就只好把这些干果带回去了，我呢，在路上慢慢吃。”

说完库尔班走出帐篷，汤军医赶忙跟了出去，在后面喊道：“库尔班大叔！”

库尔班走到自己的那头驴旁边，做出一副要走的样子，开始整理东西。汤军医急忙跑去找到指导员，请他阻拦库尔班回去，巴图和小甘肃也跟着过来。

库尔班故意说：“柯指导员，我准备回去了，好像没有人欢迎我留在这里。”库尔班看着小甘肃，“这次你送我回去吗？我看还是巴图送我好，巴图马骑得比你好！”库尔班说着就要跨上毛驴，巴图和小甘肃急了，冲上去拉住库尔班，差点把他拉倒。

“哎哎哎，你们这是干什么？”

柯有田无奈地笑了笑，走上前，双手拉着库尔班：“好了，好了，我的好大哥，我代表特遣队欢迎你留下！”

库尔班故意严肃起来："那你不赶我回去了？"

"不了，不了，我们连队需要你。"

"是呢，我是你们需要的人，我也需要你们！"库尔班高兴地从不同的口袋里捧出葡萄干、杏干、沙枣等，放在柯有田面前，对汤军医说，"我告诉你们，我们的习惯是，出远门的时候，除了带馕，一定会带一些干果。褡裢里、口袋里、衣服里，能装东西的地方就都装一些干果，走到哪里抓出来就吃。我就知道你们需要呢，就尽量多带一些出来了！"

库尔班的到来解了部队的燃眉之急，柯有田也因此体会到了库尔班的重要性。

部队已经行进到了积雪的山路。库尔班用手挡住太阳光反射到雪上的强光，但是仍然感到眼前发黑。他把羊皮帽子拉得很低，用羊皮帽子上的羊毛来遮挡强光。小甘肃不停地擦着眼睛，突然，他惊叫道："哎呀，我的眼睛看不见了！"部队行进速度慢下来，队形也乱了。值日排长姚二虎大声下达命令："侦察排第二班和第三班插入警卫排和军工队中间，一个侦察兵负责带领三名人员前进。"一个侦察排的战士来到库尔班和小甘肃身边："你们牵着我的背包走。"

库尔班见侦察排的战士都戴着绿色的大眼镜，好奇地问："你们为什么要戴这种东西？"

"这是上级配发的骑兵风镜，这个风镜上有一个绿色的玻璃片，在雪地行军的时候就插到前边，不会得雪盲症。"

小甘肃担忧地问道："我是不是得雪盲症了？"

侦察战士回头看了小甘肃一眼："你还能用你眼睛下边的余光看到自己的脚吗？"

小甘肃试了试："还能。"

"还好，还不严重。明天如果不走雪路，就能看见东西了。"

库尔班不解："那个眼镜这么好，为什么不给每个人都发一个呢？"

"数量不够，要是风镜多，肯定会给每个人都发一个的。"

库尔班心想：这么下去可不行，没有风镜的人肯定占大多数，如果大家都得了雪盲症，可还怎么继续前进啊！晚上，在一堆篝火前，库尔班把褡裢里的馕都取出来，把包馕的细纱布抽出来，对着篝火看着。那是一块南疆人自织的土纱布，网眼中透过了一些光亮。库尔班思索着，如何才能既不影响正常走路，又可以遮挡强光。大家都睡下了，小甘肃看到库尔班还没睡，便说道："库尔班大叔，快休息吧，白天还要行军呢！"

"你先睡，我忙完就睡。"库尔班仍在专心致志地研究着这块布。

"你忙什么？"

"这是个秘密，明天早晨你就知道了！"库尔班故弄玄虚，他想给小甘肃一个惊喜。

"你哪那么多秘密？"

"你快躺下，这娃娃咋那么多话呢？快！"库尔班扶小甘肃躺下并给他盖好了军被，小甘肃很快就睡熟了。库尔班披着自己的棉褡袢，借着篝火的余光，抽出小刀，把那块棉纱布割成一些小条。

第二天，特遣队继续前进，太阳光依旧强烈而刺眼。库尔班从兜里拿出一块棉纱布条绑在自己的眼睛上，还给小甘肃绑了一个。

"你为什么把我的眼睛绑起来？"

"你睁开眼睛，还是能看到东西的。"

"唉，是啊，是能看到东西啊，只是黑了好多。"小甘肃惊奇地睁着眼睛四处打量。

"我听给商人当过脚夫的农奴说过，他们在雪地上走，就用这种办法，不得雪盲症。"

"真顶用吗？"

"试试就知道了嘛！"

解放军队伍仍在行进着。太阳已经升起好高，阳光愈发强烈。小甘肃发现，自己的眼睛居然还能看见，很是兴奋。他将这一情况报告给了柯指导员。柯有田将信将疑，按照库尔班的办法，让队伍中没有风镜的战士，人手一块布条绑在眼睛上。果然，队伍整齐了，行进速度也快了不少。柯有田没想到这个性格耿直甚至有点莽撞、脾气倔强的库尔班，竟然对整个队伍有如此大的帮助。他喜上眉梢，果然革命还是要依靠人民群众啊！

色日克和孙县长带着两个随从行进了好些时日了。一路走来，马都跑瘦了好多。孙县长整日养尊处优，这些天可把他折腾得够呛。眼看山路要进入一个弯道，弯道处山崖上有一个用石头垒起来的古堡，这个古堡地处要害，四周地形险峻。色日克看着那个古堡停了下来："你们先驻扎下来，我要去古堡一趟。"

孙县长赶路心切："不抓紧时间赶路，去古堡干什么？"

"不交买路钱，你还想从这里过去？别说你，就是鹰也飞不过去！这里都是马家军的地盘，就是土匪的地盘，知道吗？"

孙县长一听就不吭声了："那你快去快回！"

色日克冲着孙县长伸出手。

孙县长一脸不解："干什么？"

"买路钱呢？"

为了能够尽快通关，孙县长不情愿地从怀里掏出三根金条，想了想，又收回一根，只给了色日克两根。

"给少了可过不去！"色日克没好气地看了一眼孙县长。

孙县长无奈，只好狠了狠心，把三根金条都给了色日克："这事就拜托你了！"

"县长大人，我可是在提着脑袋给你办事啊！"

"你把我安全送到地方，亏待不了你。"

色日克冷笑一声，接了金条打马而去。色日克来到古堡下，经过几番贿赂通融，赵副官带他进去。他远远看见一个身穿刺绣马褂的人，便打招呼："马团长，多日不见了，你好着呢吧！"

"好着呢，等着你来送大礼呢！"

“马团长，真让你说着了，真给你送大礼来了！”色日克说着，将两个金条递给了马德福。

“唔？就这点东西，还大礼？”

“还有呢！解放军送来的，很快就到。”

马德福拉下脸来：“什么意思？”

“解放军的一个特遣队，带着粮食、咸盐、清油、牲畜这些物资，还有几十条枪和几万发子弹，去喀拉山地区，这还不是送上门的大礼吗？”

“他们来了多少人？”

“他们没多少人，就七八十个人，如果你们把他们灭了，这些山里急需的物资可都归你们了！”

马德福和赵副官对视了一下，赵副官说：“团长，想什么来什么，这不是老天爷在帮我们嘛！咱们熟悉地形，把他们引进咱们的包围圈，让他们死都不知道怎么死的！”

马德福哈哈笑道：“送上来的大礼怎么能不收呢！”

第八章

有了库尔班的方法，特遣队很快便走出了积雪的山脊路段，行进到山谷下，由于视线不清，行军速度缓慢。库尔班和小甘肃在队伍后驱赶驴队。小巴图满脸焦急地从前面跑了过来：“库尔班大叔，你快到前面看看，头驴突然死活都不走了。”

库尔班一听，立刻跟着小巴图跑到了驴队的最前头，发现头驴正在犯驴脾气，几个战士都拉不动它。一个战士着急了，举起鞭子想抽头驴，被库尔班一把夺下鞭子：“哎，这可不行，对它们要像对孩子一样，别急，让我来。”库尔班搂着头驴的脖子：“怎么了，我的好朋友，你发现什么了？大白天的，不会有狼吧？”

柯有田带着关恒山和海青川赶了过来。柯有田了解情况后，推测前面很可能有异常情况。海排长和山猴子爬上山用望远镜观察，果然不出所料，他们看见了在远处已经埋伏好的马匪。

海青川对山猴子说道：“有埋伏，看来敌人是有备而来，已经了解我们的行动路线，你留在这里注意观察，我去报信儿，万一发生意外，鸣枪警告！”

“是！”海排长转身下山，山猴子继续留在山上观察。

听完海青川的报告后，柯有田猜想应该是马家军的残部。柯有田随即下令：部队各个阵营做好战斗准备。侦察排、运输队、炮组收到命令后便行动起来，而一旁还没有被分配任务的小甘肃急切地问：“指导员，我呢？”

“你保护好库尔班大哥。”

小甘肃眼神坚定地看着指导员：“我要求参加战斗！”

“执行命令！”

“是！”

早已埋伏多时的马德福和赵副官用望远镜观察着谷底，发现仍是一片平静，马德福疑惑地看了一眼赵副官：“嗯？怎么回事？”

“解放军怎么没来？刚才咱们的前哨就报告说解放军来了，怎么过了这么长时间还不来？”

马德福猜测：“他们走另外的路了？”

“应该不会，这里只有这一条路，即便他们要翻越大山，人能上去但是牲畜休想！”

“传令下去，不许暴露，隐蔽待命！”

柯有田喘着粗气来到山顶上，伏在大石头后边用望远镜观察着四周的情形。炮手赵震天在刘参谋的指挥下选好了炮位，架起了六〇迫击炮。刘参谋用望远镜观察着，并向赵震天下达修正参数：“第一目标，正前方右5，距离254；第二目标，正前方左15，距离253；第三目标，正前方右20，距离256……”

柯有田问道：“准备好了吗？”

“准备好了。”

柯有田看着手表：“好，准备开炮！”

关恒山、海青川和姚二虎听到炮声后，在不同的位置发出命令：

“打!”顿时，枪炮声响作一团。

马德福正趴在石头后边用望远镜观察，突然一发炮弹在石头上爆炸，碎石飞来，赵副官拉着马德福慌忙躲闪。

“不好，共军偷袭，看来他们已有防备!”

“快，抢占有利地形，进行还击!”

双方展开了激烈的对射，霎时间枪火弥漫，解放军部队依靠训练有素的突袭和防守反击很快便占了上风，突如其来的密集射击把匪兵们打蒙了，乱作一团。

库尔班一只手抱着紧张不安的头驴的脖子，另一只手抚摸着驴的头。库尔班没有经历过战斗，每一声炮响和每一阵枪声都会令他缩一下身子，但是随后他都继续安慰头驴。他明白，这是解放军的物资，对整个队伍极其重要，自己要拼命守护住。突然，从石头后边跑出来六七个匪兵，向着驴马群冲了过来，小甘肃和巴图见势端起冲锋枪射击，然而匪兵们利用驴马作掩护，迅速地接近了驴马群。为了不伤害驴马，小甘肃和巴图变换位置，寻找射击角度，打死了两个匪兵。另有两个匪兵蹿到驴群里，牵着几头驴就走。

库尔班急了，大喊一声：“抓贼娃子啊!”他从腰里抽出砍砍，朝着一个匪兵砍去，那匪兵就地一滚，端起枪向库尔班开了一枪。子弹“嗖”的一声从库尔班的脸庞划过，吓得库尔班滚向一边。在匪兵拉枪栓装子弹的档儿，小甘肃跑了过来，一梭子击毙了这个匪兵。此时，库尔班发现了另一个匪兵，正躲在驴身子后边向小甘肃瞄准。库尔班奋不顾身地冲过去，抡起砍砍，从驴身下狠狠地砍向匪兵的腿，匪兵大叫一声坐在地上。巴图冲过来，一个点射，结束了那个匪兵的性命。其他军工纷纷前来增援，另外的三个匪兵见势不妙，赶紧撤退。然而，他们的退路已经被及时赶到的护卫班战士封锁住了。小甘肃、巴图趁机一顿扫射，残余的匪兵全部饮弹而亡。

小甘肃和巴图持枪在畜群中搜索漏网的残匪。在牛百力的指挥下，各队检查牲畜的情况。听到三队全部正常，一旁无力地瘫在地上的库尔班才松了口气。

小甘肃走了过来："库尔班大叔，谢谢你救了我。"

库尔班一头雾水："我……我救你了？"

"大叔，你真是太勇敢了，你真了不起！"

库尔班被小甘肃夸得有些不知所措："我……我现在还打哆嗦呢。真不好意思，我的腿不太听话……"

"第一次参加战斗的人都这样，你比别人要勇敢多了，你跟敌人战斗就像个英雄一样！"

埋伏在低处准备第一批冲向解放军的匪兵，被消灭了大部分，剩下的在石头缝里钻来钻去，趁机往山上撤。马德福见形势不妙，只好下令撤退，残余的匪兵们落荒而逃。

柯有田与关恒山、姚二虎带领大家追击，看到匪兵四散奔逃后便停了下来。柯有田对关恒山等人交代："马匪对于地形比我们熟悉，在不明真相前不要贸然追击，以免造成无谓的伤亡！停止追击，打扫战场！我们现在战斗力有所减员，有些战士的眼睛还没好，我们不能恋战，寻找有力位置宿营，让战士快速恢复体力。关排长，多派几个人加强警卫。"

"是！"

柯有田等人回到了运输队待命处，巡察情况。看到库尔班，柯有田说道："库尔班大哥，听小甘肃说，你表现非常好，第一次参加战斗就表现得非常勇敢，值得表扬！"

库尔班一脸炫耀地笑着："那当然，我厉害的地方多着呢！"

柯有田开玩笑："腿不打哆嗦了？"

"哎呀，柯指导员，你什么都知道，你真是太厉害了。说真话，小甘肃这个娃娃太好了，那么多马匪，他一点都不害怕，还开枪打死了马匪，解放军里的娃娃都这么厉害！"

"我们的战士个个都是优秀的。"

"嗯，柯指导员，什么时候我也能参加解放军，我也优秀一下？"

小甘肃提着水桶走过来，正听到库尔班的话："库尔班大叔，你都这么大年纪了，还想参加解放军？我们解放军才不要你这么大年纪的呢。"

库尔班一听，着急了："哎，你这个娃娃怎么说话？我有多大年纪了？你那么小都可以当解放军，我年龄嘛，比你，稍稍地大那么一点点，怎么就不能当解放军了？"

柯有田笑了，他笑库尔班这把年纪了竟然还像小孩子一样天真无邪，但他血液中流淌的坚韧和勇敢，也令自己由衷佩服。

小甘肃催促道："哎呀，库尔班大叔，快打水去吧，还等着用水呢！"

两人来到山脚下的一处山泉旁，小甘肃正提着军用水桶弯腰打水，库尔班突然喊了一声："小甘肃，你看！"

小甘肃顺着库尔班手指的方向看去："血迹。"小甘肃立即放下帆布水桶，把冲锋枪端在手里。库尔班也把砍砍握在手里。二人警惕地观察着，一边环视四周，一边顺着血迹寻找，终于在一堆乱石后边，发现了一个藏族打扮的年轻男人。这人已经浑身是血，血迹凝结在脸上，看不清五官，腿上有枪伤。

小甘肃用枪指着那个人喊道："不许动！"然而，那人一动不动，像是一具尸体。

"死了？"库尔班想走过去伸手碰一下那人，却被小甘肃突然的一声"注意安全！"给吓了一跳。

两人警惕地走到那人身边，俯身查看。库尔班将手放到了那人的鼻孔处试探着："还有气，他没有死！"

"他是什么人？看样子不是马家军的土匪兵。"小甘肃打量着这个人。

"看样子是个藏族的牧民，受伤不轻啊！"

"既然是老百姓，我们就救！"

"小甘肃，我把他背回咱们营地，你帮我一下！"库尔班弯下身伸手搭起这个人，小甘肃帮忙，两人将受伤的藏族牧民背回了营地。汤军医很快便将他腿上的枪伤包扎好了。柯有田、库尔班和藏族战士扎西在一边观察着。

扎西看了看那人的衣着，肯定地说："是藏族，看样子还是个有地位的人，穷人穿不起这样的袍子，戴不起这样的项珠。"

柯有田问汤军医："他情况怎么样？"

"他流血过多，头上还有伤，是昏厥过去了，估计暂时没有生命危险。"

这时，藏族青年慢慢醒了过来，他看到眼前那么多人，惊诧地坐了起来，下意识地摸腰里的刀，但发现刀没了，眼见着身边围满了带枪的军人，他猜想这下真的是难逃一死了，所以眼神中充满了绝望。

"老乡，不要怕，我们是中国人民解放军，是人民的军队。"扎西看出了这个藏族青年的恐惧。

藏族青年没有应答，他小心打量着身边的这些人，又看了看自己身上已经包扎好的伤口。

"你现在安全了，你伤得很重，先好好休息，不要乱动。"藏族青年看着柯有田，还是不说话。

柯有田对扎西说道："扎西，看来他对我们还是不信任，不要吓到他，等他身体好一些再了解情况！"

"是！"

柯有田刚要带人离开，藏族青年突然情绪激动起来，挣扎着就要往外冲，却一阵眩晕险些跌倒，好在扎西及时上前扶住。藏族青年突然声泪俱下："解放军，求你们救救我们，救救我老婆吧！"

柯有田安抚着那人。稍微平静后，藏族青年说道："我叫多嘎，是一个部落头人的女婿，昨天陪我老婆回去看望爸爸妈妈，没想到半路遭遇了马匪的抢劫，是他们打伤了我，还把我老婆抢走了，你们快去帮我救救她吧！快去帮我送个信儿，告诉我们头人。求你们了，解放军大人，再晚就来不及了！"

"多嘎，请你放心，你的事情就是我们的事情，我们就是为了解救无辜百姓而来的！"

安抚好多嘎后，柯有田与关恒山等人聚集在营地帐篷内分析情势。

“深山中的藏族部落肯定对我们不了解，处理好这种关系是非常有必要的，会为我们后续工作减少很大的麻烦！”关恒山首先发言。

“老海，你的民族工作经验最丰富，这件事恐怕还得你出面。”柯有田看了看一旁的海青川。

“没问题，我在马家军里卧底的时候，接触过藏族人，知道一些藏族的规矩。”

“我想这事我们这样处理：现在多嘎伤势严重，无法骑马。老海你带扎西以最快的速度去藏寨送信，将情况报告头人，把他请过来。一是可以通过多嘎快速增进了解，拉近我们之间的关系；二是通过头人更清晰地了解马匪的情况；三是我们可以联合起来，彻底消灭这帮马匪！”

一散会，海青川便和扎西骑马上了路，两人在山路上飞驰着。到了藏族部落营地后，海青川把多嘎的遭遇向头人做了说明。头人一听就急了，他要带着十五六个拿着杈子枪和弓箭大刀的部下去打马匪。海青川着急地劝阻道：“头人，千万不要鲁莽行事，一定先把情况了解清楚，制定好方案再行动！”

“有什么好了解的？情况很清楚，马匪抢了我的女儿，我要他们还我的女儿！”

“现在贸然去和马匪拼命，恐怕会出危险的！”

“我不去拼命，我女儿的命就没了！走！”他们不顾阻拦，夺路而去。

海青川眼看劝不住他们，只好和扎西商量，先回去报告指导员，商议对策。两人向来路飞奔而去。

在匪兵的古堡内，马德福正不怀好意地盯着被捆绑着的卓玛。虽然战败令他心烦，但面前这个面容姣好的女子倒是让他宽慰不少。这时，赵副官快步走了进来，向马德福报告：“团长，外面来了一群人，还带着枪，要我们放人。”

马德福不屑地笑了一声：“谁听说过狼会把吃进嘴里的肉再吐出去？”

古堡外，头人带着人还在喊骂，突然从古堡上射来一排子弹，三个部落民兵被当场打死。顿时，他们的阵营乱作一团，紧接着，一排子弹打来，掌旗官赶忙保护头人，自己却中弹倒了下去。这时城门大开，马匪骑马边开枪边冲了出来。他们始料未及，纷纷中弹落马。一颗子弹将头人的帽子打落。管家见形势不妙，拉着头人便跑，残余的部落民兵也纷纷逃跑。很快战场便一片狼藉，几个受伤倒地的部落民兵被匪徒一枪打死，大片土地被鲜血染红。匪徒们收集着死去民兵手中的武器。

柯有田、关恒山等人听完海青川和扎西汇报，正想对策时，便有战士来报说，有几个藏族兄弟要见指导员。头上缠着布条的头人、管家和另外两个人，来到柯有田眼前。互相介绍行礼后，头人便着急地语无伦次道："指导员，我们要麻烦了，吃了大亏，吃了大亏，我的脑袋太糊涂了，我的女儿啊……"

"你先别着急，把话讲清楚。"

"我带了部落的十几个最精壮的男人去马匪那里，想把女儿要回来，结果没要回来，还死了好几个，我在管家拼命保护下，才逃回来，捡了一条命。"

"你们和全副武装的马匪硬碰硬肯定要吃亏的。"

"那怎么办？我们没有别的办法！"头人心急如焚，他时刻惦记着女儿的安危。

"你能把了解的马匪的情况给我们介绍下吗？"

"原来他们不在这里，去年他们流落到这里，占据了古堡，把守着交通要道，为非作歹，一直靠抢劫过往商人和当地的藏族部落生活，我们都恨死他们了，希望能有一天把他们消灭了！"

当晚，柯有田、海青川等人召开了紧急会议，商议如何救出藏族部落头人的女儿，并且进一步摧毁匪兵的防守。

第二天上午，藏族部落的管家摇着白旗，带着几个人来到古堡下边，化装成藏族人的海青川、巴图和山猴子跟在管家的后边，挑着篮子，其中装着好酒好肉。

管家对着城门上边的匪兵说道："请转告你们的长官，我们带来了好酒好肉，是来讲和的，请通报一声吧！”

其中一个匪兵转身下去了，不一会儿，赵副官出现在上面。他仔细观察着下面这群来历不明的人。

“长官，我是部落的管家，我奉我们头人的命令，带来了最好的肉和最好的酒，来求长官们的谅解，请收下我们的心意，把我们家大小姐给放了！”

赵副官拿着望远镜仔细观察，发现只有五个人，但他仍担心有诈：“管家留下，你们把东西放在原地，其他人退后五十米。”

管家无奈地看了看海青川。海青川示意山猴子和扎西等战士放下东西后退，看到其他人都退远后，赵副官下令：“去，派两个人出去看看真假！”古堡大门打开，两个士兵走了出来，他们小心地检查着篮子里的东西，发现的确是酒和肉后，向赵副官汇报：“长官，东西没错，是酒和肉。”

赵副官微微一笑，岂能这么容易就如他们所愿？他冲着下面喊道：“想让我们放了你们头人的女儿，这点东西哪够？不拿点金银财宝实实在在的，怎么能换回你们头人的女儿？他的女儿就值这点酒肉吗？回去，让你们头人想想，把你们值钱的东西都拿来，我们兴许才能放人！”

“我们只是一个小小的山里的部落，没有那么多金银财宝，只是有点吃的。”

“我们可不是要饭的，刚才我说的是最低条件，你们做不到，别怪我们不放人，实话告诉你，我们还舍不得把人给你们呢！”

“长官，你要的东西我们会尽量满足，只要我们有的都给你们！”

“这还差不多，告诉你，我们团长是急性子，明天如果东西拿不来，头人的女儿就给我们团长当压寨夫人了！快回去禀告你们头人吧！”

“好吧，就这样说定了，明天早晨我们过来，咱们一手交东西一手放人。”

海青川他们无功而返，回营地继续商量对策。海青川向柯有田汇报当日的情况：“近距离观察，古堡的防御做得很严，确实是易守难攻。还有，马匪的警惕性很强，看来和刚刚与我们交战有一定关系。”

山猴子也说出了自己的猜测：“根据他们要的东西，我觉得，他们也在想办法寻找机会，去更有利于他们生存的地方。所以，他们会在尽可能短的时间里，积累他们所需要的物资。对于我们这种送上门来的肥肉，他们不会轻易松口的。”

柯有田若有所思地点了点头：“嗯，你们说的这些情况很重要……”

这时，巴图走了过来：“报告指导员，有情况！刚才我们发现马匪的探子在附近出现，在观察我们的动向。”

柯有田笑了笑：“好！正愁用什么办法对付他们呢，这就送上门来了，我们将计就计。巴图，你们先不要惊动他，盯住了，先暗中观察。安排咱们的战士制造假象，让马匪的探子看到，之前咱们和马匪这一仗损失惨重，还有各种病倒的，让马匪误以为我们部队减员严重，战斗力下降，诱使马匪主动出击，分散他们的兵力，偷袭古堡，一举端掉他们的老窝，然后前后夹击，将这帮马匪彻底消灭！”

柯有田同大家讲述了他的方案：“我们一定投其所好，他们想要什么我们就给什么！”

头人不解地问道：“指导员，我们真没有那么多他们想要的东西，我们怎么给？”

“我们送去的东西，一定要从外观上让他们看着是他们要的东西。”

“外观上看着是什么意思？”

“我们可以用几个箱子把他们要的东西运去。”大家不解地看着指导员，指导员紧接着解释道，“方法是这样的：我们把箱子做成两层，把他们需要的东西放在上面，把武器藏在下面一层。海排长，你带领扎西和我们的战士，化装成给他们送东西的人，和管家一起去古堡，骗开他们的大门。山猴子，你带领几个攀爬高手，从古堡另一侧爬上去。我和关排长带领大部队设好埋伏，只等马匪偷袭的大部队进了包围圈，以我们的枪声为号，大家一起行动。你们里应外合拿下古堡。我们诱敌深入，待你们占领古堡后，我们再全面展开打击，与你们对马匪形成前后夹击之势，让马匪一个也逃不掉!”

第二天，海排长、扎西和另外六个换上了藏族衣服的解放军战士，在藏族管家的带领下，拉着两车礼物，来到了古堡门前进行交涉。

管家冲着古堡上的马匪说道：“长官，你们要的东西我们都送来了，你们派人出来查看一下吧!”

“你们先把身上带的武器统统都扔到地下，退后五十米!”

“为了让长官放心，我们什么都没带!”

“如果你们敢说瞎话，我们就把你们部落踏平了!”

管家连忙赔笑：“我们可不敢，我们大小姐还在你们手里呢!”

“借你们个胆儿也不敢，你们等着!”

随后，古堡门开了，一个马匪走到箱子旁准备进行检查。

“打开箱子我看看!”

海青川朝扎西使了个眼色。扎西走上前打开了箱子。马匪发现箱子里装的的确是财宝。海排长凑近了马匪：“长官，帮帮忙，让我们把东西送进去，先看一眼我们大小姐!”说话间，海青川将一个银元宝偷偷塞进马匪的手里。马匪看了眼，赶忙将银元宝揣进兜里。他冲着古堡上的马匪喊道：“东西对，是团长要的，让他们送进去吧!”

“好，让他们送进来吧!”

古堡门大开，两边各三个荷枪实弹的马匪。他们对进去的人挨个搜身才肯放行。海青川、扎西他们顺利进入了古堡。山猴子带着十来名战士来到古堡的另一侧，四个战士跟在山猴子后面，沿着陡峭的古堡墙壁向上攀爬。

伪装成藏族人的匪兵探子在远处山梁上偷偷观察着解放军的情况。他看到解放军队伍中有不少人都绑着绷带，看起来伤亡情况比较惨重。天一亮，他便返回去向马德福报告。

“根据我们侦查的情况，你怎么看?”马德福问一旁的赵副官。

“依我之见，既然解放军现在战斗力这么低下，我们就应该趁他们还没有来得及调整过来，主动出击，偷袭他们的营地，消灭他们，把送上门来的大礼好好地收下！”

“好，既然这样，我们宜早不宜迟，集合队伍，马上出发！”

马德福和赵副官带着大队人马冲出古堡，赶在去偷袭特遣队营地的路上。而他们不知道的是，解放军给他们演了一出好戏，前方等待他们的并非一群伤兵败将，而是已经蓄势待发、埋伏多时的解放军战士们。

在两侧设好埋伏的柯有田和关恒山正等待着匪兵的到来。他们看到马匪进入了伏击圈。柯有田举枪瞄准马德福的人头，大喊一声：“打！”一时枪声大作，子弹从四面八方射向马匪。解放军居高临下，扔下手榴弹，手榴弹在匪兵群中爆炸。

赵副官大惊：“团长，我们上当了！”

“妈的，快选择有利地形进行还击！”

匪兵们左冲右突，四处乱躲，纷纷还击。然而却抵不住解放军的机枪和冲锋枪一起扫射，匪兵们纷纷倒下。个别身体灵活的就地打滚，逃下了山坡。在乱石后边，赵副官用手枪射击着。这时，一枚手榴弹落在他的身边，他惊惧地看着那手榴弹喷着白烟，连忙躲闪，砰的一声巨响，手榴弹爆炸了，残片乱飞。

古堡内的匪兵刚接收了送来的东西，便听见一阵枪响传来，马匪慌张地左右张望。这时，海青川和扎西迅速从箱子底下取出冲锋枪，一个点射把一个匪兵打倒在地。匪兵头子立刻躲藏，展开还击：“弟兄们，是解放军，给我打！”海青川、扎西和战士们各自散开，占据有利地形，向匪兵们射击。城墙上的匪兵居高临下，向海青川和扎西他们射击。一个戴大盖帽的匪兵用手枪瞄准了海青川，两人正激烈地对射中，山猴子从城墙上翻了进来，向大盖帽射去一梭子子弹，大盖帽中弹倒下。山猴子随后与攀爬进来的战士们，在城墙上投入了激烈的战斗，向匪兵们定点射击。匪兵们被解放军战士打得溃不成军，陆续从古堡的出口奔逃。山猴子边打边寻找头人的女儿，一路打死两个马匪。最后，山猴子在古堡的石屋中发现了被困的卓玛:“你是卓玛吗?”

“是!”女孩儿激动地看着山猴子，眼中满是畏惧。

“我们是解放军，是你爸爸让我们来救你的!”

“谢谢解放军!”卓玛热泪盈眶。

这时，偷袭解放军营地失利的马德福，带残余马匪回到了古堡城门，他们大喊“开门”，却迟迟不见城门打开。海排长见马匪已经全部进入了解放军的射击范围，便命令城墙上的解放军进行射击，一时马匪惊慌失措，不明就里，四下抱头鼠窜。此时，柯有田带着关恒山和战士们追击而来。柯有田和海排长前后夹击，最终消灭了所有马匪，马德福也被打死。

正在解放军庆祝战斗胜利时，一个人在远处看到了一切。他人头一闪，消失在岩石后面。

第九章

孙县长焦急地在山路的歇脚处走来走去，他不安地等待着，时不时张望，远处的枪声似乎预兆着一场即将到来的死亡。终于，他看见色日克匆匆赶回来了，不过一个钟头，他恍惚觉得有一整年那么久：“之前的枪声是怎么回事？”

色日克喘着粗气：“解放军送马家军上西天了！”

“那你还不快走？你想吃枪子吗？你的命贱不怕死，你还想拽上我吗？如果我有任何问题，就先拿你的命抵上！”孙县长由于害怕，忍不住冲着色日克发火。谁料到色日克被激怒，猛地上前，抓住孙县长就是一刀。孙县长瞪着双眼，看着冷笑的色日克，他挣扎着拔出手枪，却被色日克一脚踢飞。

“我要看看你的命有什么了不起的！”

孙县长绝望地看着色日克，求饶道：“别……别杀我……”

“让你死个明白！告诉你吧，你就是给我们送钱送牲口的，现在你没用处了，你的使命完成了！”色日克说完，扑上去连捅几刀，孙县长哀号几声断了气。色日克命令两个随从将孙县长余温尚存的尸体扔到了山崖下。

特遣队一行人在太阳落山之前顺利抵达了营地。战斗后，每个人都身心疲惫，很快便进入了梦乡，昏暗的夜色中只有站岗的哨兵在守护着。而在这时，三个人影“唰”的一下闪了过去，悄悄潜入解放军营地。色日克琢磨了一下午，凭他的力量，跟解放军硬碰硬肯定是自投死路。他只能出此下策。色日克让一人放哨，带着另一人来到牲口宿营的地方，准备往饲料里下毒，趁放哨的战士转身，色日克影子一样钻进了畜群里。

头驴不安的叫声吵醒了库尔班，他坐了起来，仔细听了听，从声音中察觉出似乎有异样。他不放心，披起棉袷袢站起来要出去。

“你干什么去?”一旁的小甘肃也醒了过来。

“头驴的叫声不对头，我去看看。”

“你不能一个人出去，咱们有纪律，夜里外出必须两人同行，你等着!”

库尔班没等小甘肃就走出去了。小甘肃赶紧爬了起来，迅速披上大衣，拿上他的司登冲锋枪追了出去。库尔班走近牲口棚，悄悄上前，发现果然有人在牲口前鬼鬼祟祟的。库尔班大喊：“你干什么!”

那人一转身，库尔班发现竟是色日克，他刚想大喊，色日克便猛地上前，一把捂住库尔班的嘴，挥起手里的刀子，向库尔班刺去。幸好小甘肃开枪及时，击中了色日克的右手，他痛得扔下刀子，一边哀号着一边奔逃。

库尔班大喊：“是色日克，色日克，抓住这个狗娘养的!”

在门口处放风的匪徒朝着库尔班和小甘肃开枪射击，小甘肃躲闪，举枪还击，一下便将匪徒击倒在地。嘈杂的枪声、呼喊声、牲畜的惊叫声混在一起，整个营地的解放军都被惊醒，大家拿起武器即刻便进入了战斗状态。色日克仓皇逃窜，小甘肃、库尔班在后面紧追不舍。色日克忍痛，用没受伤的左手掏出枪，突然转身，举着手枪指向库尔班。小甘肃眼见不妙，加快几步冲到库尔班跟前，把库尔班扑倒在地上，并向色日克开枪。小甘肃起身，准备继续追击色日克，然而色日克猛然回头连开数枪，一发子弹射进了小甘肃的胸膛，小甘肃倒在库尔班眼前。色日克趁乱钻进了乱石林中，他跨上正在此处接应的马匹，飞快地逃跑了。小甘肃躺在库尔班怀里，胸前的军装被汩汩而出的鲜血染红了一大片。柯有田检查了小甘肃的伤情，发现形势不妙，命人叫来了汤军医。海青川和关恒山带着解放军战士追了过来，关恒山看了看四周，天色昏暗，地形复杂，他下令停止追击。

关恒山将情况汇报给柯有田后，柯有田下达命令：让关恒山赶快去运输队，把牲口头上吊着的所有草料袋都摘下来，把里边的草料倒在一起烧掉，因为饲料里边可能已经被下了毒。小甘肃伤势严重。大家在洼地里用弹药箱临时搭起了急救床。库尔班守着小甘肃，柯有田也走上前关切地看着他。

“小甘肃，你能不能醒来和大叔说说话呀！大叔对不起你，总是给你惹麻烦。你为了给大叔出气，举枪打塔西巴依，害得你关了禁闭，影响了你进步。我一次次要跟着解放军走，影响了你们执行任务，害得你一次次护送我回家，在行军的路上害得你跑了好多个来回，耗费了你那么多的力气，还为我担惊受怕。其实我不是故意的，我一直想告诉你，我是因为害怕解放军走了，不管我们了，没有你们保护了，害怕塔西巴依他们再欺负我们，再让我们做回农奴，再过不是人的日子。我多么想像你一样当上解放军，也能为像我一样受苦的农奴出口气。可是，说真的，我觉得你说得对，我的觉悟比起你们这些真正的解放军真的是差远了。这不，还想向你学习怎么当解放军呢，没想又给你惹了麻烦，让你为了救我吃了色日克的黑枪。我不知道，我为什么总给你惹麻烦，你还能给我个道歉的机会吗？你能不能给我惹点麻烦啊？”库尔班说不下去了，低着头哽咽着。

小甘肃的手微微触碰了一下库尔班，库尔班猛然抬头：“小甘肃，小甘肃！”

小甘肃醒过来了，看着满脸焦急的库尔班，脸上浮出了微笑：“大叔……”他的力气随着那些汩汩而出的鲜血也一同流失了，他硬撑着想继续说下去。

库尔班喊道：“小甘肃醒了，小甘肃醒了！”

柯有田、关恒山、巴图、海青川和汤军医都走了过来。小甘肃看着大家，手轻轻动着，库尔班急切地想要读懂小甘肃的意思：“孩子，你要什么？”

汤军医和柯有田围到小甘肃的身边，小甘肃气息微弱地吐出一句话来：“指导员，把我的军帽摘下来。”柯有田摘下小甘肃的军帽，递到他手里。

“库尔班大叔，把我的军帽送给你吧！”小甘肃微笑着对坐在一旁的库尔班说道。

库尔班握住小甘肃拿军帽的手：“小甘肃！”

“库尔班大叔，你想和我一样当解放军，这顶军帽送给你。”

“小甘肃……”库尔班说不出话来，热泪已经流满了脸庞，他握着小甘肃的手，激动地颤抖着。

小甘肃喘气着：“大叔，你一定，会成为，一名，合格的，解放军，战士……”

话音未落，小甘肃的手便滑落下去。这最后一句话萦绕在库尔班的耳畔，久久没有散去。库尔班怔怔地看着小甘肃，唤着他的名字，痛彻心扉地哭起来：“小甘肃啊，我不应该啊……”

汤军医摸了摸小甘肃的脉搏，向柯有田摇摇头。柯有田深深叹了口气，他背过身去。黑夜中，那些隐没的眼泪都在闪耀着只有同样悲伤的人才能看见的光辉。时间对于库尔班来说似乎停止了，他想象不到，这个生龙活虎、喜欢跟自己斗嘴的热心肠的男孩儿就这样永远地离开了。库尔班彻夜未眠，他坐在一个山坡上怔怔地望了一夜，他望向那无尽的黑暗，企图从那片黑暗中将小甘肃一把拽回来。将近清晨，库尔班轻轻地弹起了牧羊热瓦甫。解放军战士们聆听着库尔班的歌声，缅怀着小甘肃；牲口宿营地，驴马也好像因为失去了主人而伤心地低垂着头，精神萎靡。

库尔班轻声唱道："牧羊热瓦甫琴弦断了，想换一根却没有新的琴弦。亲爱的兄弟，你离我远去，却为何不回梦里相见。想起你我又弹起热瓦甫，你已进驻了我的心里。你已留在了我的眼里，好兄弟快来梦里与我相伴。"就是从这一刻起，库尔班感觉到，他的脚底跟深厚壮阔的大地联结在一起了。他脚下的根扎进了这片深厚的大地里，他的心能感知大地的心跳，他觉得自己终于有家了，有了可寄托心灵的归宿了。

库尔班的歌声持久地回荡在山谷中，过山风似乎也都停滞了，并没有带走这些悼亡的歌声。一束阳光照射进来，打在急救床上、柯有田身上。临时急救床上已没有了小甘肃，只剩下一张带有红十字的白色床单铺在上面，床上放着小甘肃的军帽。柯有田一人独坐床边，手指慢慢滑过床单，轻轻拿起小甘肃的军帽，托在手上，细细地端详着。他鼻子一阵阵发酸，眼里噙着泪水。海青川轻轻走了进来，走到柯有田身边，停顿了一会儿，说："指导员，该出发了，咱们还有任务呢！"

柯有田拭去自己的泪水，他知道必须让自己从沉痛的悲伤中尽快挣脱出来。他对海青川说道："命令部队，继续前进！"柯有田站了起来，拿起小甘肃的军帽走了出去。

屋外已是艳阳天。特遣队继续行军。路途漫漫，整个行军队伍人困马乏，行动特别艰难。马已经没有办法骑，只好牵着。大家呼吸困难，每走一步都在挣扎。

柯有田见战士们煎熬难耐，对关恒山下达命令："传令下去，这里地势最高，喘不过气来就不要硬拼，要慢慢地走，但是千万不要停下来躺下去。"他深知，一旦躺下去，就可能再也起不来了。特遣队又往前行走了一段，柯有田继续鼓舞战士："同志们，大家坚持一下，翻过这个达坂就快到喀拉山哨所了，胜利就在眼前了！前进！"大家继续奋力前行。

喀拉山上一所用石头堆砌的哨所里，胡子拉碴、脸上手上都是冻裂口子的站岗士兵努力支撑着虚弱的身体，向四周瞭望着。站岗士兵发现了远处走来的特遣队，连忙喊道："有人来了，有人来了！弟兄们，接防我们的部队来了！"

听到是部队到了，几个士兵激动地跑出哨所向远处眺望，兴奋地说："是来人了，是来换防的！我们可以下山了！"士兵们高兴地跑出哨所外围障碍，向特遣队走来的方向跑去。戴着大盖帽、佩戴少尉军衔的鲁排副走上来，拿着望远镜向远方瞭望着，他低头想了想，又用望远镜仔细察看，自语道："不对呀！部队换装了？"

"他们的帽子上有五角星，解放军，是解放军！解放军来了！"有人惊慌地喊道。

班长吹响了哨子，大声喊道："一级戒备！一级戒备！准备战斗！准备战斗！"跑出去的士兵听到哨声后赶紧往回跑，迅速回到了各自的战位，进入战斗状态。

解放军战士们眼看哨所近在咫尺，不自觉都加快了脚步。一个班的国民党士兵都紧张起来，把枪举起来对着下面的解放军。班长听到鲁排副的鸣枪警告命令后，朝天开了一枪。

鲁排副冲着哨所下的解放军喊道："下面人听着，再往前走就要开枪了！"

柯有田下令道："停止前进！"他走到队伍前边，向哨所进行隔空喊话："请不要开枪，我们是中国人民解放军，我们奉命前来接管喀拉山地区的防务。"

鲁排副在哨所上回复："我们没有接到换防的命令。"

"我们有你们陶峙岳总司令的九·二五起义通告。"

"那就请你亲自给我们送过来吧！就你一人，不许带枪！"

海排长和关恒山担忧指导员的安危，都冲了过来："指导员，让我送过去吧！"

"都说了，我亲自送过去，别争了！"海排长和关恒山只能服从命令，不再争辩。柯有田把自己的枪掏出来，交给了身边的海排长。随后柯有田又拍了拍身上:“你看，再没有枪了。”

“过来吧!”

柯有田军容整齐地走到哨所前，随后鲁排副从哨所里走出来，站在柯有田对面，双方互行军礼。

“中国人民解放军第一野战军第一兵团第二军十五团特遣队队长柯有田。”

“新疆警备司令部第一师第二边防大队少尉排副、山口哨所所长鲁博。”

柯有田把一份文书递了过去:“这是新疆警备司令部总司令陶峙岳将军的通令。”鲁排副接过文书看了一遍，深思了一会儿，将信将疑。随后柯有田又递上一份文书:“这是新疆警备司令部副司令、南疆驻军第一师师长赵锡光将军的命令书。”鲁排副接过文书仔细看了看，又对着太阳检查了命令书上图章的真伪，确认命令书真实无误。柯有田再递上一份文书:“这是中国人民解放军南疆军政委员会命令书。”鲁排副接过命令书看过，向柯有田立正敬礼:“本职与下属哨所全体士兵坚决服从命令!热烈欢迎解放军前来接管哨所!”鲁排副紧紧握住柯有田的手，“你们可来了!我们在这里守了三年了，我们已经断粮食两个月了，每天靠吃砸碎的苜蓿煮糊糊吃才活到今天。我们每时每刻都在盼着有人来换防啊!”

“你们辛苦了!你去向弟兄们宣读命令吧!”

“是!”鲁排副转身走进哨所警戒圈内，从口袋里掏出哨子吹响，喊道，“全体注意!按操练规则集合!”

士兵们从各个战位迅速跑了过来，列队站好。班长向鲁排副报告集合情况:“报告所长，山口哨所守卫班集合完毕，应到十二人，实到十二人，请所长训示!”

鲁排副举起手中的命令书对士兵们说:“这是陶司令和赵司令的命令，从我们接到命令起，我们就脱离了国民党，正式加入中国人民解放军，接受中国共产党的领导了。”

士兵们木然地听着，没有反应。他们不知道解放军是什么，不知道中国共产党是什么，更不知道加入中国人民解放军对于他们来说意味着什么，他们担心的是，今后会不会遇到更为恶劣的情况。

鲁排副见士兵们没有反应："你们没有听懂我说的话？"

"听懂了！我们服从长官的命令！"班长敬礼，大声说道。

鲁排副知道，如此不明就里便被划入解放军，大家必定一时难以理解。他向士兵们介绍道："这是来接管我们的柯队长。大家欢迎！"

士兵们鼓掌，柯有田向士兵们敬礼。

"立正！"鲁排副坚定地看着士兵们，"敬礼！"士兵们整齐地敬礼，纪律对于战士来说既是约束，也是鼓舞。

"同志们，从今天开始，你们就是中国人民解放军光荣的一员了。你们在极其艰苦的条件下，忠于职守，守卫了祖国的领土，你们辛苦了，我代表特遣队和后方首长向你们致敬！"柯有田又一次敬礼，"你们圆满地完成了守卫任务，换防的同志已经到达了，你们可以去欢迎他们了。"

还没等柯有田的话说完，士兵们纷纷流出了眼泪。这些热泪饱含着他们终于见着光明的喜悦，也饱含着他们对于未来的信心和期望。

鲁排副捧着几本公文册交给了大队长陆松奇——原喀拉山要塞的最高行政长官。陆松奇又郑重地交给了柯有田："这是本大队全体官兵的花名册、序列编制表、武器清单、防区布防图和预案处置办法，请接收。"柯有田接过公文册，转交给了刘胜利。

柯有田与陆松奇握手："大队长同志，从今天开始，咱们就是革命队伍中的战友了！"

陆松奇眼含热泪："我们在这里驻守三年，从第二年起电台就坏了，一直没有跟后方基地联系上。从半年前我们的给养就用完了，这两个月来，我们只能靠把苜蓿砸碎了煮糊糊吃来维持生存。你们再不来，我们就要饿死了。在这种情况下，我们的士兵没有一个脱逃，全员坚守在哨位上，边境哨卡一个也没有撤，国土一寸也没有丢。"

柯有田拍着陆松奇的肩膀："好样的！你们都是优秀的中国军人！"

陆松奇带着一名警卫，陪同柯有田、关恒山、海青川等人登上了要塞顶部，向四周瞭望。陆松奇指着远处说道："我们要塞驻守的是一个边防大队，下辖一个关隘哨所和三个边境哨卡。关隘哨所是你们已经过的哨所，边境哨卡在那个方向，近的 80 公里，远的 150 公里。这里是连接我国新疆、西藏地区和几个国家的必经之处，战略地位十分重要!"

寒风凛冽，要塞四周草木枯槁，常年被冰雪覆盖，柯有田深知士兵们所历经的艰难。边境哨所上插上了五星红旗，双方官兵在哨所下列队，向着五星红旗敬礼。解放军战士唱起了《义勇军进行曲》，嘹亮激昂的歌声感染了起义士兵，他们也跟着哼唱，眼中充满了热泪。库尔班跟在柯有田身后，神情庄重肃穆。他虽然不知道歌词和曲调，却被这种隐形力量深深地震撼了。他看着柯有田等军人向五星红旗敬礼，自己也学着举手敬礼。

库尔班心里始终记挂着一件事：他走到距哨所碉堡不远的一处平地上，用砍砍挖开沙石，然后把小甘肃的胸牌埋进了沙土里。

"小甘肃，我按照你的愿望把你带到这里来了，你站在咱们国家最高的地方，在这里守卫着咱们共同的家，等我回去把我能管的那个小家建设好，再也不给你惹麻烦，好好听柯指导员的话，跟着解放军走，跟着共产党走……"库尔班望着安放在泥土上的胸牌默默啜泣着，眼泪落入土地中。他捧起沙土，慢慢地埋起了那个胸牌。库尔班朝着那个小土堆敬了一个不标准的礼。随后，柯有田带领所有的战士向小土堆敬了礼。

从那个时候起，库尔班的嘴里就多了一个词——国家。在他的心里，国家不只是一个地理概念，不只是那些山川河流、大漠和绿洲；国家也不只是一个行政概念。国家是像小甘肃一样可亲可爱可敬的人用生命换来的家，这个家无比珍贵，值得用生命去护卫。

第十章

库尔班和柯有田等人在离开哨所后的第十五天回到了村子。库尔班骑着毛驴，弹着热瓦甫进了村子。当初偷偷摸摸离开的库尔班如今风光地回来了，引来了很多村民的注意。库尔班一路上都思念着家中的妻儿，他跟指导员打了个招呼后，便急匆匆地往家赶。库尔班前脚刚走，萨迪克便带着一个仆人，驾着一辆马车，上面装着一些慰问品，几筐子干果，一些毛毡、毡靴和光板皮大衣，还有一只被架得高高的肥羊，来到了县委大院门口。萨迪克问正在院里忙碌的巴图："解放军同志，请问哪位是你们的领导？"

"你找我们的领导有事吗？"巴图停下手中的活计，打量着这个身穿黑色绸缎马褂、打扮金贵的人。

"我是来慰问咱们解放军的，来送慰问品的。"

巴图转脸寻找柯有田："指导员，有人来慰问咱们解放军！"

柯有田循声走过来，巴图介绍："这位是我们的指导员，啊，现在是我们于田县委书记。"

萨迪克连忙上前握手："书记，你好，你好！"

"你好，我是柯有田，你是？"

"我叫萨迪克，是于田县的商人，做点小生意，听说解放军执行任务很辛苦，知道你们回来了，没休息就又开始建设于田县。我想给大家送点慰问品，代表我们于田人民表达一下心意，请您务必收下！"

"谢谢你，萨迪克先生，你的盛情我们收下，东西你拉回去吧。你有这样的积极性很好，只要你能配合我们做好本地的工商工作，就是对我们最大的帮助。"

"一定一定，以后你们有什么需要我做的，我都会竭尽全力，也算给家乡带好头，为家乡做贡献嘛！但是今天的慰问品一定要收下！"

"萨迪克先生，我们是不能随便收老百姓东西的，你可不要让我们做领导的为难。"

"柯书记，您这话就不对了，我这不是送给您一个人的，我是送给咱们解放军的。解放军为了我们老百姓，连自己的生命安危都不顾，解放了我们于田，我送点慰问品算什么？您如果不收下，会伤我们于田老百姓的心的！您就收下吧！"

柯有田争执不过，只好收下："萨迪克先生，你这样一说不收都不行了。好吧，为了不伤咱们于田老百姓的心，我代表解放军收下你的慰问品，仅此一次，下不为例！"

"柯书记，我还有个小小的请求，不知道可不可以？"

"你说！"

"如果可以的话，能不能给我发个拥军拥政先进户的牌子，这样大家也就更信任我，我也能更好地起带头作用！"

"只要你真心为我们于田人民做贡献，带领大家拥护我们新政府，应得的荣誉一定会给你的。"

萨迪克激动地握住柯有田的手，说道："谢谢，柯书记，我一定好好做贡献！"萨迪克明白，如今的形势变了，已经不再是农奴主和富商的天下了，他必须要认清形势，牢牢抱紧解放军这个靠山，以后才能有好日子过。

于香秀听说柯指导员回来了，便走进办公室，开心地一把拉住柯有田的手，高兴极了：“你可回来了，指导员！你们不在，有时候心里空落落的，还会害怕。”

“之前没有这样过?”

“没有，原来不仅你们在，小甘肃还常常跟着我，姐长姐短地叫着，心里可踏实了!”

柯有田听到小甘肃的名字，一时没有接话，面色沉了下来。

“指导员，你怎么了?”

柯有田仍旧沉默地低着头，于香秀心里一紧：“小甘肃呢？小甘肃去哪儿了?”

柯有田不语，于香秀一把抓住柯有田的衣襟摇晃着：“小甘肃呢？告诉我小甘肃去哪儿了？快说啊!”

“小甘肃作为一名优秀的解放军战士，在和马匪的战斗中牺牲了，永远留在了祖国的边防前线上!”

“小甘肃，小甘肃——”于香秀声泪俱下，“为什么呀？小甘肃，他是那么好的一个孩子!”于香秀哭伏在柯有田肩上。这个消息对于她无异于晴天霹雳，她始终在等待着那个活泼搞怪的小甘肃回来，然而现在她却再也见不到了。

于香秀和柯有田两人走出营地，站在山坡上，远处可以看到巍峨的昆仑山。于香秀向着远方的昆仑山行军礼。柯有田牵着两匹马在于香秀身后不远处注视着。

“要革命就要有牺牲，这一路走来，为了解放全中国，为了解放农奴制下挣扎的农民兄弟们，为了让穷苦老百姓都能过上好日子，我们牺牲了很多好兄弟好姐妹，他们将自己的生命永远留在了祖国的边防前线，用他们的英灵保卫着这一片土地!”

“我本来想，仗打完了，就回老家种地去。可是后来发现，仗打完了，只是万里长征走完了第一步，离革命成功还早着呢！那么多的战士把生命都留在了这里，我怎么能工作还没干完就走呢?”

“是啊！你离开山东老家是哪年啊?”于香秀问道。

“我1947年离开山东老家到了陕北，成为王震司令员部队中的‘商河子弟兵’，保卫党中央，解放大西北。”

“你是支援西北野战军的第一批山东子弟兵，我是第二批。我们这一批主要是卫生兵，我上的是青岛护士学校。部队在酒泉誓师的时候被调到二军，分到你们连当卫生员。”

“咱们认识后，一起进军新疆，穿越塔克拉玛干大沙漠，解放了和田，又解放了于田。我从山东商河愣是用一双脚走到这里，这一走，就五年多过去了。现在咱们的中心任务是建设新中国。接下来要把汤军医和你调过来，组建于田县医院和县政府卫生科。”

“太好了，和平时期，这里的老百姓更需要我们这样的医生为他们服务。”

“是啊，新中国成立，各种人才奇缺，特别是这里，恐怕要让你挑起更重的担子。”

“我是一名共产党员，党叫我在哪里我就在哪里，叫我干什么我就干什么，坚决服从组织的安排!”于香秀站得笔直。她要完成小甘肃的心愿，她要挑起更重的担子，她决不能退缩。于香秀看着远处巍峨的昆仑山，默默下定了决心。

托乎提汗看到推门而进的人竟然是爸爸，难以置信地揉了揉眼睛，确认真的是爸爸，她冲了过去，高兴地抱着父亲不撒手。图尼莎汗抱着孩子站在一边。库尔班亲昵地抱了抱托乎提汗，发现图尼莎汗怀里竟然抱着个孩子，他惊奇地问道：“嗯？这个小人儿是谁?”

“你儿子。”

“他趁我不在家就跑来了?”库尔班把头扎进图尼莎汗的怀里吻着儿子，“我真是太对不起你了，你生孩子我都不在你的身边，让你受苦了。”

“如果是在过去，我跟孩子可能都没命了。这次是多亏于香秀了。”

“于香秀？于香秀给你接生的？”

“我快生的时候，多小兰来了，她跑去叫来了于香秀。我心里想，于香秀没生过孩子怎么会接生呢？你猜怎么着？人家小丫头厉害得很，比咱们的接生婆还厉害。于香秀说，她上护士学校的时候学过。”

库尔班感叹道：“厉害人都在解放军里边。他们每一个人都比我们高明，比我们有知识，还比我们懂道理。”

“于香秀还拿来鸡蛋和红糖给我吃，她给我做的红糖荷包蛋非常好吃，我吃了浑身发热，身上有劲了。”

“解放军是咱们的恩人。我出去的这段时间，塔西巴依欺负你了没有？”这始终是库尔班心头的一个结，塔西巴依一天不除，他便每天都提心吊胆。

“塔西巴依倒没敢为难我。只是听说把原来给你种的那块地收回去了，给你换了块浇不上水的地。”

“啊？塔西巴依还敢欺负我？我去收拾他！”库尔班气哼哼地要走。

“库尔班，你可不要再给工作队找麻烦！”

库尔班转身出门。他大摇大摆地要进塔西巴依庄园，却被坐在门槛上的卡木恰拦住了：“站住！”

库尔班一把将卡木恰推倒在大门框子上，又扑过去揪住了他的衣服领子，骂道：“你想找死是不是？”

卡木恰惊慌地大喊：“老爷，老爷！老爷……”依盖尔听声跑了出来，抬起巴掌要打库尔班。库尔班飞起一脚，把依盖尔踹倒在大门里。依盖尔一边爬起来一边喊：“来人！都给我上！”家丁们应声跑了过来，抡起长鞭抽向库尔班。库尔班抵挡不住鞭打，只能退出庄园大门。他站在门前指着家丁们说：“你们还要给塔西巴依家当狗吗？现在是什么时候了？你们想一想会有什么下场吧！”家丁们没有追出来，只是站在大门口守卫着。他们自然明白，如今的形势变了，轻举妄动对自己不利。

塔西巴依快步走出庄园大门，装模作样地说道：“怎么了？怎么了？都乡里乡亲的，动不动就吵吵闹闹的不好吧？”塔西巴依看到了库尔班，立即满脸堆笑地走下门阶，讨好地说，“库尔班同志，您回来了？您有什么吩咐？”

“你为什么把我种的地给换了？”库尔班气冲冲地瞪着塔西巴依，如今可一点都不怕他了。

依盖尔挤上前说道：“你种的地是谁家的？是老爷的地，老爷自己的地想怎么换就怎么换。”

“塔西巴依，你胆子是不小啊，到现在了你还敢跟解放军作对！”

“老爷可没有跟解放军作对，只是把你的地换了一下，别拿解放军吓唬人。你不是解放军，到现在你也还是老爷家干活的，跟解放军不是一码事！”依盖尔在一旁说道。虽然他也畏怕解放军，但一看到库尔班如今这副桀骜不驯的模样他就来气。

库尔班急了：“告诉你，我就是解放军！”

塔西巴依神情夸张地嘲弄着库尔班：“哎哟，库尔班同志，你是解放军了？怎么你还穿着这件破褡袢、这双破靴子呢？你的军装呢？你的枪呢？把你的军装穿上，枪拿上呀！现在你只会学牛叫，头上连一根牛角都没有。”

库尔班紧攥着发抖的拳头：“你等着，你等着！”说完，气狠狠地转身离去。身后的塔西巴依和依盖尔等人放声嘲笑。库尔班十分郁闷，自己已经跟着解放军队伍这么久了，帮助解放军解决了不少难题，如今却还是要被塔西巴依欺负，说到底就是少了一身军装。他一路走进县委大院，来到柯有田的办公室推门而入。

库尔班喊叫着：“柯指导员！”

“哟，库尔班大哥，坐！”

“柯指导员，我们去喀拉山之前的时候我觉悟低，但是经过这次的学习锻炼，我是不是觉悟提高了？”

“是啊！”

“那你还不给我发军装？”

“军装可不是随便就可以发的。”

“我跟着你们那么长时间，你们走路我走路，你们打仗我打仗，我就是解放军里边的人，凭这，是不是也该发我身军装?”

柯有田给库尔班倒了一杯水递上：“库尔班大哥，发军装可是一件很严肃的事，你不在解放军的编制序列里边，就不可能有你的军装。”

库尔班火了，把茶缸子往桌子上一蹾：“我看你在哄我！不就是一件解放军的衣服嘛，你就故意不给我，你怎么还小瞧我，我不跟你说了!”库尔班怒气冲冲地走了。

柯有田在后面喊着：“库尔班大哥，库尔班大哥!”库尔班根本不回头。看来找指导员要军装是没戏了，他只好把希望寄托在巴图身上。

库尔班大步走到最头上的一间房子前，房门开着。他喊道：“巴图，巴图!”没有人应答，于是他直接走了进去。

房间里没有人，库尔班坐了一会儿，焦急地等待着，然而巴图却迟迟不来。床上整整齐齐叠着的一套军装引起了库尔班的注意，他拿起那套军装，珍爱地抚弄着，两眼开始放光。他捧着军装走到门口，喊道：“巴图，巴图!”没人回应，库尔班走了两步又转回来，捧着军装，犹豫不决。他实在是太需要这套军装了，然而没经过巴图允许就私自拿走他的东西，这不就是偷窃吗?库尔班对着军装小声说道：“巴图，咱们可是好朋友，我借用你的军装穿一穿，用完了就还给你。”库尔班说完便把军装塞进了怀里，快步走了出去。

库尔班气势汹汹地来到了塔西巴依家门口，后面跟着玉木拉克和看热闹的一群农民。这次不同于上一次，他有了这身军装，就有了底气。眼看卡木恰上前要拦，库尔班一巴掌扇了过去，卡木恰捂着脸跑进了大门里。库尔班大摇大摆地闯进了塔西巴依庄园，管家依盖尔想过来阻止，但看到库尔班真的穿着军装，只好低头哈腰站在一边。塔西巴依大吃一惊，坐在凉炕上不知所措。库尔班穿着靴子直接上了炕，指着塔西巴依毫不客气地说道：“你，下去!”塔西巴依迟疑地从炕上下来，穿着软靴站在地上，套鞋就在脚边却忘了穿。

“你们，都上来坐吧!”库尔班对身后的农民们说道。然而他们都胆怯地站在那里不敢动。

库尔班看了看玉木拉克："玉木拉克同志，来，到炕上来坐！"

"啊？不不不不！我……我还是出去吧！"玉木拉克说完就想跑。

库尔班威严地喝住了他："站住！"库尔班的气势逼人，玉木拉克立马站住了脚。

"你过来，我有话说。"玉木拉克只好听从库尔班的话，走到炕下。

"你听解放军的话还是听塔西巴依的话？"

"我……我当然听解放军的话。可是……可是……"

"可是什么？来，到炕上来！坐下！"

玉木拉克只好上了炕，坐在靠墙的地方。库尔班指着炕面对塔西巴依说："你们家来了客人，就是这样招待的吗？叫布丽汗把你们家的白面馕和肉给我端上来。"塔西巴依无奈地朝着依盖尔摇了摇手。

"塔西巴依，我今天就是为受苦人讨公道来了。告诉你，现在是共产党的天下，解放军来了，农奴翻身得解放了，你们欺压穷人的事再也不可能有了，知道吗？"

塔西巴依装模作样地点点头。随后，布丽汗端来了一盘白面馕，依盖尔端着一盘肉放在餐布上。农民们看着白面馕和肉，眼睛都直了，直咽口水。库尔班招呼着大家："来呀，坐炕上来吃啊！"大家还是站在原地没动。

"我说你们这些人怎么不懂规矩？既然主人给我们端上来了，就要尝尝人家准备的一份心意，否则就是看不起主人，你们还傻站在那儿干什么？都来坐下，来，玉木拉克，一起吃。"

玉木拉克坐在边上没敢动。有几个农民实在忍受不了食物的诱惑，走过去坐到炕上，抓起馕狼吞虎咽地吃了起来。库尔班一手抓着馕一手拿着肉，边吃边说："塔西巴依，我告诉你，我今天要是带着枪来你就更麻烦了！"塔西巴依恨恨地看着库尔班。布丽汗对库尔班一脸不屑。库尔班一看这两人的表情就气上心头："布丽汗，来给我敲敲腿！"布丽汗只好不情愿地上前给库尔班敲腿。塔西巴依瞪着眼，他哪里受过这份屈辱？身为塔西巴依庄园的主人，从来都是这些卑贱的农奴服侍他，哪里轮得到他们骑到自己头上来?!

塔西巴依不敢吱声。院子另一边，依盖尔已经想到了对付库尔班的办法：羊毛出在羊身上，库尔班不是自称是解放军吗？那就让解放军看看他是什么德行！依盖尔对卡木恰耳语了一番，随后卡木恰溜出人群跑了。

“我今天来没带枪，我怕带枪，一着急会开枪打死你!”库尔班尽情地宣泄着多年来压覆在心里的愤懑，“我们解放军有纪律，我要遵守纪律，不给柯指导员找麻烦。但是，你要是再敢欺压我，我可就不管它纪律不纪律了，先把你打死再说！现在，你就把我种的地还给我。”

“可是……”塔西巴依刚想反驳几句，库尔班便一脚把布丽汗踢开，起身揪住塔西巴依的衣领，咬牙切齿地说：“你这个恶魔，害死了多少人？这些账还没跟你算呢，解放军来了，你还敢继续欺压我们!”

“哎哎哎，库尔班同志，有话咱们慢慢说，都是乡里乡亲的……”

“好，既然是乡里乡亲的，咱们就到外边的大树下，当着大家的面来说，走!”

库尔班揪着塔西巴依的衣服，扯着他来到院子外面的大树下。依盖尔在后边扯着库尔班的衣服：“库尔班你放手！这是塔西巴依老爷，你这样揪着他像什么样子?”

库尔班对围观的人说：“大家都评一评理。塔西巴依趁我不在家，把给我种的地换了，换成了浇不上水的差地，还要让我交跟好地一样的租金，他这不是存心欺压我吗?”

“地是塔西巴依家的，租金是老规矩定下来的，谁想种谁就按规矩来种，不想种别种。巴依老爷把地收回来自己种，难道就不行吗？自己的帽子往自己的头上戴不行吗?”依盖尔扶着塔西巴依，对库尔班说道。

这一幕，被人群后边的于香秀与亚森江看得清清楚楚。卡木恰到县委大院办公室通报情况，说库尔班穿着军装在庄园内闹事。两人将信将疑，便跟着卡木恰来一探究竟，没承想情况属实。

“你们现在还在说老规矩，解放军来了，是重新定了规矩的，你们还要按老规矩，就是想让我继续当农奴！”库尔班毫不示弱，有这身军装，他根本不畏惧塔西巴依等人。

“我说你们争什么呢？这棵树上贴的公告还没有掉呢，你们看看这公告上写的不就明白了吗？我认的字不多，依盖尔管家，你来念念嘛！”肖炉匠指着公告说。依盖尔愣了，不知所措地看着塔西巴依。

“我现在也是老百姓，你这样做就是解放军欺负老百姓。”

依盖尔大叫起来：“是啊，这不是欺负老百姓是什么？还跑到老百姓家里闹事，解放军库尔班欺负老百姓了！解放军欺负老百姓啦！”家丁们跟着起哄道：“解放军欺负老百姓啦！”依盖尔一挥手，家丁们围上来推搡着库尔班，进而拧住库尔班。

于香秀大喊一声：“住手！”清脆而饱含力量的声音把所有的人都震住了。于香秀走到大树下，对家丁们说：“放开库尔班！”家丁们吓得退开了。于香秀又走到塔西巴依面前，严厉地看着他：“塔西巴依，这个通告上的内容你不是都知道吗？”

“知道，知道！”

“通告上说，不得收回给农奴耕种的土地，必须降低租金，你是怎么做的？”

“哎呀哎呀，我……我怎么忘了这个通告了……”

“在库尔班执行解放军任务的时候，你收回了他们家种的土地，你是故意的还是忘了？”

“工作队可不能冤枉好人，我不是故意违反通告的，我是……我是真的忘了，做了不对的事……库尔班兄弟，库尔班同志，请吧，我对不起你，我给你赔罪了……你种的地你还种，你想种哪块地就种哪块地，我不要你的租子，不收你的一分钱，不收你的一粒粮食，我还要给你预发半年的粮食，管家，快去给库尔班家送粮食……”

库尔班看见布丽汗站在大门旁恶狠狠地看着自己，他捏着拳头冲到布丽汗面前：“还有你！你害死了我的妈妈，我饶不了你！”

布丽汗吓得坐在地上：“不是我，不是我……你妈妈是自己掉进馕坑里的呀，有好多人看到的呀……”

于香秀上前拉住了库尔班：“库尔班同志，回工作队去开会！”

库尔班还想继续声讨布丽汗，于香秀不容反驳地看着他：“回工作队去开会！”

平时的于香秀包容随和，库尔班还从未见过如此严厉的于香秀，他怔住了。于香秀指了指库尔班的军装：“服从命令。”

库尔班想到自己穿着解放军的军装，那自己就是一名解放军战士了，他站直了身子：“是！”

几人回到了工作队办公室，门外传来了马嘶声。柯有田火冒三丈地快步走进了办公室。于香秀、亚森江叫了声“柯书记”，然而柯有田没理会他们，直冲库尔班而去：“库尔班，你胡闹！你从哪里弄的军装？你怎么能这样干？快脱下来！”

“我不脱，我当解放军不够格吗？我怎么就不能穿军装了？”

“库尔班，你私自偷穿军装，假扮解放军，制造混乱，亚森江，把他军装给我脱下来！”

亚森江欲上前，库尔班躲着：“我就是不脱！”

“你……”柯有田要上去脱库尔班的军装，于香秀赶忙上去拉住：“柯书记，你冷静点！”

柯有田缓了口气：“库尔班，你这种做法严重损害了解放军的形象，会给我们解放军的工作造成很大的负面影响，会阻碍我们工作的进展！”

库尔班也急了：“我怎么就损害解放军的形象了，啊?！我跟着解放军去执行任务，我的表现不好吗？我就不配穿身军装吗？多少年来，塔西巴依一直欺压我们，直到解放军来了，他才有所害怕和收敛。可能你们自己不觉得，可你知道吗？你们穿的这身军装对于我们来说有多重要？就因为这身军装，塔西巴依才害怕，才不敢欺负我们！我偷穿了巴图的军装，是我不对，可是我想当解放军，我再也不想被塔西巴依这样的恶霸地主欺压，有错吗？”

“库尔班，你犯了错误还强词夺理，无组织无纪律，有你这样的解放军吗？还不快把军装脱下来！”

于香秀在一旁劝说：“你们有话都慢慢说！”

“你想让我把军装脱下来是吧？那现在，我告诉你，没有这身军装，塔西巴依还会欺负我们，还会让我们做农奴，还会把我们所有的土地收回去的！”库尔班说完，气哼哼地穿着军装夺门而去。

“库尔班你站住，你站住！”库尔班根本不听，走出好远。柯有田要追，却被于香秀给拦住了：“柯书记，你现在硬逼他是解决不了问题的。”

“那也不能听之任之不管他！”

“管肯定要管，只是用什么方法管！亚森江，你先忙你的去吧！”

“是，柯书记，我先忙去了！”

柯有田应了一声，于香秀拉着柯有田坐下：“你先消消气，我给你倒杯水！”

柯有田接过水杯后，于香秀在一旁坐了下来：“柯书记，很久没见你发这么大脾气了，你发脾气够吓人的。你一直告诫我们，做群众工作要有耐心，不要发脾气，可是你今天对库尔班有些着急！”

“今天我是有些着急，态度有些强硬，可是库尔班冒充解放军，还骗吃骗喝，这个影响太坏了，以后让大家还怎么相信我们？怎么信服我们解放军？”

“这个地区的群众工作基础原本就差，相对比较闭塞，农民的觉悟比内地的还要落后很多。从愚昧地甘愿受地主巴依的剥削，到能有觉醒的意识，开始反抗他们，是一个相当大的提高。虽然他们开展斗争的方式有时候欠妥，但是，能有人带头起来进行反抗斗争，就是一个非常好的现象，我们应该保护他们的积极性，而不是进行粗暴的打压。库尔班是因为和我们解放军最亲最近，所以他想借助我们解放军的力量去惩治地主恶霸，能为自己、为受苦的农民出气。从这个角度来说，库尔班的动因是好的，积极性也是好的。当然，他采取简单粗暴的斗争方式是不对的。那我们不能用同样的简单粗暴方式来对待他，应循循善诱，教给他正确的工作方法。既让他起到带头的作用，又能让受苦的农民看到我们解放军对他们的支持!”

柯有田聚精会神地听着于香秀的话。他意识到于香秀其实已经有了很高的思想觉悟。从前他只是欣赏这个女孩儿，觉得她心地善良，包容随和，现在心里对她倒多了一分佩服。

于香秀说着说着，发现柯有田在盯着自己看，有点摸不着头脑：“怎么了，我说错话了吗?”

柯有田仔细地看着于香秀：“香秀，你进步太快了！你这是从哪里学的?”

于香秀笑了：“我刚才说的那些话，都是你说过的，我是现学现卖，没走样吧?”

“是吗？怎么从你嘴里说出来觉得更加有道理!”

“本来就是你说得好，我这个学生跟你学得就更好。”

柯有田笑了。“可是今天学生把老师教了!”柯有田心头的怒气已经烟消云散，两人笑了起来。于香秀送柯有田回城，柯有田不好意思地一笑：“我今天是不是失态了?”

“你在同事和战友面前从来不发火，你今天发火，是把库尔班当成自己的亲大哥了。对别人有火可以压着，对自己的亲人用不着虚情假意，有话就说，有火就发，这才是个正常人嘛。”

柯有田激动地拉住于香秀的手：“谢谢你能这么理解我，你是个好姑娘，是个难得的好姑娘!”

于香秀羞涩地低下了头。顷刻，她不好意思地抬起头，看着柯有田：“别叫别人看到了。”

柯有田也感觉到了什么，赶紧放开了手：“我真的很感谢你。我这个人缺点很多，我要是再犯了什么错，你就毫不客气地批评我。”

“咱们都是革命同志，要互相帮助嘛。你肯定是一听到消息，骑马就过来了。那边还有好多事在等着你呢，你回吧，库尔班那里我去做工作。”

“好吧，库尔班那儿你多去做一些工作。库尔班的女儿托乎提汗是棵好苗子，要多关心她。”

两人互敬军礼。于香秀站在原地看着指导员打马疾驰而去，她呆呆地望着，想起来手里的那份温热，害羞地笑了。送走了指导员，她便去库尔班家做思想工作。库尔班正无精打采地躺在房外的土台子上，于香秀从外面走了进来，热情招呼道：“库尔班大哥！”库尔班躺着没起身。

“库尔班大哥，嫂子呢？”

库尔班有气无力地说：“她下地干活去了。”

“哦！库尔班大哥，你怎么了？是不是身体哪里不舒服？”库尔班不回答。

于香秀笑了：“还为军装的事闹情绪呢？”库尔班没回应。

“柯书记说了，军装你喜欢就留着吧，只是别再穿着到外面转去了。”

库尔班愣了：“那怎么行？军装是我从巴图那里偷偷拿出来的，必须还回去，我不能再连累巴图犯错误。”

“库尔班大叔，你这不是什么都明白吗？你不想连累巴图关禁闭对吧？”

“之前就是因为我，才连累小甘肃关禁闭。”于香秀听到小甘肃，心里沉了一下：“是啊，小甘肃为了保护你，把自己永远留在了祖国的边防前哨，你想想，你现在这样做对得起为你牺牲的小甘肃吗？”库尔班心情沉重地叹了口气。小甘肃始终是他心里的一块郁结、一个遗憾，想到小甘肃，他愈发自责。

“库尔班大叔，我们解放军解放的是所有受苦人，不是只为了自己才穿上解放军的军装的。假如只有柯书记一个人穿着军装，他也斗不过塔西巴依，塔西巴依也不害怕他。恶霸地主害怕的是，天下所有的受苦人都起来和他们斗争。”库尔班聚精会神地听着，于香秀接着说道，“库尔班大叔，你的敌人不只是一个塔西巴依，而是旧社会旧制度。你要做的事不只是跟塔西巴依报你的私仇，而是要解放全中国的劳苦大众，还要建设一个和平富强的新中国。共产党和解放军无往而不胜，靠的是政策和策略，靠的是坚强的组织性和铁一般的纪律性……”

库尔班呆坐在月光如水的院子里，于香秀的一席话徘徊在他脑海中。他觉得自己什么都不懂，还总是给解放军惹麻烦，他甚至觉得小甘肃的离开，也是由于自己的关系。图尼莎汗拿着袷袢走了出来，轻轻披在库尔班的身上，坐在他身边，两个人无言地坐了一会儿。库尔班闷声闷气地说："柯指导员对我发火了，说我破坏了解放军的形象，说我干扰了工作队的工作。我真的有那么坏吗？"

"听说柯指导员现在是于田县最大的官了，工作队的人都叫他柯书记。"

"我不管他叫柯指导员还是柯书记，他都是我的亲人。虽然他年龄比我小二十多岁，但是他就像我的大哥哥一样开导我，关心我。可是他今天对我发火了，他发起火来还是很吓人的。"

"你跟着柯书记去喀拉山区的时候，虽然你们不在家里，塔西巴依除了动了点坏心眼，也没敢把我们怎么样。要是在过去，等你回来，我早就不知道被弄到哪里去了，我们的阿扎提也活不下来。没有解放军就没有咱们的活路啊！所以我们不能给解放军找麻烦，要听柯书记的话。"

"你说的这些道理我都懂。可是一听说塔西巴依还欺负我，我一火就什么都忘了。我这个人哪，就是脾气不好。哎……我做的事真对不起柯书记，对不起解放军。"

"那你该去给柯书记认个错。"

"应该的。不去认错，就太对不起对咱们好的人了。"

第二天一早，库尔班便骑着毛驴上路了。一路上，他感到前所未有的紧张，他甚至设想指导员会怎样回复自己，会责骂自己吗？不会的，不会的……想着想着，便来到了县委大院的门口。

"报告！"

柯有田听到是库尔班的声音，感到很意外，随即笑道："进来！"

库尔班手捧着叠得整整齐齐的军装走了进来，立正站在柯有田面前："柯书记，我错了。"

柯有田接过军装放在桌子上。他转过身去，从柜子里取出一套洗得干干净净的旧军装放在库尔班的手上："这是我的旧军装，送给你了。"

"啊？你……送我军装？"库尔班惊奇地看着指导员，这是他一路上从未预想过的情况。

"对。"

库尔班一把握住了柯有田的手，激动不已："谢谢你！谢谢你！"

柯有田扶库尔班坐下："你心里有太多的仇恨，这个我们都知道。塔西巴依他们害死了你的爸爸、妈妈和你的岳父，他们还害死了你们的好朋友阿瓦古丽、图尔迪和更多的人。可是，当你跟塔西巴依斗争的时候，为什么那么多人只看热闹，不跟着你一起斗争塔西巴依呢？"

"是啊……连玉木拉克都不敢跟着我斗争。"

"这是因为群众还没有被发动起来，群众还没有坚定不移地跟着咱们走。那么，塔西巴依就有他的势力，旧社会旧制度的残余还十分顽固。就是我们把塔西巴依抓起来了，或者镇压了，旧社会旧制度的残余不清除，还会有这个巴依、那个巴依继续欺压劳苦大众。所以，毛主席指示我们，一定要把群众发动起来，才能进行社会改革。"

"你们都按毛主席的指示做事？"

"是的，我们都是在遵照毛主席的教导干革命，所以我们总是能打胜仗，从胜利走向胜利！"

"毛主席太英明了！"库尔班由衷地感叹道。

"是啊！"柯有田指着墙上贴着的毛泽东像说，"你看毛主席眼睛多么睿智！"

库尔班走到毛主席像前，仔细端详着画像，他从那双笃定睿智的眼睛里，似乎看见了光明美好的未来。

库尔班回到家第一件事，便是把指导员送给自己的军装仔细地包裹起来。他上了炕，从壁龛取出一个小包袱，小心地放在炕上，把柯有田送的军装放在包袱里，又取出小甘肃的军帽，把军帽放在军装的上面，仔细地包好。然后，郑重地将包袱放在墙上的壁龛里。

托乎提汗看着库尔班的举动，好奇地问道："爸爸，你为什么不把柯书记给你的军装穿上？"

"我一开始觉得，是解放军救了我，解放了我，我感谢解放军，我想当解放军，想穿上解放军的军装。现在看来，光是这样是不够的，我要把对解放军的情变成对共产党的爱，我要把心交给共产党。我把心交给共产党了，我就是不穿解放军的军装，我也是个解放军。因为我从心里是个解放军了，我要当一个心里的解放军。"

"我长大了要当解放军。"

"对，我没能当上真正的解放军，我的后代一定要当解放军。你一定要去当解放军，你的弟弟阿扎提也要去当解放军，以后你们结了婚、生了孩子，要从小把他们培养成解放军，到他们长大了，第一件事情就是叫他们去当解放军！"

当初是于香秀不厌其烦地跟库尔班讲述了解放军的责任和使命，如今库尔班想明白了，解放任务不是个人的恩怨，而是要与集体和国家紧密相连的。指导员送的军装更像是对自己的一种激励和督促，指导员信任自己，自己怎么能辜负这份信任呢？库尔班决定把这些天来自己的想法跟于香秀说一说。

下午他便去了工作队办公室。库尔班喊了一声："于队长！"

"库尔班大哥，你来了，快坐！我给你倒杯水！"

于香秀递过来开水，还没等她说话，库尔班先开了口："于队长，你和柯书记给我讲了那么多道理，我自己好好地想了一下，我真的明白了。我穿着军装去塔西巴依家是不对的。我真是太生气了，塔西巴依趁我跟你们去执行任务，就又来欺负我们。可是，我这样做确实是影响太坏了，为了自己能出口气，损害了解放军的形象。我以后再也不会做这么愚蠢的事了，这样对自己、对解放军都不好！"

"库尔班大哥，你真的是明白了！"

"真的是明白了！你看我想的对不对？塔西巴依现在还敢这样欺负我们，说明他心里没有完全害怕我们，他还是想让我们做他的农奴。他有这个想法，其他的巴依老爷可能也有这个想法。老百姓现在还怕他们，不敢说不敢做，连我让玉木拉克吃塔西巴依的馕他都不敢。我们一定要告诉大家，让大家明白，塔西巴依他们不可怕，有共产党解放军给我们撑腰，有毛主席指导我们，塔西巴依他们再也不能剥削我们的土地，想干什么就干什么。我说得对吗，于队长？”

于香秀激动地站了起来，上前握住库尔班的手：“库尔班大哥，你说得太对了，有你这样的先进分子带头，我们做群众工作会更有信心，相信他们的觉悟会提高得更快，剥削阶级会更快地灭亡！”

库尔班开心地笑道：“于队长，有什么任务你就吩咐吧，我保证完成任务！”

此后几天里，库尔班跟着工作组深入村里的各个农户家里，一边唠家常一边探访农民们的情况，帮着修缮房屋院墙，并且一起走进田间地头，与农民们一起劳作。库尔班的思想觉悟一提高，于香秀觉得他们的工作进度都快了不少。库尔班深谙农民们的困苦和需要，通过他的纽带和桥梁作用，工作组能切实有效地帮助农民解决困难，为彻底解放铺平道路。

在地头忙乎累了，库尔班便和一帮贫苦农民一起开会：“乡亲们，为什么我们一天到晚地干活劳动还没有自己的土地，过那么穷的日子，而塔西巴依连手都不用伸出来却能有那么多的土地，过那么好的日子。为什么?！他就是靠剥削压迫我们！我跟我爸爸为了能有自己的一块地，白天给塔西巴依干活，晚上连觉都不睡，一点一点、辛辛苦苦开垦出来一块地。塔西巴依为了霸占这块土地，害得我们家破人亡，直到把地抢了去才善罢甘休。更可恨的是，我们农奴连结婚的权利都没有，要经过他的同意才能结婚，自己的新娘还要先送给他。你们说这样公平吗？”

农民们响应着：“不公平！”

“塔西巴依骑在我们头上拉屎撒尿，任意欺压我们，你们想想，咱们穷苦人家哪一家不受他的欺负，哪一家没有受过他的坑害？”

大家议论纷纷，越说越激动，一股脑儿把多年对塔西巴依的愤恨都倾泻了出来，每个人都争着控诉塔西巴依。而在树后边，卡木恰正偷窥着，这些话一字不落都被他听了进去，随后这些话便又通过卡木恰传进了塔西巴依的耳朵。

“行了，这是库尔班说的？”依盖尔问道。

“是库尔班说的。”

“这个大字不识一个的农奴，现在怎么知道那么多？”塔西巴依将信将疑。

依盖尔深思了一会儿：“共产党解放军太厉害了，要是把农奴发动起来了，就很危险了！”

“共产党解放军的手，已经掐到我们脖子上来了，这样不行，不能叫他们再胡闹下去了！”

“对，得给他们找点麻烦。”依盖尔眼睛一转，便有了坏主意。他趴在塔西巴依耳边一说，塔西巴依哈哈一笑，吩咐道：“快去，快去！”依盖尔领命，骑着马飞奔到了蒙伯克家门前。

于香秀和亚森江等人正在大桑树下给村民们做土地登记，塔西巴依的家丁恰巴克急匆匆地跑来，喊道：“出事了！不得了了！邻村的人把咱们村的水抢了。”

大家听说水被抢了，自然是按捺不住，群情激愤地准备回家抄家伙跟邻村人讨个公道。恰巴克火上浇油，接着喊道：“你们看吧！我头上的血，就是他们打的！”

卡木恰在人群后边添油加醋：“他们抢水还打人，走啊！保护咱们的水去！”

人们纷纷响应：“走啊，保护水去！”

听说两个村子的村民发生了械斗，于香秀一头雾水：“怎么会这样？”

“水是绿洲农民的生命，村民们经常为了争水打群架，有时候还会死人。”库尔班陪着于香秀和亚森江到了村渠道边。现场乱七八糟，两个村的农民打得很激烈，很多人都挂彩了。于香秀掏出手枪朝天开了一枪，农民们一惊，才停止了打斗。

于香秀问库尔班："以前遇到这样的事是怎么处理的？"

"以前遇到争水的事，是蒙伯克出面，把双方的巴依叫到一起，商量好分水的办法，大家就不争了。"

"看来这是蒙伯克显示他权力的时候啊！好吧，那就再叫他出一次场吧！"

"我们现在是新社会，凭什么还要叫蒙伯克和塔西巴依来？我们凭什么还要让他们说话？"

"库尔班大哥，你夜里边听到过猫头鹰叫吗？"

库尔班一脸不解："听过，怎么了？"

"如果猫头鹰不叫，你怎么知道它在哪儿？"

库尔班笑了，会心地点点头。于香秀命令亚森江、库尔班去叫塔西巴依，小田、艾拉提去叫蒙伯克，自己守在原地。

库尔班和亚森江跑进塔西巴依庄园，库尔班大声喊着塔西巴依的名字。布丽汗闻声后从屋里跑了出来，不耐烦地说："吵什么吵什么！"

"塔西巴依呢？"

"我怎么知道他在哪儿？可能出去转了吧？"

"你快去把他叫来！"

"我跑不动，我腿疼。"

"如果你耍花招耽误了解放军的大事，你的麻烦可就惹大了！"

"我只能去找找，要是没找见可别怪我！"

正说着，塔西巴依和依盖尔从侧门走了出来："有什么大事，吵吵什么呢？"塔西巴依看了一眼亚森江，装模作样地说："原来是解放军来了！库尔班，你跟着瞎掺和什么呢？"

"你闭嘴，马上跟我们走，有要紧事找你。"

"我腿疼，哪儿也去不了。"

亚森江好声好气地说道："塔西巴依，我们找你是为了让你去解决两个村浇水问题，大家因为浇水时间产生了冲突，所以，邀请你去解决一下!”

塔西巴依故意摆谱:“哎呀,这么一点事就不需要我了,有你们解放军,什么事情都可以解决。”

库尔班急了:“塔西巴依,你放老实点!”库尔班攥紧了拳头准备冲过去,但被亚森江制止了。

“塔西巴依,你可以不去,但是如果是因为你的原因造成村民们之间更大的伤害,这个责任是要你承担的,后果你自己想想,库尔班,我们走!”

二人刚转身,塔西巴依连忙喊住他们:“哎哎哎,我没有说不去,只是我腿不好,不方便!管家!”

“老爷,请吩咐!”

“套上辆马车,跟着解放军老爷去解决事情!”

“是!”依盖尔应着,但是脚没有挪地方。

库尔班瞪着依盖尔:“你还愣着干什么,还不赶快去套车?”

一路上,依盖尔故意慢慢悠悠地赶着马车。库尔班坐在塔西巴依旁边,不耐烦地催着:“依盖尔,赶快点,让马跑快点……”

“我们不急,不急!”塔西巴依神情悠闲。

库尔班生气地一把夺过了依盖尔手里的鞭子,一甩长鞭,狠狠地抽在了马背上,马一惊,快跑起来。塔西巴依一时没把紧,差点摔下来。马车剧烈地颠簸着。亚森江手握着枪,枪口故意朝着塔西巴依。塔西巴依吓得紧紧地抓住车梆子,嘴里喊道:“慢点,慢点……解放军老爷,小心你的枪走火啊……”

第十一章

一条干渠两边各有一个闸口，向南面的闸口是流向塔西巴依村的，北面的闸口是流向蒙伯克村的。塔西巴依和蒙伯克两村的农民都要争着先放水，双方相持不下。于香秀尽力维持场面。这时蒙伯克骑着马，带着随从过来了。

蒙伯克村的村民高喊道："我们村的蒙伯克老爷到了！"蒙伯克村的村民立刻躁动起来，有了蒙伯克老爷撑腰，他们挥舞着手中的武器向塔西巴依村的村民示威。

"我们可以先放水了，现在可以放水了！"蒙伯克村的村民要开水闸，塔西巴依村的村民急了，上前踩在蒙伯克村的水闸上不让开闸。眼看着两村的村民又要打起来了。

于香秀焦急地高喊："大家不要动，一定要克制！"她一边制止众人，一边焦急地向村口张望。不一会儿，亚森江和库尔班领着塔西巴依坐着马车到了。依盖尔和卡木恰扶着塔西巴依下了马车。蒙伯克看见塔西巴依，这才下了马，他主动地走到塔西巴依面前，两人低声言语着。于香秀见两个村的巴依都到了，朝库尔班点了点头，库尔班敲起铁壳鼓。塔西巴依和蒙伯克两人仍在一边窃窃私语，不知在商量什么。

“你们两个商量好了吗?”于香秀看着两人。

亚森江高声喊道：“有这么难吗？塔西巴依，听见没有？说你们呢!”

塔西巴依和蒙伯克走过来，冲着大家喊话：“我刚和蒙伯克大人商量好了，我可是个心肠很软的人，不忍看到两个村的农民兄弟为放水打架。大家都是邻居，说个好话、低个头就过去的事情，我想这样……”

蒙伯克装模作样地点头，迎合接话：“这次是我们村的人做得不对，先动手打了塔西巴依村的人。为了表示歉意，我同意让塔西巴依村先浇三天的水。”

蒙伯克村民抗议：“不行！事情还没有完！他们打伤了我们怎么办?”

塔西巴依装作很为难的样子看了一眼于香秀：“这样吧！两个村被打伤的农民，我们各村的巴依出钱给他们治伤，这样行了吧，我们够仁慈了吧!”

塔西巴依村民听到可以多浇三天水，欢呼起来。蒙伯克的村民很不甘心地举着坎土曼向塔西巴依村的村民示威。事情虽然看似解决了，于香秀却始终觉得心里堵了一块东西，说不清道不明。她觉得这场纠纷像是塔西巴依和蒙伯克合伙演的一场戏。

柯有田听说了放水的事情后，骑马急匆匆地直奔工作队办公室，进门见只有库尔班一人，他环顾四周：“放水的事情解决了没有？于香秀和亚森江他们呢?”

“柯书记你来了，事情都解决了，水也放了。于队长他们去看放水受伤的农民去了。柯书记你坐，今天我想给你好好说一下我的心里话。”

柯有田点头，与库尔班面对面坐下。库尔班将一缸子水放在了柯有田面前，随后说道：“我真的是个农民的脑袋，想的事情太少了。这次的事情让我看清了很多，也想到了好多。就是你们说的那样，和地主的斗争是很长时间的事情，是很复杂的事情，也是一个看谁有本事的事情，你不厉害他就厉害起来了，是不是?”

柯有田刚喝了一口水，听到这话一下笑喷了出来，点头笑道：“库尔班，你知道了吧，这就是两个阶级的斗争，在阶级斗争的问题上，我们时时刻刻不能掉以轻心。”

“就是的，柯书记，我也很好地想了一下，原来我以为会一开，把所有人的成分一定，塔西巴依就再也闹不起来了。可是呢，还没等我们的会议开完，他们就找事情闹起来了。之前，一有事情我不会像你们那样好好地想一想，想好了办法再做事情。哎！这样下去太不好了，会让塔西巴依他们抓住机会，这样的事情下次再不会有了。我一定会配合于香秀队长他们好好工作，现在我就是这样想的。”

柯有田握着库尔班的手：“库尔班，听了这话我真的很高兴，你跟着我们经历了不少的事情，干什么事情要用这儿（柯有田指了指脑袋）想一想，不能蛮干，更不能胡干，否则不但做不好事情，还要出大乱子。”

“就是，就是，我明白了，以后有事情我一定要想一想，再想一想。”

“这就对了！”

受到柯书记的表扬，回家的路上库尔班感觉两只脚都轻快了不少。他想：柯书记这样的好人，一定要想办法让他留下来。回家后，库尔班找图尼莎汗商量。

图尼莎汗笑着说：“这个事情让我们女人想起来就太简单了。男人好了就会有好姑娘来找他，女人好了才能把男人的心留下，不是吗？”

库尔班拍手：“太对了，你的意思我明白了，给他找个我们这里最漂亮的姑娘结婚，那样他就哪里也去不了了。好，你的这个主意太好了，现在我也有了一个主意了！”

库尔班转身出了门，图尼莎汗高声喊道：“哎！吃了饭再去吧。”库尔班摆了摆手，照他的性子，要办的事情一刻都拖延不得。

库尔班骑上毛驴便出发了，他叫上玉木拉克一起去肖炉匠家里。

库尔班将自己的想法说了出来，玉木拉克笑着说：“这件事我早就注意了。要给他找一个非常能干，一看就能生儿子的姑娘。我看有一个还挺合适，就是还没有人去提亲。”

库尔班惊喜地问道："谁家的姑娘？"

肖炉匠抢着说："那个住在离我们村子不远的拜合提家的，那姑娘一看就是个老实能干的样子。"

"我去涝坝打水的时候，认真地注意过了好几次，是的，是一个很不错的姑娘！"玉木拉克得意地笑了笑，端起茶抿了一口。

为了不贸然行事，库尔班决定先征询一下柯书记本人的想法。从肖炉匠家出来后，库尔班从自家地里摘了个甜瓜，来到县委大院办公室，不等柯有田说话他就进来了。库尔班高声道："柯书记，尝尝这里的阿合奇瓜，又脆又甜。"

"哟，库尔班大哥，什么风把您给吹来了？"

"你先吃瓜再说！"库尔班拿出腰刀麻利地将瓜从中间切开，双手按着瓜轻轻一推，一半瓜瓤掉在下面的半个瓜里。他一块块切着，每一块瓜大小均匀。切好了后，他给了柯有田一块瓜。柯有田咬了一大口，点着头："嗯，好吃！脆甜脆甜的！"

库尔班抬头问："柯书记，你知道我们这里的瓜为什么会这么甜吗？"

"地理条件、气候的原因吧。"

库尔班摇头："不是的，不是的，我们种的瓜不上肥料。我们这里有一种叫'苦豆子'的草，把它拔下来埋在瓜秧子的底下，长出来的瓜一个比一个甜，吃一口甜掉牙。"

柯有田不相信："那种草真有这么神？"

"就是的，甜瓜就像男人一样，没有苦豆子草甜不起来。女人嘛就是那种苦豆子草，专门对着甜瓜来的。柯书记，我有心里话问你一下，我们都是一样的男人，你不要生气噢。"

柯有田没反应过来，笑道："你问吧，我生什么气呢？"

库尔班神秘地靠近了柯有田，悄声说道："你喜欢啥样子的姑娘，说一下我听听。白白的，胖胖的，长头发的，短头发的，一定是最漂亮的对吗？"

柯有田笑了笑，若有所思："我的条件不高，最好是温柔贤良，但最重要的是要有文化，因为我的文化程度不高。她还要有自己的主意，是个做事利落的人。"

库尔班不明白柯书记的话中意思："哎呀，柯书记，你说的话我听不懂了。但是，你的意思我知道一点点了，好的，我现在有一件重要的事情，我走了。"库尔班说完便急忙出门。柯有田愣了，没反应过来，不知道库尔班葫芦里究竟卖的什么药。

为了给柯书记找老婆，库尔班他们每个人都打起了十二分的精神，他们要找到一个像宝石一样真正能配得上柯书记的女人。第二天一早，库尔班便到肖炉匠家打听情况。果然，多小兰又探寻到几个不错的姑娘，他们优中选优，选出了一个，库尔班即刻便赶往县委大院，准备将这个好消息告诉柯书记。他来到办公室门外，门半掩着，正想推门进去，却看见了屋内的一幕：柯书记正亲昵地站在于香秀身后，两人似乎正在看一份文件。库尔班犹豫了一会儿，还是决定进去，他故作高声喊道："柯书记，柯书记，我来了！"

柯有田和于香秀听声迅速地分开了。于香秀抬头看见了库尔班奇怪的表情，她红着脸低下了头，小声道："你们有事，那你们先说，我走了。"

库尔班转身看着于香秀离去，又转过身来发现柯有田一直望着于香秀远去的背影，是那种全神贯注的柔情的眼神。库尔班在柯有田面前挥了挥手，柯有田这才回过神来。

"柯书记，我这次是非常认真地给你说。我们找到了一个符合你心里标准的姑娘，我们还问了一下那个姑娘，她说太喜欢解放军了，她马上就同意了。"

柯有田笑道："这不行，你们这是变相地包办婚姻，现在提倡恋爱自由。那个姑娘都没见到我就同意，这不合适，更不符合我们部队纪律，你们不能再这样给我找对象了。"

"不是你说的那样。那个姑娘说，她也想快点和你自由恋爱，可你工作太忙，没时间去和那个姑娘自由恋爱呀。是不是，我没有说错吧?"

柯有田推着库尔班："我很忙，现在没时间，你快忙你的事去吧，我的事情你别忙活了。"

库尔班转脸看着柯有田："柯书记，你是不是喜欢于香秀队长了?"

柯有田一怔，不知所措地摆了摆手："你就别瞎猜了。"

晚上，库尔班躺在大炕上，今天在办公室看到的那一幕一直在他脑海中闪现，正坐在炕边上捻线的图尼莎汗用被子给库尔班盖了盖露在外面的肩膀，又继续捻线。

"图尼莎汗，我发现了一件事情。柯书记和于香秀队长好了，今天于香秀队长走了，柯书记使劲地看她，我去了半天他都不看我。"

"哎，就是呀，我们咋了?！他们两个人天天就在我们跟前，我们咋就没有想到他们呢？他两个还就真有点像一家人的，是不是?"

"我看他们两个也不错，但是他们两个要是结了婚，部队要是一走，他们两个就一个都不会留下来的，那个时候，我们咋办呢?"这正是库尔班的担忧。他希望柯书记能拥有属于自己的幸福，但他也希望柯书记能留下来，于田县需要他。

这天，于香秀来到了库尔班家，想了解库尔班换地的问题。库尔班见是于队长，赶忙拉着她进屋坐，他正好有些事想问于队长。两人坐在炕边上聊着天。

"库尔班大哥，你家的地换回来后，影响种粮食了没有？还有，要交多少地租？我们工作组想了解一下。"

"地换回来以后，地里的收成一定会有影响的。但我不怕！现在有你们给农民说话、帮助我们，塔西巴依那个家伙也不敢多收地租了。"

图尼莎汗走了进来，对着于香秀笑道："你们说话，我给你做馄饨吃。"

"我该问的也问完了，我来帮你做饭。"于香秀赶忙从炕边上起身。

"你等着，我都准备好了，现在就等着包馄饨了。"图尼莎汗拿来了面放在炕上，和于香秀两人包起了馄饨。

一包起馄饨，于香秀就想起了山东老家的事：“我们老家也包馄饨，但比这个大，皮子是擀出来的，再切成四方形，不像这里捏一下就可以包馄饨了。”

“于队长，你想老家吗？家里还有什么人？”图尼莎汗将包好的馄饨放在了箅子上。

“家里有爸爸，有妈妈，还有一个哥哥和一个弟弟，我可想他们了。我随部队离开家以后，再也没有见过他们，有时我会梦到在老家上班，还走到了我们那个小村里，真有意思！”于香秀笑着偷偷擦了一下眼泪。

图尼莎汗看到于香秀擦眼泪，也动了情：“香秀妹妹，我就是你的姐姐，以后有什么不高兴的事情，想你们家里人了，就到我们家里来，有什么话就和我说，我喜欢听你说话。”

于香秀依靠在图尼莎汗肩头：“我没有姐姐，今后你就是我的姐姐。”图尼莎汗点点头。

于香秀从库尔班家出来，一个人在路上走着。巴图骑着马匆匆地从后面赶来，他在于香秀旁边下了马：“于队长，于队长快上马，柯书记喝了有人投毒的水，中毒了，正在医院抢救呢！”于香秀一惊，连忙赶往医院。好在经过及时抢救，柯有田已无大碍，正卧床休息，等待进一步的观察。

于香秀守着昏迷的柯有田，不知不觉便趴在床边睡着了。柯有田醒来，发现了熟睡的于香秀，既惊喜又感动，他抚摸着她的头发，轻声诉说：“香秀，真是你呀，没想到，我在昏迷的时候最想见的人就在眼前。”这些话全都被已经醒来却佯装睡觉的于香秀听见了，她的脸红了，泪珠从眼角滑落。于香秀抬起头看着柯有田，柯有田微微一笑：“我现在已经好多了。”柯有田刚要伸手握于香秀的手，库尔班和图尼莎汗来了。

于香秀赶忙擦了擦眼泪，站起来：“库尔班大哥和图尼莎汗姐姐，你们来了！”

“是，我们来看看柯书记。”

“你们先说话，我去去就来。”于香秀走出了病房，等到她再回来时，库尔班和图尼莎汗已经走了。她再往床上一看，发现病床竟然空了！她焦急地抓着一个进来查房的护士，询问道："这个床的病人呢？"

护士没好气地说："这个病人也太自由了点，身体没好就请假跑了，说是有重要的工作。他现在的情况是要继续住院观察，万一有什么不好就是大麻烦了。"

于香秀没有听完护士的话就跑了。她急匆匆地跑出医院，在路口发现了刚上马的柯有田，她冲过去紧紧攥住了缰绳。

"放手，快放手！"

"我不会放手，你的药还没吃完，身体还没有恢复，现在不能下乡工作。"

柯有田生气地举着马鞭："放不放手！"

于香秀眼睛瞪着柯有田，坚定地说："我就不放手！你敢打？"

柯有田高声："快放手，我的事情不用你管！"

于香秀一怔，立刻放下了缰绳："好的，这可是你说的，从今以后我再也不管你的事情了！你走吧，想干什么就干什么去吧。"

没承想柯有田竟然真的扬起马鞭，跑开了。于香秀边走边哭，不断地擦着泪水。没走多远，她便听见身后传来马蹄声。马蹄声越来越近，她回头，看见柯有田打马追来，堵住了于香秀前进的路。

"你看，这是药，我带上了，还有水，我也带上了，可以了吧。"

于香秀根本不理会柯有田，绕过他又继续向前走。柯有田从后面又追上于香秀，他从上衣口袋里掏出一包药递给于香秀，于香秀不接，他便把药硬塞进于香秀手里："这些药就放在你那里，我一回来了，马上就去你那里吃药，保证会按时回来向你报告。"

于香秀看了一眼柯有田，破涕为笑："我可是拗不过你，自己一定要注意身体，按时吃药，听见了吗？"

"一定按时吃药，敬礼！"

于香秀看着柯有田远去的背影，她觉得这个运筹帷幄、忙前顾后的柯书记，有时候就是个还没长大的孩子，照料他似乎也是照料自己的一部分。她心疼他，甚至有时候想要保护他。于香秀知道柯有田是个坚强的人，但病床上的他又是那样的虚弱无力，柯有田其实也是个平平凡凡的常人啊！

两日后，柯有田针对投毒事件召集库尔班、肖炉匠、玉木拉克等几位农民和亚森江等工作队的同志们开会。现阶段更重要的是稳住民心，避免引起恐慌，同时要坚定民众的信念，邪恶反动势力一定会被打倒铲除。

“针对近一段发生的分水事件和投毒事件，刚才大家都做了认真的分析。我们要在思想上充分认识我们与阶级敌人这场较量的复杂性，要提高警惕，要做好打持久战的思想准备。”

库尔班担心地问：“我有一件事情不明白，你们现在在这里呢，他们害怕你们，悄悄地藏起来，不敢出来了。以后万一你们解放军走了，他们都出来了，还会欺负我们，那个时候咋办呢？”

“这点你可以放心，不彻底消灭他们，解放于田的老百姓，我作为共产党解放军派到于田的代表，一辈子都不会离开这里的。”库尔班看着柯有田坚定的眼神，欣慰地点头笑了：“只要你们不走我们就放心了！”

第二天中午，柯有田和于香秀应邀来到了库尔班家。两人一前一后进到房子里。柯有田已经把这里当成了自己家，他熟练地脱了鞋上炕，盘腿坐下。于香秀随后也上了炕跪坐着。两人吃着干果喝着酸奶，根本不像是客人，而像是这个家的一分子。图尼莎汗端来一盘抓饭。

库尔班看着吃得津津有味的两人，故意问道：“柯书记，于队长，我们家的饭好不好吃？”

柯有田点着头：“好吃，真的很好吃。”于香秀也在一旁应和。

“你们都说好吃的话，我现在就说一个比抓饭更甜的话，你们听一下。柯书记你喜欢于队长，这个事情我们大家都看出来了。男人天生就是带刀子的人，一定要冲出去，要不然的话，花粉让风就吹走了，红柳的花絮也没有了。你要早早地把于队长抓在手里，该干的事情快快地干一下。以后房子也有了，巴郎子也有了，好日子也有了，好事会多多都来的。现在我不明白了，你们两个人还等啥东西呢?”

柯有田听库尔班这些话乐得直笑，于香秀也不好意思地抿嘴笑了：“图尼莎汗姐姐，快让库尔班大哥不要说了，难听死了!”

“不难听，不难听，女人就是这样过来的。亲爱的妹妹，你就是四月里的玫瑰花，有一个男人对你笑的时候，你就要扎得让他流血，让他忘记不了你。更多的话我说不出来，我是你的娘家人，我要好好地把你嫁给一个值得相信的男人。”

于香秀看了一眼柯有田，两人开心地笑起来。吃完饭，两人同库尔班和图尼莎汗告别后便离开了。他们并排走在回县城的土路上，时不时贴近，但怕被人看到，又若即若离地分开。空气中弥漫着爱恋的幸福味道。

在不远处，两匹马拉的车停在了路边。一个灰头土脸、提着两个帆布大包的汉族男青年从车上下来。由于长时间的赶路，他的双腿已经麻木，一瘸一拐地走着。于香秀一下子就认出了这个人，她拉着柯有田急忙走上前，喊道：“哥，哥!”

男人挥舞着手臂：“香秀!”

“哥，我想死你了!”于香秀冲上去抱住哥哥。

“妹妹，你黑多了!”于海山拉着妹妹的手。柯有田主动上前与于海山握手。于海山礼貌地笑了笑：“这就是有田吧!”

“是我，柯有田!”

“你好你好!”于海山郑重地同柯有田握手。

“香秀，真没有想到，新疆这么大，这么远，条件还这么艰苦。我从乌鲁木齐坐了半个月的大卡车才到了和田，到了和田又坐了三天的马车才到了你们这里。看看我这一头一身的土，这环境真不是一般地差，在这里生存太不容易了!”于海山正说着话，鼻子就流血了。于香秀连忙给哥哥递上手绢，看着于海山舟车劳顿、狼狈不已的样子，于香秀两眼湿润了："哥，可让你受罪了！"

于香秀和柯有田两人一边一个，扶着于海山到了办公室。于香秀给哥哥端来了洗脸水。于海山用毛巾擦着脸。柯有田倒了一杯开水端了过来："大哥，快歇会儿吧！"

"好的。我先把东西拿出来让香秀看看。"于海山打开了旅行包，"这是妈妈给你带的你最爱吃的虾酱，这两包鱼干是爸爸给你买的，这个山东煎饼是大舅妈亲手给你烙的。路长加上气候干燥，煎饼都碎了。"

于香秀看着一桌子的东西，恍惚能看到父亲母亲的模样，她的眼泪不自觉地流了出来。于海山不由得心疼起妹妹来："妹妹，你在这里与大家相处得还好吗？"

于香秀抹了抹眼泪："这里的人都很纯朴善良，还很幽默。我还在这里认了一个维吾尔族的姐姐，她人可好了，她说等我出嫁的时候就把她家当成娘家。"

"是吗？太好了，改天我去拜访一下！"

库尔班听说有贵客要来家做客，忙从肖炉匠家借来了雕花木桌和几把椅子，又要了半袋白面，回家后又心血来潮跟着图尼莎汗学做拉面和汤饭，他必须要以家里最高的规格来接待这位客人。他忙活着忘了时间，听见敲门声才发现柯有田、于香秀和于海山已经到了。库尔班迎接他们，几人坐在院子里早已准备好的桌子前，桌子上摆着各种干果。库尔班高兴地握着于海山的手："兄弟，你走了那么远的路来到我的家里，我很高兴。请你在我们这里多住几天，看看我们这里，不刮风的时候，也是很漂亮的。"

"库尔班大哥，早就听香秀妹妹说起您和嫂子了，感谢你们照顾了我妹妹。我也给你和嫂子带了点我们山东老家的礼物——一块绣花桌布。"

库尔班接过礼物："谢谢，谢谢，你们太客气了！我不好意思了！"

几人吃着午饭，于海山突然想起一件要紧事："柯有田，咱们那里正在加强海军部队建设，正急需要人才，这个机会真是难得，正可以发挥你的长处。哥哥我这次可是把空白调令都带来了，只要你同意，咱们就可以一起走了。”

柯有田沉默着没有应答。于香秀放下碗，看了一眼柯有田。于海山看出妹妹似乎有心事：“香秀，你的问题好解决，柯有田一走，你也可以随军。你原来在青岛上的卫校，部队也需要你这样的医疗人才。将来，海洋才是检验一个国家国力的标志，毛主席也说过，海防强才能国家强!”

于香秀一听高兴地说：“好啊，好啊，真是机会难得。”

柯有田抬起头，拍着于海山的肩膀，感慨地说：“机会当然很好，也很难得！可我到这里已有三年了，时间不算太长，但这里的一切留给我很深的印象，扎在我心里的东西很多。这里的乡亲待我们如同一家，有好吃的他们首先会想到我，我从心底里感激他们。有时我也在想，解放了西藏后，就回老家去，可组织把我留在了这里。现在，我已被这里的一草一木绊住了，动弹不得，我还能有选择吗?”柯有田说完眼睛红了。

这些话全都说进了库尔班和图尼莎汗的心里，他们的眼睛里都充满了泪水。是啊，不知不觉三年过去了，他们何尝不是已经与柯书记建立起一种不可分割的联系了呢？他早已经成为他们的家人。晚上，库尔班躺在炕上，翻来覆去睡不着，柯有田的话始终萦绕在他脑海中挥之不去。库尔班坐了起来。

“快睡吧，不要想了。”

“我睡不着啊！现在塔西巴依、蒙伯克、依盖尔他们还在，他们一天到晚都盯着我们，希望有一天让我们再做回他们的奴隶。柯书记他们要是真的走了，就不会有我们的好日子了。这样一想，就觉得我们真真干了一件没有脑子的事情。”

“啥没有脑子的事情，柯书记不是说了吗，他不想走。”

“你是女人你还不知道吗？如果男人真正喜欢一个女人的话，他会不管那么多的事情，跟她走的，当初咱们两个人进沙漠躲塔西巴依的事你忘了？于队长要是愿意跟她哥哥一起走的话，柯书记肯定会跟着他们一起走的。我们帮助他们两个人在一起了，结果他们两个还是要离开我们，回他们的家乡了，当初担心的事终于发生了！”

图尼莎汗叹了口气：“你想啊，他们那么远来帮助我们过上了好日子，连自己的爸爸妈妈、兄弟姐妹都见不到，换成咱们心里也不好受，也想和自己的亲人在一起。只是怕他们走了，塔西巴依又要来欺负我们，我们幸福的日子太短了！”

“是啊，什么时候能彻底把塔西巴依他们都消灭了，我们的心里就踏实了！”

“对啊！”

“现在没有办法，只能希望他们走了以后，共产党解放军还能有像柯书记、于队长这样的人替我们说话，保护我们，我们就放心了！”

第二天，库尔班到肖炉匠家，商量该为柯书记和于队长举办一个亮亮堂堂的婚礼，他们跟这两位新人商定了良辰吉日。这天，库尔班赶着驴车，车上坐着图尼莎汗、托乎提汗和阿扎提；玉木拉克赶着另一辆驴车，上面坐着肖炉匠和多小兰。柯有田的宿舍被装扮成了婚房。多小兰打开了一块艾德莱丝绸当桌布。图尼莎汗把自己亲手织的粗布单子铺在两张临时拼起的单人床上，床单边缘绣着简单的花纹，十分好看。另一边，托乎提汗和阿扎提围坐在桌子边，看着多小兰用红纸剪囍字。多小兰剪，库尔班和肖炉匠忙活着贴。没多久，囍字贴满了窗户和墙壁，整个房屋焕然一新，充满了新婚喜庆的气息。

迎亲的地方被安排在了库尔班家。肖炉匠卖力地敲着铁壳鼓，“咚咚”的声音很远都能听得见。玉木拉克吹着唢呐，欢快的唢呐声引来了很多村民。参加婚礼的男人们站在门外。于海山和库尔班忙里忙外地接待客人，他们把一盘盘干果分给乡亲们品尝。女人们则挤在房子里，围坐在炕上。于香秀头上披着红盖头，坐在炕角上。小阿扎提想悄悄掀开盖头，看看于阿姨，刚伸手就被托乎提汗打了一下手，吓得小阿扎提一惊。众人笑了起来，屋内屋外都洋溢着欢乐的气氛。

多来地高喊一声：“他们来了！”肖炉匠的鼓声和玉木拉克的唢呐声

也随之更大了，女人们陆续从屋内走了出来。男人和女人自然地站成了两排。装饰成花轿的驴车在库尔班家门前停稳。库尔班笑着与柯有田、关恒山和巴图握手。图尼莎汗掀起门帘，于海山领着新娘缓缓走了出来。柯有田迫不及待地迎了上去，从于海山手里接过新娘，掀起了盖头。于香秀害羞地低着头。柯有田牵着于香秀的手向村民们鞠躬，在一片欢呼声中，柯有田抱起于香秀把她放在驴车上。

库尔班在前面赶车，一行人尾随其后，大家热热闹闹地奔往县城的婚房。县委的同事们早就挤在婚房里等着看新娘呢。柯有田下了驴车，和同事们一一握手。玉木拉克吹起了唢呐，库尔班打起铁壳鼓。柯有田牵着于香秀的手一起走进了婚房。

关恒山看着乐得合不拢嘴的柯有田说道："柯书记不要笑了，严肃点，我要主持婚礼了。"

柯有田表情严肃起来，于香秀偷看了柯有田一眼，抿嘴笑了。关恒山主持婚礼，柯有田和于香秀先后向毛主席、于海山和来宾们鞠了躬，就算是成了亲。玉木拉克边吹着唢呐边跳起了民族舞，参加婚礼的人都被感染，也跟着跳起了舞。托乎提汗和阿扎提在人群中跳着跑着。婚礼很是热闹。

婚礼结束后，库尔班回到家里，今天的婚礼让他忽然想起了图尔迪和阿瓦古丽。如果他们能够活到共产党和解放军来该多好！柯有田新房里的毛主席画像已经深深印刻在库尔班的心里，他坚信，只要紧紧追随毛主席，毛主席就一定会保护他们的。

妹妹婚礼结束后的第二天，于海山便准备启程回去了。临走前，于海山又特意问了问柯有田和于香秀："你们好好想一下，如果真想回就不要犹豫，抓紧时间。"

"哥，我和香秀昨天晚上还在商量这件事情。这确实是一个难得的好机会，不仅可以成为新中国的第一批海军，还能回到家乡，和自己的父母兄弟在一起，一想到这些我们就兴奋得睡不着觉，心就飞回去了。可是一想这里的情况，也是睡不着觉啊！现在这里的老百姓刚刚和我们建立起信任，局面正在一步步打开，土改工作才刚刚开始，地主还没有被彻底打倒，穷人还没有过上安定的日子，所有的工作都才做了一半。我们要是一撒手走了，会给后面的工作带来非常大的困难。这里的老百姓眼巴巴地盼着我们，彻底推翻骑在他们身上的恶霸地主，我们怎么能忍心撇下他们就这样走呢？”柯有田话音未落，库尔班便赶着毛驴车，拉着图尼莎汗和一车礼物匆匆忙忙赶来了。

于香秀惊诧地看着他们：“库尔班大哥，图尼莎汗姐姐，大老远的你们还跑什么？”

“最尊贵的客人，哪能不送！”

图尼莎汗笑着从驴车上下来，走到柯有田他们跟前：“是啊，我们俩一夜都没睡着，准备好礼物，天不亮就出门了！”

“你们走了，以后去我们家里就不方便了，还是给你们带上，我们心里踏实。”库尔班从驴车上把东西搬运到马车上。

“库尔班大哥，你这是要送我们去哪里？”柯有田上前拉住了库尔班。

“你们不是都要回山东老家，回青岛了吗？”

“我们什么时候告诉你们，我们要回青岛了？”于香秀一头雾水地看着库尔班和图尼莎汗，又回头看了柯有田一眼。

“你们不是说要回去当海军吗？”

柯有田和于香秀恍然大悟：“你们误会了，我们哪里也不去，就在这里，和你们在一起！”

“什么？你们不走吗？”

“库尔班大哥，真的，我们哪里都不去，塔西巴依还没有被打倒，土地还都在他手里，我们还没有帮助你们过上幸福安宁的生活呢，我们能走吗？”

“真的不走了，太好了！真的太好了！”库尔班高兴极了，拉过于海山的手，“这些东西你都带上，回去后告诉你的爸爸妈妈，新疆有一个库尔班，于队长在这里，请他们一定放心。她在这里还有一个家，有我库尔班哥哥和图尼莎汗姐姐天天保护她，不会有问题的。”

“好的好的，谢谢你，库尔班大哥，谢谢嫂子！”于海山转身依依不舍地看着于香秀，同妹妹道别，“妹妹，好好保重，哥要走了！”

“哥——！”于香秀一把抱住了于海山，眼泪不住地往下流，“回去，问爸爸妈妈好，告诉他们，我想他们！”于海山紧紧抱了一下妹妹。如今一别，不知何时才能再见。于海山上了马车，一步三回头，大家站在原地目送，直到马车渐行渐远，隐没在远处起伏的山丘和漫漫戈壁之中。

第十二章

塔西巴依额头上敷着热毛巾，哼哼唧唧地躺在客厅的炕上，炕桌上放着一碗鸽子汤。屋外吵吵嚷嚷的，他越听越烦躁，一烦躁，身体就愈发难受，他哎哟哎哟地呻吟着。这时，布丽汗慌慌张张地从外面跑了进来："完了，完了，老爷！"

塔西巴依抬头看了一眼惊慌失措的布丽汗，问道："怎么了？这些臭农奴，开的是什么会？"

"工作队的人说，要把我们的地全部收回去，然后平均分给那些臭农奴，而且还不让他们交地租！"

"什么？癞蛤蟆真的要跳到脚面上了！这真是翻了天了，不交地租，天底下哪有这样的事情，那谁来养活我们呢？哼！要真有那样的一天，我也不想过下去了！"

塔西巴依苦恼，如今到了这步田地，还有谁能来帮自己，难道真的是走到穷途末路了吗？他实在不甘心把自己的资产拱手相让，最让他不能容忍的就是要把自己的土地分给农奴，这简直是对自己最大的侮辱。

塔西巴依和布丽汗商量着，最后也只能求助于萨迪克了。塔西巴依穿上一身朴素的平民装束，悄悄地从侧门溜了出去。

他叩响了萨迪克家的大门，管家开门后四处张望了一番，确认没有人跟踪后才让塔西巴依进了门。萨迪克愁苦地端着一杯茶，打量着这个已经逐渐破败的屋子：“你看看我的家里，这还像个家吗？我是咬着牙把大部分的财产都捐给了解放军。我现在是什么，你知道吗？爱国商人。下一步我就要当选新社会的商会代表。这样，才能在共产党的眼睛下面过日子。按他们的话讲，这叫识时务者为俊杰，你能懂吗？”

塔西巴依使劲摇头，狠狠地说道：“不！我决不像你那样，把属于我的东西给他们，我的地就是我的命，如果让他们拿走了，想起来我的眼睛都会出血，我的心也会让我过不下去的。”

萨迪克轻笑：“如果你不像我这样做，你就是拿着头撞石头，那你就好好地撞吧，也不好好看看现在是什么情况；如果你不想好好过日子，希望你能不拖累我妹妹。希望你能明白，还是好自为之吧！”

“那，我再好好地想想，但这口气我实在是咽不下去呀！”塔西巴依无奈地叹了口气。

“容易就不叫咽了！”

从萨迪克家回来后，塔西巴依百感交集。目前最利于自己的做法便是尽可能地迎合、讨好解放军。几个土改工作队人员坐在地上，他们将行李放在腿上当桌子，进行登记工作。塔西巴依指挥着依盖尔和卡木恰，两人吃力地抬着一个雕花的木床放到大桑树下的空地上，紧接着布丽汗和几个家佣又拿来几块纯羊毛的地毯，铺在了雕花木床上。

“工作队的老爷们，你们太辛苦了，在我的家门前这样工作，不是让我不好看吗？来，来，各位老爷，请坐在木床上办公。到了中午，我老婆给你们煮羊肉吃。”塔西巴依满脸堆笑。

“塔西巴依，你这样做有些不妥。这么豪华的木床摆在这里，别人还以为我们是为巴依老爷收租子呢！我们解放军要是在这样的床上办公，我们就离成为剥削阶级不远了，赶快把床搬走！还有，我们三大纪律八项注意中的第二条，就是不拿群众一针一线，更不要说巴依老爷给煮的羊肉了，把你这一套都收回去吧！”

亚森江话音刚落，柯有田正好走了过来：“这是怎么回事？”

“柯书记，塔西巴依想拉拢腐蚀我们，我顶回去了！”

柯有田看着豪华的雕花木床：“这个东西真不错啊，躺上去一定很舒服！”

“对，对，柯书记，要不，你躺上去试试？”塔西巴依谄媚地笑着，嘴巴都快咧到后脑勺了。

“我们办公是要坐在凳子上的，床是晚上睡觉用的，明白吗？”

“明白，明白！”塔西巴依点头哈腰。

一会儿，依盖尔和卡木恰又带人从房子里搬了一张桌子和几把高背椅子出来。

“柯书记，这个桌子和椅子给工作队办公用，您看合适吗？”

柯有田看着桌子：“嗯，这个桌子用来办公刚好！”

“柯书记，这个可以用吗？”亚森江没明白柯书记的意思。

“用，为什么不用？这么好的桌子、椅子，用它可以提高你们的工作效率，谢谢你呀，塔西巴依！”

塔西巴依脸上笑开了花：“不敢不敢！只要是工作队的老爷们能用上，就是给我们最大最大的脸面！我们这么做，就是为了工作队的老爷办公舒服，别累着。布丽汗，快快地给各位老爷倒茶！”

布丽汗赶忙将一个个茶杯斟满，塔西巴依一杯杯地端上。亚森江等人面有难色，有些不敢接。柯有田上前主动接过了一杯：“给咱们老百姓办事，如果工作队的同志连一杯茶都喝不上，那说明军民关系离得还远呢！你说是不是？是不是，塔西巴依？”

塔西巴依频频点头：“是，是，是，热茶来了！”这一幕正巧被提着茶壶和热馕过来的库尔班看见。他看到柯有田接塔西巴依的茶杯喝茶，周围还有很多村民在围观，气愤地提着茶壶和馕离开了。塔西巴依发现库尔班生气地离开，嘴角露出一丝得意的笑容，他故意高声喊道：“柯书记，热茶又来了，再满上一杯！”

库尔班气哼哼地在村路上走着。塔西巴依在后面喊着库尔班，并快步追上了他：“库尔班，库尔班大老爷，您今天怎么没有穿解放军的衣服呢？是不是忘记穿了？”

库尔班气得浑身哆嗦：“你管那么多干吗？”

“哎呀！口气还这么厉害呀！你还是继续叫我老爷的好！看到我和工作队的关系没有？你手里拿着什么？干馕！你给解放军老爷送干馕？你也太不知道他们的胃口了吧！知道吗？我中午要给他们做清炖小羊羔，还有一锅放有玫瑰花瓣的抓饭！你说，解放军老爷爱吃干馕呢还是我的羊肉抓饭呢？你也不认真想想！”

“你胡说！解放军是我们穷人的队伍，他们不会吃你的饭，也不会和你们巴依穿一条裤子！”

“哎哟哟！穷人的队伍？穷人翻身就会变成老爷的，这样的人我见多了！你库尔班穿上了解放军的衣服，不也是到我家要吃要喝吗？他们和你都是一样的。不相信的话，咱们走着看嘛，他们是会慢慢变的，到时候看看柯书记会和谁穿一条裤子！”

库尔班气呼呼地回到家。玉木拉克正好坐在库尔班家的炕上，他把茶壶和馕往炕上使劲一放，吓得玉木拉克吃惊地看着他。

“什么穷人的队伍，都是在骗人，解放军不但接受了塔西巴依送的桌子、椅子，还喝了给的茶，塔西巴依还说，要给柯书记他们做清炖小羊羔，还有一锅放有玫瑰花瓣的抓饭吃，我过去真没有看清楚他们，最终他们还是会和塔西巴依搅到一起，真是太让我伤心了。”

“这就开始伤心了？等塔西巴依家的羊油糊上了他们的嘴，他们的舌头还会帮我们说话？自古当官的就和有钱的做朋友，明白了吧！”

“我还是不太相信塔西巴依的话。”

“相不相信看事实吧，饭吃了，茶喝了，桌子用了，椅子坐了，还有什么了！”

“你就少说两句吧，没有人会拿你玉木拉克当哑巴的!”

“好，好，好，我不说好了，那我走了，你慢慢想吧!”

村口大桑树下，亚森江等人正在统计人口和土地情况。一个农民忧心忡忡地跟亚森江说道：“我听说了一件事情：其他地方也有一个拥有二十亩地的人，他们把他的地拿走了，还把他关起来了。我们这里有没有这样的事情我不知道，但这件事情让我心里太害怕了。”

亚森江放下笔，笑道：“不要相信那些谣言，我们会根据土地多少、出租或是自己种地的事实，严格按政策办事的。放心，我们解放军更不会随便关押人的。”

布丽汗混在人群中佯装与大伙交谈的样子，实际上她一直侧耳倾听着亚森江那边的调查情况。她听完了方才的对话后，内心惴惴不安，转身快步走了。

塔西巴依正躺在客厅的炕上喝茶，布丽汗慌里慌张地跑了进来，并且迅速地把门关上了，她焦躁地说道：“不好了，真的不好了，听见工作队的人说，土地给别人租种和不给别人租种是不一样的，租地多少也是不一样的。按他们说的，你算是给别人租地种的剥削人的人，哎呀，可不得了了，我说不清楚，反正不是好事情，我们该咋办呢?”

塔西巴依静静地听着，面不改色，过了一会儿他眼睛一转：“谁说的那些都是我的土地？他们见到地契了吗？也许地契上写的不是我的名字呢！他们根本不知道，我是在替别人保管地和地契呢!”

布丽汗不明白：“你说的是什么意思?”

“不知道了吧，地契就是铁证。地契上是谁的名字，地主就是谁。好在这个有力的证据在我的手里，我想怎么改就怎么改，不是吗?”

“你真了不起，想出了这么个好主意！那我们以后还可以拿回来吗?”

“真是女人的见识，来，我告诉你。”塔西巴依向布丽汗招了招手，布丽汗凑近，塔西巴依耳语着……

准备好后，塔西巴依让布丽汗把卡木恰叫了进来。

“老爷，您有何吩咐？”

塔西巴依热情地冲着卡木恰招手：“来来来，坐在炕上，我今天有一肚子的心里话要对你说。”

“老爷，我站在这里听就可以了。”

塔西巴依主动拉着卡木恰的手，硬是把他拉上了炕。卡木恰受宠若惊，一时不知如何是好，慌了神：“老爷，老爷，我可不敢，我还是站着吧！”

“你就听老爷的，坐吧！”布丽汗顺手拉了卡木恰一把，卡木恰一屁股坐在了炕上。

“哎呀，这么多年在别人眼里是你在帮我管理许多事情，其实是我一直吃不好睡不着，担惊受怕地替你承担着重大的责任，我要对得起把你托付给我的人哪！”塔西巴依说着流下了眼泪。

卡木恰一时蒙了，赶紧从炕上下来，站在地上，紧张地弯着腰：“老爷，我哪里做得不好，您像以前一样打我、骂我吧，我不怪您！”

“不是，你做得很好，我给你看了这些东西，你就明白了，这些都是你的。”塔西巴依打开了桌子上的蓝色包裹，招呼着卡木恰上前，“给，你看看！”

卡木恰怯生生地上前，发现竟是地契。他翻看着，越看越糊涂，看到上面自己的名字，一时蒙了，他不敢相信自己的眼睛：“这些地都是我的？都是我的？”

塔西巴依点头：“卡木恰，你父亲临死前将年幼的你托付给我，让我要好好地保管好这些地契和土地，等适当的时候把这些地契再交给你，现在是时候了，我决定全部还给你。”

卡木恰有些不知所措，捧着地契仔细地察看。这么多年在老爷家忍辱负重，现在终于熬出头了，仿佛做梦一般，他不敢相信这是真的。这个梦实在是太令他意外和欣喜了。

卡木恰感动得声泪俱下，跪在塔西巴依跟前：“老爷，您是天底下我见过的最仁慈和善良的人，没有你哪能有我的今天？以后您有什么事尽管说，我卡木恰愿意为您付出生命，也不会后悔。”

为了符合自己现在的身份，塔西巴依决定重新包装自己。他拿过一件粗布套头衫比量了一下，拼命往自己身上套，然而衣服有点小，衣领口卡在他的粗脖子上，脱不掉也穿不下去。塔西巴依脸都憋红了，在布丽汗的帮助下，才勉强穿了进去。

大桑树下，柯有田、于香秀、亚森江和工作队队员坐在塔西巴依送的高背椅上，正在整理上缴来的地契。塔西巴依哆哆嗦嗦掏出一摞地契，放在了桌子上：“解放军同志，这是我家所有的地契，我全部都交给你们！”

于香秀翻看着：“塔西巴依，你家的地契怎么可能这么少？口算都能算出来，还不到二十亩地，这不可能吧？”

“我真的只有这些地契，真的，我说的都是实话。这些地你们看，按政策是不是该给我评个富农？”塔西巴依一脸无辜。

“塔西巴依，据我们调查，你的地不止这些，希望你能主动交代！”

“我真的只有这些地，别听别人胡说，我哪有他们说的那么多的地呢，我又怎么敢撒谎骗你们呢？上次你们去执行任务，我就主动捐了马和牛，我真是诚心诚意的！”

“你给解放军捐献的东西，我们都会记住的。但是在土改问题上，你要是隐瞒，你以前所做的那些所谓的好事就会被一笔勾销！你一定要认清形势，做聪明人该做的事！”柯有田扫了一眼桌上的地契，瞪着塔西巴依说道。

“我绝对是认清形势才把真实情况说出来的，我发誓没有说谎，希望工作队也能为我做主！”

“关于你阶级成分的划分，也不是我们说了算，是根据你的具体情况，由大家评议决定的，相信大家会给你个公平的评价！”

塔西巴依走后，工作队成员回到办公室，商议塔西巴依究竟在搞什么把戏。大家清楚得很，塔西巴依远远不止这些土地。库尔班愤愤地说道：“塔西巴依以为村里人不知道他有多少地，当年我们家租种塔西巴依家的地，我最清楚他有多少地，我就是闭着眼睛都能找出来这些地。”

亚森江拍了一下桌子：“哎，你这句话提醒了我，我会画画，你来说，咱们把塔西巴依家土地的位置都画下来，看他再想抵赖。”

不到半日的工夫，塔西巴依家土地的地图便被画了出来。第二天，大桑树下，工作队再次召开了会议。库尔班大步走上土台子，掏出一张桑皮纸高声道：“各位乡亲们，这是一张土地的地图，这上面画的全都是塔西巴依家的地。大家看，靠近沙土山那里一大片，有好多的地，塔西巴依，你敢说这些地不是你的吗？”

塔西巴依摇头：“那些地真的不是我的，真的不是我的！你们不信问问卡木恰！”

卡木恰洋洋得意，夹着地契，摇摇晃晃地走了上来：“你们不要问塔西巴依老爷了，那一片地是我的，我有地契在！”

“卡木恰？你胡说什么？”库尔班吃惊地盯着卡木恰手里的地契。

卡木恰不服：“怎么了？我就不能是地主吗？大家看看，这些地契上可都是我的名字，你们看！”卡木恰把地契摔在于香秀、亚森江和库尔班面前。台下一下乱了，大家议论纷纷。

塔西巴依激动地叫了起来：“怎么样，地契上写得很清楚，不是我的地吧？我真的没有骗你们！”库尔班、亚森江和于香秀查看着地契，被眼前的一幕弄蒙了。他们四下观望，一头雾水。现场愈发混乱。眼下只有先安抚好民众，再回头商议对策了。塔西巴依在一旁得意地笑着。

眼看着就能把塔西巴依定性了，却出了卡木恰这个岔子。库尔班生气地在办公室里走来走去。柯有田劝他坐下来，于香秀递给库尔班一碗茶：“库尔班大哥，来，坐下来喝点茶。”

“卡木恰，这个长着葫芦脑袋的家伙，真是个最坏的毛驴子，他还帮着塔西巴依掩盖罪行。我真的没有想到，他为什么呀？真是要把我气死了！”

柯有田安慰库尔班：“库尔班大哥，你记不记得，上次你给我说的话，这可是我们和塔西巴依的一次长期的斗争！这才刚刚开始，一定要坚持，要斗智斗勇，切忌急躁！”

玉木拉克、肖炉匠和库尔班聚集在库尔班家商议对策。过了一会儿，玉木拉克说：“我们三人坐了半天了，也想不出让卡木恰说真话的主意，只有卡木恰才能证明这些地契是塔西巴依的，他是一个关键。”

肖炉匠想起了一件事：“奇怪了，我们过去从未见过卡木恰的亲人，你们见过吗？难道他没有亲人？”

库尔班也很纳闷：“就是呀，他从小到大，我们从来没有见过有人来看过他，这就太奇怪了。”

就在这时，一个人的名字闪进了玉木拉克的脑海。他想，这个人兴许能够让卡木恰说真话，证明地契不是他的。事不宜迟，库尔班和玉木拉克即刻起身前往普鲁山。普鲁山是昆仑山的一座支脉，海拔三千多米，气候寒冷。库尔班、玉木拉克两人裹着棉袄，但很快被冻透了。他们骑驴向山上走着，发现不远处的地上似乎有些黑乎乎的不明物体。二人下驴来到近前，发现是一些焚烧过的树枝。从树枝燃烧的痕迹来看，他们断定这附近肯定有人。两人找到不远处的一个山洞，库尔班朝着里面高喊了一声，听到的只是回声。他们决定进去一探究竟。于是把驴子放在洞口，便一前一后走进了山洞。他们摸索着走了一会儿，发现地上有两块破羊皮和一堆乱草，旁边还有一堆不大不小的石头。

玉木拉克觉得匪夷所思：“人能在这里生活吗？能活下来吗？”

“能，在恶劣的环境中，人只要是想活，就一定能活下来。你看石头都是被人打磨过的，应该是这个人用的。”

两人正准备向洞外走，忽然，他们听见不远处的岩石后传来了几声异响，两人顺着声音来源的方向望去，发现竟有一个“野人”在暗处偷窥着他们。三人对视了片刻，都惊住了，那“野人”转身仓皇逃跑。库尔班和玉木拉克追了出去。“野人”跌跌撞撞，拐弯时脚下一滑，摔倒在山坡上，被紧跟其后的玉木拉克和库尔班给抓住了。

这个人头发胡子又长又脏，绞在一起，身上的衣服都看不出颜色了，破成了渔网一般。库尔班从褡裢里拿出一块馕给他，“野人”抢过来就大口吃起来。玉木拉克拿着葫芦，打开盖子递给那人，“野人”接过水便喝起来。

这天，塔西巴依站在羊圈边上，向农民们高喊：“乡亲们，快到这里来，我有心里的话要对你们讲，我以前怕你们偷懒，打了你们，现在想起来就很后悔。为表示我真心向你们忏悔，我打算把家里的牲口都送给你们，请你们原谅我！这里的羊和牛你们随便挑，挑上什么就带走什么吧。”

村民们面面相觑，不知道塔西巴依葫芦里卖的什么药。几个农民窃窃私语，提议去把工作队的人叫来。

塔西巴依不满道：“叫工作队的人干什么？我自己的牲口我可以做主！”塔西巴依笑容满面地拉着其中一个村民的手，不由分说将其拉到了羊圈边上：“你们快去挑吧，挑上什么我送你什么！晚了可就没有了，快点挑吧！”

农民们看着一圈的牛羊很是羡慕：“这么好的牛羊，塔西巴依老爷，你真的要白白给我们了！”

“当然是真的，你可以随便挑，而且可以想要多少拿多少！”

农民笑道：“我不相信，我也不敢拿！”

“拿吧，我是真心求你们原谅我的，是不是你们不原谅我？这让我很伤心呀！”

话音刚落，于香秀便赶来了：“大伙听着，塔西巴依的这些牲口都已经登记在案了，他没有权利再送人，谁拿了也得全部上缴到工作队去。”

“塔西巴依老爷非要给，幸亏我没有拿。塔西巴依老爷，你是在故意耍我们玩呢，是不是？”说话的农民看了塔西巴依一眼，从羊圈旁退了几步。

“不是的，我真的是真诚地想给你们的。”塔西巴依无奈地看着于香秀，“于队长，我只不过是想用这样的方式，给大家道个歉，希望大家能原谅我之前做得不对的地方！”

“塔西巴依，你之前为什么不道歉？你之前打他们、欺负他们的时候为什么不道歉？现在你知道他们有共产党解放军撑腰，正在进行土地改革，他们将要做自己土地的主人了，你就千方百计想出各种法子迷惑大家，想在划成分的时候把自己的事情大事化小、小事化无。告诉你，你的一切最终会在事实的基础上，由全体村民集体评议决定，我们不会冤枉一个好人，也绝对不会放过一个坏人！”

现在，对于塔西巴依而言，只有将卡木恰这枚棋子紧紧握在手心里，他的这颗心才能暂时安定一些。然而，明天的成分评议大会又让他这颗心提到了嗓子眼。这次会议对他至关重要，会直接决定他今后的道路究竟是平坦舒适还是沧桑艰难。塔西巴依坐在炕上，烦闷地喝着茶，时不时叹气，一旁的依盖尔看出了塔西巴依的心事：“老爷，你还是为明天的事情发愁呢？”

“没办法呀！明天是成分评议大会，决定我今后的命运，能不愁吗？”

依盖尔在一侧端着茶，笑着不说话。塔西巴依想到平日里依盖尔能言善辩，便打算让他明天开会时给自己多说些顶用的话，使自己渡过这个难关。

“那些人会那么容易让你们这些巴依老爷过关？不会那么容易的！当然我依盖尔也是一个有良心的人，说些漂亮的话也还是可以的。”

塔西巴依吃惊地睁大了眼睛：“依盖尔，我以前对你不错，现在这件事情你不会不管吧！”

“哎呀！塔西巴依老爷，过去你对我是不错，我心里知道呢。可我跟了你这么长时间，你给了我什么？房子没有给吧，地也没有给吧，那还有什么呢？现在反而给了卡木恰那么多的地！”

“好，好，依盖尔，现在我知道了，天上的老鹰还没有掉下来，地上的鸡就开始躲起来了。说吧，你想要啥东西？”

“塔西巴依老爷，你的东西我都不要，我只要拿回我自己的东西。”

塔西巴依纳闷：“你的东西，你的啥东西？”

“你好好地算一算，多少年了，我一次工钱都没领过。我刚一想要，你就说都给我留着呢，现在我想把我的差不多有两个金元宝的工钱拿走!”

塔西巴依跳了起来：“什么？两个金元宝！你真的敢说这个话呀，依盖尔!”

“老爷不要生气，现在金元宝算什么？如果真的把您划为地主成分的话，你的全部东西都会被他们拿走，你会什么东西都没有了。如果你划为富农的话，我要的两个金元宝算啥呢，你想一想，是不是自己还是占了便宜?”

塔西巴依想了想，突然大笑起来：“依盖尔啊依盖尔，给我当了这么多年的管家，我家里所有的好东西，你都知道得很清楚，你能占的便宜你都占了，是不是!”即便依盖尔很可能成为祸患，但为了能顺利渡过难关，塔西巴依还是答应了他的要求。

这一天终于来了。

村头的大桑树下，村民们陆陆续续到了会场。柯有田、于香秀、亚森江和其他工作队的成员都坐在土台子上的桌子后边。人到得差不多了，柯有田离开座位，走到台子中央：“村民们，今天是最后评定塔西巴依阶级成分的大会，你们每一个人的发言都很重要，因为，塔西巴依到底是地主还是富农，是由事实和你们的意见决定的!”

农民们都积极踊跃地举手发言。大家情绪激动，所说的无不是认定塔西巴依就是地主分子的证据和事实。依盖尔抬头望一下四周，站起来走上了土台：“哎，大家听我说，大家听我说！你们想一下，这么多年来，大家谁没受过塔西巴依的欺负，是不是?”农民们热烈地回应，依盖尔继续说道，“但是，我做梦都想不到，塔西巴依的背后，还有一个更大的坏人。这么多年来，塔西巴依都是在这个坏人的指使下，干尽了坏事！这个人大家都知道，他就是卡木恰！你们没有想到吧，卡木恰有那么多的地，却让塔西巴依帮着他管理，他把自己装成一个打手。其实，他才是真正的大地主、大恶霸！打倒地主恶霸卡木恰！”依盖尔挥舞着拳头，企图带动人们一起呼喊，然而台子下面的农民面面相觑，不明白是怎么回事。

依盖尔继续振臂高呼，以为大家会被他带动起来，谁知道台下依然没有多大反应。依盖尔仍然不死心：“说得对，我们要打倒恶霸地主卡木恰！”卡木恰站在一旁，目瞪口呆，不知道说什么好。这时，塔西巴依一脸委屈地走上了台子，他很虔诚地向大家点头：“其实，我不是地主，卡木恰才是真正的地主，我做的很多事都是为卡木恰做的。过去，我是没有机会告诉大家，卡木恰才是真正的巴依老爷呀！”

村民们听了塔西巴依的话，如堕雾里。究竟谁才是真正的巴依老爷？台上的于香秀焦急地看着台下，心里道：库尔班怎么还没回来呢？

卡木恰一时蒙了，不知所措。他走上台子，语无伦次：“我，我，是，我有很多的地，可是……”

“可是什么？你这样欺负塔西巴依老爷，塔西巴依老爷能饶了你吗？”依盖尔瞪了一眼卡木恰。卡木恰往后瑟缩了一下，不敢再说话。

这时，场面一下安静了下来。大家看到库尔班和玉木拉克搀着一个像“野人”一样的人走上了台子。依盖尔、塔西巴依连忙往一边躲。库尔班扶着“野人”走到卡木恰身边。“野人”上前一巴掌打在卡木恰的脸上。卡木恰捂着脸，怒骂道：“老东西，我打死你！”卡木恰上前要打，却被库尔班呵斥住：“卡木恰，你住手！你知道他是谁吗？他是你爸爸！”

村民们一阵哗然。不仅卡木恰不相信，连村民们也都难以相信面前这个“野人”会是卡木恰的爸爸。

卡木恰指着库尔班：“库尔班，你别胡说，我爸爸早死了！”

“那是塔西巴依骗你的！”库尔班转身瞪着塔西巴依，“塔西巴依，你这个恶霸，你自己看看，你把一个好好的人害成了什么样子！”

“野人”一步步走上前去，逼近塔西巴依：“塔西巴依，你瞪大自己的眼睛看看，你还认识我吗？我就是当年被你霸占了五亩地的吐尔洪。”塔西巴依看着面前这个披头散发、胡子长到胸前的人，倒吸了一口凉气。

吐尔洪转脸看着卡木恰，眼神变得温柔："孩子，我是你爸爸，我没有死！我拼命地活着，就是要把这些事情的真相告诉你。"卡木恰愣在那里，不知所措。他怔怔地看着这个声称是自己爸爸的"野人"，来不及拾起那些掉落深渊的记忆碎片，就再一次被逼回现实。

"乡亲们，当年就是他——塔西巴依，为了霸占我们家的五亩地，把我逼到深山放了二十多年的羊！当时我不同意，他就逼死了我的老婆，还要打死我的孩子卡木恰。最后，我没有办法，为了能让我的孩子活命，才同意了他的要求，被塔西巴依逼进深山去放羊。"

卡木恰半信半疑："你，你真是我的爸爸？"

吐尔洪从破烂不堪的衣服里面拿出了一顶用手工钩织的绣花手绢做的小帽子，递给卡木恰："这是你妈妈给我的定情物，你小的时候，你妈妈用它给你做成帽子。"

卡木恰接过帽子仔细地察看，他抬头看看吐尔洪，又看看塔西巴依："塔西巴依，你，你为什么骗我？为什么说你家的几百亩地都是我爸爸留给我的？"卡木恰冲向塔西巴依，被亚森江给拦了下来。村民们被激怒了。这时，一个农民跳上台子，拉开自己的衣服："我清楚地记得卡木恰第一次拿鞭子抽人的时候，他也不敢，是地主恶霸塔西巴依，拿着鞭子逼卡木恰，说你要不打，我就抽你！大家不要忘了，恶狗咬人，该受惩罚的是恶狗的主人。卡木恰再坏，他也不是地主恶霸，真正的地主恶霸是塔西巴依！"

台下瞬间沸腾了，大家高声喊着："打倒地主恶霸塔西巴依！把塔西巴依抓起来枪毙！"另一个农民也冲上了台子，他一把拉开自己的衣服，把触目惊心的伤痕袒露在大家眼前。这些伤痕点燃了积压在农奴们心中的怒火，他们群情激愤，要冲上台子打塔西巴依。亚森江和于香秀见场面几近失控，奋力地拦下了大家。于香秀安抚人们的情绪："大家不要激动，不要动手！塔西巴依的事情要按程序处理，不会让他蒙混过关的！"

"塔西巴依，这就是你耍花招的结果，如果再不老老实实接受改造，你就会受到更加严厉的惩罚！"在于香秀的警告下，塔西巴依吓得唯唯诺诺。

柯有田走上前："农民兄弟们，今天大家都看到了，也清楚了，任何阶级敌人都休想欺骗我们。任何阶级敌人破坏捣乱的行为，都阻止不了我们进行土地改革的决心，历史的车轮是阻挡不了的！任何人想和人民政府作对，都没有好下场！明天，我们会把塔西巴依所有的土地丈量完毕，分给大家，让你们真正做自己土地的主人！"

这一天对库尔班来说意义非凡。他们奔波跋涉了数天，找来卡木恰的父亲，证明了卡木恰的真实身份，将塔西巴依逼到了绝路；再过几个小时，他们就会迎来一个崭新的太阳！库尔班坐在一个高土坡上，怀里抱着坎土曼，注视着远方……

这天晚上，塔西巴依也没有睡觉。他拿出自己的猎枪，狠狠地给猎枪装着火药，擦拭着枪身。走到了这步田地，他只有殊死一搏，绝不会将自己的家产拱手相让。

两个无眠的人，一个急切等待第二天的来临，另一个则希望第二天永远不要到来。

天刚亮，库尔班便迫不及待地敲锣打鼓，集合村民往塔西巴依家的地头走去。库尔班领着村民来到塔西巴依的土地边上，面对着这片肥沃广袤的土地，村民们不由得停下脚步，在田埂边一字排开，深情注视着面前的土地。此时，塔西巴依正站在另一处高坡上，远远地看着库尔班和一众村民。这些原本是自己奴隶的农民，靠近了自己的土地。塔西巴依举着猎枪高喊："你们谁敢分我的地，我就一枪打死他！"

"塔西巴依，我们今天就是要夺回属于我们自己的土地！"

双方对峙着。塔西巴依把猎枪高高举起，瞄准前面的库尔班。时间仿佛停止，双方的怒火都在升腾。死一样的平静之后，库尔班抬起了自己的脚，一步、两步、三步……库尔班拖着坎土曼开始前行。面对塔西巴依的猎枪，库尔班毫不畏惧。图尼莎汗、托乎提汗、多来地、玉木拉克、肖炉匠等人，也一起跟了上来。

塔西巴依大喊："库尔班，你再敢往前走，我就一枪打死你！"

库尔班眼睛像是要喷出火，他喊道："来啊，有种你就开枪！"

塔西巴依把枪端到了自己的眼前。库尔班越走越快，拖着坎土曼跑了起来，过去的一幕幕在他的脑海里闪现：他看见被割了鼻子的吐鲁木惨叫着在沙滩上奔跑；他看见母亲在馕坑边低头拾掉进馕坑里的馕，摔进馕坑；他看见阿瓦古丽跳河，图尔迪惨死；他甚至看见了自己被吊在大桑树上，被皮鞭抽得浑身是血……库尔班跑得更快了，周围所有的村民都跟着他奔跑着，向着欺压自己的恶霸地主——塔西巴依奔跑着。看着这些不怕死的农民疯了一样地冲过来，塔西巴依端枪的手攥出了汗，脸在抽搐着。在塔西巴依的瞄准器里，库尔班的身影越来越清晰，他感觉农民犹如潮水一般涌来。塔西巴依颤抖着，此刻他的惊恐已经掩盖了愤怒。他扣动了扳机。

在千钧一发之际，柯有田飞奔而来。他飞身而起把库尔班撞倒，在自己落地的一刹那，举枪向着塔西巴依射击。子弹正中塔西巴依的眉心。塔西巴依竟然又开了一枪，只不过这一枪射向了天空。巨大的声响后，是死亡的静谧，天空吞没了这颗子弹，也吞没了塔西巴依那张惊恐而不甘的脸。塔西巴依伫立片刻，一下跪在脚下的土地上，头垂了下去，像是给所有的贫苦百姓认罪一样，扑倒在地上。

周围的欢呼声和音乐声萦绕在这片土地上方。库尔班呆呆注视着已经倒下、一动不动的塔西巴依。终于结束了吗？他害怕塔西巴依会再从地上爬起来，会继续用长鞭残忍地抽打他们……直到图尼莎汗和托乎提汗拉着他的双手，欢欣起舞，看到村民们脸上洋溢着幸福的笑容，库尔班意识到：这一天，终于是结束了！

第十三章

村民们每家每户都分到了不同份额的土地，整个村子洋溢着欢腾的气息。库尔班分到了十四亩土地，他自然是喜不自胜。更为重要的是他心中重负的卸下，这意味着崭新生活的开始。在此后将近一年的时间里，库尔班经营着自己的土地，他和身边的农民们脱离了过去背负在身的沉重躯壳，从当初的穷困潦倒变得丰衣足食，日子逐渐变得自在起来。

库尔班一家已经很久没和柯书记、于队长聚在一起了。这天，他们一家踏上了去往县城的路。宽阔齐整的马路上穿行着各色路人。他们一面欣赏着沿途景色，一面欢快地聊天。没多久，便来到了柯有田家门前。听见敲门声，柯有田前去开门，看到是库尔班一家，很是惊喜。柯有田一边迎客，一边唤着于香秀："库尔班大哥，图尼莎汗嫂子，你们来了，欢迎！欢迎！香秀，香秀，看看家里的亲戚来了！"

于香秀挺着肚子走了出来，她激动地拉着图尼莎汗的手："库尔班大哥，图尼莎汗姐姐，你们来了，太好了！快进屋。"

图尼莎汗看着大着肚子的于香秀，很高兴："我的妹妹都有孩子了，这么快呀！这真是天大的好事情！几个月了？”

“快八个月了。”于香秀抚摸着圆滚滚的肚子。

“你们都长这么大了！我们来时托乎提汗才九岁，还没有阿扎提，看看现在，真是有苗不愁长呀！”柯有田看着托乎提汗和阿扎提，笑着说道。

“我已经十二岁了，我会帮妈妈做好多的事情了。”托乎提汗走上前拍了拍胸脯，自豪地说道。

“我三岁了，我会爬树摘桑葚。”阿扎提模仿着姐姐说话，稚气可爱的样子让大家都笑了起来。

“大家都快进屋子说话吧。”

“柯书记，我要好好地感谢您！您不但让我们住上大房子，还让我们农民分到了土地，一想到这些我就高兴得睡不着觉，就愿意一直坐在我的地里。真的太感谢您，太感谢咱们解放军！”

“感谢我，不对！你要感谢咱们的大恩人——毛主席，你应该好好地感谢他才是！”柯有田指着毛主席画像说。

库尔班站起身，走到毛主席画像近前：“毛主席，您就是我们的爸爸和妈妈一样的人，保护着我们，让我们有了自己的土地，做了自己的主人，我们穷苦人太热爱您了！”

柯有田也凝视着毛主席的画像：“是啊，是他让每一个受苦、受难，被压迫的中国人都能站起来，都能过上好日子，都不再受像塔西巴依那样的地主恶霸的欺负，他就是穷苦人民的大救星呀！”

“毛主席太伟大了！您给了我们这么多，我真的很想当面去感谢您！柯书记，毛主席住在哪里？他的家远不远？”

“毛主席住在北京，东边，那是太阳升起的地方！”

“是吗？北京离我们这里远吗？”

“远，很远，很远。”

“毛主席，我现在对您说句心里话，您对我们穷人真的太好了！有一天，我一定要去看您，一定要当面感谢您！”库尔班注视着画像中的毛主席，也是在此刻，他愈发坚定了信念：日后，一定要亲自去北京，当面感谢这位他们的大救星、大恩人。

几天后，村里选举农会主席。这个组织旨在为农民办事，替农民说话，是农民自己的组织。几位候选人站在台前，每人身后放了一个帽子，农民们依次从装着杏核的筐里拿出一个，放进自己中意的候选人身后的帽子里。投票才过一半，库尔班身后的帽子就已经装满了杏核，塞都塞不下了。最终结果，毫无悬念，库尔班众望所归，高票当选村农会主席。

库尔班刚上任没多久，事情就接踵而来。这天，亚森江从外面进来，看见库尔班，说道："库尔班大哥，你正好在这里。刚才县上开了动员大会，动员各村在洪水下来前要把兰干大渠清理一下，各村都要派出最好的劳力参加，我们村的任务不少，一定不能落后。"

"这是当然的了，我们村什么时候都不会落后的，清理大渠要多长时间?"

"会议上说，除了清除兰干大渠的淤泥，还要修补堤坝，时间大概是一个多星期吧。要求自己带行李，自己带上吃的和喝的，还有，劳动工具也要自己带上。"

大桑树下，库尔班和几个农民敲锣打鼓，村民们闻声陆续赶来了，很是热闹。

库尔班走上台发言："每年我们村都有一项重要的任务，大家都知道吧，就是清理兰干大渠里的淤泥，为开春放水浇地做好准备。今年我们的任务又来了，不仅要清理淤泥，还有修补堤坝的任务，时间是一个多星期。你们要准备好馕和水，把工具带上，把家里安顿好，明天我们一起出发，行不行?"

大部分人表示同意，只有几个农民表示家里的馕还没打好，或者是尚未准备好，库尔班对这些人给予了充分的尊重，他说道："可以，可以，我先和准备好的人去，你们准备好了再来。"

库尔班将动员落实到位，和几个农会委员在村里挨家挨户地走访，给要去修水渠的男人们鼓劲，安慰妇女和孩子们。库尔班心里始终揣着一股温暖的火。他回到家，高兴地在家门前修理松动的坎土曼把子。他脑子里却始终想着修理兰干大渠的事情：“图尼莎汗，有件事我有点担心！”

“什么事情?”

“我们男人们都去修兰干水渠去了，地里的农活咋办呀?!”

“嗨，是这件事情呀！我从小就跟着爸爸下地干活，我可以带着女人们干活，有什么了不起的！没有你们，我们照样干农活，照样种地！”

库尔班笑问：“真的，你们女人可以?”

图尼莎汗点头：“真的可以！你就放心地领着大伙去清理渠道吧！”

图尼莎汗和多小兰主动请缨带领妇女们干活。动员会上，图尼莎汗站在台子上发言：“姐妹们，现在解放了，我们也可以出门干活，男人能干的我们也可以干，一定会干得比他们还好，你们说是不是?”

妇女们回应道：“就是，以前我们不是也干过嘛，没什么不会的。”

然而，布丽汗和三四个富农的老婆们却一脸不屑。布丽汗抬头对着台子高声说道：“你们以前是干过农活的，可我们几个从来没干过，我们真不会干这种活，那咋办?你们帮助我们干一下行不行呀?”几个富农老婆应和着，布丽汗发出了几声冷笑。

对于布丽汗她们几个，图尼莎汗心里已有防备：“你们不会干也要干，要学着干，你们要好好地改造自己；以后不可能再有从前欺压百姓、白吃白喝的日子了，这点你们自己心里要明白。”

曾经是自家农奴的图尼莎汗以这种语气对自己说话，布丽汗满肚子火，却也无处发泄；她也想落点好处，一味地找借口逃脱总归不是长久之策。布丽汗只好把头包得严严实实的，在地里劳动。她举着坎土曼轻轻地落下，没干两下就停下向四周看。她看见旁边几个富农老婆也干站着不干活，就招呼她们一起休息。布丽汗掏出一个手绢，垫在埂子上坐下：“来，来，休息一下吧，我真是累坏了。”富农老婆们听见布丽汗招呼，停下手中的活，回身向四周望了望。

“你们怕什么？让我们劳动，我们不是来了嘛，地里的活也干了，现在累了，休息一下是很正常的事情。过来休息一下，管他呢!”几个富农老婆听布丽汗这么一说，都凑过来，也坐在地埂子上。几人嚼起了库尔班和图尼莎汗的舌根。布丽汗看到远处的图尼莎汗和托乎提汗正在水渠旁搬运沙土，她们笑得那么开心，她突然沉默了。她远远地旁观着这对母女说笑，心里被复杂的感情打了个结。这些年来，她一直试图解开这个心结，然而，塔西巴依解不了，依盖尔也解不了。她只能眼睁睁看着这个结一天天把自己束缚得越来越紧。布丽汗对几个富婆说了一声，便转身走了。回家后她找到了依盖尔，两人密谋，决心要让图尼莎汗尝尝苦头。

第二天，在地里，布丽汗抡着坎土曼，依旧心不在焉地干着活，不远处传来了妇女们的说笑声。布丽汗抬头，两眼不住地逡巡着图尼莎汗和那些干活的妇女们。

图尼莎汗和托乎提汗两人抬着沙土跨过小渠向农田走去，两人刚跨过小渠，就听见有人高喊：“大家快来呀，可不得了了，图尼莎汗跨过给涝坝放水的水渠了，违反禁忌了。”

几个富农老婆添油加醋，也故作吃惊地大喊起来：“图尼莎汗跨水渠了！涝坝里的水被图尼莎汗弄脏了。天哪！这个涝坝里的水不能喝了，谁喝了谁就会倒霉了。”

附近干活的人闻声都围了上来。布丽汗装模作样地对围观的人说道：“完了，完了，涝坝里的水被污染了，这么脏的水还能喝吗？男人喝了长疮，女人喝了不生孩子啊！这真是大祸害呀!”听布丽汗这么一说，围观的农民表情不由得严肃起来，他们齐齐地看着图尼莎汗。

图尼莎汗辩解道：“跨水渠也不是我一个人跨的，在地里劳动的时候，跨过水渠不是很正常吗？你不要没事找事！涝坝里的水不是在春天都放满了吗?”

布丽汗抢白说：“不是吧，你刚跨过的这条水渠，就是拐进涝坝里的那条水渠，不信你自己看看。”

图尼莎汗摇头：“这不是到涝坝里的那条渠!”

“不是？你自己过来好好看看吧!”

图尼莎汗走上前，看到主渠道被挖开了，很是吃惊：“不可能，这原先不是给涝坝放水的那条小渠，这是谁干的!”

“这是有人故意挖开的，是不是你搞的鬼?”多小兰盯着布丽汗。

“你胡说！你们欺负人……”布丽汗心虚，她突然坐在地上大哭起来。几个富农老婆看此情景大喊起来：“你们快来评评理吧，农会主席的老婆欺负人了!”场面变得极度混乱。图尼莎汗哪处理过这种事情，急得手心直冒汗，不知如何是好。布丽汗在地上一边哭闹，一边偷瞄着不知所措的图尼莎汗，心里十分解气。稍后，她又带着几个富农老婆，像大喇叭一样挨家挨户地广播，制造大家的恐慌。这正是布丽汗的阴谋所在。村子越是混乱，村民越是恐慌，她就越能乘虚而入，将图尼莎汗拉下马，最好是永远翻不了身。

库尔班正和几个农民用驴车拉着石头向兰干大渠走，半路上遇上了骑毛驴赶来报信的农民；库尔班听后，便骑上毛驴急匆匆地往家里赶。库尔班回到家时，图尼莎汗正坐在炕边，满脸无助地默默流眼泪。她看到库尔班，扑进他的怀里，泣不成声。

库尔班安抚着图尼莎汗，两人坐在炕边上。他倾听着图尼莎汗的诉说：“我真不是故意的，也不知道那条渠就是往涝坝里放水的，如果知道，我一定不会跨那条水渠的。库尔班，请你一定要相信我。”

还没等图尼莎汗解释完，一群村民便闯进了库尔班家的院子。七八个富农和中农的老婆冲在前面。

“你们……”库尔班看着这群已经丧失了理智的人。

“库尔班！你不是带人修水渠去了吗？你在更好。你老婆图尼莎汗跨水渠弄脏了水源，按照老规矩是要被淹死的，这个你应该知道吧。”带头的富农老婆说道。

“听我说，事情还没有调查清楚，怎么就要拿老规矩来吓人?”

然而，双拳难敌四手，村民的质问令库尔班难以招架，更何况他还没有弄清楚事情的来龙去脉。

万幸的是，混乱之际，玉木拉克来了，他拨开人群："大家给我个面子，给库尔班一些时间，让库尔班说清楚行不行？到时他再说不清，你们说了算，行不行？"

"不行，那我们还得到临村去提水，太不方便了。三天，就三天的时间，不能再多了。"

库尔班真诚地向村民们承诺："好吧，给我三天，三天后我给大家一个明明白白的交代。"

富农老婆临走前还放了句狠话："如果三天后，不给我们满意的交代，就让库尔班亲手把图尼莎汗淹死。"

库尔班一脸的茫然，他想不到这些人竟能说出如此恶毒、残忍的话。原来，打倒了塔西巴依，并不意味着前方的道路就四通八达、坦荡平稳了；打倒了塔西巴依，然而如何应对这些冲昏了头脑的村民？他对此一筹莫展。

库尔班坐在房顶平台上，抱着头发愁。图尼莎汗远远地看着他，默默地流泪。她轻轻走到库尔班身边，抱着他，说道："库尔班，我不能连累你，都是我不好，让你难受我的心都快碎了！"图尼莎汗说完，便哭着跑开了。库尔班唤着图尼莎汗的名字，然而图尼莎汗并没有回头。

库尔班突然从睡梦中惊醒。他坐起来，伸手摸了摸身边，发现图尼莎汗不在，回想起她的表现，恐惧袭上了库尔班心头，他大喊着："图尼莎汗！图尼莎汗！"在家中没找见图尼莎汗。库尔班发疯似的向外冲去……在村外小河边，库尔班终于找到了哭泣的图尼莎汗。库尔班飞奔过去，一把拉住了图尼莎汗。图尼莎汗看见是库尔班，挣扎着："都是我不好，连累了全家和全村的人，你放开手就让我走吧，我不想拖累你和孩子。"

库尔班泪流满面："图尼莎汗，图尼莎汗，你让我怎么办啊，可让我怎么办啊！"图尼莎汗挣脱了库尔班的手，她毅然决然地转身跑向河边。

库尔班冲上前，又一把抱住了图尼莎汗："图尼莎汗，你不能走，你是我的心呀，你不能走！"浓浓的夜色包裹了相拥痛哭的两人……

三天后，依盖尔带领村民推搡着库尔班和图尼莎汗来到水渠边，托乎提汗紧跟在图尼莎汗的身边，看护着母亲。村民们窃窃私语："看看，这就是不懂规矩的人的下场！她以为男人当了农会主席了，就可以胡来了！"

"这样的人，就应该受到惩罚才行！"

布丽汗混在人群里，高兴地说着："库尔班给共产党当了干部，当了农会主席。他就以为有共产党给他撑腰了，就开始不管村民的死活，还护着图尼莎汗，拖时间，不管村里的人喝不喝水，能不能活下去。"

库尔班手里拿着一个砍砍，他快步走出人群，走到村民前面说道："那条水渠原来就不是给涝坝放水的，不知道咋搞的，成了放水的水渠。图尼莎汗不知道，才跨了那条水渠的，我说的是真话，我没有向着图尼莎汗说话，请你们相信，你们要惩罚就惩罚我库尔班吧。"

村民们根本不听库尔班的解释，吵嚷道："按规矩一定要淹死图尼莎汗，让以后的人记住，老规矩是不能随便破坏的，不管他是谁。"

多小兰一听这话脾气上来了，她大声说道："我看谁敢动图尼莎汗，我就和他拼了。"多来地拿着坎土曼也冲到前面，和妹妹站在一起。

"哎哟哟，你们兄妹挡在前面吓谁呢？最厉害的沙尘暴我都见过，还怕你们两把坎土曼扬起的那点沙尘土！真是怪了！村民们，老规矩就是不能破！"布丽汗在一旁酸涩地讽刺道。

有村民喊："破了老规矩全体村民就要遭殃。老规矩就是不能破！"

"布丽汗，你不要拿老规矩来迷惑村民，你究竟想干什么？你不就是冲着我来的吗，来呀！把你所有的本事都拿出来看看，我不怕！"库尔班瞪着嚣张跋扈的布丽汗。

"我想干吗？我想为村民讨个公道，替村民说个话！不对吗？你是农会主席，你想干什么呀？你能把我咋样？我也不怕！"

库尔班气极了，高举起砍砍。布丽汗仗着村民们站在自己这边，毫不畏惧。她撒泼喊道：“呀，往下砍呀！哎哟，村民们快来看呀，农会主席举着砍砍要杀农民了，他不让我们这些农民活了……”布丽汗煽动村民，库尔班却束手无策，满肚子怒火只能咬牙忍着。村民们准备押图尼莎汗去河边。无论库尔班如何解释，村民们都无动于衷。

正在剑拔弩张之际，柯有田带着亚森江、巴图及时赶到。亚森江和战士们制止了闹事的人。库尔班看到是柯书记，冲上前去，流泪道：“柯书记，你们终于来了，我真的不知道咋办了。”

“不用怕，村民们受他们的蛊惑，我们一定要耐心解释。”

“柯书记，这个我明白，但是最让我心里难受的是，我是农会主席，我应该做一个带领大家过上好日子的人，办事公平公正。可现在却给大家带来了这么大的不幸，大家也不会原谅我。我真的是给政府、给大恩人毛主席丢人了！这才是我最伤心的事情，我想了很长时间，我就是死了，我也不想给共产党和政府抹黑呀！”

柯有田安慰说：“我理解你，不用怕，真心实意地干事，村民们会理解你的。”柯有田转过脸看着图尼莎汗，“图尼莎汗，不用怕，你没有错，错误就在这个害人的老规矩上。”

图尼莎汗泪流满面，托乎提汗抱着母亲的腿也哭了起来。一旁的布丽汗、依盖尔和几个闹事的村民见势头不好，想溜走，被柯有田及时制止。柯有田指着布丽汗和依盖尔以及想溜的人说道：“你们几个不要走，大家都在这里，我现在有话和大家说。”

柯有田向玉木拉克招了招手，玉木拉克走上前。柯有田说：“玉木拉克叔叔，你就说说自己的遭遇吧。”

玉木拉克稍犹豫了一下，点了点头。他很激动，嘴角抖动着，眉头紧蹙；过了一会儿，才平复下来，干咳了几声，慢慢地说道：“我家当年也有几亩好地，我爸爸不想低价卖给塔西巴依，塔西巴依的爸爸就借口说我老婆跨了水渠，把水源弄脏了，就把我老婆活活淹死了。”玉木拉克越说越伤心，不由号啕大哭起来。

台下很多农民听着玉木拉克的话，感同身受，不由得跟着他唏嘘起来。这时肖炉匠端来了一碗涝坝里的水，柯有田接过，当着大伙的面，咕嘟咕嘟都喝了下去。柯有田用衣袖擦了一下嘴巴上的水："刚才我喝的是刚从涝坝里打来的水，是你们害怕喝的脏水，我就喝给你们看。你们都看到了吧，我并不害怕喝下这样的水。现在的涝坝水和以前的没有什么区别，很好喝。我再问一下你们，你们真能忍心看着把自己的姐妹活活淹死吗？你们的心真是肉长的吗？"

柯有田越说越生气，指着布丽汗等人道："那些被打倒的地主阶级，他们在蓄意破坏我们的政权！布丽汗，你们还想干什么？把你们的本事都拿出来摆给大家看看。什么女人跨过的水不能喝？这都是封建迷信！什么老规矩？那是你们欺压老百姓的借口。我们解放军里那么多女战士，她们为了解放全中国的穷苦同胞，跨过了黄河，跨过了长江。黄河是我们中华民族的母亲河，大半个中国都在喝着黄河水，怎么没有出现瘟疫呢？所以说，大家要动脑子想一想，要敢于站出来，打破那些害人的老规矩，更要明辨是非，要积极起来和地主阶级斗争！"

柯有田刚说完，托乎提汗便举起手第一个站了出来："柯叔叔，我不怕过水渠！"托乎提汗率先跨过水渠，紧跟其后，一些妇女纷纷效仿……布丽汗和依盖尔看情势不妙，悄悄地退出了人群。库尔班激动地握着柯有田的手："柯书记，感谢毛主席啊，毛主席又救了我们全家！"

这场闹剧总算过去了。库尔班坐在房顶平台上，眼望着被夕阳染红的远空，弹着牧羊热瓦甫，发自肺腑地唱着歌颂毛主席的歌，那歌声里充满了对新生活的希冀和憧憬，怀有对毛主席的深深感激！库尔班看到图尼莎汗和孩子们忙里忙外，感到幸福是那样触手可及。

第十四章

在县委宿舍前，有一片栽种着各种蔬菜的绿油油的小菜地。吃完午饭后，于香秀领着托乎提汗和图尼莎汗沿着菜地边的小路散步，柯有田和库尔班跟在后面。

图尼莎汗笑道："现在香秀妹妹做的饭，比我做的还好吃，揪片子的手艺比我都好了。"

"我哪里能和姐姐比呢，我是跟着姐姐学了好长时间才学会的。"

"我下次来给你带点野薄荷叶子，做汤饭时放上一点，可香啦!"

"那好，我下次一定按您说的方法试试!"于香秀回头看了一眼，柯有田和库尔班两人蹲在菜地边上说话。库尔班指着地里的莜麦菜说道："你们种的菜为什么这么有力量，能长得这么好？看这叶子黑绿黑绿的。"

柯有田笑道："你可真是个有心人啊！这话问得好。这块蔬菜地是用来解决机关干部吃菜的，全部都是干部自己种的。"

"你们干部也会种地?"库尔班惊诧道。

"会呀！我们和你一样，出来以前也是种地的农民。种地学问可大了，庄稼也是不好伺候的主。比如说，合理密植。最重要的就是我们常说的‘庄稼一枝花，全靠肥当家’，施肥很重要。你们在农村，牲畜的粪便到处都是，如果能收集起来施到地里，那庄稼就会年年大丰收。”

“噢，你的意思就是，地里要用粪肥?”

“对了！种地，不只是播种，还要勤施肥，勤除草。你对它付出多少，它就回报你多少；你偷懒了，它也会比你更懒的。土地可精明着呢!”

听了柯书记的话，库尔班决定即刻就行动起来。看到路上到处都是牲畜的粪便，他便背着一个大筐子，身后的托乎提汗背着一个小筐子，父女俩用手捡拾着散落的牲畜的粪便。

一个农民赶着毛驴过来，看见库尔班，很不理解：“库尔班呀库尔班，你这是干什么呢，又想出了什么新花样呀?”

“你没有看见吗？我这是在积肥，把肥料收起来种地呀，这还看不出来吗?”库尔班抬头看了一眼那人，又低着头忙活起来。

午后，库尔班走进了工作队办公室。柯有田、巴图、亚森江看见库尔班，哈哈大笑起来。库尔班不解，问道：“你们笑什么?”

柯有田说道：“我们来检查工作，一进村，村民们告诉我们，库尔班拾粪用手抓。库尔班，拾粪有专门的工具，不能用手去抓，那样不卫生。”

“有什么工具？我不能背着坎土曼去拾粪吧，那太不方便了。”库尔班一脸茫然。

“来，我教给你用工具拾粪。”几人走到村路上。柯有田用柳树枝制作成拾粪夹子，熟练地捡拾着驴粪、马粪，把捡拾起来的粪便放进手拎的红柳筐里：“看，这就是拾肥的工具，叫叉子，这样一铲，它可以把土和小石头漏下去，只剩驴粪蛋蛋了。”

“这个太好了，我要多做几个，要号召全村人都拾粪。”

“这个不能急，大伙还没有认识到农家肥的好处，真正认识到了，他们才能心甘情愿地去做。”

库尔班拍了拍胸脯：“放心吧，柯书记，我有办法让他们快快地接受农家肥种地的好办法。您就等着吧！”

库尔班想，有了柯书记提供的有力工具，还需要有人发挥模范带头作用。于是，他用拾粪夹子一边捡肥做示范，一边向村民宣传施肥的重要性。库尔班只要碰见农民走过来，就主动迎上去：“哎，你们不知道吗？农家肥是最好的肥料，比树叶子和杂草的作用要大，力量足，庄稼还长得好，你们试试！”库尔班说完，拿出一把拾粪叉子递给村民，然而那些村民没有一个想要的。他们嫌弃库尔班臭，都绕着他走了。

库尔班和肖炉匠带着捡粪的工具，一前一后地捡粪。跟在他们后面的是几个小孩子，孩子们也都提着柳条筐子，捡拾着路上的驴粪、马粪。

吃完饭，库尔班用驴车装着一大堆粪便，沿路撒在各家的地里。玉木拉克和几个农民捂着鼻子走了过来：“哎，库尔班，这么臭的肥料，不要撒在我家的地里，我可受不了这个味！”

“你们要不要这个肥料？可好了，这可是上等的肥料！”

“我也不要，我不相信这是上等的肥料，我的地肥着呢，不上肥料也照样长庄稼。”

肖炉匠和多来地从隔壁的地埂走了过来：“库尔班，这么好的肥料，他们不要我们要。”

“我也要，驴和马都是吃的好草料，这个肥料肯定作用大，庄稼肯定比往年长得好。”

“好的，我家院子里还有，你们去拉吧。”

肖炉匠和多来地赶着驴车往库尔班家走去。玉木拉克匪夷所思地看着库尔班把一车粪都倒进了地里，然后用坎土曼把粪便均匀地撒开。每天，库尔班都把那些臭烘烘的肥料撒进地里，玉木拉克越发好奇。这天，他看见肖炉匠扛着坎土曼出了家门，便和几个农民跟了过去：“肖炉匠，肖炉匠，你先别走，我问一下，地里施那个驴粪真的能多长粮食？”

“你们都是死脑筋，农家肥是最好的肥料，庄稼不仅长得好，还不得病。不信就一起去看看库尔班家地里的苗吧，我说了你们也不相信。”

“可我们以前没用过那样子的肥料呀，所以不知道好不好！”

“就是呀，不试试咋知道好不好呢？”

“库尔班肯定是和柯书记学的，那就是他们先进的种地方法，肯定比我们这里的好。”

几个农民纷纷点头，表示认可。他们质疑库尔班，但对柯书记还是很信服的。他们决定去库尔班家的地里一探究竟，庄稼长得好不好，一眼就能看出来。果然，库尔班家地里的麦苗和旁人地里的麦苗比，长得又粗又高。库尔班正在地里上第二遍农家粪肥。

“你们自己看看吧，不用我说了吧。你们真是老脑筋。要知道先进的东西我们都可以用，不要这个不敢用，那个不能用，说也说不通！”

村民们一边看一边不住地感叹：“就是的，就是的。”

“你们大家看到了吧，怎么样？这就是柯书记教给我的。这个肥料真的很好，我都在上第二遍了。”库尔班停下手里的活，看着玉木拉克他们。

“看，看，这个庄稼长得太好了，柯书记真的是个很有本事的人，他啥事情都知道。”玉木拉克指着又高又壮的庄稼不住地赞叹。

农民们随后去库尔班家拉农家肥，往自己的地里撒。没几日，成效显著，庄稼的腰杆挺直了，枝叶也繁茂了。看见这样好的效果，越来越多的农民都加入了使用农家肥的行列。然而他们没有捡拾粪肥的工具，便集体来到库尔班家求教。托乎提汗抱出来一堆特制的粪叉子：“我爸爸做了好多拾粪的叉子，原来就是给你们准备的，你们不要！”

“我们现在要了，现在就要用这个东西拾粪去。”然而现在路上的毛驴粪已经被捡拾得所剩无几，库尔班建议大家去自家的牲口圈里收集肥料。一个农民调皮地眨了眨眼：“我们去别的村里拾粪去，他们还不知道这种肥好处的时候，我们就先用了！”

大家都行动起来了。小孩和大人都挎着粪筐，拿着粪叉子在各处寻找牲畜粪便。库尔班帮着农民们在牲口圈里挖肥料，足足装了五辆驴车。

库尔班心想：这种人工肥方法又慢又耗费体力，得想个新法子。

这天，三辆驴车拉着农家肥料在渠边等待，在库尔班的指挥下，车里的粪被一车一车倒入了水渠里。“大家把肥料一点一点地均匀撒在水里，水就可以把肥料带到每一个地方，让每一棵庄稼都能吃得好、喝得饱，都能长得壮壮的。”

村民们往水里撒着肥，用棍子和农具搅拌着。库尔班喊了一声：“开闸——”一个农民拉起了挡水的木板子，渠水冲散肥料向田里流去，村民们欢呼道：“库尔班大叔，这个办法太好了，水和肥料同时流入地里了！”

“就是，既省时间又省力气。”

“这样，你又可以偷懒了！”大家哄笑着。

“这样我们每家地里都能施到肥、浇上水，大家集体拾粪，集体上肥，集体浇水，这就是合作社，就是要互助，互相帮助！”

日复一日，农家肥已经走进了每家每户的田地里。金秋时节，农民们看着自家地里的庄稼比之前高了一倍，果子也比之前大了一倍，不由得感叹：多亏了柯书记和库尔班的农家肥，才有了今天累累的硕果。

整个村子受惠于农家肥，库尔班决定要好好感谢一下柯书记，他准备好了一袋子新打下的粮食，又让图尼莎汗把家里的鸡蛋全部拿了出来。他觉得应该再打上一些香香的新麦子的馕带上。他和图尼莎汗两人分好了工：他磨面，第二天一早图尼莎汗起来打馕。两人一直忙乎着，总算是准备好了带给柯书记和于队长的礼物。一家人乘着驴车，再次踏上去往县城的路。

柯有田听见敲门声前去开门：“我早猜着你们要来了！快进！我可是闻见了新面馕的香味了，是不是地里的麦子丰收了？”柯有田接过库尔班手里的东西。

“什么也瞒不过你呀，柯书记！”

“是啊！我也大丰收了，我的儿子出生了！”

于香秀头上缠着毛巾，抱着一个大胖小子从里屋走了出来：“库尔班大哥好，图尼莎汗姐姐好，我们的小托乎提汗和阿扎提，你们都好吧！”

图尼莎汗从于香秀的手里小心地接过孩子：“噢，噢，妹妹你真了不起，孩子太可爱了！”图尼莎汗和库尔班亲昵地看着这个肉嘟嘟的小婴孩：“我们希望，你就是爸爸、妈妈的太阳，嘟，嘟，嘟……”图尼莎汗把孩子给了柯有田，便和于香秀坐下叙旧。托乎提汗提着一个小袋子递给于香秀：“于阿姨，这是我给你拔的薄荷叶子。”

于香秀接了过来：“这么多呀，小托乎提汗真能干！”

“还有我呢，我和姐姐一起去拔的。”阿扎提举起小手，兴冲冲地看着于香秀。

“谢谢，阿扎提也是一个能干的小伙子！”

柯有田怀抱着孩子，对库尔班说：“库尔班大哥，你们来得正好，太及时了！要不我也要找你们去，快给孩子起个名字吧！”

“我？让我给孩子起名字，不行不行。起名字是个很重要的事情，不能太随便了。特别是第一个孩子，一定要起个好名字，孩子都是爸爸、妈妈的希望！”

“所以才请您给孩子起名字啊！库尔班大哥，您就不要客气了，我和有田早就商量好了，这孩子的名字必须由你来起！”

“库尔班大哥，你好好想想，就按你们的意思给孩子起个名吧。我们老家有个习俗，就是请人给自己的孩子起名，孩子好养活。”柯有田诚挚地说。

库尔班认真地想了一会儿：“叫白海提，是幸福的意思；叫艾尔肯，是自由的意思；要不叫阿迪里，是真理的意思。”

图尼莎汗摇了摇头：“库尔班，这些名字我们村里已经有好多孩子叫了，太普通了！按柯书记的习惯，一定要加柯的音。你不是说柯书记都夸你会动脑子了吗？你再好好地想一想。”

库尔班皱着眉头，看着孩子，嘴巴发出“K、K、K”的声音。孩子被库尔班逗得发出了咯咯的笑声。库尔班也笑了："巴郎子，我们这里的巴郎子。对！你是在我们这里出生的人，这里的水养的都是壮壮的巴郎子。孩子，K、K、K，你爸爸姓柯。好了！我想好了，于田县有一条最美丽的生命之河，叫柯里亚河，柯书记的孩子就叫柯里亚，行不行？"

库尔班转头看着柯有田和于香秀："叫柯里亚，可以吗？"

"柯里亚，柯里亚，挺顺口的。"于香秀嘴里念叨着，点了点头。

"柯里亚，我们于田县的生命之河——柯里亚河。"

"是的，孩子是我们的希望，也是我们的另一个生命，柯里亚河是我们于田的生命之河。"

柯有田高兴地笑道："库尔班大哥，这个名字起得好，我喜欢！"

图尼莎汗和于香秀在厨房做饭，库尔班和柯有田在客厅里开怀畅聊，一旁的小柯里亚被托乎提汗和阿扎提逗得哈哈直笑，整个房子充盈着幸福温暖的气息。

于香秀虽然每天在家里照料小柯里亚，却时刻心系医院里的病患，她决定提前结束产假，回医院里工作。她刚走进医院准备到诊室去，就被一个急匆匆的护士撞了一下，那护士见是她，像是看见了救星一般，拉着她便往病房走去。病房里一个维吾尔族妇女躺在病床上，疼得满头大汗，不停地翻动着身体。旁边的医生对她的病情一筹莫展。这时，于香秀边换白大褂边匆匆地走进了病房。

"于大夫来了！"于香秀快步走到病人床前，查看情况。她拉开病人的衣服，在腹部轻轻地敲击几下，看病人的反应……

于香秀顺利完成手术，结束了一天的工作，疲累地回到家，这时，却看见柯里亚正趴在地上，他努力地抬着头，脑门上磕破了皮，流出的血已凝结到了脸上。于香秀急忙跑过去抱起柯里亚。柯里亚委屈地大声哭起来。于香秀小心翼翼地给柯里亚擦头上的伤："儿子，不哭，不哭，妈妈给你擦擦药，就不疼了噢。"

柯里亚的哭声没有停下，于香秀又心疼又内疚地抱起孩子在地上转圈："柯里亚不哭，你再哭，妈妈也要哭了！"话没说完，于香秀也哭了起来。这时，柯有田走到了门外，他听见屋内的哭声，加快了脚步，推门进来，快速放下手里的公文包，赶紧接过柯里亚哄着："这是怎么了?"

"孩子从床上摔下来了!"于香秀自责地哭着，她怨自己，为什么这么着急要去医院，就不能留下来照顾孩子?

"啊，孩子咋摔下来了?好了，好了，不哭了……"柯有田哄了一会儿，柯里亚已经不哭了，可于香秀还在哭。柯有田把柯里亚轻轻地放在床上，过来安慰于香秀："不哭了，看看我们的儿子多勇敢，都不哭了，他妈妈还哭个不停，一会儿把儿子又惹哭了，我们全家一起哭。"于香秀靠在柯有田肩上，依旧轻声抽泣。

这天，库尔班正在家里修理小孩摇床，打算当作礼物送给小柯里亚，巴图来家里拜访。库尔班从巴图这里偶然打听到小柯里亚的近况，他和图尼莎汗像是担忧自己的孩子一样，心一下子提到了嗓子眼，他们着急地带上摇床赶上驴车前往县城的柯有田家。

于香秀听见敲门声，前去开门："库尔班大哥，图尼莎汗姐姐，你们怎么来了?快进房子里坐!"

库尔班和图尼莎汗进到房子里，并没有坐下，两人向四下看了看，没见到柯里亚。库尔班把摇床放在地上："这是我给柯里亚的小摇床，这个床最适合不会走路的孩子睡了，肯定掉不下来。"

图尼莎汗紧张地问："柯里亚呢，他在哪里?"

"柯里亚在床上呀!"

"他还好吗?"库尔班很是担心。

"挺好的，我给你们抱出来看看。"于香秀从里屋抱着柯里亚走了出来，孩子脑门上的伤口已经结疤。图尼莎汗心疼地抱过柯里亚："什么孩子好着呢?看看这疤，当时肯定摔得很重。我的小柯里亚，你是怎么从床上掉下来的?你还那么调皮吗?"

"姐姐，我当时也吓坏了!现在好了。这事你咋知道的，我们没说呀!"

“孩子摔在地上，我也能猜得出来呀！你呀，对孩子一定要当心！”

话音刚落，柯有田进了家门：“哎哟，大哥和嫂子来了。”

“我是来给你们送小孩子的摇床的，来，来，来，柯书记，我教给你用这个小摇床的办法，你要好好地学习一下，不要再把柯里亚摔了！”库尔班教给柯有田怎么把孩子捆绑在小摇床里，柯有田笨手笨脚地学着。柯里亚摔伤之后，于香秀就再也不敢让孩子独自在家了，但她又不能扔下医院里的病人不管不顾，只好采取了一个折中的法子：她把库尔班送的摇床带去了医院，一边给病人看病，一边照料柯里亚。

库尔班和图尼莎汗仍旧牵挂柯里亚，他们隔三岔五便到柯书记家里送一些吃食，看望柯里亚。两人忙里忙外，早已经把这里看作是自己家一样重要了。

像往常一样，图尼莎汗把做好的饭盛在碗里，用方巾包好，库尔班把干果装到褡裢里，两人准备出门。

托乎提汗拉着母亲的手：“妈妈，我也去，我也想看柯里亚弟弟了。”

“你在家看好弟弟，我们快快地回来。”

“每次都让我在家看阿扎提，你们不会把柯里亚弟弟接到我们家里来吗？”

图尼莎汗看着库尔班：“托乎提汗的话提醒了我，如果能把柯里亚接到我们家里来，让我们给他们带着就好了。”

库尔班点头：“是啊，我们也不用这样来回跑了！”

柯有田拿着奶瓶给柯里亚喂奶，然而柯里亚把头歪向一边，死活不吃。于香秀愁眉苦脸地看着柯有田，两人都束手无策。

“还是像图尼莎汗嫂子那样，喂他吃馕吧！”

“我喂了，可男孩子火大，我怕营养不够！”柯里亚又大哭起来，于香秀抱着柯里亚哄着，“我的宝宝不哭了，不哭了！我真拿你没办法了！”

库尔班和图尼莎汗来了，柯有田像看到救星一样：“库尔班大哥，孩子咋这么难带？真不如我打一场仗……”

“带孩子是要有耐心的，不能着急，脸上要这样才行。”库尔班摆出了一个微笑的表情。

库尔班问于香秀：“柯里亚咋了，这么爱哭?”

“柯里亚的身体太虚，加上感冒发烧，又不喝牛奶，我真的没有办法了!”

图尼莎汗看了一眼库尔班，跟柯书记和于队长说道：“把柯里亚抱回我们家，帮你们带上一段时间，好不好?”

柯有田有些为难：“孩子老病，我们怕麻烦你们!”

“哎，我们都是兄弟一样的，不麻烦！我和图尼莎汗带孩子很有经验的，你就放心地把柯里亚交给我们吧!”

“香秀妹妹，你的意思呢?”图尼莎汗看向于香秀。

“现在也只好这样了!”于香秀抱过柯里亚，把脸贴在孩子脸上，然后交给了图尼莎汗。临走前，于香秀把一大包东西交给图尼莎汗：“姐姐，这是柯里亚用的东西，里面还有点粮票。”

“放心吧，我会带好他的，你们好好上班就行了。”

“柯里亚就是我的孩子啦!”库尔班拍了拍胸脯，让柯有田和于香秀放心。库尔班和图尼莎汗带着小柯里亚渐行渐远，柯有田、于香秀的心揪在了一起。虽然库尔班和图尼莎汗是他们最信任不过的人了，但那毕竟是自己的亲生骨肉，要把他送去另一个地方，心中仍是万分的不舍和纠结。两人一直驻足望着，直到再也看不见孩子的身影……

第十五章

“图尼莎汗，奶羊来了，你来看看这只奶羊可不可以？要是再不行，我可只有到更远的地方去找了。”库尔班牵了一只母山羊进到院子里。

图尼莎汗打量着这只羊：“这只奶羊是在哪儿找的，比上两只好多了，个头也壮。我再看看这牙齿好不好，牙齿好了能吃草，才能下奶多！”库尔班帮图尼莎汗掰开了羊的嘴，图尼莎汗仔细看了看，“可以，牙齿还行，算是一只好奶羊吧！”

“这只奶羊我可是找了好几个村子才找到的，刚开始人家都不愿意给，听说是喂小孩子，就同意了。你满意了？”

“不是我满意，是我的小柯里亚满意才行。”库尔班擦了擦脸上淌下的汗水。图尼莎汗摸了摸羊头和背：“我来看看奶羊，还可以，够柯里亚吃的了，就留下这只吧！”

图尼莎汗一边切肉一边说道：“爱我们家小柯里亚的人很多，这样他一定会长成壮壮实实的小伙子，还会有非常好的运气的。库尔班，你再砸几个核桃，放在肉汤里，那可是好营养。”

库尔班把砸碎的核桃粉搅和到汤里："还有一块羊肝，你也给柯里亚吃了吧！"

"我知道了！明天做羊肝、胡萝卜粥，吃了对孩子的眼睛好。"

"你多做一点，给托乎提汗和阿扎提他们也吃一点。"

每个人都把柯里亚当成是家里的宝贝，连最小的阿扎提都懂得把葡萄干、杏干这些他喜欢吃的食物让给柯里亚。在这一家人无微不至的照料下，柯里亚身体好了起来，整个人也比之前活泼好动多了。他时常在炕上爬来爬去，爬好半天也不累。库尔班笑着说，柯里亚真是像他父亲，有着军人的体魄！

柯里亚寄养在库尔班家已有小半个月。柯有田和于香秀准备去看儿子。于香秀拉开抽屉，拿出一沓粮票。柯有田将床边一摞衣服装进袋子："今天我可以看见我那宝贝儿子了。床上这些衣服都装吗？"

"都装，我给托乎提汗和阿扎提也买了新衣服，还给图尼莎汗姐姐买了一条围巾。你都装上吧。"

"粮票数好了吗，一共多少，够不够买一袋子面的？"

"唉！不够，差二斤多一点。你一会儿去给粮油店的人说说，过几天我们就补上行不行？拿一整袋面粉。"

柯有田犹豫了："我们带面粉是不是不太对？"

"有啥不对了，你没发现吗？库尔班大哥和图尼莎汗姐姐，给我们家送来的馕全都是白白的馕，他们自己家吃的馕是不去麦皮的黑面馕。带点面粉也让他们改善一下。听我的没错！"

柯有田点了点头："还带点什么？"

于香秀打量了一番，把家里的生活用品快速过了一遍："你把我们这两个月的油也买上，反正我们吃食堂不用做饭，还有，再买点醋，乡下没有醋。"

"好，还买什么？你再想想，我一次都买回来。"

于香秀把粮票递给柯有田："还有托乎提汗和阿扎提喜欢吃的，食品加工厂的那个碱面的大饼干，上面沾着白砂糖的那种。还有……”

“好了，好了，多了我也记不住，要不我们一起去买吧。”

于香秀开着玩笑：“好吧，领导批准了！最近太忙了，好长时间没有出过门了，就算是一起散个步吧。”

“领导英明，走吧！”

两人提着大大小小的袋子回了家，打包好后都装上了马车。收拾停当，他们便出发了。柯有田一甩鞭子，马儿欢快地跑着，铃铛发出叮叮当当的清脆声响。阳光穿透大路两边的杨树叶子，洒在路上，星星点点。

此时的库尔班家里，是一派热闹欢乐的气氛。托乎提汗、阿扎提正在炕上和柯里亚玩一个小皮球。图尼莎汗在给柯里亚缝制衣服，看到孩子们玩得高兴，便说道：“托乎提汗，于香秀阿姨教你的儿歌忘了没有？”

“没有。”托乎提汗一分神，小皮球便被柯里亚给抢了过去。

“来，阿扎提坐好，和姐姐一起唱。”

“我们大家来打麦，一拍我们有土地，二拍麦子大丰收，三拍牛羊满圈跑。共产党、毛主席，我们向您来报喜……”小柯里亚听着儿歌，好奇地爬了过来，坐在了托乎提汗和阿扎提的中间。

库尔班端着一碗鸽子汤走了进来：“我抓的野鸽子，熬的汤好了，身子虚的孩子最需要这个了。”

“爸爸，我身体也虚，柯里亚弟弟吃完肉，我喝点汤可以吗？”阿扎提看着鸽子汤，直咽口水。

“我的儿子说得多可怜呀！弟弟小，身体不好，先给弟弟吃，等下次爸爸抓多多的野鸽子了，再给你吃，行不行？”

阿扎提眼里含着泪水点了点头。“我的儿子最听话了！”图尼莎汗笑了，“儿子过来，妈妈抱抱，噢，我儿子身体虚，来，先给柯里亚盛一碗，剩下的给我身体虚的儿子吃，可以了吧。”

阿扎提委屈地把头埋进了图尼莎汗的怀里。这时，门外传来了柯有田的声音：“库尔班大哥，在家吗？”

“呀，我们家来亲戚了！”库尔班赶忙迎了出去。柯有田扛着面，于香秀手里拎着油、醋、饼干等东西进了院子。只是半个月没见，他们仿佛觉得有一年之久……

小柯里亚在姐姐和阿扎提哥哥的帮扶下，摇摇晃晃地在床上学走路。小柯里亚抬头奇怪地看着柯有田和于香秀。

“柯里亚，快对妈妈笑一笑!”图尼莎汗在柯里亚面前摆了摆手，柯里亚咧着嘴笑了。于香秀惊奇地发现儿子长出了四颗小牙：“有田，快看柯里亚长牙了!”

柯有田围了过来，仔细观察着：“真的，我儿子长牙了，真了不得。”

“图尼莎汗姐姐，你们比我们带柯里亚好多了，真的，太感谢你和库尔班大哥了!”

托乎提汗说：“柯叔叔，你别把柯里亚弟弟领走好吗？我们喜欢小弟弟。”

阿扎提也跑到柯有田跟前，央求道：“柯叔叔，让柯里亚弟弟在我们家吧，我以后不和小弟弟争吃的了!”

柯有田见此，感慨万千。他被打动了：“不带走，我们不带柯里亚走，我和阿姨来看看小弟弟。”

库尔班一家人帮忙照顾小柯里亚，柯有田有了更多时间和心思放在工作上。这天，上面下派了新任务。柯有田、库尔班和亚森江等人在工作队办公室召集村里积极分子开会。柯有田清了清嗓子，说道：“今天召集大家开一个动员会，为了支援国家修路建设，县委安排我们村在一个半月内完成一万条苇席。我希望我们土改试点村要走在前面，不要落后。大家对完成任务有没有信心呀？”

柯有田话音刚落，库尔班便站了起来：“请放心，土改分到土地后，我们农民的积极性很高，支援国家建设，那更没有问题。我们一定会按时完成任务。大家说是不是？”

积极分子们响应：“没问题，我们村会编席子的人很多，大家集中起来，肯定很快会完成任务的。”

库尔班忙活起来，召开了全体村民动员会。库尔班说道：“大家注意了，我们这次劳动完全是自愿的。这次的任务分两部分：我带一部分人去割芦苇，并负责把芦苇运回。肖炉匠负责带领大家编织苇席，一个半月内要完成一万条苇席的任务。现在是要发挥大家的长处，会割芦苇的就去割芦苇，会编席子的就留在村里编席子，大家说行不行？”

“行，我们村一定可以完成，不会给我们先进村丢脸的。”村民们积极地响应，主动分成了割芦苇和编苇席的两组；然而，大多数人都想要去割芦苇，两边人数便不平衡了。有两个村民一边吵着一边往前挤，都想让亚森江把自己的名字记在割芦苇的名单上，场面十分混乱。

“你们都不要争了，我们听听库尔班大叔的意见！”亚森江喊着。

库尔班思考了片刻，迅速做出了决断：“这样吧，割芦苇的先去三十五个人，你们两个都去，换班割得还快。其他的都在家里编席子，全村男女都要参加，快快完成任务。”

“好！”

整个村集体大行动，有驴车的人家都把驴车贡献了出来。大家的热情和效率都很高。不到半日割芦苇小组人员便集合完毕，在库尔班的带领下，赶着几十辆毛驴车向芦苇滩走去。然而，队伍中却存在着一些不和谐因素。

依盖尔和卡木恰两人赶着驴车行走在队伍的后半段，走了没一会儿便蹲在路边抽烟，把两辆驴车停在一边。一个农民赶着驴车走过来，问道：“你们还不走吗？一会儿赶不上他们了！”

依盖尔吸了口烟，瞥了一眼那人：“你们先走吧，我们休息一会儿再走。”

“着什么急，完不成任务是库尔班的事情，也不是我们的事情，干这种吃苦倒霉的活！我就是不想去。”卡木恰说道。

一天的工作结束后，布丽汗回到家，便累得哼哼叽叽地躺在床上，她抬了抬腿，让依盖尔过来给她按摩。依盖尔敷衍了事地按了几下，干咳一声：“哎哟，好了吧！我也累得不行了，没有劲了，让我歇会儿行不行！”

布丽汗不高兴了："哼！真是的，当初说的真比唱的都好听：我一直都会好好地照顾你的。这是谁说的，这是谁说的?"

"这话是我说的。你现在也不看看外面是什么情况，我连自己都快照顾不过来了，还怎么照顾你?"

"哼，老狐狸的尾巴终于露出来了吧，我早就知道你不是什么好主，早早地滚蛋吧!"布丽汗哭起来了……

"行了，你就不要闹了，我现在在外面是坏人，在你这里是老狐狸!我里外都不是什么好人!"依盖尔说完，气哼哼地出了门。后面传来了布丽汗的骂声："快滚！滚得远远的才好！有本事你就别再来找我!"骂了没几声，便是伤心欲绝的哭声。依盖尔无奈地摇了摇头，还是走了。

依盖尔漫不经心地在村路上走着，他看见卡木恰喝得摇摇晃晃地走了过来，便躲进路边的小树林里，等卡木恰走近后，依盖尔唤了一声："卡木恰！卡木恰!"卡木恰听见有人叫他，吓了一跳，四处张望，当他看见是依盖尔时，才定下神来。他打着酒嗝："是你呀，快吓死我了！你怎么会在这里，这是你家吗?"

依盖尔拉着卡木恰："你小声点，就在这里将就坐吧!"

"唉，坐在这里？我们连坐的地方都没有了，我们都到了这个地步了，哈哈哈!"

"你小声点，小声点!"依盖尔像贼一样四处张望着。

"我又没有偷东西，更没有抢东西，为什么要小声?"

"好，好，好！我问你，你割芦苇累不累？反正我都快要累死了!"

"我咋不累，快累死了！我本来是可以过上吃穿不愁的日子，现在还得让我们干奴隶的活，老子的命都快搭上去了。整天割芦苇，我真恨不得把他们脑袋都割了!"

依盖尔被卡木恰的话吓住了："你真的有这个胆量，还是喝了点酒，说的酒胆子的话!"

卡木恰连打了几个酒嗝："依盖尔，你看错人了，我真的什么都不怕，只要让我再不干割芦苇的事情就行。这个活儿我已经干得够够的了，我早就干不下去了，太苦了！”卡木恰说完，竟低声哭了起来。

“哎，哎，哎，你是不是卡木恰，哭什么吗？你见了你爸爸都没有这样哭过吧？”依盖尔警觉地看了看周围，“哎，卡木恰，我有个主意，以后咱们都不再干割芦苇的事情了。”

卡木恰擦了一下眼睛：“真的，只要不让我干那么苦的活儿，干什么都行！”

依盖尔拉近卡木恰，对他耳语着。卡木恰听后，眼睛睁得很大。两人约定好了，就在今晚行动，省得夜长梦多。

依盖尔和卡木恰鬼鬼祟祟地趴在地上，往芦苇堆一点一点地挪动。看守芦苇的两个农民正来来回回地巡视换岗。等两个农民走了，卡木恰跑到近处的芦苇席堆边上，看没情况，依盖尔随后也跟了上来。卡木恰拿出了一块已浸好煤油的布子，依盖尔打着火石；卡木恰将煤油布对着火石，依盖尔紧张得手有些发抖，火石半天没打着。卡木恰急了，一把抢过了依盖尔手里的火石，自己动手打火，点着了煤油布子，将其扔到了芦苇席子堆上。芦苇席遇火一下就燃了起来，火光映红了卡木恰和依盖尔满是坏笑的脸，两人快速逃离了现场。芦苇席迅速燃烧起来，火势很快蔓延到全部的芦苇堆，一时间火光冲天。发现了火灾的村民叫喊着，大家急匆匆地提来水桶救火，然而火势越烧越旺，火苗直窜，映得那片天空好似白日。

第二天天亮后，库尔班和关恒山、亚森江等人到达现场。看到被烧焦的芦苇和芦苇席灰烬，库尔班心疼不已：“这是不可能的事情，我们大家都知道这里是不能抽烟的，来这里干活的人都是不抽烟的农民呀。”亚森江询问昨晚看守芦苇的农民，他怀疑是有人在背后搞鬼。

库尔班满心懊丧：“关局长，我们村的任务本来快完成了，这场火灾，真是太不应该了！”

昨夜负责看守的农民也很自责：“库尔班大哥，都是我们不好，没能看护好，让你生气了，村里也不能完成任务了。库尔班大哥，你说吧，你打我们，骂我们，把我们咋样子，我们也不生气。”

“现在打你们、骂你们都没有用了，完成任务的时间快到了，这才是让我头疼的事情。”库尔班看着被烧毁的现场，大多数草席已被烧为灰烬，一些还没被完全烧掉的草席东一块西一块散落着，一片狼藉。

“库尔班大哥，你们先都不要着急，我们再了解了解情况，一定要把这件事情查清楚！”关恒山对库尔班和在场的农民们说道。

“你们一定要查清楚，我的心里太难受了！”

关恒山、亚森江通过对现场残留物的仔细勘察，已经有了一个初步的论断。接到柯书记的电话后，关恒山便去往县委大院汇报情况去了。苇席被烧毁了，库尔班心里难受，和大家一起商量对策。

一个农民说道：“我放羊的时候，看见过一个很大的芦苇滩，那个芦苇滩离我们村子太远了，那里的芦苇长得很好，不知道现在可不可以用，我们可以去看看。”

肖炉匠摇了摇头：“你说的那个芦苇滩我也知道，太远了吧！我们到那里干活，太不方便了！”

“附近芦苇滩的芦苇太小了，也编不了席子，那咋办呢？”

亚森江说道：“库尔班大哥，我们如实把这里的情况给领导反映一下。现在完成任务时间很紧，村子里面临的困难很多，他们肯定会理解我们的。”

库尔班摇着头：“这肯定不行！我们村的任务一定要完成，而且还要按时完成，再大的困难我们自己会克服的！”

肖炉匠拍了拍库尔班的肩膀：“库尔班，既然你这样说了，我们一定会支持你。咱们全村人一定齐心协力，把任务完成了！”

农民们纷纷表示赞同。会议后，大家便立刻分头行动起来，地毯式地搜寻哪里还有大片的芦苇滩。幸运的是，几个农民在离村子七八里远的地方找到了一处粗粗高高的芦苇丛。

库尔班看着眼前的芦苇，感到很满意：“这一大片芦苇，质量不错，我看了一下，用这些芦苇完成我们村的任务是没有问题的！”

亚森江却有些犯愁："好是好，就是离村子太远了。"

"是呀！割下芦苇再运回村里需要时间，再加工编织成席子还得需要时间；这样一来，完成任务的时间就有点太紧了。"

"我原来怕没有芦苇，现在有了芦苇就好。离村子远点也不怕，我们干活的人可以吃住都在这里。大家可以在这里割芦苇，在这里编席子，这样是不是就可以节省不少的时间？放心吧，我对完成任务是很有信心的。"库尔班从来如此，面对困难，他从来没有放弃和退缩过。

"同意库尔班大哥说的，我们合理分工，安排好时间，争取完成任务。"在亚森江带头下，村民们的士气瞬间又被鼓舞起来了，大家很快又集结完毕，驾着四十多辆驴车往新地点赶，库尔班的驴车走在最前面。车上坐着男男女女，还有工作队队员和两个解放军战士。肖炉匠的驴车上还拉了两只羊。玉木拉克、依盖尔、卡木恰和布丽汗等人都坐在驴车上。

"现场调查清楚了吗？"柯有田坐在办公桌前，神情严肃。

"经过认真调查，我们发现，着火的起燃点处，除了燃尽的芦苇之外，还有其他痕迹的灰烬。由此可以断定，这场大火是人为造成的，显然是有人在搞破坏。"

"他们的胆子不小啊！这是公然破坏社会主义建设！我们要坚决把他们挖出来，粉碎这些人的阴谋。"

"我们已经做了安排，就等着鱼来上钩了。只要出现，就坚决不会让他们跑掉。"

"好的，绝不让任何一个敌人跑掉，有一个抓一个，一个都不能漏网。"

"是！"

柯有田在办公室里来回踱了几步："我很了解库尔班，他是一个轻易不会认输的人，这次烧了芦苇席子，一定对他打击不小。所以，关局长，一定要保护好这些参加劳动人员的人身安全和财产安全。各方面都要加强警戒，一定要防止敌人再搞破坏。”

离芦苇滩不远处，托乎提汗、多小兰等妇女编着席子。多小兰看着托乎提汗手脚麻利地编着席子，不禁感叹：“托乎提汗，你干活真像你妈妈，利利索索，还特别快，质量还好！”

“谢谢多阿姨，我也是跟我妈妈学的。你也编得很快呀！”

“不行！比起你妈妈来，我还是赶不上她呢。”

一旁的布丽汗也在编着席子，动作却慢腾腾的，她不时地用手捶着腰。玉木拉克拿着牧羊热瓦甫走了过来：“布丽汗，咋了，托乎提汗和多小兰她们两张席子都快编完了，你这一张席子才编一半不到，你不能再磨洋工了，得加油干呢。”

布丽汗白了玉木拉克一眼：“我看你管得比这席子还宽呀！”

玉木拉克不服：“干得不好，就是要管，以前是你管我，现在我也管管你，不行吗？”

布丽汗不吭声了。

休息时间，布丽汗和依盖尔两人背靠着一堆芦苇吃馕，一边小声说着话。布丽汗埋怨道：“你们真是给自己找了更大的麻烦，你看看这是什么地方？荒郊野外，狼不把我们吃了，太阳也会把我们晒成肉干。”

“我不是说了先忍忍吗？我整天想着都是一件事情，就是一定不让他们好过，但这个事情要找机会才行呀！”依盖尔想起库尔班等人，眼神就变得恶狠狠的。

“你们烧芦苇席子的事情他们早晚会知道的，到那时，如果他们新账旧账和我们一起算，我们咋办呀！”

“咱们先把眼前的过去再说后面的！”

“我就是眼前受不了了，现在我每天快被太阳烤死了，干活又累得半死，就算不被抓，也要在这里活活地累死了。你快快想办法，咱们还是一起逃跑吧。”布丽汗几乎是央求的语气。

“现在怎么跑？能跑得了吗？一不做二不休，找个机会，让卡木恰再干一次大的，让他们彻底干不成！”依盖尔下定了决心，上次没让库尔班一败涂地，这次决不能让库尔班有喘息的机会了。

这天夜里，依盖尔假寐，他侧耳听着外面的声音，歪头向外看了看，随后把睡在旁边的卡木恰用脚给蹬醒。卡木恰翻身，向依盖尔会意地点了点头。躺在另一侧的布丽汗侧脸看着他们两人的行动。依盖尔和布丽汗交换了一下眼神，便和卡木恰两人悄悄地往帐篷外面走去。

依盖尔、卡木恰两人弯腰小跑，被流动哨人员给发现了：“是谁？站住！”

依盖尔赶忙应答说：“是我，出来撒个尿。”

“快去快回。”

“好的，好的！”

趁着他们说话的工夫，卡木恰趁机溜掉了。帐篷里的布丽汗听到流动哨人员的喊声后，便大声喊叫起来：“哎呀，我的肚子疼，哎呀！哎呀！实在是太疼了！我的肚子呀，太疼了！我受不了了！快来人呀！”布丽汗一边叫喊着，一边探头向外张望。流动哨人员听到布丽汗的喊声后，便向帐篷里走去。而此时的卡木恰已经溜出了营地，悄悄地沿着芦苇滩跑着。他在里面钻来钻去，绕着道跑往芦苇滩深处。

依盖尔进了窝棚，看到布丽汗的样子，故作惊讶：“布丽汗，布丽汗，你咋了，快来人呀，布丽汗病了，快不行了，快来人呀！”

布丽汗捂着肚子，“哎哟，哎哟”地呻吟着，她和依盖尔的喊声把库尔班他们都吸引了过来。此时的卡木恰正在芦苇滩里像一只老鼠一样往前钻着前进。他的动作引起了一阵野鸭子的惊叫声，卡木恰紧张地停了下来。他大口喘着气，向四周望了望，等了一会儿，没有动静了，他才抬头看了一下星空，辨别了方向，继续向前走去。芦苇滩中，关恒山和两个战士正隐蔽着。关恒山听见野鸭子叫声后，悄悄地用眼神示意身边的两个战士，他们三人警觉地搜索前进。

卡木恰接近了芦苇滩中央的一大堆芦苇堆，他停下来，看看四周无人，用脚踩了踩芦苇，定了一下神。他坐在芦苇堆上，掏出了早已准备好的沾满了煤油的布子，拿出了火石，打了几下，没有点着。他又站起，使劲地打着火石，一下、两下。抓在手里的煤油布子刚要被点燃，关恒山就带着两个战士冲了上来。卡木恰一下被按在地上，动弹不得。

关恒山打开手电筒，照在已被反绑着的卡木恰脸上。卡木恰半边脸上是泥，两眼被手电筒的光刺得睁不开。

“卡木恰，没想到吧？我们盯了你很长时间了，你这个不知好歹、执迷不悟的家伙，带走！”

关恒山和两个战士押着卡木恰来到窝棚外一块空地上，等候着他的是已经被管制在此的依盖尔和布丽汗。

“他们两个想借生病逃跑，没有得逞。”

“不是的，长官，我真的是病了！这里的活儿实在太累了，我累病了！”依盖尔、布丽汗看见浑身是泥的卡木恰，停止了狡辩。

“你们就别演戏了！大家都来看看，就是他们一天到晚混在我们老百姓当中，脑子里却想着要翻天，要搞破坏！”村民们都聚集了过来，他们把卡木恰、依盖尔几个给团团围住，关恒山接着说道，“刚才，卡木恰又想烧芦苇滩，被我们及时发现了，否则，后果不堪设想，我们大家的劳动果实又会被他们毁于一旦！看！这就是他们的犯罪证据。”关恒山高举起一块黑油布。

库尔班看着垂头丧气的布丽汗三人：“你们咋还不死心呀，你们害得我们还不够吗？你们害死了我的爸妈，害死了那么多善良的人，你们还想害死多少人？”

这些话语激起了村民心中的愤怒，他们冲上前去要打依盖尔、卡木恰，他们吓得蜷缩在一起。

关恒山走上前挥了挥手：“请大家冷静一下，他们会受到应有的惩罚，乡亲们的仇一定会得报的。我还要告诉大家：敌人亡我之心不死，没有一天不在预谋颠覆我们的新生政权。我们国家刚刚摆脱被奴役被压迫的局面，大家正一心一意建设新中国，可是总有那么几个坏人跳出来捣乱，想让我们的人民群众重新给他们做牛做马，做奴隶，你们说，我们能答应吗?”

大家群情激愤地喊道:“不能!”

“我们一定要提高警惕,保护好我们的政权,建设好我们的新中国!”

库尔班响应道:“对,我们一定要跟着共产党走,跟着毛主席走,穷苦的日子再也不会回来!”

太阳初升,玉木拉克弹着牧羊人热瓦甫歌唱,村民们有的在收割芦苇,有的在编织苇席。库尔班看着这些笑容明媚如阳光的人们,相信,这将是崭新的一天。

第十六章

时间转眼到了 1957 年。消灭农奴制残余后，按照社会主义改造要求，巴扎县初步进入了合作社时期。这天，库尔班和肖炉匠召开全村“五保户”证书的发放大会，社员们都聚集在大桑树下的土台子前，库尔班和肖炉匠站在土台子上，肖炉匠手里拿着几张证书。

“社员同志们，今天我们宣布咱们村五保户名单，你们知道什么是‘五保户’吗？”库尔班走上前讲话。

“不知道。”社员们摇头。

肖炉匠解释道：“‘五保户’就是干不动活的老人和残疾人等，我们合作社要把他们都养起来！保吃、保穿、保医、保住、保葬，让他们不愁吃喝，孤儿还保证能上学！”

“下面我来念五保户名字，”肖炉匠展开名单，“阿希汗大妈、托西坎大叔……”阿希汗大妈颤颤巍巍地站出来，激动地说：“我老婆子又有新爸爸、妈妈了！共产党是我的爸爸，合作社就是我的妈妈！”两个年轻社员扶着托西坎大叔，也走到人群前面。

玉木拉克也向前面挤：“是的，是的，也是我的爸爸、妈妈，我作为五保户也感谢政府！”

肖炉匠看了一眼玉木拉克：“还有一个是亚瓦西的妈妈，玉木拉克，你别挤了，咱们社就三个五保户，没有你。”

玉木拉克听见这话不满地说道：“怎么可能，我最应该成为五保户！”玉木拉克觉得心里很不舒服，他坐在一把木叉子上，唉声叹气地敲着一条腿。库尔班走了过来，看着玉木拉克垂头丧气的样子，问候了一声。

“怎么了，玉木拉克？”

“我的腿疼得不能走路了！”玉木拉克气愤地说道。

“是吗？那我背你去合作社医务所去看看？”

“你看我，年纪这么大，一干活就浑身疼，为什么我就不能被评为五保户呢？”玉木拉克不绕弯子了，直接向库尔班问个所以然。

“玉木拉克，你没听明白吗？合作社要养的是完全不能干活的，你能吃能干的，为什么要别人养活？合作社的牲畜你不是养得好好的吗？再说年龄，其实咱俩差不多大，你就是辈分高，对不对？劳动扬美名，不劳动出毛病。我们还要给年轻人做榜样呢！”

“库尔班，我老了，真的干不动了，你不是农会主席嘛，你就帮帮我这个叔叔辈的人吧！不是说如果朋友求援，不要拖到明天吗？”玉木拉克装出一副可怜兮兮的模样。

“是什么也没有用！农会主席就要一碗水端平，告诉你，合作社不养闲汉，马凭四蹄，人靠双手，能干的时候我们就不要装狗熊嘛！我扶你去看看病吧？”

玉木拉克摆了摆手：“算了，我坐会儿就好了。”

正说着，已经七岁的阿扎提和五岁的柯里亚赶着羊群回来了。柯里亚扎着两个羊角辫，一蹦一跳地跟在阿扎提的身后，很是活泼可爱。

阿扎提走到库尔班跟前：“爸爸，你来了，玉木拉克爷爷今天腿不舒服，就让我们把羊从戈壁滩上赶回来了，可是回来我们一数，不知什么原因少了五只羊！”

玉木拉克一听急了，赶忙起身："什么？集体的羊怎么能少呢？我去找找！"

库尔班拉住了玉木拉克："等等，孩子们，是怎么回事？给我讲讲清楚！"

"是柯里亚贪玩不想回来，我一路上忙着哄弟弟了，就忘了数羊了。"

柯里亚乖乖地站着，怕被怪罪，害怕地说道："那五只羊不是我弄丢的！"

库尔班摸了摸阿扎提和柯里亚的头："孩子们，记住：第一，你们帮助别人就是帮助自己，这一点做得非常好！第二，犯了错误就要及时去改正。现在，你们两个一块去把羊找回来，天黑之前一定要回家。"

两个孩子转身就走。玉木拉克要上前拦，却被库尔班给拉住了。玉木拉克冲两个孩子喊道："等一下！"

"你让他们去。"

"唉，他们还是娃娃好吧！"

"就是因为是娃娃，才应该让他们懂得道理！"

"唉，库尔班呀库尔班，你总和别人不一样！"玉木拉克担心地望着孩子们远去的背影。而库尔班的脸上却露出了一丝微笑，他知道，自己小时候也是这么走过来的，自己犯的错误要自己承担。库尔班何尝不担心孩子们呢，他比任何人都担忧，然而只有真正放开他们，才能让他们真正成长啊！

图尼莎汗正在院子里的灶台前切菜，托乎提汗在旁边用木盆和面。库尔班背着双手回来了。他脱了鞋子，盘腿坐在院子里的木床上。图尼莎汗边给他倒茶边问："路上看见阿扎提和柯里亚了吗？怎么还没回家？"

"他们把玉木拉克管的羊弄丢了五只，我让他们找去了。"

图尼莎汗有些担忧："两个孩子能把羊找回来吗？"

"怎么不能？我像柯里亚这么大的时候，都已经给巴依放羊了！"库尔班说。

"那都是以前的事了，现在的孩子哪能和你小时候比啊！你还是快去帮孩子们把羊找回来吧!”

“老牛经历过的,小牛也能碰上,就得让孩子们锻炼锻炼!”库尔班仍坐在炕上喝着茶。托乎提汗把面和好了,端着面盆走了过来:“爸爸,快去把弟弟接回家吧,不然错过吃饭时间了。”

库尔班看了看天色,的确不早了。他骑着毛驴,弹着牧羊热瓦甫,去找孩子们。此时,阿扎提和柯里亚仍然行走在戈壁滩上,已经不知道走了多远,柯里亚拉着阿扎提的衣角:“哥哥,我饿了,我想回家。”

“羊还没找到呢!等哥哥找到羊再回。”

柯里亚噘着嘴:“可是我们找不到啊!”

阿扎提胡乱指着前面:“谁说找不到,看,哥哥马上就要找到了。”

远处传来猫头鹰的叫声,有点像人的笑声。柯里亚吓得抓紧阿扎提:“哥哥,这是什么声音?”

阿扎提故作镇定:“猫头鹰的叫声,前面梭梭林里,有很多猫头鹰。”

柯里亚停了下来,他实在害怕得不行,央求着:“哥哥,我们别往前面走了吧?我们回吧?”

“回?不行,我们还没找到羊呢!你走累了吧?要不我们在这里休息一会儿?”

柯里亚点了点头:“哥哥,我饿了。”

“我们坐一会儿,我口袋里正好有馕呢。”

两个孩子一屁股坐下来。阿扎提从口袋里掏出一块馕,掰成两半,一人一块。两个孩子啃起干馕来。吃完了馕,两人又继续走。柯里亚肚子不饿了,也不那么害怕了。他们终于从树林里走了出来。这时,一阵毛驴的铃声传来,柯里亚顺着声音踮脚张望,他兴奋地指着前面:“看,爸爸来了。”阿扎提和柯里亚欢呼雀跃地向库尔班跑去。

库尔班下了毛驴,问道:“孩子们,你们哪个害怕了?”

“弟弟害怕了,老说要回家。”

“我没有害怕,我要是害怕早就哭了!”柯里亚说着,还是跑过去攥住了库尔班的衣角。

库尔班把两个孩子拉到自己怀里：“好样的！你们两个都是男子汉！”库尔班问两个孩子，“孩子们，找羊难不难？”

“太难了，我们找了一下午，羊毛也没看到。”柯里亚嘟着嘴。

“爸爸，你不是说顺着羊蹄印就能找到羊吗？”阿扎提疑惑地看着爸爸。

“找羊的方法很多种，看羊蹄印要依靠太阳呢，太阳大了看得清楚，现在天都快黑了，怎么还看得见蹄印呢？”

“那我们怎么办呢，爸爸？”

“孩子们，抓狼靠勇气，抓狐狸靠智慧，找羊啊，也是靠脑子的，对不对？”两个孩子点着头，库尔班继续说道，“天快黑了，你们最想干什么？”

柯里亚脱口而出：“回家。”

“我也想回家。”

“是啊，孩子们，天黑了，谁都想回家呢！”

阿扎提想了想：“爸爸，羊也想回家吗？”

“那当然了，羊天天都是天亮赶出来，天黑前赶回圈，它也知道要回家啊。你们都知道玉木拉克爷爷放羊的那条路吗？”

两个孩子点了点头。“好，我们顺着那条路往回走。”库尔班把柯里亚抱到驴背上，库尔班牵着驴，带着阿扎提往回走。三个人沿着玉木拉克放羊的路往回走着，突然阿扎提叫了一声：“爸爸，你看，羊！”在路边的草丛里，五只羊正挤在一起呢。

“对啊，它们也急着回家呢。去，你们两个赶羊去。”库尔班把柯里亚从驴背上抱了下来。

柯里亚高兴地大喊：“我们找到了，我们找到了！”阿扎提和柯里亚连忙跑过去，羊看到他们也很兴奋，咩咩地叫着。两个孩子瞬间有了精神，他们在前面欢腾地赶着羊，库尔班牵着驴跟在后面。等到他们把羊送回到玉木拉克那儿再回到家，天色已经完全黑了。

第二天上午，库尔班和于田县各个乡村干部都集中在县委简陋的会议室里开会。这会议室就像一间大教室，没有桌子，大家都坐在木头板凳上。库尔班坐在第一排。柯有田精神抖擞地走进了会场："都来了！今天的会议很重要，我们要重点学习自治区下发的《关于推广高级合作社的紧急通知》。我们下一个阶段的重要工作，就是组建高级合作社。也许下面的同志会问了：到底什么是高级合作社？高级合作社就是把全部的生产资料集中起来，要统一规划，合理分配，带领大家一起走共同发展的道路。只有这样，我们才能做成更大的事业，打更多的粮食，为国家做更多的贡献！现在你们的任务就是，首先要做好社员的动员工作，要大家把自己的生产资料全部上缴合作社，这里面包括分到每家每户的土地、牲畜和全部生产工具！我们县上也会派大量的干部组成工作队，深入每个区指导大家的工作……"

库尔班认真地听着，面露难色。散了会，库尔班骑着毛驴来到自家的麦田前。看着绿油油的麦田，他走入麦地，用手抚摸着麦穗，内心五味杂陈，感慨万千。回到家后，库尔班又在炕上辗转反侧。他彻底失眠了，把土地收回的做法他实在是想不通，他决定第二天一早便去找柯书记问清楚，这究竟是怎么一回事。

柯有田看到库尔班，就猜到是什么事了。他给库尔班倒了一杯茶："库尔班大哥，来，先喝杯茶。"

"要加入高级合作社，为什么一定要交回自己的地？"库尔班也不喝茶，直接开门见山。

"库尔班大哥，我这样说你就会明白了。"柯有田递给库尔班一根筷子，"库尔班大哥，你能把它掰断吗？"库尔班轻轻一用力，筷子断了。柯有田接着递给库尔班一把筷子："来，现在你拿这一把筷子试试？"库尔班很认真地接过来，使劲掰了半天也不断。

柯有田笑了笑："团结就是力量。我们一个人时，力量小，斗不过地主巴依；当我们穷苦的人联合在一起，就有了无穷的力量，解放了全中国的穷苦人，对不对？"

"对啊！"

“这个劳动也是同样道理啊。你们现在的高级社里，如果不是大家相互帮助，取长补短，我们的粮食能丰收，我们的牛羊能满圈吗?”库尔班摇了摇头。柯有田接着问道：“库尔班大哥，你参加互助组，到现在发展成合作社，你的土地变化了吗?”

“没有啊!”

“对啊，它没有变多也没有变少。你在这块土地上种的粮食是归你个人所有吗?”

“不是全部，一部分我当口粮，一部分我交给了公家。”

“是啊，你把土地交给高级合作社以后，还是这样啊，合作社统一管理，土地统一种植，由农业专家来指导我们，我们就不会乱种，庄稼也不会减产。遇到自己一个人干不了活儿的时候，遇到地里或是家里有什么紧急事的时候，合作社的社员就可以共同来帮助你，这样好不好啊?”

库尔班明白了：“当然好啦!”

“就是啊，人多力量大！大家发扬共同协作、互相帮助的作风，自己克服不了的困难，集体都能帮你克服!”

库尔班有些不相信：“柯书记，真有那么好吗?”

柯有田笃定地说道：“当然了！库尔班大哥，这是咱们党和毛主席帮我们农民制定的共同发展路线!”

库尔班终于展露了笑颜：“太好了，跟着党走，跟着毛主席走，我们就不会吃亏!”

柯有田：“对！跟着共产党，跟着毛主席，农民才有幸福的生活!”

库尔班和肖炉匠用了一天的时间，把塔西巴依家已经弃置的院子收拾了出来，给工作队当作办公场所。亚森江打量着焕然一新的院子，激动地和肖炉匠握手：“你和库尔班大叔想得太周到了，把条件这么好的房子给我们办公。”

这时，库尔班赶着自己的毛驴车，拿着地契，高高兴兴地来到了院里，驴车上还拉着坎土曼、木犁等劳动工具。

亚森江迎了上去：“库尔班大叔，你这是?”

“知道你们工作队来了，我把地契和生产工具都拿来了，我要第一个加入高级合作社！”

“库尔班大叔，太谢谢你的大力支持了！”库尔班起模范带头作用，亚森江感觉肩上的重担都轻了不少。他推荐库尔班在明天的动员会上为大家做动员讲话，库尔班爽快地答应了。

第二天，社员们都聚集在一起，亚森江站在台子上讲话：“我们的农会主席，尊敬的库尔班大叔，把土地、耕牛和劳动工具都交给了工作队，主动要求加入高级合作社，现在，请库尔班大叔给我们大家讲话！”

库尔班走上前：“跟着毛主席，我们的日子是一天比一天好，对不对？现在毛主席要我们成立高级合作社，把我们的土地、农具、牲畜都交到社集体管理，就是为了让我们大家一起互相帮助，手拉着手在一起，都能过上更好的日子。请大家相信我这个农会主席，一定会带着大家打更多的粮，过更好的日子。这是咱们党和毛主席号召这样做的，只要大家照着党和毛主席的话做，肯定就不吃亏！”

“库尔班大叔，我有问题！”一位村民举手。

“你说，我在听着呢！”

“库尔班大叔，要是地和牲畜都交了，我们和以前有什么两样？”

旁边的一位村民听不惯他生硬粗鲁的话语：“你怎么能这样跟库尔班大叔说话？”

“他让我们把土地都交了，我不明白，问问咋了？”

库尔班挥了挥手：“大家听我说，现在全国都解放了，咱们都是国家的主人，咋能说把地交了就不一样了呢？我们现在把土地交回国家，国家都是我们的，那地还能是谁的？那不还是我们的吗？高级合作社就是我们共同的家，不是一个人的家，没有大家咱们就没有小家！”

“库尔班大叔，你说得也对呢，可是我就想种自己的地，高级合作社我不想入！”村民们大都表示不愿意上交土地。库尔班又气又急却束手无策，只好先散了会再从长计议。

肖炉匠和库尔班一前一后走进了合作社牲口圈。肖炉匠劝道：“大家不理解政策，反对收回土地和牲口，都是正常的，你也不要着急上火。”

“大家要都能像你这样想，就好了！”库尔班叹了口气，俯身查看着食槽。

“他们啊，都闹着不愿意交地。我听说，有人在传，说我们附近的村子已经发了通知，如果不按时入社，工作队就上门没收土地、牛羊！”

库尔班气得站了起来：“胡说，这是有人在恶意攻击我们高级合作社！”

巴扎镇民心不稳的情况被萨迪克知晓了，他拿过管家手里的电报看着，兴奋地感叹道：“太好了！机会来了！”

萨迪克将消息制成情报，让管家偷偷交给了情报传递员酸奶贩苏提汗。苏提汗将情报送到了杨国富手中。杨国富回到传达室，透过窗户往外张望了一番，确定没人后拿出了情报夹，仔细阅读着。午饭时间，他约了吕勇在老地点交接。

杨国富鬼鬼祟祟如同一个窃贼，他小声说道：“上级命令，让我们给共产党制造麻烦！现在趁着农民对高级合作社不理解，给他们捣乱，不能让共产党那么顺顺利利地站稳脚跟！”

“共产党的事哪有那么好阻止？不太容易！”

“他们搞的高级农业生产合作社，要把土地、耕畜、大型农具等生产资料收归集体所有，由集体统一管理，开展生产。你想，这些东西对农民来说多重要，这些农民好不容易有了自己的地，现在要收回去，心里肯定不舒服。我们现在就是要趁老百姓还没有弄明白怎么回事，把水给他们搅浑了！”

吕勇想了想：“嗯，是个好主意！”

“我们要利用农民这种害怕的心理，把事情搞大，让共产党建高级合作社的想法无法实现。”吕勇频频点头。吃完饭后，吕勇便骑着邮电蓝的自行车进村送信。几个农民正在村头大树下坐着，相互交换着莫合烟抽。吕勇把自行车停在大树旁，也凑到他们跟前，掏出一个装烟丝的小布袋子，掏出烟丝来，往每个农民手里的卷烟纸里放了一点。

“老吕的烟丝就是好抽。”

吕勇打听道：“你们说啥呢？”

“你不知道吗？合作社要让大家把地和牲畜都交了。”

“不知道啊，交了干什么？”吕勇故意套话。

“说是要成立高级合作社，高级合作社是什么？我不管高级合作社是什么，我要是把地交了，我不是又成长工了？”

吕勇打趣道：“不一样，你以前是巴依的长工，现在你可是高级合作社的长工！”

“那还不都是长工？”

“高级合作社是谁的？是库尔班他们的，你们以后可就是库尔班的长工了！”

“什么？让我给农奴当长工？我解放前还是个富农呢！解放了，倒给农奴当长工了！我可不干！”

“你不干？工作队都开到村里了，你不交？马上把你全家都抓起来！”

吕勇看到那农民气愤得涨红了脸，心满意足地离开了。他接着寻找下一个目标，来到村民迈尔丹家。迈尔丹正无精打采地修理农具，看到吕勇，只是点一点头，没有起身：“来了，找个地方坐！”

“怎么了，迈尔丹？说话有气无力的？是不是昨天喝酒被老婆骂了？”

“昨天喝得太晚了，老婆差点没给我开门！”

“我说迈尔丹，我掏钱请你喝酒，好像是你吃亏了一样，行，以后喝酒不叫你了。”

“那倒不是，以后咱们不要太晚吧？”迈尔丹的眼神露出怯意。

“迈尔丹，你是不是男人？男人就是雄鹰，天上飞呢，你难道是个女人，像鸽子一样天天待在家里吗？你怎么把耳朵交给老婆了呢？”

“谁说我怕老婆了？胡吃胡喝不能胡说！”迈尔丹一激动，刚装好的部件又掉落了下来。

吕勇在院子里转着，眼睛四处打量：“迈尔丹，你们家的牛哪去了？”

“交到合作社了。”

“你不是一直没有交吗？”

“库尔班大叔天天来给我做工作，说合作社多好多好，牛由他们养着，我不用操心，想用的时候直接去牵回来就行。”

“你真相信库尔班说的吗？”吕勇意味深长地看了迈尔丹一眼。

这一眼看得迈尔丹有点心慌：“大家也都把牲畜送到合作社了，我就不好意思再拒绝了。”

“你啊，就是耳朵根子软。你想啊，牛给了库尔班就是库尔班他们的了，就不是你的了！”迈尔丹一听这话，脸色霎时间变了：“那不行，我要把牛牵回来。”说完，迈尔丹便扔下了手里的工具跑了出去。

迈尔丹进到牲畜棚，压根没理会一旁的玉木拉克，牵了自己的牛就走。

“迈尔丹，你干吗呢？今天要用牛吗？”玉木拉克叫住了迈尔丹。

“不是今天用，我要天天用，以后牛我就不送合作社了！”

“那不行，我可是这个合作社的负责人，这里的牲畜都归我管，你不能牵走合作社的牛！”玉木拉克跑过去，拦在了迈尔丹面前。

“什么？我自己的牛，才牵来不到两天，就成了合作社的牛了？你可比巴依还狠啊！”

“你怎么把我比作巴依呢？算了，不愿意让我养你就牵走吧！”玉木拉克一摆手，不想再跟迈尔丹多废话。

迈尔丹牵着自己的牛往回走，路上碰到了一个农民，他看到迈尔丹手里牵着牛，好奇地问道：“迈尔丹，你牵着谁家的牛？”

“当然是我自己的了，我把牛从合作社牵回家，我的牛我自己养，说是合作社好，给大家养牲畜，其实就是想骗走我的牛，骗走我的地，他们是想当巴依老爷，我才不上当呢！”迈尔丹正在气头上，一口气说完了这些话。

“你说的好像也有道理啊！”那农民若有所思。

“什么叫有道理？本来就是，你相信天上掉白面馕吗？我帮你养牛，我帮你种地，我什么都不图你的，他们为什么这么好？”

“世上哪有这样的好人!”

“你终于开始变聪明了，兄弟。”迈尔丹牵着牛往家里走去。那农民随后便跑到了牲口棚，路上还拉上了一个熟人，两人跟玉木拉克搪塞了几句，硬生生地把自家的驴从牲口棚里牵了出来。吕勇尾随着那农民，一直跟进了他家的院子。他拍着手，对那农民竖起了大拇指：“干得好!牛是回来了，听说你把地也交给了合作社?”

“是啊，我们都参加了农业合作社，这个地不好要回来，大家都在互相帮着种呢，我要把地要回来，等于让大伙种地，最后我收获成果，有点不好意思。”

吕勇装出特别吃惊的样子：“那完了，有这种想法，你的地一定要不回来了!”

农民很疑惑：“你这话是什么意思?”

“谁让你入社的?你要不入社，不就没有这些不好意思了吗?你就是想偷懒。自己的地自己种啊，老想着让别人帮忙，吃别人的嘴软，拿别人的手短，你长期占别人的小便宜，你就嘴也软了，手也短了，怎么再可能张口要回自己的地呢?你的地最终就成了共产党的了。”

那农民听到吕勇这番话，吓得不行：“共产党要当巴依老爷?那不行，我找合作社要地去。”

吕勇的这番话反复对着好些个农民说了，农民们哪晓得这是他的诡计?每个人都认为，这是合作社以美好的借口来强行占有属于自己的土地和牲畜。当天下午，几个农民便聚集在了塔西巴依的院子里，纷纷嚷着要拿回自己的土地。

亚森江对这几个要拿回自己土地的农民说道：“大家要想清楚，合作社一直帮助大家搞好各项工作，大家学习了技术，亩产也提高了，你们要是退社，以后就没有人帮助了。”

然而农民们纷纷表态：喜欢单干，不喜欢一起干活；想种玉米，可是合作社要统一种小麦，没办法，只好退出来。

迈尔丹在一边煽风点火：“对，我们自己的地，自己做主!”

“队长，我要把我的犁也拿回去，不然没法干活了。”那农民仿佛不是在请求许可，而是在通知亚森江。大家纷纷去取农具。

“大家听我说，大家听我说！”农民们不顾亚森江的呼喊，各自拿着农具匆匆离开了院子。亚森江伫立在原地，感到十分迷茫。

玉木拉克急匆匆地跑到库尔班家的院子，把刚才的事汇报给库尔班：“库尔班，库尔班，大家都把牲畜牵走了！”

库尔班点了点头：“我早都知道了，不只是牲畜，很多农民也要求退出农业合作社！”肖炉匠和多来地也在，他们每个人都忧心忡忡。

“村里谣言四起，说什么共产党就是新的巴依老爷，共产党借着成立高级合作社，是要把村民的土地和牲畜都收回去。”

肖炉匠接着多来地的话说道：“还有更过分的，说如果不交，工作队就要强迫没收，还要把人抓起来判刑。所以村民才慌了手脚，这分明是有人在造谣。”

“我们都要小心了，敌人不好对付，他们藏在暗处，煽动农民的目的就是要让咱们高级社干不成！”库尔班已经看出来了，这些事情来得这么突然，一定事出有因，肯定是有人在搞阴谋诡计。

十几个村民拿着坎土曼和合作社的社员对峙着，守着水渠，不许合作社的社员靠近：“从现在开始，不允许你们踏进我们的土地，用不着你们帮我们种地，我们不参加合作社。水渠也用不着你们统一管，我们什么时候需要浇水就什么时候浇。”

“统一管理水渠是为了合理利用，让大家都浇上水！”肖炉匠给这群已经被蛊惑得失去理智的村民解释道。

“你骗谁呢？你们就是要用这种手段，把我们的地抢走，把我们的牲畜抢走。”

“你胡说什么？合作社帮了你们，你们怎么还能往合作社头上扣屎盆子？这是造谣！”一个社员听不下去了，他无法容忍对方如此歪曲合作社。

“别以为我们看不出来，你们先给我们点甜头，再把属于我们的东西抢走!”

两边吵了起来，眼看着就要动起手来。肖炉匠喊道：“都冷静点，我们都是乡里乡亲的，有什么事都可以商量解决!”

然而村民们根本听不进去。两边的人撕扯着，肖炉匠急忙阻止。这时候，一个村民被推倒了，其他人高喊道：“合作社打人了，合作社打人了!”他们气势汹汹地逼近。社员们也不甘示弱，都撸起衣袖，准备大干一架。现场眼看就要失控了。

亚森江和库尔班闻讯赶来。库尔班挤到两帮人中间拉架。亚森江抓住一个正挥着拳头的村民的胳膊，把他推到村民们那边。亚森江喝了一声：“住手!”打架的村民逐渐平静下来。

库尔班明白，眼下只有先安抚好村民们的情绪，让彼此都冷静下来，才有助于他们查清这背后究竟是谁在搞鬼。他语重心长地说道：“乡亲们，大家可千万不要被别有用心的坏人利用了，这是有人不想让大家过上好日子，想破坏合作社的生产哪！你们想想，以前靠我们一家一户能种多少地，能打多少粮食啊？有的家里没有劳力，眼巴巴看着地荒着，没人能种啊！是共产党、毛主席带领我们走合作互助的道路，才能让大家吃饱饭，多打粮。今天，我可以代表农会和合作社告诉你们，合作社要抢走大家的土地和牲畜，是有人在造谣，是看着大家不当农奴了心里着急、眼红！请大家给三天时间，三天之内我们一定找出造谣的人，给乡亲们一个交代!”

事情暂时平息后，库尔班和亚森江便马不停蹄地去县委，向柯有田汇报情况。

“柯书记，这是有人在使坏啊！可怕麻雀就不种粮了吗？怕野狼就不养羊了？咱们不能被坏人给吓倒。只要能抓住造谣的人，社员和村民一定会成为一家人!”库尔班激动地站了起来。

柯有田明白，真正能让大家打消疑惑的办法就是找出这些背后搞鬼的坏分子。柯有田突然想起了一个人，他或许能帮上大忙。

第十七章

几日后，一个身穿军装、留着整齐短发但面容略显沧桑的人，带着两名公安人员，走进了柯有田的办公室。一路长途跋涉，他鞋子上的泥巴还没来得及擦掉。他对着柯有田一个立正、敬礼："柯连长，侦察排排长海青川前来报道!"

柯有田大笑着与海青川握手："老海，这次把你从边防上调回来，是有紧急情况啊!"

"请领导指示!"海青川原地一个踏步，尽显军人风姿。

海青川对柯书记提供的资料和警察局的侦查情况进行了初步的分析后，决定先走访村民。他带着两名公安行走在村路上，正好碰上了正在争吵的库尔班和迈尔丹。库尔班看到海青川，连忙打招呼。海青川也高兴地走上前和库尔班等人一一握手。一旁的迈尔丹要走，却被海青川给拦住了："迈尔丹兄弟，你别急着走，我们来村里就是想找你了解点情况。"

"找我？海排长，什么事啊?"

“迈尔丹，你为什么要把自己的牛从合作社牵回去？你听谁说合作社要没收你的牛？”

“没人说啊，我就是想自己养自己的牛。”迈尔丹有些心虚。

“迈尔丹，你最好给海排长他们说清楚。我才动员你把牛交给合作社，第二天你就把牛牵回家了，不是听了谣言，你会变得那么快吗？”一旁的库尔班说。

“你都听到什么了？跟我们说说吧，有事堵在心里也闷得难受吧？”

在海青川循循善诱下，迈尔丹也软了下来：“唉，既然这样，我就说说！我本来挺高兴参加合作社的，可是听说要变成高级合作社，牛就是库尔班的、你们共产党的了。为什么一夜之间牛就不是我的了？我想不通！”

海青川心里绷起了一根弦：“你听谁说的？”

迈尔丹想了想：“好像……好像是邮递员吕勇说的。”

有了这条重要的线索，海青川迅速制订了下一步计划。他和库尔班找到了最先要从合作社要回自己牲畜和土地的几个村民，一问，果然他们也是听了一个名叫吕勇的人的话。库尔班打听到，这个伪装成邮递员的吕勇，是解放前于田县警察局的副局长，属于国民党起义留用人员。

这个吕勇自然不是个简单人物，县委和公安局要调查自己的消息，他通过村里的情报人员已经得知了。他去老地方和杨国富碰头。两人点了一大盘烤包子。杨国富狼吞虎咽地吃着。然而吕勇担心自己的身份暴露，没有胃口，他问道：“我现在自身难保了，以后怎么办？”

杨国富一边往嘴里塞包子一边说：“你就放心吧，我给上面汇报了你的情况，上面指示，你做完最后这次，就安排你出去。到时候，你拿着一大笔钱，想干什么都行，你要是想去台湾也行。反正你以后会过上荣华富贵、应有尽有的生活！”

“杨局长，你说的都是真的？我怎么感觉像在做梦？”

“我什么时候骗过你？在警察局的时候，我们就是拜过把子的兄弟，现在你能早点出去，我也替你高兴啊！”杨国富举起酒杯。

“感谢杨局长的栽培，卑职无论走到哪里，都会一直记着您的大恩大德!”吕勇举起杯子碰了一下，但他仍旧忧心忡忡。

杨国富话锋一转：“你不要这么客气，我说到做到。我安排你的事，做得怎么样了?”

“这个疤瘌眼，翻脸不认人；我昨天给他安排工作，他却找借口拒绝我!”

“疤瘌眼在以前不是跟你的吗？你现在怎么连他都指挥不动了?”

“以前我可是副局长，现在我是什么?”吕勇摇了摇头，喝了口酒，神情很是无奈。

杨国富掏出一沓钱递给吕勇：“有钱能使鬼推磨，你别全给他，给自己留点。柯有田已经试探了我好多次，我都没有露出破绽。这次，我感觉他已经注意到我们了，这件事肯定是他一手安排查的。你从今天起，单位也不要去了。办完事，到家里收拾一下，就找个地方躲起来，我会找人和你联系的。”

两人吃完饭便分手了。吕勇偷偷摸摸地走到村口的隐蔽处，迎面疤瘌眼走了过来，躲在暗处的吕勇快速闪了出来：“杨局长问你好呢!”

两人不时打量着四周，窃窃私语。不一会儿，吕勇从口袋里掏出了一个小纸包。疤瘌眼混迹多年，自然明白其中意思。临别前，吕勇担心药性大，疤瘌眼随便乱撒会生出事端，有意嘱咐了一句。分手后，吕勇警惕地溜进了自己的家，他从窗户向外观察，感觉一切正常后，才开始收拾东西。吕勇从衣柜里拖出一个皮箱，将一些衣服扔了进去，随后又在屋里转着，看还有什么东西要装到皮箱里。这时，他在门口的桌子上发现了一碗酸奶，下面还压着一张纸条。

海青川结合多方证据，断定吕勇跟这次闹事有关。他联合公安局，准备对其实施抓捕。两名公安去了邮局，得知吕勇并没有来上班。随后，海青川带着公安闯进吕勇家中，却发现吕勇倒在桌子下面，已经断了气。

公安迅速封锁现场，进行勘查。海青川边戴手套边直起身，低头看着桌子，发现了桌子上面放着的酸奶碗和里面烧毁的纸条。他小心翼翼地用手拿着酸奶碗，仔细观察着，然后将酸奶碗和烧毁的纸条小心包好后带回了化验室。经过化验，结果跟他预想的一样。

海青川向柯有田汇报：“酸奶里含有剧毒——氰化钾，像这类毒药只有敌特分子才会有！对手非常专业，非常毒辣，他们不想给我们留下活口，以防暴露。”

“俗话说得好：若要人不知，除非己莫为！有一个特务露头了，就有第二个接着出来！顺藤摸瓜，一查到底，把背后的大特务都请出来，一个不剩，咱们给他们开个总结大会！”

当天深夜，月光洒进库尔班家的小院，疤瘌眼借着微弱的月光偷偷摸摸翻墙进来。他到处巡视，看到库尔班墙边晾着的一双布鞋，就偷偷拿走，准备翻墙离开。然而刚爬上墙头的疤瘌眼，突然听见屋里传出库尔班的咳嗽声，疤瘌眼惊慌失措，掉下墙头，崴了脚，不禁疼得“哎哟”一声。这时，库尔班房内亮起了灯光。疤瘌眼忍着疼趴在地上不敢动。库尔班举着煤油灯走出来查看，觉得没有什么异常便又回了屋。

藏在墙根下的疤瘌眼看没动静了，便忍着脚痛，坐在墙根里把库尔班的鞋子套在自己的鞋上，然后一瘸一拐地逃走了。疤瘌眼跛着脚，警觉地看看四周，发现没人，便努力踩着墙边堆的土块翻墙进了牛棚。他一瘸一拐走到牲畜的食槽边，然后把毒药撒进牛吃的草里，又脱下一只库尔班的鞋扔到了牛粪里。完事后，他赶紧把包药的纸塞进口袋里，费劲地翻墙出去。疤瘌眼脱下另一只鞋，扔在旁边的草丛里。他一瘸一拐地走着，路上留下了深浅不一的脚印。

第二天吃完了早饭，库尔班让托乎提汗把自己的布鞋拿来。托乎提汗找了半天却没有发现，布鞋像是人间蒸发了一般，消失了。上学路上，托乎提汗听到了一声凄惨的妇女哭号声，她好奇，便循着声音来到了牛圈里。一头健壮的牛倒在地上，已经死去，周围已经聚集了不少社员。

迈尔丹拎着一只鞋跑了过来，冲着大伙喊：“这是谁的鞋？大家看啊，我的牛被人毒死了，但是他把鞋丢在我的牛圈了！谁这么狠心啊，对我的牛下手！”

托乎提汗挤进来围观。玉木拉克也举着一只鞋在问：“我在牛圈外草从里也发现了一只鞋，你们看看这是谁的鞋？”

“玉木拉克爷爷，这不是我爸爸的鞋吗，怎么会在你手里？”托乎提汗看着那只鞋。

迈尔丹一把抢过玉木拉克手里的鞋，把两只鞋合在一起，问托乎提汗：“你刚说什么？这是你爸爸的鞋？”

托乎提汗辨认了好一会儿：“是啊，就是我爸爸的！”

疤瘌眼见事情发展顺利，这时便有意补了一句：“这是库尔班干的，他一个农会主席怎么能干这种事呢？”

迈尔丹提着鞋，怒气冲冲地要去找库尔班算账。托乎提汗拦着他：“迈尔丹叔叔，你这是怎么了？为什么拿着我爸爸的鞋？”

“你跟我走！去问问你爸爸做的好事！”

托乎提汗一听，连忙先跑回家去了。迈尔丹带着众村民也冲了出去。库尔班刚要出门，托乎提汗喊叫着跑来：“爸爸，迈尔丹家的牛死了，他们来找你了。”

库尔班满心疑惑：“牛死了，找我干吗？”

这时迈尔丹拎着库尔班的鞋，带着村民冲进来。迈尔丹瞪着库尔班，愤怒地问道：“库尔班，这是你的鞋吗？”

“是，一早上找不见，怎么在你手里？”库尔班不明事情的原委，怔怔地看着他的布鞋。

“好啊，库尔班，你太狠毒了。你多次逼我入社，我没同意，你就把我的牛弄死了！库尔班，你原来也是一个农奴，现在当了农会主席，怎么能这么狠毒呢？牛就跟我的亲人一样，你害死了我的牛，就等于杀了我的亲人啊！你赔我的牛，你要是不赔我的牛，你就得替我家的牛去田里耕地！”

库尔班极力辩解，然而疤瘌眼在一旁煽风点火：“鞋子都丢在人家的牛圈里了，库尔班，你好意思说不是你干的？”村民们担心这种事情也会发生在自己身上，都纷纷指责库尔班，要求他解释。

图尼莎汗站了出来，努力为库尔班辩解。然而村民们偏听偏信，又有疤瘌眼在一旁推波助澜，图尼莎汗的话根本没人听。这时，亚森江和工作队员及时赶到："迈尔丹，在事情调查清楚之前不要乱下结论!"

"乱下结论？亚森江队长，你来得正好，我的牛被库尔班害死了，你给个说法吧!"

"迈尔丹，下结论之前，一定要把事情调查清楚，不能凭一点表面上看到的现象就下结论，我们要有证据！牛死了，我们要先去派出所报案，请公安人员来查清案子!"

迈尔丹高高举起了库尔班的布鞋："这就是证据，我没有冤枉库尔班！鞋子就是库尔班的，就是他害死了我家的牛!"

"一双鞋子并不能证明牛就是库尔班害死的，公安干警一定会查清楚案情，给大家一个真相。"

迈尔丹摔掉鞋子，瞪着库尔班怒喊："好！我等着！如果公安不给我一个公正的结论，我就没完!"

迈尔丹带着众村民走后，海青川亲自带着两个刑侦干警还有兽医，去了迈尔丹家的牛圈，认真侦查。迈尔丹在一旁瞅着他们，不知道他们在搞什么名堂。

"迈尔丹，你是在哪里发现的鞋子?"海青川问道。迈尔丹很不情愿地进了牲畜棚，指了指："就是这里!"

海青川追问道："都是在这里发现的吗?"

迈尔丹又指着食槽下面："不是，这里发现一只，另一只是玉木拉克在院子外面发现的。"

海青川蹙着眉头思索着，随后他和一个刑侦干警沿着墙根，观察害牛者的出入路线，在墙头发现有翻墙留下的痕迹。海青川顺着痕迹走到墙外，发现了深浅不一的脚印，便立刻蹲在地上观察提取。

海青川蹲下，仔细观察脚印："这脚印一个深、一个浅，据此推断，这个家伙可能是跛脚!"海青川站了起来，他想到：也许这些脚印会出现在库尔班家。他和刑侦干警又去了库尔班家，果不其然，在库尔班家的围墙下，也发现了出自同一个人的深浅不一的脚印。

海青川已经得出了初步的推断。他给柯有田、亚森江和关恒山汇报案情进展："我们将迈尔丹家牛吃的草料送去化验，化验结果显示，草料里有毒药，和毒死吕勇的是一种，这是敌人在蓄意搞破坏。我们在现场还发现了案犯留下的脚印，根据现场的勘查情况，这个人从库尔班家偷走鞋子，然后潜入迈尔丹家的牛棚，把毒药放进牛吃的草料里，然后将库尔班的鞋子放在牛棚，嫁祸给库尔班。"

关恒山问道："案犯是穿着库尔班的鞋子作的案？"

"对，案犯在库尔班的院子里偷到鞋之后，就将库尔班的鞋套在自己的鞋外面，一是可以不留自己的足印，二是可以嫁祸给库尔班。根据案犯的足印痕迹显示，他的脚印一直是一深一浅，说明这个案犯可能是跛脚。"

柯有田若有所思："案犯有可能是跛脚？"

"对！我们又对比了迈尔丹家牛棚里的脚印和案犯脱了库尔班的鞋后的脚印，发现脚印的深浅和鞋号与库尔班的不符，可以确定毒死牛的人不是库尔班。但是留下的脚印还是一深一浅。"

柯有田想了想，做出了指示："我们先集中力量，彻底查清楚库尔班所在的村子和邻村的跛脚的人。同志们，大家都看出来了吧，这不是一件简单的毒牛案，我们可不能孤立地看待这个案子，这绝不是一起偶然案件，它和造谣事件的幕后黑手一定是同一伙人。他们诬陷库尔班，目的是挑拨离间干部和群众的关系，把矛盾激化，破坏我们高级社的建立和推广，也就是想破坏和颠覆我们的新生政权。同志们，一小撮敌特分子还在做垂死挣扎，我们时时刻刻都要提高警惕。我们要把毒牛案和吕勇造谣破坏案联系起来，当成敌人妄图颠覆人民政权的大案要案来对待！我们要借着案件，挖出潜伏在幕后的所有敌人和一切反动势力，保卫好我们来之不易的红色政权！"

疤瘌眼仍旧在村民间偷偷散布着谣言。这天，迈尔丹家的院子里，他聚集了五六个村民，说道：“我说迈尔丹，都过去一天了，怎么还没有给你一个交代呢？”

“算了吧，我是看透了，库尔班是农会主席，是共产党的红人，公安局是不会抓自己人的！”一个村民倚靠着院墙说道。

“前面说邮递员散布谣言，谁不入社就饶不了谁，现在迈尔丹把牛牵回家，牛不就被毒死了吗？这哪是谣言？这可是真实发生在我们身上的事啊！”

迈尔丹愤怒了：“对啊，我说这次库尔班怎么不劝我把牛交回合作社了？他直接把牛毒死，这是做给你们看啊？看你们以后谁还敢把牲畜牵回家！”

疤瘌眼趁机说道：“迈尔丹兄弟说得对！大家不要再上他们的当了，他们就是想把我们的土地和牲畜都抢回去，用毒死牛的办法逼迫大家入社，这和当年巴依老爷压榨、逼迫我们有什么区别！”

村民一听都慌了：“怎么办？我们送去合作社的东西要不回来了吗？库尔班毒死牛都不抓，还有什么公道啊！”

“公道？公道不是别人给的！要靠我们自己争取！走，要我们的东西去！”在疤瘌眼的煽动下，迈尔丹和众村民一起出了院子，一路上碰到的十几个村民也都被迈尔丹说得心里发慌，全都加入了进来。

亚森江他们正在开会，二三十个村民气势汹汹地闯了进来。迈尔丹“一马当先”，怒喊道：“你们为什么还不给我们一个交代，是不是想要包庇库尔班？”

亚森江一看，连忙走上前：“我们不会包庇任何一个坏人，在案情调查清楚之前，请乡亲们保持冷静，不要上坏人的当！”

“我用我的命做证，我和你们中的很多人一样，都曾经是农奴，我以我的良心发誓，我绝对不会毒死一头牛的！大家要相信我啊！”库尔班真诚地看着在场的所有村民。

“你现在不是农奴，是农会主席了，你为了逼我们入社，竟然用这种手段，我们是不会相信你的话的！”村民们躁动起来。疤瘌眼嚷了一声：“大家都动手啊！拿回我们自己的东西。”库尔班拦在村民前面，极力劝阻：“乡亲们，不要被乌云遮住了眼睛，被羊毛塞住了耳朵！请听我再说一句——”

“我们不听！”

村民们冲了过去，拿了自己的东西便往门外走去，完全无视库尔班等人的存在。柯有田和海青川带着公安干警赶到时，村民们早已经散去了。库尔班满脸是泪，面对被哄抢一空的仓库痛心疾首：“这是我们穷人的合作社啊，这是共产党、解放军给我们建的家啊！怎么一下就没了！抢空了！就因为死了一头牛吗？可是那头牛不是我库尔班毒死的啊！柯书记！合作社完了，都怪我没有保护好它！”

柯有田拉着库尔班的手：“库尔班，不要伤心！共产党、解放军是不会轻易被敌人打败的！你放心，我们一定会把一切查个水落石出，还你一个清白，让老百姓明白。相信大家最终会认清敌人的面目，我们要和受蒙蔽的群众联合起来，而不是相互仇恨。我们一定不能上阶级敌人的当，坚决不能做亲者痛仇者快的事情。”

柯有田、海青川召集村民开会。柯有田站在土台子上，说道：“各位乡亲父老，我们带领大伙成立高级合作社，绝不是借此抢夺大家的土地和牲畜，毛主席做出这个决定，就是为了让大家的生产生活更上一个台阶！我们更不会强迫你们入社，你们想想，当初搞互助组、合作社的时候，大家是不是都非常积极踊跃？我们的高级合作社一定比互助组，比初级社、中级社搞得还要更好！”柯有田看大伙都不说话，继续说，“不论是互助组、合作社，我们党的政策都是自愿加入，今天你们不参加，我们也绝不会强迫你们。谣言和毒死牛事件都是敌人在背后搞的鬼，他们的目的就是蛊惑你们，欺骗你们，让你们跟着他们回到解放前农奴制的社会！毒牛事件和前段时间的造谣事件，我们一定会查个水落石出，将敌人绳之以法，也会还库尔班一个清白，给迈尔丹兄弟一个公道！”

这几天，海青川和公安干警分散开，向村民们打听村里是否有跛脚的人。然而打听了好些人，都说没有，唯一的一个腿脚不好的人还在两年前死了，这令案子又停滞了。柯有田认为，把目标只锁定在是否跛脚上，有失偏颇，应该进行更深入的排查，要发动群众，让亚森江的工作队和库尔班等都参与进来，把毒牛事件发生前后村里人的基本情况都调查一下。

按照柯书记的想法，海青川又去地头与农民交谈，询问在迈尔丹的牛死前几天里，他们是否看到库尔班去过迈尔丹的牛圈，然而农民们不是记不起就是当时不在村里，案子的调查进度不容乐观。

一个艳阳天的午后，肖炉匠担着担子在村路上走着。他看见疤瘌眼醉醺醺地哼着小曲在前面一瘸一拐地走着。脑海中打了个问号，肖炉匠上前喊住他："疤瘌眼，你的脚怎么了？"

疤瘌眼回过头，一脸坏笑："我的腿嘛？前两天去找我的相好的，被她家狗发现了，追着我咬，我跑得太着急了，崴了一下。"

"疤瘌眼，你也老大不小了，你就把那个相好的娶了算了。"

"我可是个羊娃子，她都结过两次婚了，和她结婚？我太吃亏了！"

肖炉匠一直看着疤瘌眼一瘸一拐地走远了，疑心他也许就是公安干警要找的人。肖炉匠赶紧把这个消息告诉了库尔班和亚森江。

第十八章

听了肖炉匠的描述，库尔班和亚森江都觉得这个疤瘌眼很是可疑，跟毒牛事件脱不了干系。怎么之前没留意过他呢？几人带着这个疑惑准备去找海青川认真讨论一下。在村路上，恰好碰到了海青川。

肖炉匠迎上前："海科长，我刚才发现疤瘌眼走路一瘸一拐的，就问他怎么回事，他说是找相好的时候崴了脚，我看他眼神慌乱，一定是在说谎。"

"听说他以前是警察？"

"对啊，解放后被下放到农村了。"库尔班回答道。

海青川接着问："回农村以后，这个人表现怎么样？"

"就是地痞无赖，根本不务正业。"

"他在村里还和以前的警察来往吗？"

"那倒没有。这个家伙别看以前是警察，欺负老百姓，回来以后就从猫变成了老鼠，吕勇是他的副局长吧，每次吕勇来村里送信，疤瘌眼都躲着吕勇走。正因为他表现还可以，我们合作社才没有放弃他，一直做他工作，让他入社呢。”库尔班介绍道。

海青川若有所思：“是狐狸总要露出尾巴的，大家千万不要打草惊蛇，咱们马上回村商量一下对策。”

经过一番商议后，大家拟定了行动计划。他们临时在村头大桑树下召开全村会议。说是开会，实则是调虎离山之计。库尔班敲锣打鼓，村民们陆续到来。亚森江在台子上来回扫视着，终于，他看到了那个他们等待已久的身影——疤瘌眼躲在人群后小心张望着。亚森江朝海青川使了个眼色，海青川便带着两个干警离开了大会现场。

肖炉匠带路，海青川和两位警察来到了疤瘌眼家门口。大门没有锁，只在门扣上插着一根树枝。肖炉匠拔掉树枝，海青川和两位警察闪了进去。肖炉匠留在门口放哨。海青川和两位干警进行详细搜查。一位干警从床底下发现疤瘌眼作案时的一双鞋，其中一只还粘着牛粪，另一只上有土。海青川发现了衣兜里有白色残留物的衣服。对残留物进行了提取后，他们便撤离了疤瘌眼家。

白色粉末的化验结果，果然和毒死迈尔丹家牛的毒药一样，随后通过对从疤瘌眼家里搜出的鞋，还有鞋上的牛粪和泥土的对比，证明疤瘌眼就是毒死迈尔丹家的牛的凶手。海青川将化验分析结果报告给了柯有田，柯有田喜笑颜开，即刻下令秘密逮捕疤瘌眼。他们要通过审讯疤瘌眼揪出幕后黑手。

是夜，海青川带领警察悄悄潜进了疤瘌眼家，几人逮捕了正在沉睡的疤瘌眼。疤瘌眼猛然被抓，迷蒙中挣扎着，看到海青川拿一把手枪抵在自己的脑门上，便不敢动弹了。

疤瘌眼坐在审讯室的硬板凳上。海青川、关恒山及一位警察书记员坐在他对面。疤瘌眼看着他们，十分不满：“你们为什么半夜抓我？”

“疤瘌眼，我们不会无缘无故抓人的，你最好配合我们，老老实实回答我们提出的问题！毒牛事件的前一天，你在哪里？”关恒山神情肃穆。

“好！既然公安局长大人说话了，那我就说，但是，请你们要替我保密才行！”

海青川听到这话感到既可笑又可气："保密？疤瘌眼，你还是看清楚自己的处境，别和我们谈条件！"

疤瘌眼挠了挠头，想了一会儿："好，好，我说，我在村东头的寡妇布丽丹家。"

"你几点去的？"

"我……我天一黑就去了！"

"天一黑？那就是说，不到八点就到了布丽丹家？"

"大概吧，我又没戴表。"

"那你几点离开的？"

"这个你们也要问？我要是说了，以后布丽丹怎么见人？"

"疤瘌眼，你必须说！"海青川疾言厉色地瞪着疤瘌眼。

疤瘌眼被瞪得有些害怕："好吧，好吧，我说，我一晚上都在布丽丹家，我和布丽丹是相好。你想，我都半个月没去她家了，我就是想走，布丽丹也不会放我走啊！"

"疤瘌眼，我们已经去问过布丽丹了，她说你后半夜才去了她家，前半夜你干什么去了？"

疤瘌眼一脸惊愕："啊？你们都问过布丽丹了？这个不要脸的骚娘们，她给你们讲了？撒谎！她一定是没脸说，我在她的炕上折腾了一个晚上！"

海青川见疤瘌眼是煮熟的鸭子——嘴硬，便拿出了疤瘌眼的鞋："疤瘌眼，你看这是谁的鞋？"

疤瘌眼看了一眼："我的鞋，怎么了？"

"你鞋上的牛粪怎么解释？"

"牛粪？我到迈尔丹家看热闹的时候，踩上他们家的牛粪了，怎么？你们也想靠一双鞋就说是我毒死的牛？那库尔班的鞋还在牛圈里呢！你们怎么不说是库尔班干的？"疤瘌眼继续打着哈哈。

见疤瘌眼死不认账，海青川又拿出了疤瘌眼的那件衣服，问道："疤瘌眼，这件衣服是你的吧？"

“是我的，没错，怎么？也能证明是我毒死迈尔丹的牛吗？”

海青川看了一眼很是嚣张的疤瘌眼，让旁边的公安干警端来一杯水。海青川把衣服的一个口袋翻过来，把口袋里一点残留的白色粉末倒进了杯子里。他端起这杯水，推到疤瘌眼面前：“疤瘌眼，你说了这么多话，一定渴了吧？来，把这杯水喝了！”

疤瘌眼看着这杯水，心里慌得很，但事已至此，只有一条路走到黑了：“我不渴，我不喝！”

“你为什么不喝这杯水？说说理由？”

“我说了，我不渴啊！我为什么要喝水！”

“你怎么可能不渴呢？来，要不让我端给你喝几口？”

“我不喝！你这是想毒死我！”疤瘌眼一激动，不小心说漏了嘴。

“毒死你？你怎么知道会毒死你？”

“你们想陷害我，在我口袋里放了毒药！”

“疤瘌眼，你怎么知道这些白色粉末是毒药？谁告诉你的？说！”

“我猜的！怎么了？我猜猜还不行？”疤瘌眼混迹多年，早已练就了一张厚脸皮，无论被怎么审问，他就是死守着不说。

“你可以猜，但是请你放心，我们没有在你的衣服口袋里放毒！你口袋里的白色粉末是原来就有的，如果你想证明自己是无辜的，就应该喝了这杯水！”

疤瘌眼急了：“我口袋里不可能有白色粉末！我包了七八层纸，粉末怎么可能会洒出来？一定是你们干的！”

“疤瘌眼！你把什么东西包了七八层纸？”海青川再次抓住了疤瘌眼话里的漏洞。

“我……我没说！”疤瘌眼紧张得手里满是汗，他低下头，连连否认。

“我看，为了证明你的清白，这杯水你是一定要喝掉了！”海青川端着那杯水走到疤瘌眼跟前，递到他嘴边。疤瘌眼躲闪着，害怕了：“好，好，我说，牛是我毒死的，毒药是吕勇给我的，他还给了我一笔钱，让我去偷库尔班的鞋，然后放到毒死牛的现场。”

“疤瘌眼，还有呢?”海青川继续逼问。

然而疤瘌眼又摆出一副死猪不怕开水烫的样子：“我都交代了，长官，我就知道这么多，我真的都交代了!”

“除了吕勇以外，你还接受过谁的指示?”

“没有了，所有这些东西都是吕勇给我的！吕勇说我只要能陷害库尔班，他就给我一大笔钱！没想到我这么倒霉！我刚成功，这家伙就自杀了！说好的钱连个毛都没有见到!”

“吕勇是国民党特务，你知不知道?”

“那我不知道！吕勇让我干活都是给钱，钱合适我就干，不合适我就不干!”

疤瘌眼坐在板凳上，低着头，不住地颤抖。海青川料想他应该只是个小棋子，知道的应该也不多。而且，以疤瘌眼现在的精神状态，再继续审问想必也问不出个结果。将疤瘌眼关押起来后，海青川连夜整理好了审问记录，第二天报告给了柯有田。

柯有田思考了一会儿：“让亚森江把抓获疤瘌眼、破获毒牛案的情况向全村公布，一来可以还库尔班清白，解除大家对库尔班的误会，推动高级合作社的进程；二来以此敲山震虎，杀鸡给猴看，让敌人有危机感，逼着他们狗急跳墙。另外，我们要回过头来，对吕勇身边比较亲密的人进行排查，特别是和他走动比较频繁的人，要进行彻底的排查。”

这天，所有的村民都集中在大桑树下开会，等待公布毒牛事件真相。柯有田走上前，对村民们说道：“乡亲们，毒牛案已经被我们公安局破获了，毒死牛的凶手就是村里的疤瘌眼。疤瘌眼在国民党特务吕勇的指使下，从库尔班家偷了鞋，然后把库尔班的布鞋故意放在牛圈，来诬陷库尔班!”迈尔丹愤怒至极，跳上土台子：“疤瘌眼，你毒死我的牛，还一直骗我说是库尔班干的，你这个恶毒的豺狼，我要掐死你!”亚森江连忙拦住愤怒的迈尔丹，以免引起混乱。

柯有田接着说道：“乡亲们，一定要提高警惕！敌人亡我之心不死，他们在暗处，他们见不得我们老百姓过上幸福的生活啊！这些人一直都在阻止我们成立高级合作社，为什么？因为高级合作社会让大家的生活更好，收入更多！他们眼红心恨啊！所以我们要睁开双眼，认清谁是敌人，谁是朋友，防止敌人的破坏、捣乱！大家一定不要上敌人的当！”

迈尔丹拉着库尔班的手说道：“库尔班大哥，我太后悔了！我相信了豺狼的鬼话，误会了你！你不但不生我的气，还要把你最心爱的驴送给我！我差点就成了魔鬼的帮凶啊！”

“迈尔丹兄弟，这都是敌人搞的鬼，不怪你！来，我有事要宣布一下。”库尔班看向村民们，“乡亲们，当着大家的面，我以农会主席的身份宣布，农会将一只在合作社出生的小牛犊赠送给迈尔丹。虽然你的牛被特务毒死了，但是我们合作社是不会坐视不管的！”

迈尔丹激动得热泪盈眶：“谢谢，谢谢农会主席，谢谢合作社！”

几日后，杨国富在传达室接到了酸奶贩苏提汗送来的新情报。他喝完了酸奶，从底部取出了一张被包好的纸条，纸条上只有一行字，令杨国富摸不着头脑。

“表弟近期要来与你见面。”

县委大院门前，一位头戴皮帽子、身穿高领上衣的男子，缩着头，将脸挡去大半，似乎在寻找着什么。他在挂着“于田县人民政府”牌子的大院前来回踱步，像是在等待某个人。

黄昏，杨国富下班走出了县委大院。他正在路上走着，突然有人往他身上撞了一下。杨国富有些恼火，扭过头想看看是谁这么冒失。那人拉开了衣领，往上推了一把帽子：“大表哥你近来可好？”说完马上又恢复原样。杨国富顿时吃了一惊，那人竟是色日克。色日克紧接着转身而去，杨国富观察左右，快速跟了上去。他们不知道的是，这一切都被乔装成小商贩的海青川看在眼里。他等着两人走远了一些后，立刻跟了上去。

杨国富和色日克两人去了老地方。他们躲在一个旮旯角里。两人面前摆着一瓶烧酒、几盘家常菜。杨国富给色日克倒了一杯酒："你不是被去喀拉山的先遣队打死了吗？"

色日克用手捡了一颗花生放进嘴里："亏得我腿快，跑到国外待了几年。"

"你回来干什么？要是被人认出，必死无疑。"

色日克端起酒杯一口喝掉："死，哪那么容易？人世间值得留恋的东西太多了。"

杨国富自己喝了一口酒："你找我干啥？我现在是政府工作人员。"

"别跟我扯，就你指挥的那几个笨蛋，死的死、抓的抓，还能干成什么大事？"

"你怎么知道？"

"大表哥！你忘了大表弟是来协助你干大事的？你接到的命令不是写得清清楚楚的吗？"

"你就是那个表弟？"

"喝了半天酒了，你才弄明白我就是特派员？"色日克不急不慢地吃了口菜，"杨局长，说到重点了，我这里有一份名单，是于田县潜伏的另一批人员名单，你看都认识不？"

杨国富很吃惊："于田县还有我们的人，我怎么不知道？"

"看了你就知道了，杨局长，这些人你都认识，看完就把名单毁了。"色日克把一张纸从桌子上推给杨国富。

杨国富打开，一边看着一边惊叹道："不可能，他们怎么可能是潜伏人员呢？我不相信！"

"怎么样，杨局长，这几个人比你的那几个旧部下要强多了吧？"

杨国富脸上还是难以置信的神情："他们怎么可能是呢？"

"好了，我的杨局长，你就不要再感叹了，与这批人的联系，还需要你亲自出面。"

两人吃完饭，从饭馆里出来，分别朝着两个方向走去。海青川等杨国富从他眼前走过后，拎起鸡蛋筐去跟踪色日克。色日克转身拐到一个小巷子里面，拐弯时特意回头观察了一下身后，然后紧走了几步，躲到了一个院子里面。海青川拎着鸡蛋跟踪而来，到巷子口时前后观察了一下，拎着鸡蛋快速跟进去。海青川走过色日克藏身的院门，继续向前走去，消失在巷子尽头……这时，色日克才慢慢伸出头来观察，看到海青川已经走远，便迅速地出来，向刚才来的方向快速返回。海青川拎着鸡蛋，走到了小巷尽头，也没发现色日克的身影。

杨国富穿着一身洗白的蓝色中山装，戴着一顶半新不旧的土黄色鸭舌帽。这身装束，一看就是城里的干部。他突然出现在农村，还真的挺惹人注意。他骑着一辆旧得掉漆的三八大杠自行车，自行车的后座上夹着一包县城才能买到的点心，装在用桑皮纸包着的纸盒子里。

杨国富骑到多小兰家院门口，停下自行车，提上点心敲院门："请问，这是多小兰家吗?"

多小兰听到院子里有人问话，连忙走出来："是啊，请问您是?"

杨国富提着点心进来，满脸堆笑："兰兰妹妹，哥哥来看看你!"

多小兰没想到是杨国富，指着他："杨国富，你，你怎么来了?"

"还不是想你们了，这是县城最好的点心，请妹妹笑纳。"

多小兰连连摆手："我说杨国富，你别来这一套，今天是怎么了？怎么来这么一档子戏?"

"看你说的，都是从小一起长大的亲兄妹，说话怎么这么不客气。对了，我妹夫呢?"

"杨国富，别叫那么顺口，哪个是你妹夫？你今天这是黄鼠狼给鸡拜年啊?"

"妹妹，我不是敌人，我是属于起义有功人员，你知道吧?"

"我不知道!"多小兰别过脸去。

"我现在是县政府的干部，和柯书记一起共事呢!"

"柯书记那么厉害的人怎么也走眼呢？你干了那么多坏事，怎么还能当干部呢?”

“看你，柯书记怎么能走眼呢?你以后说话可得注意!”

“长话短说，你今天来到底想干什么?”多小兰不想再跟杨国富啰唆。

“好，好，我长话短说，我老了，不知道哪一天就死了，我想和你和好如初，请你和肖炉匠能认我这个哥哥，能让哥哥多来地接纳我。我现在孤家寡人一个，我在县城还有一个属于自己的院子，还有些合法的积蓄，我想都留给你们的孩子，这样我就是哪天死了，我心里也安了!”杨国富诚恳地看着多小兰。

“你快算了吧!把你的这个点心给我带走，我要是扔了，那是浪费东西，你赶快给我拿走!”

杨国富尴尬极了，只得拿着点心，出了院门。肖炉匠从外面往家走，正好迎面碰上垂头丧气的杨国富骑车离开。他站在原地，觉得那人似曾相识。他转头再看，对方已经骑远了。肖炉匠回到家，听多小兰一说，才想起来，骑车那人的确很像是杨国富。两人商量着，都觉得杨国富突然出现在村里，绝对有猫腻。于是，肖炉匠去找库尔班商议。

杨国富沿着村路骑行，行至一处人家的院子门前，捏了捏车胎，自言自语道:“怎么没气了?早上才打的气啊?”他下了车，叩响了门。一个沉闷的男人的声音从里面传了出来:“谁啊?”

杨国富走了进去:“你好啊，朋友，家里有气筒吗?”

男人看到杨国富一愣，但很快装出互不认识的样子:“我家连推车都没有，哪来的气筒，没有!”

杨国富走近一步:“没有白面馕，连句好话都没有吗?”

男人一听:“你，杨局长，你是?”

杨国富示意低声，把一卷钱交给了男人:“话都在里面，知道你家里困难，朋友托我给你送些钱，别嫌少啊!”

男人道谢后礼貌性地挽留杨国富，杨国富回绝了。临走时，杨国富特意叮嘱了一句:“记住，我们根本没有见过面，你一定要记住!我走了。”

库尔班听完肖炉匠的描述后，心有疑虑，他决定先把情况告诉海科长。海青川正好在办公室。库尔班开门见山：“海科长，肖炉匠今天看到杨国富到村里来了。”

“是吗？我中午看他在巴扎县城吃饭呢，怎么下午就到村里了？他来干什么?”

“认亲戚。”肖炉匠说道。

“认亲戚?”

“说来话长了，我老婆多小兰和杨国富是一起长大的，两家关系特别好，多小兰把杨国富也就当哥哥看，两家还给他们俩定过娃娃亲。后来杨国富长大，越来越不是东西，多小兰和她的父母就不同意这门婚事了。杨国富也纠缠过一段时间，后来两个人就翻脸，成了陌路人。谁知道今天，杨国富突然跑来，说不计前嫌，想认回亲戚。”

“你们提供的这个情况太及时了，看来杨国富要出山了。我们正好回县里，立刻把这个情况给关局长做个汇报。”

海青川抓过柯有田递过来的水杯，一气把水喝完，放下了杯子，说：“报告柯书记、关局长，情况有些复杂了。杨国富这个人，不跟踪不知道，一跟踪，还真有重大嫌疑。你就说今天吧，中午我跟他到了巴扎县城，发现他和一个陌生人有接触。这个陌生人不像是本地人，像是一个从外面回来的。他受过训练，具有反侦查能力。我跟了一下午，竟然被他甩掉了!”

柯有田看着关恒山：“看来大鱼要出来了!”

“我下午不是跟踪那个陌生人了嘛，你们猜杨国富去哪儿了?”

“他去哪儿了?”柯有田问道。

“说出来你们都不相信，他跑到肖炉匠家去了，要和多小兰恢复亲戚关系。”

柯有田看着关恒山："听着是有点丈二金刚摸不着头脑。"

"柯书记，看来杨国富按捺不住，主动跳出来了，咱们公审疤瘌眼起作用了，引蛇出洞了。"

"敌人不承认自己的失败和无能，要采取新的破坏计划了。我们要严密监视杨国富的一举一动，在合适的时机将他们一网打尽。"

亚森江、肖炉匠、玉木拉克等人围坐在一起召开农会会议。会议将近尾声，库尔班问亚森江还有什么补充。亚森江一抬头，突然看见门口有一个人在探头探脑往里看，他喊了一声："谁?"那人影立马消失了。亚森江起身走到门口，四处看了看，却没有任何发现。库尔班拎着坎土曼，和肖炉匠一起出了门。一路上，有个人影尾随在他们身后。走到岔路口，库尔班和肖炉匠道了别，库尔班继续前行。就在这时，尾随的人影从路边持刀窜了出来，冲向库尔班。这时，柯里亚一边喊着爸爸，一边往这边跑来。

库尔班看到了迎面持刀的人，大声怒喊："色日克!"同时，他也听到了柯里亚的声音。库尔班惦记着孩子，朝着柯里亚喊道："柯里亚，别过来!"色日克看到库尔班冲自己身后喊，转身想去抓柯里亚。库尔班边呼救，边挥起坎土曼砸向色日克。肖炉匠听见喊声，转身往回跑。肖炉匠看见除色日克外，另外有个男人持刀扑向库尔班，便扑了上去，从背后抱住了那男人，两人随即扭打在一起。色日克手里的刀被库尔班用坎土曼打到地上。另一旁那男人和肖炉匠打得不分上下，然而那男人有刀，肖炉匠小心防守，却还是被刺中了。

色日克见形势不利，从腰间掏出了手枪。柯里亚吓得哇哇大哭，库尔班上前保护柯里亚。亚森江带着两个战士拿着枪跑来。看到眼前的危急情况，亚森江立刻朝天鸣枪警告。受伤的肖炉匠死死抱着那男人不放手。色日克慌乱中举起了手枪，库尔班转身将柯里亚挡在身后，只听见"砰"的一声巨响，库尔班胸前洇红了。亚森江开枪，却并没有打中逃窜的色日克。追上来的两位战士活捉了持刀的男人。库尔班忍着伤痛走到腹部出血的肖炉匠跟前："肖大哥！肖大哥!"

肖炉匠低声对库尔班说："你也挂彩了，别这么大声叫我，我听得见。"肖炉匠身下的土地被染红了一大片，他面带笑容，闭上了眼睛。库尔班大喊："肖大哥，肖大哥!"两个战士正在给库尔班紧急包扎，一个战士关切地说道："库尔班大叔，你不要太激动了，你的伤很严重，不能再大声喊了。"

听到枪声，很多村民拿着坎土曼赶来。库尔班被村民们赶来的驴车运往了县城医院。急救室门外，墙上挂着一只马灯，灯光昏暗，柯有田、亚森江、关恒山等人在焦急地等待。于香秀从急救室里走了出来，对在门口值班的工作人员说："通知本院B型血和O型血人员，立即到抽血室集合!"

柯有田担忧库尔班，追问于香秀："库尔班和肖炉匠的情况怎么样了?"

"肖炉匠已经牺牲了，我们尽力了；库尔班还在危险期，急需输血。"

"我是B型血，先输我的。"

柯有田躺在库尔班旁边的一个病床上，熟练地撸起了衣袖。于香秀给柯有田的胳膊上绑上胶皮带，涂抹酒精，然后把针头插到了柯有田的血管里。柯有田的血一滴滴流进了库尔班的身体里。

第十九章

那持刀的男人垂头丧气地坐在审讯室的椅子上，手指不停地抠着椅子底部一处凹陷，一些木屑散落下来，他始终没有抬头。室内顶部的挂灯散发出幽幽冷光，静谧的夜里，甚至能听得见唧唧虫鸣。男人时不时挪动屁股，焦躁不安。海青川、关恒山带着一个书记员坐在他对面。

海青川质问道："是谁指使你的？"

男人稍微抬了抬头："就是色日克，他不见了几年，昨天突然就来到我家里，给了我一笔钱，说是我潜伏时期的经费。"

关恒山发了话："在此之前，你还接触过谁？"

"没有，当初警察局解散的时候，上面就给我一个长期潜伏的任务，其他什么也没说。"

"你说的上面，是不是杨国富？"

男人十分肯定地回应："不是。"

"还有谁是接受长期潜伏任务的？"

"不知道。"

“你在潜伏时期和杨国富有没有接触?”

“没有，听说他投靠了共产党，还在县委当干部!”

“这次行动你就受色日克一个人指挥?”

男人回：“对!”

“这次行动的目的是什么?”

“把库尔班杀了，因为库尔班给我们造成了很多麻烦!”

“你还了解色日克的什么情况?”……

柯有田从病房里出来，正好遇上了前来找他的关恒山。关恒山询问库尔班的情况，得知无大碍后松了一口气。两人走到医院大院里，柯有田问道：“这个特务和杨国富有没有关系?”

“他说多年没有联系杨国富，也不知道杨国富是不是特务。”

柯有田若有所思：“看来，杨国富上次去看多小兰的事，没有那么简单了。”

“为了配合刺杀库尔班的行动，杨国富这是在和我们玩障眼法。”

“好啊，要把杨国富盯死，总有这个老狐狸露出尾巴的那一天。”

“放心吧，老海带着人二十四小时盯着杨国富呢。”

“刺杀库尔班并不是一件孤立的案子，这不单单是冲着库尔班一个人来的！色日克回来，杨国富浮出水面，后面应该有更大的行动。国内外的敌人现在蠢蠢欲动，要联合起来搞破坏，我们一定要把他们查清楚，抓住时机，将所有潜伏的特务一网打尽。”

管家手里拿着一份电报走进屋来，萨迪克正躺在炕上：“电报上说什么?”

“上面指示，现在很多地方都出现了‘闹社’事件，要利用现在的时机，把事件搞大，一举推翻共产党在于田的政权，成败在此一举。”

萨迪克暗自高兴：“色日克这次干得漂亮，他下面的行动怎么样?”

“色日克已经告诉杨国富，让他把那批潜伏人员联系起来，随时可以行动。”

“这次虽然没有干掉库尔班，但他重伤躺在医院，村里肯定是人心惶惶的，现在是千载难逢的好机会，你告诉色日克，让他和杨国富胆子再大一点，尽快行动起来，把事情搞大！”

管家将酸奶钱递给苏提汗，苏提汗数都没数便挑着担子走了。苏提汗走进了县委大院，杨国富从传达室走了出来：“一碗酸奶！”苏提汗放下担子，拿出一碗酸奶递给杨国富；杨国富接过酸奶，递给苏提汗一张大面额的钞票。苏提汗皱着眉头：“怎么这么大面值，你把我所有的零钱都找完了！”随后不满地掏出一大卷零钱，数了数，几乎都塞给了杨国富。

杨国富进了传达室，关上门，看藏在酸奶碗底的情报；看完后，用火柴烧了情报。杨国富想了想，拨通了电话：“老刘吗？你能不能替我值会儿班？我家来了一个乡下的亲戚，对，需要我回去，你就直接到传达室吧，我就不锁门了，谢谢，谢谢你老刘！下回一定请你喝酒！”

杨国富匆忙地走出县委大院，左右张望了一番，疾步走去。而远处化装成小贩的海青川，远远地跟了上去。杨国富警觉地走过色日克的藏身处，然后又折返回来左右查看，确定无人后迅速进入。海青川躲在拐角处窥探着。

海青川回来后，柯有田便召集关恒山等干部开紧急会议：“先请老海把情况谈谈吧。”

“根据最近对杨国富的跟踪来看，杨国富和色日克单线联系。色日克藏匿地点在县城西北角闲置库房。今天中午，杨国富好像发现了我对他的监视，色日克很可能马上转移。”

“终于露头了，我们下一步怎么做呢？”柯有田问道。

关恒山说道：“杨国富已经被二十四小时监控，抓杨国富和色日克易如反掌。根据我们上次审讯特务得到的口供，色日克回来是要夺回于田的。就是说他们这次要搞的破坏活动一定不会小，他可能会把所有潜伏的特务都发动起来，这正是将他们一网打尽的好机会！我们要放长线钓大鱼，所以我想啊，现在不要急着抓杨国富和色日克，我们先放他们一马，看看他们的幕后还有没有更大的鱼！”

柯有田说道：“说得好！我们来个欲擒故纵。而且要给他们的行动创造便利的环境，让他们充分表演，我们最后收网。”

在医院，图尼莎汗陪护着库尔班。库尔班却和医生起了争执：“医生，你看，我都好了，在医院都能到处走了，为什么不让我出院？”

医生劝说着库尔班：“库尔班大叔，您的伤口还没有完全愈合，您年纪又大，应该好好在医院再调养一段时间。而且，您出院的事要经过柯书记批准才行，因为凶手还没有被抓住，您出去是有危险的，在医院有公安人员保护您。”

“医生，我身体好了，躺在床上太难受了。我回家也可以养病啊！”

医生摇头：“库尔班大叔，您可是特殊的病人，我实在没权力批准您出院。”

这时，一名公安人员领着托乎提汗来到了病房，问道：“库尔班大叔，这是您的女儿吗？”

托乎提汗一边喊着爸爸、妈妈，一边跑了上去。库尔班连忙点头：“托乎提汗，你怎么来了？对，对，是我的女儿，放心吧！”

“好的库尔班大叔，我们就不打扰了！”

托乎提汗抱着一个小包裹：“爸爸妈妈，我不放心来看看，还给爸爸炖了鸽子汤。”

图尼莎汗抱住了托乎提汗。库尔班摸了摸托乎提汗的头：“托乎提汗，你在村里好好劳动，医院有你妈妈就行了，你香秀阿姨也天天给我炖鸡汤喝，我再喝下去，就要变成胖子了。”

“看你说的，香秀还不是为了让你早点好，你不谢谢我妹妹，还怪鸡汤让你变胖呢！”图尼莎汗看了一眼库尔班。

“我身体早都好了，刚才还跟医生商量早点出院的事情呢！村子里怎么样？你快给我说说！乡亲们都好吗？大家现在忙什么呢？”

托乎提汗面露焦急之色："爸爸，村里的情况十分不好，肖大叔被杀害了，你又重伤在医院这么长时间，虽然柯叔叔他们抓住了一个凶手，可是还有另一个凶手没有被抓住，大伙嘴上不说，其实心里还是挺害怕的。最近还有传言说，那些跑了的巴依老爷又要回来了，要和农奴算账来了，村民人心惶惶，什么都不敢参加了！现在汛期快到了，咱们村的堤坝需要加固，就连图松江队长号召大家去加固堤坝，大家都不积极参加。"

库尔班一听，万分焦急，拉着托乎提汗的手就往外走："走，我得回去！不能让村子里这样乱下去！"

托乎提汗懊悔着："爸爸，您不要这么激动！我真不该给你说这么多，你还是在医院养伤。图松江队长还让我给你带话，让你放心，让你继续住院养伤呢！"

库尔班心急如焚："村子里都这样了，我还好意思在这里躺着吗？不行，我必须要出院，走，我一分钟也待不住了。"

"库尔班，你的身体还没有好呢！"

"孩子他妈，别人不了解我，你还不了解我吗？我的身体，在解放前还不如一头牛呢；牛干活慢了，主人只抽几鞭子就舍不得打了。可是塔西巴依用鞭子抽我的时候，从来就不想我的死活！共产党、毛主席不但让我们穷苦人能活下来，还让我们活得更好！我当家做了主人，还当了农会主席！我们刚过上了好日子，敌人就看不下去了，就来破坏我们的好日子，肖大哥为了救我都牺牲了！不行，我这次必须要出院，不但是为了给肖大哥报仇，更是为了我们的合作社啊！孩子他妈，我必须要回去，我作为农会主席，作为合作社的社长，不能在敌人要破坏合作社的关键时刻，当一个逃兵！"

"库尔班，你不要说了，我知道你心里怎么想的，我支持你回去！"库尔班欣慰地拥抱了图尼莎汗。图尼莎汗便帮着库尔班穿鞋穿衣服。三人走到医院门口，却被两名公安给拦住了去路："库尔班大叔，您不能出去，这是我们局长给我们安排的任务，我们必须严格执行，请您配合我们的工作，回到病房！”

库尔班请求道：“公安同志，我们村里需要我回去，有很多的工作等着我呢！”

托乎提汗也帮着劝说，却无济于事。库尔班也不钻牛角尖了，他问托乎提汗：“我看我是出不去了，你回去吧。对了，你是赶毛驴车来的吗？”托乎提汗点了点头。库尔班握住托乎提汗的手，暗中使劲握了握，“那你回去的时候，不要走得太快，我的毛驴年纪大了，干什么都慢吞吞的。”

托乎提汗明白了爸爸的意思：“知道了，爸爸、妈妈，那我就先回去了！”

库尔班无奈，又返回了病房。但库尔班并没有直接回到病房，而是悄悄来到医生办公室。他看到里面没人，便溜了进去，从衣架上取下一件白大褂、一顶医生的帽子和一只口罩。

库尔班穿好后走向医院大门。门口的公安根本没有认出库尔班，看着他径直过去了。库尔班出去后不久，图尼莎汗也从医院里走了出来。两个公安一看是图尼莎汗出去，还微笑着跟她点头；图尼莎汗也礼貌地回应。托乎提汗赶着毛驴车已经等候多时了，三人会合后，托乎提汗赶着毛驴车匆匆离开了。

柯有田得知库尔班从医院偷偷溜走，因为了解他的脾性，知道即便再次把他接回医院，他也还是会偷跑出来，反而对他的身体恢复不利，索性就由他去了。柯有田让关恒山安排人暗中保护库尔班，以防特务再次对他行凶，同时也多派了一些干警在村里巡视，避免敌人乘虚而入。关恒山那边的公安干警不够用了，柯有田又派了巴图的侦察排过去。

水渠堤坝上，色日克化装成收羊皮的贩子，赶着驴车走来。他一边走一边偷偷观察，走到一个拐弯处下了车，装成找东西的样子，仔细观察堤坝周围的地形。色日克费力地爬上了堤坝，水渠里的水流很大，水势凶猛。色日克正想进一步勘察，突然听到好多人说话的声音。色日克往远处一看，很多村民扛着坎土曼正向堤坝这边走来，他连忙跑了。村民们在库尔班的带领下，将几辆驮着沙包、坎土曼和一捆捆木头的马车停在堤坝下。库尔班带头指挥大家运送各种工具，对大堤进行加固。

色日克回到地下室后脱掉贩羊皮的装束，杨国富正坐着等他呢。色日克看了堤坝地势后，已经有了些想法：“我认为可以在堤坝上做些文章，现在正是洪水来的时候，咱们如果把堤坝炸毁，于田县就会整个被淹没，到时候我们不费一兵一卒，就可以收复于田县了！”

杨国富拍手叫好：“太好了，这步棋走得绝啊！你现在真让我刮目相看了！”

“哪里，哪里，杨局长，你看咱们是不是马上给老板汇报，如果认可，就立刻采取行动，时间不等人！”

苏提汗把杨国富送出去后，出于警觉，她透过窗户向外观察，确认安全后，苏提汗从前门偷偷走了出来，拐弯走去。她隐约感觉有人在跟踪自己，但又不能确定。她突然佯装被绊倒，跪在地上，趁这个时候向后观察，发现一个人影一闪不见了。苏提汗放慢了脚步，不紧不慢地走着，若有所思。她走到一家药店时，停了下来，然后走向药店紧闭的门。所谓的“药店”，就是一间临街的破土房子。房子里放着若干个粗布口袋，里面装着各种植物和矿物的“药材”。开药就和中医一样，将药材先粉碎，用小秤称了，分放到桑皮纸的纸包里。

苏提汗敲门，一个伙计开了门。苏提汗托着额头，一副很难受的样子：“我想买点治感冒的药。”

“怎么现在才想起来抓药？好吧，你等着吧。”伙计再次出来的时候，手里拿着一包药，递给了苏提汗。在递药过程中，苏提汗突然压低声音告诉伙计：“你听着，我被人盯上了，不能给老板亲自传信了，我们计划要炸坝淹城，你赶快把这个消息传给老板。”苏提汗说完，没事一样，拿着药出去了。

海青川在不远处盯着他们俩，但是什么也没有发现，他陷入了沉思。他将今天的跟踪情况汇报给了柯书记和关恒山：“昨晚杨国富又亲自去了苏提汗的家，进去就没有出来。苏提汗出门去街边的药店买了药。现在还弄不清杨国富和苏提汗的关系。但是种种迹象表明，他们会有大的行动，但是具体干什么，还搞不清楚。”

“不着急，杨国富、色日克已经暴露，只要把他们两个盯好，行动计划总会露出马脚。这个苏提汗是什么人？她都和什么人联系呢？”柯有田问道。

关恒山翻了翻手里的材料：“据我们调查，这个苏提汗曾是于田一个大巴依娶的小老婆，这个巴依还把她送到国外读过书。谁知道解放前夕，这个巴依带着一大家子逃到国外了，偏偏没有带苏提汗走，大巴依好像也没有给她留下多少财产。解放后，她就靠做酸奶生活。她做了酸奶满县城送，去的地方很多，目前知道的，她和杨国富有多次的联系。苏提汗也被我们严密监视了。”

柯有田分析道：“可以肯定，他们背后还有更大的头目，目前他们活动这么频繁，我看这个幕后的大头目也快要走到前台来了。大伙沉住气，只要我们稳扎稳打，终会引蛇出洞，彻底粉碎敌人的阴谋诡计。”

第二天，萨迪克家的管家去药店抓药，他倚着柜台说道：“伙计，给我开副泻火的药。”

那药店伙计很客气：“对不起，这位先生，我先把这两位顾客的药抓完，再给您抓药好吗？”

“那你快点行不行？我还有很多事要办呢！”管家很不耐烦。

两个顾客各自拿了药，先后走出药店。药店里只剩下了管家和伙计两人。

“对不起，先生，我立马给您抓药！”伙计赔着笑脸大声说道，随后又压低了声音，嘴唇几乎没怎么动，“苏提汗让我告诉你，他们要炸坝淹城！”管家面无表情地听着，好像根本没有听到后半句话的模样。伙计熟练地从地上的各个口袋里抓出一些药材，包在一个桑皮纸包里。管家拿着药若无其事地离开了药店。

“炸坝淹城？跟我想的差不多，苏提汗这几天没出来？”萨迪克问道。

“看来共产党已经盯上苏提汗了。”

“如果苏提汗被抓了，共产党可能会顺藤摸瓜，找到我们。不能等了，我们也得快速行动，抢在共产党行动之前，协助色日克炸坝淹城，把整个于田一锅端了！”

这天，苏提汗去药店之前，从床底下拿出了一把手枪，藏到了靴子里边。她知道局势已经到了剑拔弩张的地步，自己必须做好准备。她挑起担子出了门。苏提汗走在街道上，海青川带着一个化装成小商贩的侦察员跟踪在后面。苏提汗走到药店门前，对卖药的说：“我身体还是不舒服，你再帮我抓几服药。”

“好的，你进来等会儿，我手头还有事。”伙计四下观察，把苏提汗引进门。进门之前，苏提汗把酸奶担子放到了门口。藏在不远处的海青川密切关注着药店的情况。进门后，苏提汗慌张地问道：“色日克在哪儿？已经有人盯上我了，怎么办？”

药店伙计从柜台下面掏出一把手枪，插在腰带上：“在药店后门呢，咱们悄悄从后门出去。”

药店的后门已经有一驾马车在等着了。化装成羊皮贩子的色日克正坐在马车上。苏提汗和卖药的伙计快速从后门出来，上车，伙计驾马飞奔而去。海青川和侦察员一直在蹲守。时间一分一秒地过去，海青川感觉不对劲，他突然站起来：“不对头！这家药店一定有后门，你在这儿给我盯好了，我去药店后面看看。”海青川转到药店后面，发现药店后门紧闭。他观察路面，看到了马车停留和行驶的痕迹。海青川预感大事不妙，调头便跑，与蹲守的侦察员会合：“苏提汗跑了，你赶快给柯书记和关局长电话汇报这个突发情况，我去部队请求派骑兵支援！”

公安局这边也不平静。关恒山刚接完海青川的电话，一个公安干警便进来报告：“关局长，监视杨国富的干警打来电话，说杨国富今天举动异常，纠集了二十多人，向城郊的大峡谷方向去了。”

关恒山下令：“通知所有人集合，准备出发。”

山雨欲来，局势剑拔弩张。

卖药伙计将马车停在村里一处僻静的街道上，苏提汗和色日克迅速下了车，往村里走去。柯里亚、阿扎提和几个同学乐乐呵呵地走出了校门，苏提汗和色日克等到他们离学校已经有一段距离之后，朝着孩子们迎上去。

苏提汗拦住柯里亚，笑眯眯地说道："孩子，我是你爸爸的朋友，他让我带你去县城。"

柯里亚一脸疑惑："我怎么不认识你?"

色日克也满脸堆笑地说："认识，怎么不认识，我上次在你们家还见过你呢!"

阿扎提一把拉住柯里亚的手："走，弟弟，我们哪里也不去，我们回家。"

苏提汗和色日克交换了一下眼神，两人一人抄起一个孩子，抱起来就走，朝马车的方向跑去。两个孩子挣扎着大喊。其他几个孩子看到这一幕，都纷纷大喊。孩子们的喊声惊动了附近的村民，村民们寻声跑来，色日克等人已经驱车离去了。

卖药的伙计驾着马车，色日克和苏提汗劫持着两个孩子，他们朝另一个方向跑去。海青川带着骑兵追了过来。

"海队长，你看，前面不是那辆马车吗?"一个骑兵说道。

海青川一拉马缰绳，定睛一看："对，就是那辆马车，给我追!"

海青川带着骑兵追了上去。两个孩子被抓的消息迅速在村子里传开了。巴图和库尔班骑着马，带领侦察排的几个战士，朝匪徒逃逸的方向追了过去。

此时，杨国富已经带着自己召集的二十来个土匪，埋伏在峡谷上面，准备伏击追击色日克的骑兵。杨国富指着峡谷下面："兄弟们，都给我看清楚了，前面那辆马车是我们自己人，咱们要伏击的是后面的解放军的骑兵，一定要等他们进了我们的包围圈再打，可不要提前开枪，打草惊蛇。"

卖药的伙计找到有利地形，停下马车。色日克和苏提汗挟持着两个挣扎的孩子下了马车。海青川随后赶到峡谷，他命令士兵找寻有利位置，掩护好自己，与色日克对峙。

色日克鸣枪："对面的听好了，给我退后！不然我就把这两个孩子都打死！"

海青川冲战士们摆了摆手，示意退后："色日克，你听着，你们跑到一个死胡同了，前面没有路！你赶快把孩子交出来，我们可以放你们一条生路！"

色日克听完，哈哈大笑："你们已经死到临头了，还不知道吧，这个死胡同是专门给你们留的！你们好好抬头看看，看看峡谷上都是谁的人！"

海青川往峡谷上看，发现果然有人。色日克接着说道："我随时都可以让乱枪打死你们！但大爷对你们不感兴趣，你叫人回去通知库尔班和柯有田来！让他们来领孩子，别想着跟我玩花招，我只给你们一个时辰，否则孩子一个不留！"

正说着，库尔班和巴图一众人马也赶到了。库尔班上前："色日克，你抓孩子算什么本事！有本事把孩子放了，我和你单挑！"

色日克把枪口对准阿扎提的胸口："单挑？你省省吧，怎么就来了你一个？柯有田呢？你们赶快去叫柯有田来，我可只给你们一个时辰！"

杨国富和乱匪们都拿着冲锋枪，瞄向下面的解放军。而此时，关恒山已经带人从杨国富他们的后面悄悄摸了上来。关恒山一挥手，解放军战士冲了上去，把杨国富和他的手下全都活捉了。解放军战士用枪顶着杨国富的头，把他带到了关恒山面前。

"杨国富，你不在县委传达室好好上班，到这里来干什么？"

杨国富一副极其不服的表情："关恒山！你们怎么会在这里？"

"我们都给你当了半个月的保姆了，连你夜里几点起夜都比你清楚！"杨国富泄了气。关恒山随即下令，一部分人将俘虏押回去，其余人跟着他包围劫持人质的特务。

关恒山带着解放军战士呈包围之势逼近了色日克。关恒山喊道："色日克，你们已经被包围了！放下枪！"

药店伙计抬头一看，峡谷上的人已经换成了解放军。他指着峡谷上面，惊恐地说："解放军！解放军把我们包围了！"随后便一边喊着一边慌乱地往峡谷里面跑。关恒山看到药店伙计跑远了，拉开了与孩子的危险距离，瞄准一枪，药店伙计应声而倒。

色日克看着峡谷上面，骂了一声："该死的杨国富，他们中埋伏了！"

苏提汗惊慌失措，问道："那我们怎么办？"

"怕什么？我们手上还有人质呢！大不了鱼死网破，一块完蛋！"色日克和苏提汗意识到情况危急，抱紧了自己怀里的小孩，用手枪顶住孩子后背。"你们听着，谁敢再往前走一步，我们就开枪打死孩子。"色日克丧心病狂地喊道。

柯里亚毕竟年纪小，他在色日克怀里挣扎着，喊着爸爸。库尔班再也看不下去了，他大胆地往前走了几步："色日克，你不是想要我和柯有田的命吗？来，我要拿自己的命和你换两个孩子，你敢不敢？"

"老不死的，你的命没有那么值钱！怎么可能换两个孩子？快叫柯有田来！"

趁库尔班和色日克对话时，关恒山带领着解放军战士，悄悄地从峡谷上下来了。关恒山对焦急万分的库尔班说："库尔班大哥，你先不要冲动。"接着冲色日克和苏提汗喊道，"你们两个听着，你们已经被我们彻底包围了，插翅难飞，赶快交出手里的孩子，缴枪不杀！"

库尔班喊道："色日克，你替自己想想后路吧，你们已经被解放军包围了！"

苏提汗突然想到把库尔班也当人质抓在手里，自己这边的砝码就更大了。她把这个想法低声告诉了色日克。色日克心想：也是，多一个人质自己也就多一分保险："好啊，库尔班，你过来吧！你先打开袷袢，让我看看，你身上藏枪没有？"库尔班解开身上的衣服，敞开抖了抖，证明什么也没有。色日克接着说道："举起手走过来！"

海青川拦着库尔班："库尔班大叔，不行！我去！"

"这不行，还有更重要的事等着你做！"

海青川冲着色日克，多了一些商量的语气，说道："我是公安局侦查科科长，比库尔班对你有价值，还是让我换吧！"

然而库尔班没等海青川反应过来，自己大步走上前去。库尔班边走边说道："你要是个男人，就说话算数，把孩子给放了！"

"好啊！"

库尔班勇敢地走到色日克跟前。色日克把枪口顶在了库尔班的头上："既然来了，就把我们安全送出去，保你一命！"

"色日克，你看看还能逃得了吗？"

色日克看到周围几十条枪正对着他和苏提汗。苏提汗狠命地抓着两个孩子，用枪指着。两个孩子挣扎着哭喊。库尔班安慰着孩子，心疼得很。

海青川见局面仍旧僵持着，便对色日克说道："色日克，我也过来给你做人质，你把孩子放了，你劫持俩孩子算什么本事，有失你大特务的身份！"

有人质自动送上门来，色日克自然是敞开大门欢迎了："好啊，我手里有个于田县的农会主席，再有个公安科长，我赚了，你过来吧！"

关恒山在埋伏处，对身边的战士说道："大家警惕，一定保护好他们！"战士们把枪口对准了色日克和苏提汗。海青川对色日克说道："色日克，说话算话，把孩子们放了！"海青川距离色日克和苏提汗越来越近，"把孩子们放了！"

色日克一笑："可是，我没那么好信誉！"紧接着，他便一手勒着库尔班的脖子，一手举枪瞄向海青川。这时，阿扎提朝勒着他们的苏提汗的手一口咬下去，苏提汗大喊一声，缩回了双手。趁这个时机，库尔班猛然将色日克撞向一边。两个孩子乘机从苏提汗的怀里跑了出去，苏提汗举枪，被海青川抬手一枪给击毙了。

库尔班喊道："快跑，孩子们快跑！"两个孩子跑向海青川，色日克紧紧勒住库尔班脖子不放，要举枪打孩子。海青川冲上前舍身保护。色日克连开几枪，其中一枪击中了海青川的胸口。库尔班看到海青川的胸口渗出鲜红的血，声嘶力竭地喊："老海！我的好兄弟！"海青川终于坚持不住，慢慢坐在了地上。

关恒山对巴图指示："保护库尔班的生命安全！"巴图示意战士们稍微退后。色日克喊着："走，老东西，快走！"库尔班看着前胸不住冒血的海青川，突然用尽浑身力气，一把抓住色日克拿枪的手，大喊道："色日克，我和你拼了！"就在枪口离开库尔班脑袋的一刹那，巴图的子弹飞向了色日克的脑袋，他仰面倒了下去。库尔班扑到了海青川身前，抱起他："老海！老海，你怎么样？"海青川嘴角流血，微笑着说："一个换仨，我赚了！"海青川在库尔班的怀里闭上了眼睛。

库尔班等人离开没多久，萨迪克和管家便驱着马车过来了。离着老远，萨迪克就热情地嚷道："柯书记！我们也来抗洪了！"

萨迪克其实没有想到柯有田在工地上，他故意大声说话来掩饰内心的惊慌。看柯有田已经走到跟前，萨迪克故作热情地一把拉住柯有田的手："柯书记，我可是真没有想到你在工地上啊！咱们共产党的领导真是没有架子，不讲排场啊，一个县太爷还亲自到工地和农民一起干活啊！"

柯有田想甩掉萨迪克的手，突然发现这家伙腰里别着手枪。柯有田刚拔出自己的手枪，萨迪克便已经把手枪顶住了他的肚子。柯有田也把手枪顶住了萨迪克的脑袋："萨迪克会长，你这是什么意思啊！来慰问我们还带枪啊？"

"少废话，柯有田，让你的手下把枪都放下！"

"凭什么我们要放下枪，你不怕脑袋开花吗？"

两人对峙着。此时，托乎提汗和肖家琪悄悄摸到不远处观察着，肖家琪问道："姐，我们没有枪，怎么办？"

"没事，你把砍砍给我。你待在这里不要动，我要绕到柯叔叔他们的后面去。"

“姐，我去吧?”

“不行，你还是待在这里吧!”

托乎提汗匍匐着退到堤坝下面。图松江和队员们已经躲到有利的地形后面，准备和萨迪克的人决一死战。管家一挥手，几个打手对着图松江他们开枪。一时间，枪声四起，子弹从柯有田和萨迪克的头上飞来飞去。柯有田面不改色心不跳。萨迪克坚持了一会儿，开始害怕，大滴的汗水布满了他的脸。管家和打手匍匐在地上，图松江他们躲在有利地势后面，双方对射，很快双方的子弹都打完了。

管家穷凶极恶地抱起炸药包往大堤上冲，图松江健步追了上去。管家引燃炸药包，千钧一发之际，图松江扑倒了管家，抱着他连同炸药包翻滚到安全地带，只听一声巨响，两人同归于尽。柯有田和萨迪克还在对峙中。托乎提汗已经成功绕到了敌人的后面，她找准时机举着砍砍冲向萨迪克的家丁，家丁和托乎提汗扭打起来。萨迪克没想到托乎提汗突然出现，他害怕托乎提汗袭击他，便一个就地翻滚，躲到了马车的下面。柯有田腾出手来，一枪打死了和托乎提汗扭打的家丁。图松江率人冲向剩下的两个家丁。萨迪克一看大势已去，转身就跑。托乎提汗对着仓皇逃窜的萨迪克扔出了手里的砍砍，打伤了萨迪克的一只手。气急败坏的萨迪克举枪想打托乎提汗，却被柯有田抬手一枪，打中了脑袋，萨迪克当场毙命。

村民们将肖炉匠、海青川和图松江三位烈士并排葬到了一起。人们站在坟前，柯有田洒酒祭奠三位烈士，众人在柯有田的带领下，对着烈士三鞠躬。柯有田站到墓前，对所有村民讲道：“新中国成立到今天，内地已经是安定团结、欣欣向荣的一派大好形势了，大家都在积极地建设社会主义！但是对于新疆来说，维护政权稳定还是第一位的。只有社会安定团结，我们老百姓才能搞和平建设，才能好好种地，安心过好日子。但是这一切是多么来之不易啊！我们一定要好好珍惜这来之不易的安宁，坚定地团结在一起，把我们的国家建设得更好!”

第二十章

1960 年，于田县成立了第一个人民公社，库尔班被任命为于田县红旗公社的第一任社长，这对于他来说意味着无上的荣光，但更多的是对整个于田县人民的责任。他被任命的那天，台下响起了雷鸣般的掌声，社员将绸缎做的大红花挂到了他的胸前。面对台下欢呼雀跃的村民，库尔班想起了小甘肃，想起了海青川队长，想起了图松江队长，想起了老哥肖炉匠……为了人民公社，为了老百姓的幸福生活，他们都牺牲了，是他们使得库尔班认识到自己的责任和使命，也是他们让库尔班的肩膀变得更加厚重有力。

正值秋收时节，麦地里一片丰收的景象。库尔班带领大伙在地里收割麦子。打麦场上堆满了金黄的麦子，每一堆麦子前面，都有一个拿着木锨的小伙子，很多小伙子都赤膊上阵，他们扬起的麦子像金黄的瀑布一样洒满天空。库尔班看到村民们都在卖力地干活，很是欣慰。他和正在忙着装袋的多来地、玉木拉克、托乎提汗等人商量：“今年的产量比往年多几倍，去县里交公粮时，咱们一定要搞得热热闹闹的！”

铿锵有力的鼓声配合着激昂的唢呐声，从村里传出来。人民公社交公粮的马车一字排开，每一匹拉车的马头上，都挂着一朵纸做的大红花。车上堆满装粮食的麻袋，马车车身也用红布条装饰过。库尔班赶着头车出发，马车上插着一个挂有毛主席照片的旗杆，后面的马车上也全都插着红旗。玉木拉克和村里几个艺人分坐在不同的马车上，唢呐声、铁壳鼓声和玉木拉克的牧羊热瓦甫声交错在一起，好不热闹！

在县广场的主席台上，拉着写有“于田县交公粮积极分子表彰大会”的横幅。柯有田对着台下的积极分子代表和村民代表宣布：“经过评比，今年交公粮第一名是于田红旗人民公社！”台下代表们都欢呼鼓掌，柯有田接着宣布道，“为表彰交公粮事迹突出的人员，我代表县委宣布，奖励于田红旗人民公社的社长库尔班，一头毛驴！希望各个公社都向红旗公社看齐，也希望多涌现像库尔班这样的交公粮积极分子。”台下又是欢声雷动，大家伙把库尔班推上主席台。柯有田给库尔班戴上了大红花，并把一头漂亮健壮的毛驴牵给他。

晚上七点钟，一块洁白的电影幕布在大桑树下架好。社员们拖家带口，拿着各自的小板凳，早早地都坐在了幕布前面。社员们都是第一次看电影。当幕布上出现一列呼啸而来的火车时，所有人都捂着眼睛发出惊呼。随后，《新闻简报》开始报道毛主席到农村视察的情况，这也是库尔班第一次从银幕上看到毛主席，影片中的群众看到毛主席，都激动地喊“毛主席万岁”，库尔班也站起来忘情地大喊：“毛主席万岁！毛主席万岁！”

图尼莎汗和托乎提汗连忙拉着库尔班坐下：“爸爸，快坐下，你挡着大家看电影了！”

《新闻简报》结束，准备放映故事片了，幕布上一片雪花，库尔班又站起来：“毛主席呢？毛主席怎么不见了？”

托乎提汗赶快又拉着库尔班坐下：“爸爸，《新闻简报》就五分钟，下面该放故事片了，你就好好坐着看电影吧！”

“不看了，我去问问。”

库尔班跑到放映机前，两个放映员都忙着，一个在换胶片盒子，另一个在调试放映机。库尔班也不管放映员，就用手将放映机摸来摸去，好像要找出什么。放映员连忙拦住库尔班：“这位大叔，您这是干吗呢？可不能乱摸，小心把机器碰坏了。”

库尔班看着放映机，一脸好奇：“这个东西太神奇了，你说你们是怎么把那么多大活人装进去的？”

“大叔，这里面不是大活人，都是拍的他们的影像。”

“影像？那刚才出来的毛主席不是真的吗？”

“是真的，是真的！”

“毛主席长得真是面善啊，一看就是大好人！”库尔班仍沉浸在刚才的画面中。

“大叔，我们马上要放电影了，您快回到自己的位子去吧！”另一个放映员已经把电影胶片盒子装好，准备要放映电影。

然而库尔班磨蹭着不走：“小师傅同志，毛主席什么时候再出来？”

“大叔，只有五分钟的《新闻简报》里面有毛主席，后面没有了！”

库尔班请求道：“小师傅同志，能不能把毛主席再给我们放一遍？”

“没时间了，大叔，一部电影最少一个半小时呢，放完电影我们还要赶回县城呢！”

“那么晚了，还回什么县城啊，不如今晚就住到我们家吧，我让老婆给你们做鸡肉抓饭吃？我老婆做的鸡肉抓饭可好吃了！”

放映员笑了，婉拒了库尔班的邀请。然而库尔班仍不死心，继续邀请两位放映员：“天都这么黑了，你们就住下吧，两位放映员同志。”

“谢谢您的好意，大叔，我们明天要去的几个村子比较远，所以今晚回县城要准备很多东西，不然明天就来不及了。”

库尔班听着这话，想到了些什么：“那就是说，你们明天到下个村再放毛主席？”

“是啊。”

“那好吧，我和你们一起去别的村看毛主席！”

“大叔，我们放映电影，一走就是十天半个月呢！”

“没事，反正现在庄稼也收完了，地里也没有什么事了，我跟着你们去放电影，好好看看毛主席！”

第二天，库尔班便骑着小毛驴，高兴地弹着热瓦甫，唱着歌，跟着放映队的大马车，去往下一个放映电影的村子。到场地后，库尔班高兴地帮着放映队从马车上搬下装机器的箱子，帮着架幕布。库尔班帮着放映员把所有的准备工作都完成了，跟他们说道：“我要看《新闻简报》，等《新闻简报》放完，我帮你们放电影，你们去吃饭。”

天色完全黑下来以后，村民都整整齐齐地坐着小板凳，等待电影的开场。突然，一束光打向幕布，《新闻简报》开始了。毛主席的影像一出来，观众中就有人喊：“毛主席！毛主席万岁！”库尔班坐在社员中间，他激动地看着周围的村民，也和大家一起，对着幕布上的毛主席高喊着：“毛主席万岁！毛主席万岁！”每当毛主席出现在荧幕上，库尔班都会热泪盈眶，那五分钟对于他来说，是接近毛主席最直接的方式。等到电影放完了，意犹未尽的社员们拿着小板凳陆续离开后，库尔班熟练地帮放映员关机，拆卸影片盒子。

“库尔班大叔，我们明天一早就回县城了，这是最后一场了，我们再给你放一遍《新闻简报》吧？”

库尔班停下了手里的动作，有些不知所措：“不好吧？给我一个人放？太浪费了！”

“不浪费，谢谢你一直对我们的帮助！库尔班大叔，这一路上多亏你帮忙了呢！”

放映员换上了《新闻简报》的胶片盒子，投影到了幕布上。库尔班坐在幕布前面，不厌其烦地看着毛主席。新闻里毛主席正在和别人握手，库尔班也站起来，在幕布前模仿着和毛主席握手，他企图通过模仿毛主席的一颦一笑来跟毛主席对话，库尔班心里默默地说着：“毛主席，我也想和您握手啊!”《新闻简报》结束了，幕布一片空白。库尔班还是无法释怀，嘴里念叨着：“毛主席呀，谢谢您啊，要不是您，我们现在哪有这么好的日子啊，我要到北京去见您，我要当面感谢您!”

告别了放映队后，库尔班回了家。由于多日的奔波劳累，他早上起来有点咳嗽。他盘腿坐在炕桌边准备吃早饭。图尼莎汗在一边数落他：“你看你，又不是小孩子，想看毛主席的心情可以理解，可你跟着放映队去了好几天，受凉感冒了吧?”

库尔班依然抑制不住自己激动的心情：“图尼莎汗，你不知道，我一看到毛主席，就像又见到了我的爸爸、妈妈一样激动！毛主席这个人一定非常和气，一定喜欢和农民交朋友，你看电影里，他到农田里去看望劳动的社员，还和满手泥土的社员们一一握手，毛主席是全中国最大的领导，他为什么对农民这么关心呢?”

图尼莎汗点点头：“是啊，毛主席一点当官的架子都没有，和我们以前旧社会见到的那些官老爷一点都不一样！你再看柯书记，他是咱们于田县最大的领导，可是柯书记从来没有把自己当大老爷，柯书记和于队长，都跟我们家人一样。”

“就因为毛主席伟大，他才能培养出像柯书记这样的好干部，等我见到了毛主席，还要感谢他，给我们派来了柯书记这样的好干部，解放了于田，把我们从农奴变成了堂堂正正的人!”

图尼莎汗听了库尔班的话，有些恍惚：“要见毛主席？库尔班你要见毛主席?”

“图尼莎汗，爸妈曾经教育我们，无论接受别人多小的帮助，我们都要表达感谢。毛主席的恩情，是比天还大，比海还深啊！我如果不能当面向他表示感谢，会难受得夜里睡不好觉，白天吃不好饭的!”

“库尔班，我知道你的心里怎么想，我也想对毛主席当面表达我的谢意，可是我们没有办法见到毛主席啊！俗话说，路没问清，不要急着出门。毛主席在哪里住我们都不知道，你怎么能见到他呢?”图尼莎汗无奈地说。

“毛主席住在北京啊，全国人民都知道啊，我只要能到北京，还害怕打听不到毛主席的家吗?”

“可是，库尔班，北京在哪里，有多远?咱们都不清楚，怎么能说去就去呢?”

“北京不远，就在太阳升起的地方啊！只要有一颗去见毛主席的心，就什么困难都不怕。老人们说，只要有恒心，天上的星星也能数清楚，不是吗?”库尔班的眼睛里充满了光，那种光从十几年前塔西巴依还在的时候就存在了，如今它越来越明亮了。

第二天一早，库尔班决定跟柯书记打个招呼，把自己要去北京见毛主席这件事告诉他。他骑着毛驴去了柯有田办公室。柯有田对大清早见到库尔班很诧异，当听完了库尔班的话后，他笑着问：“我说库尔班大哥，你说你要去北京，你打算怎么去呀?”

“当然是骑着毛驴去了，我还要感谢县委给我奖励的毛驴呢！真是一头世上最好的毛驴啊！这世上还有毛驴到不了的地方?”

柯有田看出库尔班是认真的，他把倒好水的茶缸子递给库尔班：“库尔班大哥，你知道这里离北京有多远吗?我们从关口过来，骑马坐车都走了三个多月，而且沙漠里很危险，很多战士都牺牲在里面了。”

“可是柯书记，你不是到于田了吗?我就在这个地方长大的嘛，没有哪一片沙漠能挡住我的脚步。”

“库尔班大哥，骑毛驴真的去不了北京，从这里到北京，要翻过四十个沙漠，走过四十片胡杨林，再过四十座山。”

“是吗?那没有多远嘛！”库尔班一脸天真，像个未经世事的孩子。

柯有田愣住了：“这还不远?”

“不远，那我走了！”

没等柯有田说完，库尔班就高兴地骑上毛驴离开了。回到家后，库尔班坐在院子里的木床上，美滋滋地看着图尼莎汗和托乎提汗打馕。图尼莎汗询问库尔班今天去见柯书记的情况，她本想着库尔班听了柯书记的话后会知难而退，然而库尔班却心急得一天都等不了，他迫切地想要见到毛主席，他已经不能再耽搁下去了。

第二天一早，库尔班便骑着毛驴上了路。毛驴身上驮着装满馕的褡裢，还一边挂着一个装水的大葫芦。库尔班背着热瓦甫，准备出发。忧心忡忡的图尼莎汗跟在库尔班后面："孩子他爸，我听你昨晚上还是咳嗽得厉害，你最好休息两天再去北京吧？"

库尔班回过头，冲她摆了摆手："图尼莎汗，你就放心吧，我昨晚上是最后一次咳嗽了。今天晚上，我肯定就不咳嗽了，我的身体我知道呢！再说了，我骑着毛驴呢，骑毛驴可是最好的休息啊！行了，你们回吧！别送我了！"

在家人依依不舍的目光中，库尔班骑着毛驴踏上了前往北京的路程。库尔班从不担心究竟要走多远，要经历什么艰难困苦，他认定了太阳升起的方向。库尔班路上遇到了一个赶车人，得知他此行的目的后，赶车人说："库尔班大叔，那您见了毛主席，也一定把我对毛主席的祝福带到，感谢他解放了全中国，让我们翻身做了国家的主人！"库尔班带着赶车人的祝福沿着他心里的方向前进着。

库尔班弹着热瓦甫，唱着歌，走走停停，行进在去往北京的路上。图尼莎汗魂不守舍地端着空碗发愣，她始终惦记着库尔班，想着想着，突然空碗掉桌上了，图尼莎汗连忙拿起茶壶，给自己倒茶，结果茶水都满溢到炕桌上了。

"妈妈，你这是怎么了？"托乎提汗用抹布擦着桌子。

"你爸爸身体还没好，年纪又大了，他怎么能走那么远的路呢？要不趁你爸爸走得不远，你快把他追回来吧？"

"我也想过，可是爸爸的脾气，你是知道的，妈妈，他肯定会把我骂回来的。"

图尼莎汗想了想："不行，他这样会出麻烦的。"图尼莎汗起身，下了炕穿上鞋，准备出门，又转身从炕桌上拿了几个馕，用一块干净纱布包上后就出了门。

玉木拉克正对着牲畜弹热瓦甫呢，图尼莎汗抱着馕就来了："库尔班一个人骑着毛驴去北京了，他说要去看毛主席。”

玉木拉克非常惊讶，他放下热瓦甫：“啊？他去北京了？”

“是啊，北京太远了，我怕他还没到，人就没了，请你帮我去把他追回来吧，他万一有点什么事，我就活不了了！”图尼莎汗恳求道。

“他这个人就像戈壁滩的红柳一样，一个心眼向上直蹿，他想走，你就是十头牛都拉不回来！”

“前几天，库尔班为看毛主席，跟着电影放映队走了好几个村子，受凉咳嗽，整夜都睡不着，你说他都这样了，还要去北京呢，我越想越担心！玉木拉克，整个公社，库尔班也就听你的话，只有你有办法把他拉回来！”

玉木拉克听到夸自己的话，高兴起来：“是啊，这个库尔班，也就是还能听我的话！好吧，我去试试，看能不能把他带回来！”玉木拉克带上了图尼莎汗刚打的馕，收拾了一下行李就上了路。

太阳西下，由于感冒头晕，库尔班疲惫不堪地坐在沙地上。他从褡裢里拿出葫芦喝水，额头上渗出了细密的汗珠。毛驴凑了过来，也想喝水，库尔班起身，把水葫芦的水倒到手里，让毛驴喝。毛驴正在舔水，库尔班突然开始剧烈咳嗽，差点把水葫芦打翻。天已经完全黑了，沙漠里的气温骤降，库尔班觉得有些冷，又很难受，便将棉袷袢裹紧身体，蜷缩在沙地上昏昏地睡去了。睡之前，库尔班跟毛驴说了会儿话，给自己打气：“老伙计，我只睡上一会儿啊，你别以为我不行了，我就是有点头疼，可能是凉水喝多了，没事，一点事都没有，我躺会儿，躺会儿就好了，咱们继续走啊。”

玉木拉克在不停地追寻库尔班。他没想到，库尔班拖着生病的身子能走出这么远。玉木拉克干脆扯着嗓子喊：“库尔班！库尔班！你这个调皮的老小伙子！别跟我玩了，我真是找不到你了，我知道你就藏在周围，你出来吧！我认输了，我实在走不动了，我回去给你做鸡肉抓饭，你出来吧？你快给我出来！”玉木拉克跳下骡子，从褡裢里拿出一件羊皮袄，扔在地上，然后用缰绳将骡子的两只前腿绑在一起，让它在自己跟前待着。玉木拉克躺在地上，把羊皮袄裹在身上，沉沉地睡去了。

清晨醒来，库尔班骑着驴继续走。由于感冒加重，库尔班的咳嗽愈发厉害了，他几乎要跌下驴背。库尔班拍着毛驴的脖子：“没事，没事，咳嗽几下就好了，咱们继续走啊！”说完又剧烈咳嗽了起来。

玉木拉克发现前面有一行清晰的蹄印，很明显，这是不久前留下的。玉木拉克向前张望着，果然，库尔班正在不远处。库尔班摇摇晃晃地在前面走着，玉木拉克追了上去：“库尔班，你看你，连驴都骑不动了，还去北京呢，我看你连于田都出不去。”

“没有毛驴到不了的地方！玉木拉克叔叔，你虽然是我长辈，可是我也要说你几句，你太没有干革命的勇气了！毛主席说敢教日月换新天！多么伟大的想法！可你连去一趟北京都不敢想！”

“说得容易做起来难啊，你现在还没出于田县呢，勇气再大，也不能当饭吃！”

“玉木拉克叔叔，你还是赶快回去吧！别耽误我去北京。”库尔班边说边勉强爬上驴背，催促着驴快走，想甩掉玉木拉克。

玉木拉克陪着库尔班，骑着各自的骡、驴慢慢走着。沙漠里的气候和环境实在恶劣，库尔班身体越来越虚弱，不住地咳嗽。这么下去，库尔班会死在沙漠里。玉木拉克想了个办法，他装出气喘吁吁的样子，跟库尔班商量道：“库尔班，我们停下来休息一下吧？你叔叔我年纪大了，快走不动了！”

库尔班看了看玉木拉克，点了点头。两人坐下来休息，喝水吃馕。趁着库尔班去沙包另一面方便的时候，玉木拉克从地上拿起所有的馕，都装到自己的褡裢里，把库尔班葫芦里的水也都倒进自己的葫芦里，只给库尔班留下了一块馕和一点水。玉木拉克边干边自言自语道：“馕给你拿走，对，水也不给你留……算了，给你留一口吧，等你渴了，我再给你喝。驴？驴我也给你牵走！没有馕，没有水，没有驴，我看你还怎么走。”玉木拉克把褡裢和葫芦都放到驴背上，然后自己跳上骡子，牵起库尔班的驴就走了。

等库尔班回来，玉木拉克已经走出几十米远了。库尔班看到馕只剩下一块，毛驴也没了，抬眼一看，发现玉木拉克骑着骡子牵着驴往回走，他一下全明白了。库尔班远远地在后面追着，并大喊："玉木拉克，你站住，你知道你在干什么吗？你这是在犯罪！你怎么能阻止我去看毛主席呢？你知道这是什么性质的犯罪吗？你这是犯大罪了，我要是告你，你会被公安局抓起来的！只要你能把驴还给我，我就可以不告你了。"

"你就别逞能了，库尔班，看你现在虚弱的样子，还想和沙漠斗吗？库尔班，你有老婆，有孩子，你做事不能光想自己啊，要多想想老婆孩子！"

"好了，玉木拉克叔叔，话说多了，驴都会烦躁。我们就不要再磨嘴皮子了，你把毛驴交给我，我还要赶时间呢！"

"不行，库尔班，我的话难听，你也要听。你有家，有老婆孩子，对不对？"

眼看着玉木拉克越走越远，库尔班有些烦躁："我不想再说这些了！"

"我要说，我今天得罪你了，但是只要能把你带回去，我相信图尼莎汗还是会感激我这个叔叔，托乎提汗和阿扎提还是会叫我好爷爷的！不和你浪费时间了，我也要急着回去，我的那些牲畜还等着我喂草呢！"玉木拉克说完，赶着毛驴，双腿轻踢胯下的骡子，加快了速度。

库尔班气得一跺脚："玉木拉克，你别走，你回来！算了，我不和你生气了，我还认你这个叔叔，你回来！"

"你不和我生气了？好啊，那就听叔叔一句话，跟我回去！"玉木拉克稍微放慢了速度。

"我能骑毛驴到北京的，你就把驴还给我吧！"

"不行，我作为叔叔，你得听我的！"

"玉木拉克，我还是红旗公社的社长呢，你听不听社长的话？把驴还给我！"

眼看着时间不早了，再不加快速度，天黑了也走不出这片沙漠。然而玉木拉克又要始终保持与库尔班一定的距离；他要通过这种方式，把库尔班一路带回村子。库尔班在后面追得又累又饿。玉木拉克跳下骡子，把一块馕放在沙地上："库尔班，你一定饿了吧？我请你吃馕！"库尔班实在恼火，一屁股坐在沙子上，拿起馕就吃；想喝水，打开葫芦却发现里面就只有几滴，他气急败坏地把葫芦扔在一边，直直地躺在地上，对玉木拉克喊："我不追了，我就死在这里好了，你自己回去吧。"

玉木拉克远远地回应道："好嘛，那我就先走了，你躺着吧，命都没有了，我看你还怎么去见毛主席。"玉木拉克心里清楚得很，库尔班没见到毛主席之前绝不会让自己死去，他回头一看，果然库尔班已经捡起葫芦继续追了上来。走了没多久，库尔班实在跑不动了，便坐在地上打盹。玉木拉克在不远处下了骡子，拿着装水的葫芦，悄悄来到库尔班身边。玉木拉克轻手轻脚地把葫芦放下，想看看库尔班的脸色。哪知库尔班突然转了过来。玉木拉克连忙跑向骡子，等他骑上骡子，牵上毛驴，回头看着库尔班道："我说库尔班，你现在要答应跟我回去，我就让你骑毛驴。"

库尔班抓起葫芦，狠狠喝了几大口，把葫芦塞住："想让我跟你回去？没门！"

"真没见过你这么木头的脑袋，那你就走着去北京吧，我还要赶回家，说不定还能到多小兰家吃顿拉面呢！"玉木拉克走了一段路，见库尔班被甩在后面了，便下了骡子，坐在地上，弹着牧羊热瓦甫，沉醉地唱起了民歌《母亲》。等着库尔班赶上来，玉木拉克连忙收起牧羊热瓦甫，骑上骡子，牵上毛驴，故意说道："怎么还跟着我？你不是走着去北京了吗？"

库尔班气都喘不上来了："你……你……把……驴……还……给……我！"

玉木拉克走过小溪边，渴得不行的库尔班喘着粗气踉踉跄跄地跑过来，他声嘶力竭地喊道："玉木拉克，你给我站住！"库尔班蹲下用手捧着水一顿狂喝。玉木拉克远远看着库尔班："哎，库尔班，我可是真的为你的身体好，你快回家去吧，图尼莎汗都要担心死了！我也是为了图尼莎汗才这么做的，你肚子不要胀啊！我和图尼莎汗都是为你好！”

库尔班气得跳脚：“玉木拉克，等我见了毛主席，我一定告你的状，你是一个十足的落后分子！”

就这样，两人你追我赶，慢慢回到了村子。玉木拉克走到库尔班家门口喊图尼莎汗，图尼莎汗闻声急忙走了出来。玉木拉克把这一路的经过简单地跟图尼莎汗讲了，图尼莎汗由衷地表示了感谢。玉木拉克离开后，图尼莎汗在门口等库尔班。

库尔班气呼呼地往回走，一边走一边嘟囔道：“好啊，图尼莎汗，原来是你让玉木拉克来捣乱的！看我怎么收拾你们。”一个村民看到库尔班，很热情地打着招呼：“哎，库尔班大哥，听说你从北京回来了？你见到毛主席了吗？”库尔班气得不理他，快步往家走。

终于，图尼莎汗看见库尔班一瘸一拐地走了过来。图尼莎汗迎了上去：“库尔班，你可算回来了，你看看这一身的沙土，你把袷袢脱了，我给你打打灰。”

库尔班一摆手：“不用，我的毛驴和馕呢？”

“玉木拉克给你送回来了，我把驴牵到后院了，毛驴饿坏了，吃掉了半袋玉米呢！”

库尔班直咳嗽，图尼莎汗本想关心几句，没承想库尔班大发怒火：“你这个没用的女人，谁让你去找玉木拉克的？我走得好好的，让他给骗回来了！”

“你还走得好好的，你看你咳嗽成什么样子了？我不让玉木拉克去找你，你都不知道还能不能回来！”

库尔班提高了声音：“我会成什么样子？我是去北京看毛主席！你的觉悟这么低，怎么能当我的老婆呢？你还派玉木拉克偷我的驴！害得我去不了北京！”

图尼莎汗见库尔班一回来就发火，也很生气：“对，就是我求玉木拉克的，怎么了？还不是为了你好！你咳嗽那么厉害，你以为你能到北京吗?”

库尔班本来就在气头上，见图尼莎汗还跟他顶嘴，他气急败坏地拿起地上的一根树条就抽向图尼莎汗：“你这个女人，还跟我顶嘴，你以为我不敢抽你吗?”

被树条子抽了两下的图尼莎汗一下愣住了，她委屈地哭诉道：“我可是担心你的身体，才叫你回家的，没想到你还动手打我!”说完，图尼莎汗跑出了家门。库尔班追了几步，但图尼莎汗头也不回地跑了。她思来想去，事到如今，也许只有一个地方可去了。

第二十一章

图尼莎汗走到县城的时候天已经黑了，她摸黑找到了柯书记家。她敲门，无人应答，于是图尼莎汗便坐在门口等着。平时夜里她根本觉不出凉，今天她居然被冻得有些瑟瑟发抖。图尼莎汗等了很久，终于，于香秀下了班回家，远远地看见了图尼莎汗。她问道："姐姐，你今天怎么来了?"

图尼莎汗起身，还没说话眼泪就唰唰地流了下来："我……我……实在没地方去了!"于香秀请图尼莎汗进了屋，倒了杯热水给她，让她慢慢说。

图尼莎汗喝了口热水，心情稍微平复了一些。她把库尔班的所作所为跟于香秀说了。图尼莎汗越说越伤心，又哭起来。

于香秀给图尼莎汗递了条手绢，安慰她说："别哭了，你到我家来就对了！让库尔班大哥自己在家好好想一想，这都是新社会了，怎么能打老婆呢？库尔班大哥脑袋里封建思想还挺严重啊，这次要好好教育他一次！让他在家做饭带孩子洗碗洗衣服，好好感受一下做女人的不容易!"

图尼莎汗吃惊道："啊，让他在家干女人的活儿？那他不会休了我?"

"休了你？他敢！我这个做妹妹的可不是好惹的，你别怕，有我给你撑腰呢!"

已经晚上十点了，阿扎提和柯里亚都脱了外衣，在炕上准备睡觉。两个孩子打闹着，谁都不肯钻进被窝。库尔班坐在炕边上，嘴里念叨着："这个死老婆子，还不回家，好，看我不休了你!"

阿扎提走了过来："爸爸，妈妈怎么还不回家啊?"

"爸爸，我们还等着妈妈给我们唱歌呢!"柯里亚也过来，拽了拽库尔班的衣襟。

库尔班没好气地高声呵斥道："你们两个都不许闹了，都给我钻进被窝去睡觉!"两个孩子都没见过库尔班发这么大的火，吓得赶快钻进了被窝。

"爸爸，你把弟弟们都吓坏了。"在炕的另一边，托乎提汗正坐在炕桌边的煤油灯下看书。

"那你来帮忙哄哄啊!"

"爸爸，我们识字班明天要考试呢！白天劳动，回来就做饭，我根本就没时间看书，只有晚上这点时间复习了!"

库尔班无奈，只好和颜悦色地说："你们两个都躺好，把被子盖好!"

柯里亚赌气："每天晚上都是妈妈给我们盖被子。"

阿扎提也跟着起哄："妈妈还要给我们唱摇篮曲，我们才睡!"

"你们都多大了？还听摇篮曲，我像你们这么大的时候，都给巴依放羊了!"

阿扎提一下把被子掀了起来："不听妈妈唱歌我们睡不着!"

柯里亚快哭了，他嗫嚅着说道："我想妈妈。"

"好了，好了，我烦着呢，快睡!"本来库尔班没去成北京已经很烦躁了，结果这两个孩子又不听他的话。托乎提汗过来哄弟弟睡觉，让父亲先去休息。库尔班根本睡不着，他坐在院子里的木床上发呆。

第二天一早，库尔班还在炕上睡着呢，就被阿扎提和柯里亚给推醒了。两人吵着："爸爸，爸爸，快帮我们找鞋子，我们的鞋子找不到了！"

"你们怎么不让姐姐找？"库尔班揉着惺忪的睡眼。

"姐姐正在烧茶呢，她说没时间！"

库尔班只好皱着眉头翻身下炕。他蹲着身体，在炕下面找鞋子，找到了一只，另一只就是不知道跑到哪个角落了。这时，两个孩子为衣服的事又争吵了起来。等库尔班好不容易给两个孩子把鞋找到了，刚站起来，柯里亚便光着上身站在他面前说道："爸爸，我的衣服不见了！"

"怎么会不见呢？衣服又没有腿，它跑不出这间房子。"

托乎提汗提着茶壶，拿着茶碗走了进来："你们怎么还没有穿好衣服呢？上学要迟到了！"

"姐姐，我的衣服找不到了！"

托乎提汗一边把茶壶和碗放到炕桌上，一边对库尔班说："爸爸，你快帮忙找找，我们去县城的车也快要开了！"

库尔班又爬上炕，在一堆被子和衣服里翻来翻去。这时候，托乎提汗把馕给大家掰好，放到餐布上，又给大家把茶倒好。随后，托乎提汗开始收拾起旅行包。库尔班终于找到一件上衣，问柯里亚是不是，柯里亚高兴地点了点头。

库尔班看着忙着收拾行李的托乎提汗："你怎么不喝茶？"

"时间来不及了，爸爸，送我们的马车快走了。对了，爸爸，我把家里的馕都带上了，我们识字班要自带干粮！"说完，托乎提汗把几个馕装进旅行包，就出了门。

阿扎提和柯里亚穿好了衣服，两个人坐在炕桌前，喝茶吃馕。吃完早饭，阿扎提给弟弟装好书包，两兄弟给爸爸打个招呼就出门上学了。忙了一早上的库尔班终于可以休息了。他坐在炕桌前，给自己倒了一碗茶，伸手去拿馕，突然发现桌布上一块馕也没有了。库尔班到处找不到吃的，无奈地喃喃自语："怎么一块馕都没给我留下？"

没办法，总不能饿着肚子，库尔班只好自己试着打馕。他在一个木盆里和面，然而他根本就不会干，弄得身上沾满了面粉。库尔班胡乱地把面和好了，放到一边，又赶紧爬上馕坑，用长长的火钳扒拉坑底的炭火。库尔班把面盆放到馕坑上，把面团分成几个馕胚子，笨手笨脚地把囊胚子捏成圆形。他跪在馕坑上，用手在一碗盐水里沾沾，再把盐水抹在囊胚的背面，然后把胳膊伸进高温的馕坑里，想把馕胚子贴到馕坑的壁上，结果几次都没有贴上，囊胚滑落到囊坑里。库尔班又拿着长长的火钳，想把馕胚从馕坑里取出来，火钳也夹不住。他只好把手伸进去，摸了几下，又猛地把手抽出来，一看，手指头已经被烫出水泡了。馕坑里冒出的浓烟把库尔班呛得剧烈咳嗽起来，咳完，他还得继续往馕坑里贴馕胚子。

库尔班自言自语道："我就不相信了，今天我库尔班烤不熟一个馕！"为了把馕胚贴到馕坑壁上，库尔班不得不把上半身钻进馕坑里，弄得头上脸上黑一块白一块的。一番折腾之后，库尔班终于可以取出烤好的馕了。他用火钳把馕一个个取出来，但他烤出来的馕不是烧煳了就是还没熟。看着一堆又黑又小的馕，库尔班饿得咽了一口口水，硬着头皮拿起一块，啃了一口。刚吃进嘴里，他便受不了味道一口吐了出来，不由得又咳嗽起来。他把手里的黑馕放下，下了馕坑，拍拍衣服后出了门。

库尔班气哼哼地来找玉木拉克。玉木拉克正坐在院子里的大木床上，大口大口地吃着香喷喷的抓饭。库尔班更加来气："玉木拉克，你的抓饭香得很吧？你看我的样子！都是你害的！"

玉木拉克看到库尔班脸上都是黑灰，狼狈不堪，不禁哈哈大笑起来。

"你还笑得出来，我都要饿死了！"

"这是多小兰给我送的抓饭，就剩这些了，你吃不吃？"

库尔班一把抓过玉木拉克的盘子，狼吞虎咽地吃着剩下的一点抓饭底。

"库尔班，有个老婆多好，吃穿都有人照顾，不像我，吃百家饭。"

库尔班抹抹嘴上的油："我的老婆和你一样，觉悟太低了，要不是你们两个捣乱，我早见到毛主席了！你们两个气死我了！"

"库尔班，你不能这样说你老婆，她是为你好啊，我也是为你好啊！"

库尔班仍在气头上，根本听不进去这些话。他放下碗筷，准备离开，玉木拉克起身拦住了他，递给他一面镜子："你先把自己的脸擦干净，再出去好不好？"库尔班一看镜子里的脸，连忙接过玉木拉克递过的毛巾，用力地擦了一把脸。

库尔班骑着毛驴在村路上走着，他越想越气，便加快了速度，毛驴近乎要跑起来了。库尔班站在柯有田家门前使劲地敲着门。于香秀和图尼莎汗走到窗户边往外看。图尼莎汗想去开门，却被于香秀拦下："姐姐，你不要开门，你听我的，快去卧室待着，不要出来。"

于香秀打开房门，满脸笑意："库尔班大哥，是你敲门啊？"

"于队长你好，你让图尼莎汗赶紧出来。"库尔班朝里面张望，于香秀故意挡着库尔班的目光："库尔班大哥，你是不是打我姐姐了？"

"这个女人觉悟太低了，她不让我去见毛主席，我能不打她嘛！"

"你动手打了我姐姐，还这种态度，作为她的妹妹，我是绝对不会让她出来的！再说了，我姐姐也是为了你的身体考虑，才把你叫回来的！"

"我不管！只要不让我去见毛主席，我就要打！"

"库尔班大哥，你这样说话就不对了，我姐姐不是让你随便打的！"于香秀越说越气，猛地关上了房门。

库尔班在门外敲了半天没人回应，他解开拴在树上的毛驴，准备去找柯有田说理。柯有田看到库尔班脏兮兮的样子，忍不住大笑起来。他装作毫不知情，询问库尔班："库尔班大哥，你这是怎么了，还气成这样？"

库尔班一屁股坐在柯有田对面的凳子上："你不知道，柯书记，图尼莎汗觉悟太低了，她不让我去北京，去见毛主席！我一生气就抽了她两下，她就跑到你们家去了，也不管我和孩子有没有饭吃！"

"我也给你说了，北京太远了，不让你去，你为什么不听我的话呢？"

"我太想见到毛主席了，再说，没有毛驴到不了的地方，北京再远，我走上一个月，不行就两个月、三个月，我不相信我走不到北京。"

"怎么跟你说呢？毛主席很忙，中国这么大，他一天要处理的事情比我一年要处理的都多！你明白吗？他哪有时间见你啊！再说了，图尼莎汗说你最近身体也不好，还咳嗽得很厉害，嫂子也是为你好，才叫你回来的，对不对？你还打她，你觉得你做得对吗？”

“不对，她要是真对我好，就应该支持我去见毛主席！她还是觉悟太低，我打她没错！”

柯有田话锋一转，故意说道：“我们新中国的农会主席还打老婆？这要是让毛主席知道了，他还能见你吗？共产党主张男女平等，妇女能顶半边天！毛主席绝对不会动手打女人的，他也不会跟一个动手打女人的人交朋友。”

一听到毛主席，库尔班立刻低了下头：“我知道打女人不好，打自己的老婆也不对，我那个时候嘛，就是太生气了！”

“再生气也不能动手打人啊，你应该给图尼莎汗道歉！”

恰好这时于香秀端着饭盒走了进来。柯有田假装生气地责问于香秀：“你怎么能把我大哥关在门外？都到中午了，至少要留我大哥在家吃顿饭嘛！你这样对我大哥，什么态度！”

库尔班一听，连忙站起来：“柯书记，不是于队长不留我，是我当时态度不好！”

于香秀没领会柯有田的用意，被这样不明就里地指责，心里有些难受，说道：“图尼莎汗是我的姐姐，我不心疼她谁心疼她？我姐姐为了库尔班大哥，为了家付出了多少，那么辛苦，库尔班不是不知道，居然动手打她，我能让库尔班大哥带走我姐姐吗？”说完，于香秀一脸委屈地把饭放在柯有田手里，就要离开，“你们男人如果都这样不尊重老婆，以后你的饭我不做了，咱们也别过了！”于香秀说完就要出门，柯有田赶忙追过去拉住于香秀。他决定将计就计，顺着这场戏继续演下去。他给于香秀使了个眼色，故意大声说道：“媳妇我错了，我没问清楚就批评人，我错了。”

于香秀明白了柯有田的用意，装作不依不饶的样子说道：“说一句错了就完了？你自己还要求别人调查清楚再批评人呢，轮到自己就信口开河了！你这个书记怎么当的，你的觉悟怎么那么低呢？毛主席怎么会有你这样的干部！”

库尔班在旁边听得十分着急，他哪里知道这是两人给他演的一出戏：“哎呀，于队长，这些都是我的错，不怨柯书记，都是我的不好，是我不该打老婆，是我连累了柯书记！柯书记刚才也狠狠批评了我，说我不该打老婆。”

柯有田和于香秀听后相视一笑。于香秀说道：“库尔班大哥，知道错了，就应该去给我姐姐当面道歉，承认错误。”

库尔班面露难色：“我们这里的男人，不会给自己的老婆道歉的，要不，于队长，你帮我去和图尼莎汗说一下行不行？”

“库尔班大哥，你必须亲自跟我姐姐道歉，如果不道歉，我就不让我姐姐回家，你自己看着办吧！”

夜里，柯有田陪着库尔班在办公室凑合了一夜。柯有田把办公桌让给库尔班睡，自己躺在几张椅子拼成的“床”上。库尔班不停地咳嗽，辗转反侧睡不着。终于熬到了天亮，于香秀来给两人送饭。库尔班吃着饭又咳嗽起来，于香秀掏出来一瓶药：“我差点忘了，图尼莎汗让我给你带了感冒药，她说你的感冒肯定又严重了。来，库尔班大哥，把这个药赶快吃上！”

柯有田连忙起身去提暖壶：“来，库尔班大哥，我给你把水倒好了，快把药吃上，看嫂子对你多好，这个时候还牵挂着你。”

于香秀收拾好饭盒：“那我先走了，库尔班大哥，记得吃药，早中晚一天三次。”

库尔班一边吃药一边唠叨：“图尼莎汗是个好女人啊！”他现在已经深刻地体会到图尼莎汗的重要性，可是要让自己跟老婆开口认错，他以后在家里的面子不就不值钱了吗？他把心里的担忧跟柯有田讲了，柯有田替库尔班想了个办法。

两人来到县城巴扎，柯有田陪着库尔班走到一个卖头巾的摊位前，打算给图尼莎汗挑选一条靓丽的头巾。两人选了一条，柯有田抢着付了钱。然而库尔班犹犹豫豫，柯有田一眼便看出，平日里大大咧咧的库尔班这时候开始难为情起来了，他便陪着库尔班一同前去。

来到家门口，柯有田给库尔班使了个眼色，库尔班走上前去敲门，里面传来了于香秀的声音："谁啊？"

"我，库尔班，我要给图尼莎汗送个东西。"

"送东西？什么东西？我姐姐说不想见你！"

库尔班一听，扭头就要走，柯有田立马拽住了库尔班："库尔班大哥，男子汉大丈夫的，有错就改嘛，怎么连个错误都不敢承认？"

库尔班给自己暗自鼓了鼓劲，提起勇气说："图尼莎汗，昨天我拿树条子抽你，是我不对！我不该打你，只有巴依才用鞭子打我们穷人，我昨天是气糊涂了。"

柯有田鼓励着库尔班，压低声音示意他："我错了，说啊，库尔班大哥！"

"我……我……"这几个字像是卡在库尔班的嗓子眼里一般，他无论如何就是说不出口。

柯有田在一旁引导着库尔班，心里发急："说啊，你哪里不对？为什么错了？"

库尔班犹豫了片刻，豁出去了，他冲着门里大声说道："柯书记说毛主席从来不打女人，我也是毛主席的干部，是农会主席，我更不能打女人，所以，我错了，老婆，我以后再不打你了。"

柯有田见势补了一句："库尔班大哥还有个礼物要送给嫂子，如果嫂子原谅了库尔班大哥，就请嫂子收下这个礼物吧。"

此时门里的图尼莎汗已经泪流满面，这些话让她重新认识了这个已经跟自己生活了小半辈子的男人。于香秀推着图尼莎汗从门里走了出来，库尔班兴高采烈地把头巾交到了图尼莎汗的手里，于香秀帮着图尼莎汗将头巾披在了肩上。

为了庆祝库尔班和图尼莎汗和好，中午于香秀做了一桌子的拿手好菜。两人和好了，似乎连饭菜吃着都比往日有滋味多了。正在几人聊得开心的时候，外面传来了敲门声。于香秀起身走了出去，一会儿便拿着一封信回来了："是邮递员敲门，山东老家来信了。"

库尔班很好奇："这个信是哪里来的？"

"是从山东老家寄来的，我和香秀每个月都能收到老家的来信。"

库尔班惊喜地问柯有田："这个信能到北京吗？"

"可以啊，只要你把信写好，交给邮局，邮局就能给你寄到北京。"

"能不能把我当成信，寄到北京去，寄给毛主席？"

大家都被库尔班的天真逗笑了。于香秀把信收好落了座："你太大，信封里装不下你，信封里只能装得下信纸。"

"信上能写什么？"库尔班继续问道。

"信就是把你想说的话写到纸上，寄给远方你想跟他说话的那个人。"

回到家后，库尔班和图尼莎汗并肩坐在屋顶上，看着漫天的星星。这样的夜空让图尼莎汗想起逃婚第一天的晚上，她和库尔班躺在沙坑里，抬头看到的，就是这样的天空啊！库尔班又何尝不是如此呢？但相比那时的天空，他更喜欢今天的。那时除了天空是干净的，星星是明亮的，他们的世界都是漆黑一片的！

库尔班惆怅地望着夜空，他心想，此刻也许毛主席也在望着同一片夜空："我心里着急啊，我想早日见到毛主席，让他知道南疆有一个从奴隶翻身做了主人的农民，想对他表示真心真意的感谢啊！你说，我的感谢能不能比我的毛驴跑得快，先让毛主席知道呢？"库尔班问图尼莎汗。

"就跟于队长说的那样，把对家人的思念，写到纸上寄给远方的亲人？"

"对啊！我要给毛主席写信，我要把所有的感谢都写在纸上，寄给毛主席！"

"好是好，可是你又不会写字，怎么给毛主席写信呢？"

这个问题并没有难倒库尔班。第二天，他背着一个被塞得鼓鼓囊囊的褡裢来到柯有田办公室。库尔班难为情地说出了这次来的原因。

“你要给毛主席写信？”

库尔班一脸认真：“是啊，给毛主席写信！”

柯有田听了大笑：“库尔班大哥，你开玩笑吧？”

然而，库尔班一脸严肃地看着柯有田：“我对你，对毛主席，怎么能开玩笑呢？我就是想给毛主席写信，表达我们翻身农奴对他的感谢！”

柯有田看到库尔班的样子，也认真起来：“对不起，库尔班大哥，我不应该说你开玩笑，我道歉。你的心情我可以理解，你对党和毛主席的感激之情，我表示万分支持！可是写信这种形式吧，不可取！”

库尔班不解。柯有田解释道：“你想想，毛主席那么忙，他要看多少文件啊，哪有时间看你的信啊！”

“你也特别忙，可是你不是经常给你的山东亲人写信吗？”

“那不一样，我是给自己的家人写信，亲人之间写信是很正常的！”

“毛主席比我的亲人还要亲，那我给他写信不是也很正常吗？”

“还是不一样，亲人得有时间看信才行！毛主席哪有时间读那么多信呢？”

“这个信我一定要写，你就帮我写吧！”库尔班请求道。

柯有田恍然大悟：“弄了半天，你是要我帮你写信？”

“对啊，我带了这么多好吃的，就是想请你帮我写信啊！”

“那就更不行了！”

“这又是为什么啊？”库尔班问道。

“我是党员干部，毛主席是党的最高领导，我们党员是有纪律要求的，我不能直接给毛主席写信，那叫越级！是违反党的纪律的！”

库尔班有些不耐烦：“说了半天，这个信你就是不能写？”

“对，我不能写，这是违反纪律的！”

“好了，不帮我写算了嘛，我自己想办法。”说完，库尔班就离开了办公室。柯有田在他身后喊，库尔班根本不理。他牵着毛驴气呼呼地走了出来，看到巴图正在院里修理汽车。巴图看到库尔班大叔朝自己走了过来，连忙脱了满是油污的手套，准备问候，库尔班先开了口：“巴图，你这会儿有没有时间，帮我一个忙好不好？”库尔班把想给毛主席写信的事情跟巴图说了，哪知巴图也像柯书记一样，百般推辞说自己写不了。库尔班一摆手，气哼哼地牵着毛驴走了。求人不如求己，这点事情柯书记和巴图都不肯帮自己，大不了自己来写，可是自己不认识字，现在学也来不及啊！

库尔班烦躁地回到家里。阿扎提和柯里亚正在写作业，库尔班上了炕，也凑到炕桌边：“阿扎提，把你的书本拿来我看看。”

“爸爸，你不是不认识字吗？”

“那你认识多少字？”

“我认识好多字啊！”

库尔班灵机一动：“那你会写信吗，孩子？”

“写信，会啊，我们老师教过我们写信！”柯里亚回答。

库尔班高兴地一拍手：“太好了，你们能不能帮爸爸写封信？”

柯里亚给阿扎提使了个眼色，两人小声商量着。柯里亚提议让爸爸用两把木头手枪作为写信的交换。库尔班一听，一口答应。柯里亚从书包里拿出一个作业本，撕了几张白纸，便开始写信。其实他们也是第一次写信，之前只是在课堂上听过老师读别人写的信，但是为了两把木头手枪，他们只能凭借记忆照葫芦画瓢了。

“我先考考你们，‘毛主席’三个字会写吗？”

柯里亚问阿扎提：“毛主席，你会写吗？”

“会写！”阿扎提拿着笔，准备着。

库尔班想了想，说：“毛主席，你好！”阿扎提很费力地写下了：“毛主席，你好！”

“我是新疆于田县一个维吾尔族农民，我天天都想见到你。”

上一句的几个字阿扎提还没写完。他费力地一笔一画地写着，并提醒爸爸慢点说。这一下打断了库尔班的思路，他一时想不起自己刚才说到哪儿了。柯里亚看看信纸提醒道："你说天天都想见到他。"

"对，我从孩子们的课本上听说，你也是个农民，那我们就能说到一起了。土地是农民的命根子，你把土地分给我们，你真是想到我们农民的心窝窝里了……"

第二天，孩子们都上学去了。库尔班看到桌子上放着昨天写的信，高兴地拿过来看。他虽然不认字，但字的模样他还是能分辨出来的，信纸上有几个字不断地重复，除了这几个字，没有其他的，库尔班疑惑地盯着信纸，这写得对吗？库尔班将信将疑地拿着信出了门。

库尔班走到孩子们上课的教室，正好听见罗老师因为柯里亚和阿扎提没写完作业在训斥他们。库尔班直接闯了进去，跟老师理论起来。

罗老师气得哭笑不得，恰好下课铃声响了起来。罗老师抱起书便离开了教室，库尔班走到两个孩子跟前，问他们为什么没写完作业，阿扎提指着父亲："都是因为帮你写信，我们俩都没有完成作业！"

"算了，算了，你们赶紧准备上课吧！"库尔班离开了教室，在学校里失落地走着。一抬头看到罗老师正迎面走来，库尔班便快步上前拦住了他："罗老师，刚才我在孩子面前说得不对，我给你道歉！"

"刚才你不是说孩子没有错，都是我们老师的错吗？"

"老师不要生气了，这次不能怪孩子，都是我让两个孩子帮忙写信，他们没时间写完作业。"

"他们怎么会写信呢？我可以帮你写信啊！"

库尔班看着罗老师："你不行，小伙子，这个信，你写不了。"

"一封信我都写不了，我还是老师吗？"

"县委书记都写不了，你，还是算了吧！"库尔班要走，却被罗老师上前拦住："你别走，到底什么信啊，那么难写，连县委书记都写不了？"

"算了，我说了你也不敢写，我还是回家等我女儿吧！"库尔班又要走，罗老师张开手挡在库尔班面前："你要是不说，我还真不让你出校门了。"

"你知道我给谁写信吗？我说出来会吓你一大跳的，算了，我还是不说了！”

库尔班这样一卖关子，罗老师更加好奇了：“大叔，你说，给谁写信？你要是敢说，我就敢写，我还就不信邪了！”

“我是给毛主席写信！”

罗老师吃了一惊：“大叔，你要给谁写信？”

“毛主席！你害怕了吧？没事，很多人听了都吓一跳，这个信你写不了！”库尔班故意大声说道。没想到罗老师乐了：“大叔，你这个信我帮你写了。”

库尔班愣了：“你真能帮我给毛主席写信？”

“你放心，肯定没问题！”

两人坐在罗老师宿舍的桌前。库尔班将昨天晚上他所说的又重述了一遍，这一遍他熟稔于心，几乎没有停顿地说了出来，以至于罗老师不得不提醒他慢一点。晚上库尔班睡觉时，将那封信放在枕头边上，他生怕一觉醒来信就不知所踪了。库尔班夜里说着梦话：“人民公社组织我们集体沤肥，我们这里有苇子滩，能沤好多好多肥呢！”库尔班一下子醒来，拿着信起身穿衣服。他突然想起来还有些要对毛主席说的话没写进信里。库尔班伴着月光，匆匆走在村路上最终敲响了罗老师宿舍的门。罗老师揉着惺忪的睡眼，开门看是库尔班大叔。库尔班直截了当地说了来因，不管罗老师的反应，直接挤进了宿舍。

油灯下，库尔班饱含激情，像是演讲一般念念有词：“第一次知道积肥，还是通过您派来的解放军，他们背枪的肩头上还背着粪筐，走到哪里就把地上的牛羊粪便拾起来装到粪筐里，我们刚开始不理解，还躲着这些喜欢收集牲畜粪便的人……”

库尔班一边说，罗老师一边认真地记录着。面对着激情昂扬的库尔班，罗老师也精神了起来。他握着笔，仿佛在完成一项神圣的使命。库尔班的话也说出了他的心声，这封信倾注了两个人满满的心血。

第二十二章

由于昨晚写信，几乎彻夜未眠，罗明文第二天给孩子们上课时还打着哈欠。他正领着学生们朗读课文，突然教室窗户传来了敲击的声音，全班同学的注意力都被吸引了过去。罗老师一看，是库尔班正在窗户外面冲他招手。罗老师打开窗户，库尔班举着手里的信："罗老师，我又想到一件事没写！"

"库尔班大叔，你知道什么叫信吗？"

"以前真不知道，这次我们一写，我就知道了。"

罗明文继续说道："写信，不能写得太长了。你看，你给我说了好多事情，包括很多你受苦受罪的事情，我也感动得掉眼泪了，但是一封信里，不能把所有的事情都写上。库尔班大叔，我们已经写了快一万字了，都成小说了。这么长的信，毛主席肯定是没有时间看的！咱们必须把字数减少到一千字以内才行。"

库尔班不同意，他用两只手紧紧护住信件："这些都不能减，都是我要说给毛主席的话！"

罗明文耐心地给库尔班解释道："你知道毛主席一天要处理多少事情吗？中国那么大，全中国的人都想给毛主席写信，他哪能看得过来？你一封信就写一万多字，毛主席的秘书一看这么厚，很可能就不给毛主席看了！"

"真的吗？那就减一点点，短一点儿吧！"库尔班虽然极不情愿，但相比于毛主席都看不到信，还不如缩减一些。

两个人终究还是吵了起来：罗明文认为他是老师，何况还是写给毛主席的信，必须要严格符合书信的格式；而库尔班则认为，这是他写给毛主席的信，怎么写是他的事，与旁人无关。两人争论了半个多小时，未果，库尔班气呼呼地拿着信就走了。

回家后，库尔班坐在院子的木床上，一碗一碗地喝着茶。图尼莎汗回来，看到库尔班在喝茶，伸手摸了摸他的额头："库尔班，你怎么了？好像有点发烧？你不是忙着写信吗？怎么一个人在家喝茶呢？"

"托乎提汗呢？怎么还不回来？"

"托乎提汗不是到县上学习去了吗？你忘了？"

库尔班一拍脑门："我都忘掉了，我还想让她帮我写信呢！"

"罗老师不是在帮你吗？怎么又想让托乎提汗写了？"

一提起罗老师，库尔班就一脸烦闷。图尼莎汗问清楚了原因，劝道："库尔班，你这样说就不对，罗老师是一个多好的老师啊！他上课那么忙，一个人要代好几个年级的课，他还帮你写信。"

"我也知道他人很好，心很好，可是他要求我把说的话多减一些，信就剩了这么长，我有那么多的事情想要给毛主席讲，都减完了，那我还给毛主席写什么信呢？"

"库尔班，你太糊涂了！于田县就这么大，罗老师是于田县最有文化的人了，你不好好求他，还和他吵架，你让托乎提汗写，她就是一年也写不出来那么多字。我们俩都不认识字，信怎么写？肯定是罗老师才能帮你，你怎么能不听罗老师的话呢？"

库尔班叹一口气："可是……"

“可是什么！库尔班，你不要和罗老师再犯倔牛脾气了，你再这样，于田县找不出第二个能帮你写信的了！你相不相信？”

“我相信，那我怎么办呢？”

图尼莎汗脑筋一转，给库尔班支了一着儿。库尔班又来到了罗老师的宿舍。罗老师正皱着眉头，坐在书桌前，批改学生的作业。库尔班站在门口，犹豫着。罗老师突然看到了库尔班：“库尔班大叔，你来了？是昨天忘了什么东西吗？”

库尔班连忙摇头：“不是，不是，我来看看，你吃饭了没有？”

罗老师一拍脑门：“哎呀，我怎么忘了做饭呢？库尔班大叔，你快进来坐。”

“罗老师，既然你没有吃饭，就到我家去吃饭吧？我老婆做了鸡肉抓饭。”

“那怎么好意思呢？我还是做疙瘩汤吧。库尔班大叔，咱们今天一起喝疙瘩汤吧？”

库尔班诚恳地表达了歉意，他已经准备好接受罗老师的指责，没想到罗老师连忙检讨自己：“库尔班大叔，你怎么能道歉呢？吵架又不是一个人的错，我也有错，你走了以后，我也认真想了，也找了自己的问题。”

“罗老师，你没有问题，问题都是我的。”话都说开了，两人相视哈哈一笑，那些不愉快的事情都抛诸脑后了。罗明文准备重新写信，库尔班拉着他的手就往外走：“不写了，走，罗老师，到我家吃饭去，我老婆做的鸡肉抓饭，是世界上最好的鸡肉抓饭！”

罗老师坐在炕上，图尼莎汗给他倒上茶，把干果和点心推到罗老师跟前，热情地招待他，以至于罗明文很不好意思。图尼莎汗面带笑意，真诚地说道：“罗老师，早就应该请你到家里来，你帮库尔班写信，我都不知道怎么感谢你！”

“图尼莎汗大婶，你可不要感谢我，是我求库尔班大叔，要帮他写信的，因为我啊，其实也想给毛主席写信，表达我的感激之情，没想到我和库尔班大叔想到一块了，所以我是主动帮忙。”

库尔班端着香喷喷的鸡肉抓饭进来了：“快，罗老师，吃抓饭吧！”

“太好了，我可是好久没吃抓饭了！”

“库尔班，你从今天开始，要心平气和地和罗老师说话，不能一着急就吵架了。”图尼莎汗看了看库尔班。

“是，我也好好想了，这个写信，不能太长了，不然毛主席真没有那么多时间看。”

罗老师吃了一大口抓饭：“库尔班大叔，你进步太快了，写信就是选最重要的写，不能什么都写，那样的话，写的东西太多，就没有重点了！”

库尔班虚心请教罗明文：“罗老师，那你说，我给毛主席写信的重点是什么呢？”

“库尔班大叔，这个不应该问我，你应该问你自己，你最想给毛主席说什么呢？”

罗明文让库尔班好好整理一下思路，把这些想说的话都过一遍，这只是第一步；然后还要在这些素材基础上继续加工。库尔班不懂什么是加工，罗明文解释道：“加工，就是用最短的句子说出最重要的话。”罗明文大口吃着抓饭。库尔班在一旁思考该怎样用最短的句子说出最重要的话，突然，他拍了一下大腿：“罗老师，我突然想明白了！你吃完了吗？咱们赶快回去改！”

两人到了罗明文宿舍，库尔班坐在罗老师对面：“罗老师，我想明白了，你就改吧，我绝不生气！”

罗老师笑了笑，开始动笔写。然而不知什么原因，钢笔就是不下水。他使劲甩笔，不料把墨水甩到了已经写好的纸上。库尔班心疼地拿起信纸：“哎呀，这怎么办？白写了？”

“没事，库尔班大叔，话都在我脑子里装着呢，我重新写一遍就行了。”

为了给罗老师买新钢笔，库尔班卖掉了他上个月买的塑料套鞋。库尔班拿着新钢笔，兴冲冲地来到罗老师宿舍，准备给他一个惊喜。他把手背在后面，让罗老师猜，罗老师笑着摇头。库尔班看罗老师是真的猜不出来，便把钢笔从背后拿了出来："看，一只新钢笔！怎么样，你喜欢吗？"

罗老师瞪大了眼睛："新钢笔？库尔班大叔，你买的？"

库尔班点头："是啊，你看你的钢笔，连墨水都不出了。"

"库尔班大叔，一支钢笔很贵的啊！我之所以不买新的，就是因为钢笔太贵，我舍不得买啊！"

"罗老师，你应该换一支新钢笔了。你一个老师，怎么能没有一支像样的钢笔呢！"

罗明文知道这支钢笔绝对不便宜，他去过供销社，那里最便宜的也要五元钱。他绝对不能要这支钢笔，对于库尔班大叔来说，这五元钱也不是个小数目。罗明文推辞着，库尔班坚持道："罗老师，钢笔再贵，也是你劳动的"坎土曼"，我们劳动离不开我们的坎土曼啊！你就拿着用吧！"

罗明文想了想："库尔班大叔，你说得对，我们离不开我们的"坎土曼"，我早就想买一支新的钢笔了。"罗明文拉开桌子的抽屉，从里面取出五元钱，"库尔班大叔，你把这个钱拿上，这钱就是我留着买钢笔的。"

库尔班双手推拒："罗老师，钢笔是我送你的礼物，你怎么能给我钱呢？你要是不要，就是看不起我库尔班。"

罗明文看库尔班不肯收下这五元钱，他想了想，跟库尔班说，如果他不收下这钱，就不帮他写信了。这可是库尔班的软肋。库尔班只得乖乖地收下了这钱。

罗明文开始用这支新钢笔写信。用了新钢笔，连信纸上的字迹都变得好看多了。库尔班若有所思："罗老师，我最后想加一句！"

罗明文惊恐地用手捂住信纸："不能再加了，这真是最后一遍了，你再加，这封信写到明年这个时候也写不完！"

库尔班举着一根手指头：“一顿鸡肉抓饭！”

“什么？加‘一顿鸡肉抓饭’？”

“不是，罗老师，你让我加一句话，我让老婆子给你再做一顿鸡肉抓饭！”

罗明文笑了：“哦，这个意思，那好吧！”他又换上了一张新的信纸。信写到最后一行，库尔班犹豫了一会儿，说出了最后一句：“毛主席，您能不能送给我一张照片？我特别特别想要一张您的照片！”罗老师写好后，用毛笔在信封上写道：北京中南海，毛泽东主席收，于田红旗人民公社库尔班·吐鲁木。

库尔班把写好的信和装干果的口袋放在县城邮电所的柜台上。大家一听这位大叔要给毛主席寄信，都好奇地围了过来。营业员热情地帮库尔班填好了邮寄干果的单子。库尔班买好了邮票，把装好信的信封交给营业员。营业员准备用胶水封口，库尔班突然叫住她：“姑娘，你先别粘上，我还忘了写一句最关键的话！”库尔班拿着信出了邮局，匆匆往回赶。

罗老师看着气喘吁吁的库尔班，问道：“库尔班大叔，信寄出去了吗？”

“营业员刚要粘信，我突然又想加上几句话，所以把信又要回来了。”

“库尔班大叔，我刚想要夸你进步呢，怎么又退步了？我们真的不能再加了！”罗明文无奈地摇了摇头，坚决不同意库尔班的请求。库尔班急了，他从裤兜里掏出了罗明文给他的那五元钱。

“库尔班大叔，你这是什么意思？”

“你要是不给我加，我们就不是朋友了。你把五元钱拿回去，我把钢笔拿走！”

罗明文早就听说过库尔班的倔脾气，今天算是领教了。他只好答应了库尔班的请求。库尔班边想边说：“我想自己养一头母牛，这样不但能解决家里喝牛奶的需要，而且来年春天，还能再生一头小牛。这样，我两年就能养两头牛，等小牛长大以后，就交给公社去耕地，感谢毛主席的好政策!”

写完这句后，罗老师不放心地问库尔班：“是最后一句话吗?”

“最后一句话!”

库尔班拿着信急匆匆地赶回邮局。他按照营业员的指点，把邮票贴好，把信投进柜台旁边的绿色邮箱里。库尔班左看右看，还是不放心，又仔细查看一番，才出了营业所。然而库尔班并没有离开，他在邮局附近转悠。街边有一条小水渠，库尔班蹲在水渠边上，把馕扔到水渠上游，不慌不忙地洗手，等馕漂过来，他拾起馕又扔出去，再洗手，馕再漂到他面前的时候，他拾了起来，把馕掰开，蘸着渠水吃。

库尔班吃完馕又回到了营业所里。他蹲在邮箱旁，时不时往邮箱那个洞口里看。营业员看见这一幕，很是奇怪，他问库尔班，库尔班的回答令人啼笑皆非。库尔班说：“我等着毛主席给我回信呢!”营业员笑着告诉库尔班：“寄北京的信最快也得半个月到。毛主席收到信，他有时间了才能看你的信，他很忙，还不知道什么时候能回信呢！就是马上给你回信，最快也得一个多月以后才能收到。大叔，你快回家吧。”库尔班一听，回一封信居然这么慢，心情便开始郁闷起来。

库尔班来到罗老师的宿舍，心想：罗老师是县里最有文化的人，兴许他能给自己个答案。罗明文热情地招呼他。库尔班把自己的郁闷给罗老师说了。罗明文给他解释了一番。库尔班听罗老师说，寄出的信还有可能被弄丢。写信这么不保险，他又萌生了去北京见毛主席的想法。

库尔班回到家收拾了一番。驴背上驮着装馕的褡裢和水葫芦便再次出发了。

库尔班刚走到胡杨林，远处便传来了马蹄声。柯有田骑着马追了过来。库尔班很是奇怪，问道：“柯书记，你怎么来了？你想和我一起上北京吗?”

柯有田下了马：“库尔班大哥，我们部队从关内出发，没日没夜地走，骑马，坐汽车，三个多月才到新疆，不少战士牺牲在沙漠和戈壁上。”库尔班停下来，看着柯有田，柯有田继续说道，“他们都比你年轻!”

“别以为我没有见过世面，我给巴依拉骆驼的时候，走的地方多着呢!”

“北京比你想象的要远得多。”

库尔班问道：“北京，在天上还是地上?”

“当然是地上了。”

“那就对了呀，北京只要在地上，我一个月走不到，就走两个月，总会有一天走到的。”库尔班走到驴跟前，拍着装馕的褡裢，“这些馕，两个月也够吃了。”他又拍着水葫芦，“只要有水，多远的地方我也可以到。你不相信我吗?”

柯有田急得跺脚：“骑驴真的到不了!”

无论怎么做工作，库尔班就是听不进去。夜幕降临，俩人只好在胡杨林里过夜。第二天柯有田醒来，发现库尔班不知什么时候偷偷走了。正在他焦急的时候，巴图和几个战士骑着马赶了过来。他们带来了一个坏消息——沙尘暴很快就要来了。柯有田一听更急了，他必须马上把库尔班找回来。

库尔班牵着毛驴在沙山上走着，远处腾起一道黑墙，库尔班知道那是沙尘暴来了。他观察地形，选择了一处沙坡地，随后卸下驮子，把驮子用沙土埋好。库尔班又叫驴趴下，他把袷袢盖在头上，跪伏在驴身边，手里紧紧抓着驴缰绳。沙尘暴瞬间来到，天地一片黑暗，狂风肆虐。库尔班不停地拍着驴背，安抚着驴子。另一边，柯有田他们趁风势弱了一些，开始地毯式地搜寻库尔班。他们站成一排，每个人中间不超过五米，确保能够互相看见对方。

精疲力竭的库尔班挣扎着往高大的沙山上爬，实在爬不动了，就停下，蓄积一点儿力量，接着爬。突然，一声明亮的枪响从远处传来，库尔班疑惑地四处寻找，接着又一声枪响，库尔班突然兴奋地笑了，喉咙里发出嘶嘶的声音。他知道，这一定是柯书记在找他。然而库尔班身体极为虚弱，他摔倒在沙地上，求生的本能使他用尽自己最后的力气向着枪声的方向爬去。

柯有田知道，如果天黑前不走出沙漠，再来一场沙尘暴，他们所有人可能都会出不去了，于是他下令："大家再坚持一下，以我为中心，向四周再做最后一次寻找，大家以能听到枪声作为最后的寻找范围，枪里还有八发子弹，大家仔细数着点，听到第七声枪响时，所有人都必须往回赶。一个小时内，完成集结！"

残阳如血，照射着广袤的沙海。库尔班就像一粒沙子一样渺小。库尔班又听到一声枪响，他知道自己距离枪声不太远了，但是他实在没有力气再爬了。他想喊一声，可是干裂的嘴唇根本张不开，喉咙里什么声音也发不出来。时间一分一秒地过去，浑身的气力已经耗尽，他绝望地躺在沙丘上，看着远方的夕阳似乎逐渐向着自己迫近。这时，库尔班听到连续的四声枪响，他知道那是柯有田最后的呼唤。库尔班想到，自己还没见到毛主席呢，怎么能这样倒下？家里还有图尼莎汗和三个孩子呢。他挣扎着坐起来，把挂在背后的牧羊热瓦甫拽了过来，用力地弹奏起热瓦甫。激扬的琴声穿透沙漠的上空，他祈望柯书记能听见他的呼唤和求救，这是他最后的机会了。

第二十三章

库尔班再次睁开眼睛的时候，他已经躺在医院的病床上了。他的脸上和胳膊上都晒得脱皮了，嘴唇也布满了很大的裂口。图尼莎汗和孩子们都围在他身边。

库尔班看见是柯书记和于香秀来了，他歉意地想起身，被柯有田按住。柯有田对于香秀和库尔班说："库尔班大哥，该说对不起的是我，那天夜里，我连夜带你回来就好了，而不是和你在野外过夜！为了这，于队长可是批评了我好几天呢！"

于香秀满脸不屑："说的好像你多怕老婆似的，我批评你，你都接受了吗？"

"接受啊，我全盘接受，今天不是给我大哥道歉了吗？"

库尔班看着于香秀："于队长，我没有听柯书记的话，你不能怪柯书记，是我不好，每次都给柯书记惹麻烦。"

"库尔班大哥，你不要怪自己，是柯书记的群众工作没有做好，才导致你在沙漠里遇险！"

图尼莎汗轻轻拍了拍于香秀的手：“妹妹，你可不能这样说柯书记，都怪我，没有把库尔班看住，上次他去北京，我就找玉木拉克把他追回来了，这次也不应该让他走出我家的院子。”

“北京我还是要去的，我一定要当面感谢毛主席，这个决心不会改变的！”

“库尔班，你怎么还说这样的话？还要给柯书记找多少麻烦啊？”图尼莎汗急了。

“嫂子，你不要再说库尔班大哥了！库尔班大哥，我们都很理解你想见毛主席的心情，但是北京真的很远，想去北京，要坐汽车，坐火车去才行，骑着毛驴去北京是不现实的。库尔班大哥，你把对毛主席的感恩之情化作工作的动力，搞好公社的生产，用丰收的成果来报答毛主席，好不好？等时机成熟了再到北京看毛主席。”柯有田劝慰道。

“库尔班，你看，柯书记说得多有道理啊，你这次可要好好听柯书记的话啊！”

库尔班激动地点着头：“这次我听，我听。”这次他是真的听进去了，他按照医生的要求乖乖地吃药疗养。他也始终心系公社的情况，通过托乎提汗知道最近公社里并不太平。

“还不是因为粮食生产的事，自从你上次交公粮拿了全县第一以后，咱们红旗公社就再没有进过前三名，别说前三名，这两次交公粮，我们都是垫底的，而且我们公社还影响了全县的交粮成绩。柯书记在全县大会上发火了，点名批评我们红旗公社，问为什么倒退得这么厉害！要肖大哥给出改进的办法，把肖大哥愁得啊！”

库尔班也着急了：“愁有啥用呢？得赶快在粮食增产上想办法啊！不行，我得出院，我早就不想躺在这儿了。”

“不行吧，爸爸，医生没同意你出院，你说出院就出院？别以为自己还是二十岁的小伙子！”

两人正争执着，柯有田走了进来。库尔班便急着向他打听公社的情况。柯有田安抚着焦躁的库尔班：“库尔班大哥，你也不要着急，来，坐下，我们慢慢说！”

“我能不着急吗？我们红旗公社在全县曾经是标兵啊！当年能粮食大丰收，交公粮全县第一，主要是注重施肥，当时也是跟咱们解放军学的，注重收集牲畜的厩肥，注重深耕，不知道这两年怎么亩产就上不去了呢？”

“不是亩产上不去了，是亩产增速不明显了，你知道为什么吗？”

“为什么？柯书记你说说。”

“我认为原因有两个：一是其他公社都知道厩肥增产的方法了，大家都积极采用，亩产普遍提高了，红旗公社就不那么突出了；二是这个厩肥啊，它的肥力也是有限的，如果现在我们不改变单一依靠厩肥的现状，亩产就很难上去了！”

“和我们以前比，现在的亩产都很高了！”

“是啊，以前南疆的耕种水平低，基本上没有任何农业技术。现在毛主席号召我们要科学种地，要依靠‘八字宪法’，这对我们的农业生产具有绝对的指导意义啊！”

库尔班兴奋起来：“毛主席教我们农民种地？”

“对啊，毛主席对农业生产非常有研究，他在去年就亲自给全国的农业制定了‘八字宪法’！”

库尔班由衷地感叹毛主席的伟大，他从柯有田这儿得知，原来毛主席也是农民出身，他对田间地头那点事也很了解。柯有田随之又根据于田县的实际情况，分析了当下的首要任务：就是抓这个“肥”，并且要落实到每一个公社，每个公社要专门安排一个干部抓。库尔班接受了这个任务。为了早日出院，他比从前更加配合治疗，没多久，他便被批准出院了。

几日后，库尔班和肖家琪召集了红旗公社的各小队长开会，库尔班说道：“刚才听了各小队长的反映，我也知道，我们红旗公社牲畜棚小，牲畜数量少，厩肥不能保证全公社的土地的施肥需要，可是，我们现在想要提高亩产，就是要在追肥上下功夫！我们现在最迫切需要解决的就是肥料从哪里来的问题。”

肖家琪随后发言：“看样子，关于积肥，各个小队都要自己想办法，我们牲畜棚那点肥料太少了，指望不上。咱们公社那么多地，就那点厩肥，分到每个小队，还不够浇几家子的地呢。所以说，东西少了才金贵，以前大家不知道厩肥的时候，谁还会为这些臭烘烘的大粪吵得脸红脖子粗呢？”

散会后，肖家琪和库尔班到了田地里。库尔班蹲到一堆肥料前查看。肖家琪掏出一盒火柴，擦着火放在肥料堆上，肥料很快就烧着了，并很快烧成草灰。

“库尔班大叔，看到了吗？咱们南疆传统的厩肥，其实肥质很差。”

“我听柯书记说，他山东老家的农民是挖坑沤麦草积肥的，出肥量大，肥质好，你知道这种沤肥的方法吗？”

“我在县农业技术培训班上好像听说过，具体怎么搞，可能还要问问柯书记才知道。”

库尔班想了想，决定改天到柯书记那里去一趟。两人在田埂边上商量着，一辆嘎斯 69 停在了地头。

库尔班隐约听到远处有人喊他，循声看去，竟是柯书记。柯有田手里拿着一封信，激动地朝库尔班喊道：“库尔班大哥，毛主席给你回信了！”

库尔班一下子没反应过来，愣在那里：“柯书记，你说什么？”

柯有田高举着信再次激动地喊道：“毛主席给你回信了——”

“信，毛主席给我回信了？”

“是的是的！”

库尔班连忙扔下了手里的坎土曼，飞奔到柯有田身边。库尔班小心翼翼地接过信，翻来覆去地看着信封。确定之后，他把信举过头顶大喊着：“毛主席！毛主席！毛主席给我回信啦！”听到库尔班的喊声，周围的社员都围拢过来。

库尔班激动地看着柯有田：“柯书记，你给我们念念信上都写了什么吧!”

柯有田拆开信封，拿出信纸，开始念道：“库尔班大哥，这是中央办公厅受毛主席的委托，给你写的回信。”有人迫不及待地催促道：“快读吧，都说了什么?”

柯有田继续念道：“信上说，你的信毛主席收到了，毛主席很高兴，鼓励你好好劳动，把人民公社建设得更好。信上还说，你想要一张毛主席的照片，毛主席也让人给你附信一起寄去了。毛主席送了你一张照片啊!”

柯有田把信封轻轻一倒，一张毛主席的照片从信封里滑出来。周围的社员都激动坏了，他们大喊着：“毛主席给库尔班大叔赠送了照片！让我们看看!”库尔班激动得老泪纵横，他接过毛主席的照片，翻来覆去地打量着……柯有田把信读完后，郑重地交给库尔班。

库尔班双手颤抖捧着信，他已经满脸泪水，却感到无比幸福：“柯书记，这是天大的好事，我要把这事告诉大家，告诉所有人!”

库尔班站在大桑树下，激动地敲起铁皮鼓，村民们闻声全都聚集了过来……库尔班带着这封信，跑遍了自己能去的所有的地方，他要让每一个人都感受到同样的幸福。在幸福的陶醉中，他知道这是毛主席对他的信任和期许，只有按照毛主席的教导，努力搞好生产，认认真真地工作，才能不辜负毛主席对自己的期望。

库尔班眼下要做的第一件事便是要提高亩产。他和肖家琪去县城找柯书记。柯有田很是高兴。

“柯书记，你认为我们该如何推广这个沤肥的方法呢?”库尔班问道。

“我觉得还是由点到面的推广方法好，这个点一定要成功，一定要有高度的责任感和使命感，才能把沤肥的方法学到手，做出成绩，才能带动更多的社员参与进来，而后带动更多的公社参与进来，慢慢地，我们的积肥队伍就壮大了。所以说，这第一个点特别重要!”

库尔班自告奋勇，甘愿当这第一个点。任务交给库尔班，柯有田自然是很放心。两人来到一处田地里，柯有田给库尔班讲：“我们新疆的麦草金贵，还要喂牲畜，所以在新疆沤肥，我建议用芦苇，你认为呢，库尔班大哥?”

“芦苇好啊！我们水边芦苇特别多，距离公社也不远，方便运输，用芦苇沤肥很方便。”托乎提汗和两个农民正在挖一个大坑，坑已经挖得有半个院子那么大了。柯有田看着这个大坑道：“库尔班大哥，这个坑可是不小啊，能装下两百公斤肥料了!”

“才能装两百公斤？太少了，我还要再往大里挖，争取一次能装三百公斤以上!”

库尔班为尽早完成任务，废寝忘食地劳作了一个星期，这个能装下三百公斤芦苇的大坑终于挖好了。然而库尔班并没有停歇片刻，他紧接着便加入割芦苇的行列中。他们把割好的芦苇收拢在一起，捆成捆，芦苇滩上便堆起小山一样的芦苇秆。玉木拉克和多来地赶着马车来了，玉木拉克打趣道：“我说库尔班，你以前给巴依割芦苇的时候，可没有这么卖力啊!”

天黑之前，所有芦苇都被运到了大坑边。社员们看着这如山般的芦苇，议论纷纷：“这么多芦苇，得剁到什么时候啊?”“我看，如果库尔班大叔一个人剁，一年都剁不完。”

库尔班也不回答，他一个人坐下，抓过芦苇放在木墩子上，用砍刀剁成碎屑。很快，芦苇屑就在库尔班的脚边堆起很高；随后，库尔班便把芦苇屑撒进大坑里。傍晚大家都回去休息了，库尔班仍坐在坑边上剁着芦苇；夜深了，库尔班就借着微弱的月光继续劳作。第二天一早，大坑里已经累积了厚厚的一层芦苇屑。

柯有田看到库尔班挖了这么大一个坑，不由得赞叹：“你还真挖了一个能供应一个公社的大坑啊！我在老家都没有见过这么大的规模！库尔班大哥，你真是有愚公移山的劲头!”

库尔班笑了笑，他的双眼中满是血丝：“我没愚公厉害，他能移山，我就是挖了一个大一点儿的坑!”

大坑里，阿扎提与柯里亚正在玩打仗游戏。库尔班高兴地指挥他俩：“对，好好跳，好好蹦，你们什么时候把芦苇屑踩匀和了，什么时候上去!”阿扎提和柯里亚跑得更加开心了。

柯有田打水回来，看见这一幕不由得笑了：“库尔班大哥，你太会想办法了，为了沤肥连孩子都用上了!”

“这是一个多好的方法！让他们既长身体又玩得开心，还把我想干的事帮我干了!”

三天后，大坑已经被芦苇屑堆满了。又过了一段时间，芦苇屑被沤成了黑色的有机肥。库尔班满意地对围在大坑旁的社员们宣布：“肥料已经沤好了，各个小队都来起肥，公平分配，保证每个小队的供应。”社员们欢呼着，他们用麻袋把黑色的沤制肥背到田地里。库尔班和托乎提汗却用扁担挑肥料，一下子就可以卸下两堆肥料。村民围了过来，好奇地发问。正在库尔班教村民们如何使用扁担的时候，一位戴眼镜的男青年找到了库尔班。

“您就是库尔班大叔吧？我是《和田日报》的记者，是你们县委书记请我来采访您的，你们现在是在施肥吗?”

库尔班放下扁担，说：“对，我们用芦苇一次沤了三百斤肥，这个量可以供我们公社三个大队。”

记者一边记录，一边继续问道：“我听你们县委书记介绍，这三百斤肥都是你一个人完成的，是这样的吗?”

“也不能说是我一个人，割芦苇的时候，很多村民都来帮我，剩下的工作大多是我一个人完成的，但是我女儿也一直在帮我。”

记者对库尔班的采访一经报道便引起了轰动。库尔班没多久便被评为县里的劳模。库尔班戴着大红花，骑着驴，柯有田亲自陪他在大街上巡游。库尔班问柯有田：“我当了县劳模，就可以进北京见毛主席了吧?”

柯有田扭过头：“你现在只是县上的劳模，哪有机会到北京啊？我给你说，你要是当了全国的劳模，就有机会上北京，就有机会见到毛主席了。”库尔班牢记下了这句话，他的目标是成为全国劳模，为此他继续努力着。功夫不负有心人，库尔班终于被评为了全国劳模。他离自己的梦想更近了一步。

库尔班参加完劳模大会的第二天，《人民日报》便登了他积肥的事迹。库尔班拿着那份报纸来找柯有田：“柯书记，你看，《人民日报》都说我当全国劳模的事了，你啥时候送我去北京见毛主席呢?”

“库尔班大哥，你当选了全国劳模，上了《人民日报》，是我们于田县的大好事，是我们于田人民值得骄傲的事情，如果是选劳模进北京见毛主席，你就一定会有机会的!”

“柯书记，我当了全国劳模就应该去北京见毛主席，我好当面给他汇报啊!”

“库尔班大哥，没有哪条规定说，全国劳模就一定进北京见毛主席当面汇报的！等有去北京的机会，我一定会帮助你实现愿望的。”

库尔班心急地问道：“那什么时候有机会呢?”

“机会是需要等待的，不是说有就有的!”

“那还是没机会，我不等了，我走了!”

库尔班顺着公路气呼呼地往回走，他看到汽车飞驰，忽然想到：汽车比毛驴快啊，我应该搭汽车去北京啊！自从收到了毛主席的回信，大家对库尔班要去北京见毛主席一事都很支持。听说他要去北京，他们便把库尔班家围得水泄不通，纷纷请库尔班把自己给毛主席的礼物带上，有的甚至也想跟着库尔班一起去。库尔班被村民们缠得头疼得不行，他抽了个空子，起身出了门。

库尔班在村头的大桑树下敲响了铁皮鼓，村民闻声后纷纷赶来集合。库尔班跳上土台子说道：“社员们，请你们把眼睛和耳朵打开，把我的话放进去！柯书记说了，到北京，要通过四十个戈壁滩、四十个沙漠、四十座大山、四十条大河；柯书记还说了，毛主席是世界上最忙的人，他要见只能见一个代表，那就是我——库尔班·吐鲁木，摸摸你们的耳朵，这个里面有没有我的话!”

社员在下面纷纷议论。为什么他们不能去，他们并不害怕走路，库尔班能去，他们也可以去。库尔班看着底下吵吵嚷嚷的村民，继续说道：“大家静一静，静一静！大家不要着急，我要是见了毛主席，我一定告诉他，我们于田的农民都想见到他，等毛主席有时间的时候，请他到我们于田来，看看我们于田的变化，我们大家一起当面向毛主席表示感谢！”如果毛主席可以亲自来到于田县，那实在是整个于田县的光荣！大家兴奋地欢呼鼓掌。在大家的欢送声中，库尔班牵着驮着大包小包的毛驴，去公路上拦汽车了。

第二十四章

库尔班牵着毛驴在公路边拦车，然而拦了好几次车都不停。库尔班并不气馁，他继续拦车。终于，功夫不负有心人，一辆大解放在路边停了下来。库尔班急忙走上前，热情地询问司机师傅去不去北京，司机把头从车窗里伸了出来，回道："北京太远了，我就是到喀什，大爷你搭车吗?"

库尔班笑着摇头，递给司机几个甜瓜："来，师傅，路上渴了吃。"

"大爷，我又没有拉你，怎么好意思吃你的甜瓜呢?"

"没事，哪天你要是去北京，别忘了拉上我。"

司机感激地接过了甜瓜，问道："大爷，你去北京干吗?"

"我叫库尔班·吐鲁木，我要去见毛主席。"司机很是惊讶。这时一辆吉普车路过，库尔班招手，车停了下来。库尔班同样给了这位司机几个甜瓜，然而这辆车的行程依然不是去北京。

托乎提汗来到公路边，找到库尔班："爸爸，咱们回家吧，都好几天了，你碰到过去北京的车吗?"

库尔班看了一眼托乎提汗，又望向公路："我还想再等一辆车，咱们再回家好吗？"他望眼欲穿地想要等来一辆去北京的车，然而，直到天黑，也没有等来。这已经是第五天了。回到家后，图尼莎汗把热好的饭给库尔班端上炕桌，库尔班狼吞虎咽地吃起来。图尼莎汗试探性地说了一句："库尔班，明天你不要再去马路上拦车了，好不好？"哪知库尔班反应强烈："我不拦车，怎么去北京？"

"柯书记不是说了嘛，等有机会——"

"等等等，等到什么时候才有机会？我现在已经是全国劳模了，还要等，这次我坚决不等了！"

图尼莎汗一脸无奈，她实在是劝不住库尔班，只好求助于柯书记。第二天，库尔班正站在路边拦车，柯有田的嘎斯69开了过来。库尔班笑眯眯地迎上去，透过窗户一看——开车的是巴图，后面坐着柯有田。他扭头回到路边，牵着驴就走。柯有田赶忙下车去追库尔班。然而库尔班骑上毛驴，头也不回，柯有田追也追不上。巴图把车开过来，柯有田上车。巴图把车开得很慢，尾随在库尔班的毛驴后面。柯有田把头伸出窗外："库尔班大哥，怎么了？跟我生气了？"库尔班一看，把毛驴缰绳一抖，走到路边的戈壁滩里去了，柯有田他们随之追了过去。

"库尔班大哥，去北京见毛主席真的不是那么容易的，不是谁想见毛主席谁就能见的，我虽然没有能力送你去北京见毛主席，但是我一定会想办法帮你争取机会，只要有一点儿希望，我都会尽我所有的能力帮助你！"

柯有田终于把库尔班劝回去了，但他知道，第二天库尔班一定还会在公路上拦车。这时，他又接到一个棘手的任务。柯有田把巴图叫了过来："巴图，布置你一个任务，明天自治区的领导王书记到和田地区视察，会路过咱们县。我考虑，库尔班经常在公路上拦车，明天最好不要让库尔班把王书记的车拦了，耽误领导的正常行程，他的事情我会专门向王书记汇报的。所以，你明天的任务，是想办法不要让库尔班上公路。你有这个把握吗？"

“我想想，我明天给库尔班大叔帮忙运芦苇去，这样他就没时间上公路了!”

“好办法，你去吧，一定把库尔班照顾好，别让他干重活。”

第二天，柯有田在公路上果然没见到库尔班的身影，他舒了一口气。一辆吉普车停了下来，王书记穿着中山装，笑眯眯地走了下来，柯有田赶忙迎上前。他找准时机，跟王书记提起了库尔班的事情：“王书记，我们县有个叫库尔班·吐鲁木的，就是被评上今年全国劳模的那个库尔班。他为了表达对党和毛主席的感激之情，一定要去北京见毛主席，前后已经两次骑着毛驴要去北京见毛主席，最终都被我们拦下来了。现在他已经成为全国劳模，想见毛主席的愿望更加强烈，这不又要去北京，有点儿拦也拦不住的架势。”

王书记笑着说：“库尔班，我记得，我还给他颁过奖状。我来之前，秘书就告诉我，库尔班经常在这条公路上拦车，说是要搭车去北京看毛主席，有这回事吗?”

“王书记，连您都知道这个事了?”

王书记笑了：“我怎么能不知道呢? 据说，全疆的司机都在传颂这个故事呢!”

“是的，库尔班就是特别想见到毛主席，他想当面感谢毛主席给了他今天的幸福生活！想拦车去北京!”

“那今天我怎么没有被拦呢?”王书记问道。

“不瞒您说，王书记，我怕库尔班万一把您的车拦下了，耽误您工作就麻烦了!”

王书记哈哈笑道：“既然这样，那我就主动去拜访一下这个库尔班!”

柯有田陪着王书记下了吉普车，库尔班走上前和王书记握手。柯有田介绍完后，王书记认真参观库尔班的沤肥池，敬佩地竖起了大拇指：“这个沤肥池不小啊！我们每个人民公社就是需要配套这么大的，我们社员才能有丰收的基础。”

“是啊，王书记，庄稼一枝花，全靠肥当家，没有足够的好肥，怎么能有好收成呢!”

王书记夸赞库尔班：“你确实是个种地专家啊!”

库尔班笑着看了看柯有田：“这都是柯书记教我的，我跟他学的!”

“好啊！库尔班，听说你想骑着毛驴去北京，看望毛主席?”

一听这件事，库尔班提起了十二分的精神：“是啊，我以为天底下没有毛驴到不了的地方呢!”

“骑毛驴不行啊，库尔班，你的心情是可以理解的，但是骑毛驴上北京太不现实了。”

“我也知道骑毛驴是到不了北京的，后来我给毛主席写了信，毛主席也给我回了信，毛主席鼓励我好好生产，我听毛主席的话，在公社和大伙一起大搞积肥增产，科学种田。这不，我都当了全国劳模了，我就想，一定要去北京，当面向毛主席汇报，表达我们的感激之情!”

“库尔班，你的这份心意非常好，现在你先在家安心从事生产，我会把你的心愿转达给党中央、毛主席的，等一有消息就通知你!”

王书记的到来给库尔班带来新的希望，也像是一颗定心丸。三天后，库尔班正在和大伙给地里施肥，巴图开着吉普车来了。巴图把头从车窗里伸出来喊道：“库尔班大叔，快跟我上车，柯书记叫你去县委。”

库尔班从柯书记口中听到这个消息的一瞬间，时间恍若停止了，他的脑海被刚才几个字全部填满——“你要去北京了!”。柯有田等库尔班情绪稍微缓和下来，才继续说道：“新疆组成劳模代表团，去北京参加全国农具展。王书记亲自点了你的名字，要求你代表和田地区，去北京。”库尔班紧紧地抱住了柯有田。这样的时刻，对于库尔班而言，其心情是无法用语言形容的，只能以拥抱的形式表达了。库尔班等这一天等得太久了，以至于一时不知所措。他应该带什么东西给毛主席呢?

凉檐下的土炕上放满了乡亲们送来的馕、甜瓜、干果、大南瓜等各种东西。玉木拉克拉着库尔班：“库尔班，这次你一定要把乡亲们的礼物带给毛主席啊!”

库尔班哭笑不得：“太多了，你让乡亲们都拿回去，我一个人怎么能拿这么多东西啊！”

库尔班退回了村民们带来的大部分东西，只留下了几样。很快，去北京的日子到了。村里老少都聚集在大桑树下给库尔班送行。大家跳起了欢快的麦西来甫，库尔班也高兴地加入跳舞的行列。舞蹈结束，图尼莎汗和托乎提汗抱着库尔班，一家人喜极而泣。在村民们的挥手和欢送声中，库尔班登上了柯书记的车。

火车行驶在中原大地，汽笛轰鸣，车轮滚滚。库尔班第一次乘坐火车，他透过窗户看着往后飞去的风景，想起当初自己要骑毛驴去北京的想法，不禁笑了：就是把毛驴跑死，自己也不可能到北京啊！

库尔班乘坐轿车行驶在北京宽阔的街道上。他把脸贴在车窗玻璃上，惊喜地望着眼前的各种景象。天安门广场和城楼在库尔班眼前划过，库尔班激动地念叨着：“毛主席，毛主席，我库尔班·吐鲁木来看您了！”

第二天，库尔班、柯有田和代表团的其他代表参观农展会。库尔班感叹道：“没想到北京的农民有那么多先进的设备，怪不得我们亩产才四五十公斤，我们公社连一辆拖拉机都没有啊！”

“所以，中国未来农村一定要走机械化生产的道路，这样才能真正实现全面的丰收！”柯有田说道。

休息时间到了，大家都回自己的房间。库尔班拦住了柯有田：“柯书记，我什么时候才能见到毛主席？”

“毛主席最近很忙，这次可能接见不了劳模代表团了。”

库尔班一听急了：“这可怎么办，那我就见不到毛主席了？”

“有可能，以后还有机会，库尔班大哥，我还有点事要出去，等回来去找你。”

库尔班急得不知道如何是好。他焦急地跑到前台，找到接待员，直接问道：“接待员同志，请问毛主席住哪儿？”

招待员微笑着礼貌地回应：“毛主席住在中南海。”

“我要去找毛主席！”库尔班说着就要走，被招待员拦住：“库尔班大叔，您最好回房间去休息，您就是到了中南海也进不去的。”

“那你带我去嘛！”

“就算我带你去了，中南海也不是谁想进就能进的，没有上级批准，没有通行证，谁都进不去！”

库尔班焦急地自语：“这可怎么办啊！”库尔班又看见总台的电话，他问服务员，“这个电话可以打出去吗？”

“可以啊。”

库尔班欣喜若狂：“你能帮我给毛主席打个电话吗？”

服务员笑了：“大叔，您是在开玩笑吧？毛主席的电话怎么可能谁想打就能打呢？”

“我给毛主席写过信，他认识我，你快给他打个电话，告诉他，我特别想见他，我努力积肥，种地，当劳模，就是为了见到毛主席！”

服务员十分为难：“大叔，我们也没有毛主席的电话号码啊！”

这时库尔班急火攻心，头一阵眩晕，踉跄了几步，幸好被服务员给扶住了。

医生检查完库尔班的身体后，初步诊断：没有大问题，只是身体有点儿虚弱。库尔班应该是最近太着急了！的确，为了见毛主席，他已经兴奋得好几个晚上没有睡觉了；又听说见不到毛主席了，自然难以接受。医生看库尔班年纪大了，建议住院观察。库尔班急了，死活不住医院。他说他的病，谁都治不了，只有毛主席能治。

柯有田无奈地摇了摇头，对库尔班说道：“你为了见毛主席，这几天心急如焚，茶不思饭不想，都病倒了。如果毛主席现在要接见你，你连走路的劲都没有，怎么去见毛主席！”

“都见不到毛主席了，能走路有用吗？我不吃！”

“那好吧，明天你走不动路就不怪我们了，我们可就不管你了！”

“你什么意思？”库尔班一脸疑惑。

“我们刚刚接到通知，毛主席将于明天下午接见劳模代表团的全体成员！”

“真的吗？柯书记，你是骗我的吧？”库尔班一下子来了精神。

“你要不相信，我们也没办法！”

库尔班不相信，反复确认：“柯书记，你真的不骗我？”

柯有田笑了：“我骗过你吗？是真的，毛主席要接见我们啦！”

库尔班一下从床上坐起来：“我好了！走，咱们吃饭去吧！”

晚上，库尔班在房间里一会儿穿上袷袢一会儿脱掉，一会儿提起这个袋子看看，一会儿又把另一个袋子解开再绑紧；激动地跑去梳理胡子，整理仪表；把给毛主席的礼物擦了好几遍，不让上面有一丝灰尘。折腾得同屋的老张哭笑不得：“库尔班大叔，你再不睡觉，明天集合去见毛主席的时候，你起不来，我可不叫你啊！”

“就睡，就睡，马上睡！”库尔班笑道，立马躺到了床上。

第二天，中南海丰泽园的草地上，等待接见的代表们都排队站好，等待毛泽东的到来。库尔班站在第三排，他激动地四处张望，希望早一点儿看到毛主席。终于，毛主席从丰泽园里走了出来。代表们欢呼起来，掌声雷动。人们高喊着：“毛主席万岁！毛主席万岁！”毛主席与前排的代表握手。后排的代表极力把手伸长一些，也想跟毛主席握上手。库尔班也使劲伸直胳膊，但是他的手却屡屡被别的代表挡开。毛主席同代表握手后，走回了中间他的座位。库尔班就这样眼巴巴地看着毛主席走开了。摄影师按下了快门，拍完了集体合影照。毛主席站起来走了几步，转身问工作人员：“新疆于田有一位叫库尔班·吐鲁木的老人，他来了没有啊？”

库尔班身边的柯有田提醒他：“毛主席叫你呢！”

库尔班惊呆了，代表们为他让开了一条路。库尔班激动异常地向毛主席走去。毛主席迎着库尔班走过来，与库尔班亲切地握手。库尔班同毛主席握手后，又行了一个维吾尔族民族礼。库尔班的嘴翕动着，千言万语不知如何讲起，只是反复说着：“毛主席，毛主席！”

毛主席幽默地说：“新疆老百姓多好啊，大老远的还要骑毛驴来看我。”

“毛主席啊，我终于见到你了啊！”

“老人家，看起来你的身体很好哦！你信上说，你一个人积的肥够整个公社用的？”

库尔班激动不已：“我一个人一年能沤肥一百万斤！”

“好啊，你不愧是全国劳动模范啊！以后，我们种地还要靠科学，有了科学，才能发展生产，发家致富，你说是不是啊？”

“是啊，是啊！毛主席，我想念你啊！我们于田的老百姓都想念你啊！”

毛主席握着库尔班的手：“新疆是一个好地方啊！我很想到于田去看看乡亲们！你回去以后，请代我向乡亲们问好啊，向新疆各族人民问好啊！”

库尔班喃喃地说：“好，好，毛主席，我一定，一定！”

“回去还要告诉乡亲们，建设好祖国的边疆，把家乡建设成美好的家园，我等着你们的好消息啊！”

“一定，一定！等把家乡建设成美好家园，我再给您汇报！”

毛主席笑了：“我等着你的好消息呀！”

画面定格在摄影师的镜头里，定格在1958年的6月28日下午：毛主席和库尔班握着手，两人面带笑容。库尔班将带来的礼物送给毛主席，毛主席只收下了一包库尔班自己晾晒的杏干和葡萄干。他带着浓浓的湘音说了一声“谢谢你”。第二天，毛主席专门派人来看望库尔班，并给他回赠了一块条绒布作为礼物，还专门为他题了一幅字：“一唱雄鸡天下白，万方乐奏有于阗。”

还没到村子，库尔班便听见了铁壳鼓、唢呐奏出的欢快的曲子。库尔班来到大桑树下。村子里的人都来了，大家高兴地载歌载舞。村民们激动地围上来抢着和库尔班握手。玉木拉克挤到库尔班面前：“库尔班，听说毛主席和你握手了？”

“是啊，是啊！毛主席的手可有力气了，和咱们农民干活儿的手一样有力气。”

“啊，你应该和我握握手，把毛主席的力气传递给我!”库尔班和玉木拉克的手握在了一起，“这就对了，别忘了，你去北京后，你的毛驴可是我喂的呢!”

这时一阵欢呼声、鞭炮声传来，两辆拖拉机开了过来。村民们都好奇地看着这两个大家伙。先是柯有田给大家介绍这种机械的作用，库尔班接着说道：“这是毛主席送给我们公社的。”

村口的欢迎仪式结束后，玉木拉克、罗老师等人跟库尔班回了家。他们想要看看毛主席送给库尔班的礼物。库尔班拿出了一条黑色条绒布：“这是毛主席送给我的条绒布。”

玉木拉克激动地摸着条绒布：“毛主席怎么知道我们喜欢条绒布？毛主席真是太伟大了!”

“是啊，毛主席问我还有什么要求，我就想到咱们红旗公社刚成立，如果毛主席能给我们公社送一台拖拉机就太好了，没想到毛主席听了以后说，好啊，我就给你们红旗公社送两台拖拉机。为了把这两个大铁牛弄回来，柯书记专门给我们借了两位司机，明天司机就把大铁牛开到咱们地里去，让它给咱们耕地去。”

罗明文突然想起：“可惜我们没有司机啊，拖拉机送来以后谁开呢?”

“没有司机我们可以培养一个啊，开拖拉机很难吗?”

“不难吧！但是培养一个拖拉机手需要时间啊，如果咱们有现成的司机就好了!”

“我们可以想办法找啊，大家都回去打听一下，谁认识拖拉机手，问问他愿不愿意到我们公社来!”

没几天，一个名叫卡德尔江的小伙子便通过他人介绍，来到了田地里。两台东方红二八型拖拉机停在田地边上，卡德尔江驾驶着其中一辆，拖拉机后面挂着五铧犁。拖拉机开进地里，开始犁地。

卡德尔江把拖拉机开得又稳又好。大伙跟在拖拉机后面，看着，赞叹着。拖拉机开回地头，大家热烈鼓掌。托乎提汗高兴地走了过来，肖家琪问道：“你们准备好了吗?”

“准备好了!”

肖家琪看着卡德尔江说道：“师傅，你辛苦了！我们的库尔班社长为你烧了热茶，请你过去喝呢!”

卡德尔江推辞道：“不辛苦，我正准备回去呢。”

“那怎么行，喝了茶再走，你知道是谁给你烧的茶吗？是库尔班大叔!”

卡德尔江瞪大了眼睛：“哪个库尔班大叔？不会是见过毛主席的库尔班大叔吧?”

“你说对了，就是他，你不想见见库尔班大叔吗？托乎提汗，快请师傅过去。”

托乎提汗了解到，这个小伙子是公社附近兵团的，兵团好几年前就有机耕队，他是兵团培养的第一批拖拉机手。树荫下，地上铺着一块桌布，桌布上放着茶碗、茶壶、馕、干果等。库尔班盘腿坐在地上倒茶，托乎提汗和卡德尔江走了过来。托乎提汗介绍道：“爸爸，这位就是帮我们开拖拉机的师傅。”

卡德尔江很惊奇地发现托乎提汗叫库尔班爸爸。他紧张地看看库尔班，又看看托乎提汗：“你，你是库尔班大叔的女儿?”

托乎提汗点了点头。库尔班抬头看着卡德尔江，不住地点着头，满意地说道：“好！好!”

托乎提汗对父亲的表现感到有点奇怪，一头雾水地看着库尔班，问道：“好什么好？爸爸，您说什么呢，您怎么不请客人坐下喝茶?”

库尔班突然回过神来。卡德尔江也回过神来，连忙向库尔班行礼：“尊敬的库尔班大叔，您好！我是拖拉机手卡德尔江。”

“好小伙子，来，不要客气，坐下喝茶，吃点热馕!”卡德尔江在餐布前面盘腿坐下来，托乎提汗给卡德尔江倒上热茶。

库尔班问道：“小伙子，今年多大啊？”

“我今年二十一岁！”

库尔班满意地点头：“合适，真合适！小伙子，你家里还有什么人啊？”

卡德尔江认真地回答：“爸爸、妈妈，还有一个妹妹。”

“就这么多？你没有结婚吗？”

“结婚？库尔班大叔，我连对象都没有！”

库尔班更高兴了：“你连对象都没有？那更合适了，我正需要你这样的小伙子呢！”库尔班说的话，让托乎提汗如梦方醒，她脸都红到耳根子了。托乎提汗站了起来：“爸爸，您都在说什么啊，我还有事，我先走了。”

库尔班对卡德尔江笑道：“小伙子，大叔觉得你可以给我当女婿，你要好好考虑考虑！”

卡德尔江望着托乎提汗的背影，不好意思地说：“我，我可能需要请示父母，给他们汇报汇报，毕竟太突然了。”

库尔班理解地点着头：“的确有些突然，你应该回去和父母好好商量商量。”

“对对，这些事都是由父母做主的。”

“对对，看来你知道我的意图了？”

卡德尔江有些无措：“我……我不太肯定，我……您可能还不太了解。”

“我们公社光有拖拉机不行啊！有好马没有好骑手，好马也只能干驴的活儿。我们不能让毛主席送给我们的拖拉机，天天停在公社大院落灰啊！我们太需要拖拉机手了！卡德尔江，你调到我们红旗公社来吧？”

卡德尔江突然明白过来：“库尔班大叔，您是想调我到红旗公社开拖拉机？”

库尔班点头：“是啊，是啊，我刚才不是都说明白了吗？”

“明白，明白，这个事，我可能不仅要向父母汇报，还要向我们团场的领导汇报。”

“去汇报吧，只要你愿意来，你们领导的工作我去做！你的父母，我也可以去做工作！来吧，小伙子，你想啊，你在我们红旗公社，开的是什么拖拉机？是毛主席送给我们的拖拉机啊！你不愿意吗?”

“我愿意，我不但愿意，我还感到非常骄傲!”

第二十五章

从跟毛主席握手的那一刻开始，一个想法便不知不觉地在库尔班的心田里悄悄地萌生了。他觉得这是自己的奢望，但他又觉得连见毛主席这么难的事都办到了，这件事情为什么不行呢？库尔班斟酌了好久，终于决定找柯书记说出他内心的想法。库尔班走进办公室，柯有田拿着一张《人民日报》，兴奋地对他说："看，库尔班大哥，你和毛主席的合影照片！能和毛主席合影，全国人民得有多羡慕你啊！"

库尔班激动地接过报纸，翻来覆去地看："柯书记，这张报纸能送给我吗？"

"可以！不但报纸给你，连画像都给你准备好了。"

"真是太谢谢你了，柯书记！"库尔班试探着对柯有田说出了他的想法，"我想入党。"柯书记听后特别高兴，很是支持他。这下库尔班的心结打开了："自从见了毛主席，我像是干枯的树木浇上了水，变得年轻了，心里开了两扇大窗子，觉得更宽更亮了。从前，我心里只装着我的家、我的地，心眼多小啊！从于田到北京的千万里，我看到祖国那么大，山河那么美，建设得那么好，我才知道，心里要装着想着一个大大的国家。只有想着大大的家，我们小小的家才会好！所以，我想入党，跟党走，把大大的家建设好！”

回到家后，库尔班将两张大小不等的毛主席画像和毛主席与他握手的照片平铺在炕上。他拿一块白纱布，小心翼翼地擦拭着这三张画像。第一张贴在了正对着大门的墙上，这样，当回家的时候，一进门就能看见敬爱的毛主席。第二张贴在了炕头的上方，这样早上从炕上起来，第一眼就能看到毛主席。第三张，也是最为重要的一张，是毛主席与他的合影，被贴在了门的上方，这样每次要出门的时候，都会想起毛主席对自己说的话：要把边疆建设好，把家乡建设好。毛主席在等着自己的好消息呢！自己一定要把好消息告诉毛主席！

入党的第一步是写入党申请书。这难倒了库尔班，他根本不会写字，只好找人代写。他脑中蹦出的第一个人便是罗老师。罗明文以为库尔班又找他给毛主席写信，没想到是要写入党申请书。他瞪大眼睛激动地握着库尔班的手：“库尔班大叔，你这么大年纪了还在要求进步，真是我学习的好榜样，入党申请书我帮你写！”

晚上，库尔班坐在炕沿上，垫在一个板凳上写字。照着罗老师帮他写的入党申请书，像刻字一样，他在纸上一笔一画地写着。尽管字写得歪七扭八，但他一遍遍地写着。就这样，写了一张又一张。房间里黑了下来，图尼莎汗点着了清油灯，把灯放在离库尔班最近的灯台上。图尼莎汗管束着孩子们不要发出声音，以免影响库尔班。几个人悄悄地盖上被子，躺到炕上睡着了。油灯下，库尔班仍在专注地写着……

库尔班来到大队部，看见肖家琪，兴高采烈地说道：“肖书记，你看，我的入党申请书！”然而信纸上都是像小孩子涂鸦一样的图案，根本看不出是文字。肖家琪微笑着问道：“这是谁帮你写的？”

库尔班一脸认真：“这是我自己写的！不是别人帮我写的。是我请罗老师写完，然后我又自己抄下来的。”

肖家琪感动地说："这么多都是你一笔一画抄下来的？"

"对啊！我抄了好几个晚上呢！"

肖家琪小心翼翼地把信纸收好："库尔班大叔，你的入党申请书太有分量了，我一定会保管好！"库尔班没想到提交了申请书，还需要一年时间考察。肖家琪带着库尔班来到曾经的塔西巴依庄园，这里的老人们三三两两地坐在院里晒太阳休闲。卡德尔江和几个公社干部在院子里打扫卫生，或者扶老人在散步。卡德尔江看到库尔班和肖家琪过来，高兴地迎上去打招呼。

库尔班问道："你怎么在这儿？你这么年轻就住到敬老院来了？"

"我是来参加义务劳动的。各单位都有任务，轮流到敬老院来干活。"

肖家琪指着这个大院子："这么好的院子，这么多的房间，解放前就是恶霸地主塔西巴依一家人住！你说，公平不公平？"

库尔班不住地摇着头："当然不公平。"

"对！现在这里变成了人民公社的敬老院！让丧失劳动能力、年纪大的五保户社员都在这里生活，还有专门照顾他们的服务员，有食堂，保证老人们吃饱吃好！对了，我们还发衣服，冬天有棉衣，夏天发单衣！"

库尔班问道："衣服从哪儿来？"

"是公社给他们做的，钱是县民政局拨下来的。"

"国家对老百姓真是太好了！"库尔班感叹。

肖家琪郑重地对库尔班说道："库尔班大叔，公社党委决定让您来做第一任敬老院的院长！"

"院长？是干什么的？"

"您就是这个敬老院的领导，这里的老人都要靠你来照顾！"

库尔班站得笔直："敬老服务，我非常高兴，请公社放心，我一定把工作做好！绝不给人民公社丢脸！"

库尔班回到家把情况给图尼莎汗说了，图尼莎汗给他倒上茶，感叹道："真不敢相信啊，塔西巴依的院子现在分给孤寡老人住了。"

正在两人说话之际，门外传来了柯有田的声音："库尔班大哥在家吗？"库尔班慌忙迎出去。两人握手，库尔班请柯有田上炕坐。

柯有田喝了口茶："我到种羊场去开个现场会，特意拐个弯来给你说个消息。军分区征兵的人到咱们县武装部了，今年的征兵工作马上就要开始了。"

"你是说，我可以报名去当解放军了？"

"你呀，当民兵都超龄了。"柯有田笑了。

"那征兵跟我有关系吗？"

"他们这次要招女兵，托乎提汗可以去报名当兵啊，我的大哥！"

库尔班惊讶："啊？女人也能当兵？"

"当年，于香秀不就是个女兵吗？"

库尔班一拍大腿："我怎么就没想到这事呢！我的托乎提汗可以报名当解放军了。我库尔班家有人能当解放军，这是我做梦都想的事情啊！谢谢柯书记，你给我带来的这个消息真是太好了！"

参军一直是托乎提汗梦寐以求的事，但是此刻她却有一丝惆怅。晚上，她和卡德尔江相约在村边的小树林里。

"你说这是怎么回事？夜里我一想你就睡不着，可是见到你我心里又慌，我生怕你要离开我。"卡德尔江深情地望着托乎提汗。

托乎提汗不忍将这个消息告诉卡德尔江，然而她知道越拖延下去越不好，她鼓足勇气吐出了这几个字："我真的要走了。"

卡德尔江很是吃惊："你为什么要走？"

"我要到县城去报名，我要当解放军了。"

卡德尔江急了："啊？那……你还能回来吗？"

"当兵不是还要复员退役吗？那时候就会回来的。"

"我要等你好几年？"

"你可以不用等啊！如果部队上需要，我不回来了呢？"

"你就不能同情一下我吗？"卡德尔江将托乎提汗揽入怀中。

"我不是很佩服你吗？你是咱们公社的第一个拖拉机手，现在是咱们公社机耕队的队长，是技术最高的大师傅。我真心地喜欢你啊！”

“可是……你一到了部队上，比我优秀的人太多了，你会变心的。”卡德尔江不忍心将托乎提汗放开。

“那你像个拴驴的木桩子一样傻待在这里干什么？你不能光站在这里说空话呀！”

卡德尔江还是犹豫了：“我……我还是害怕……”

“怕什么？”

“你爸爸是那么有名望的人，我只是个小小的拖拉机手，这地位相差也太大了……”

托乎提汗火了，对着卡德尔江一顿拳，骂道：“傻瓜！胆小鬼！没出息！”托乎提汗对卡德尔江很失望，哭着跑走了。卡德尔江蹲在地上，感到莫名其妙：这姑娘怎么说变脸就变脸呢？我做错什么了吗？没有啊！唉……人永远比机器难琢磨……她叫我请人去向她爸爸妈妈提亲，这说明她是爱我的。对！可是……哎，谈个恋爱也太费脑子了！

第二天上午，托乎提汗正在地里剥玉米皮，卡德尔江把自行车停在不远处的路边，踩着沙土走过来。他顺手拽下根狗尾巴草，悄悄来到托乎提汗的身后，用狗尾巴草挠着托乎提汗的脖子。托乎提汗转身见是卡德尔江，生气地站起来快步走了。卡德尔江一边追一边说：“别跑了，我告诉你一个消息！”

托乎提汗没好气道：“你这个把葫芦当脑袋的家伙，会有什么消息！”

“我真的有消息！”

托乎提汗脚步虽有些迟疑，但她还是往前走着。卡德尔江跑到前边堵住了托乎提汗：“我见到你爸爸了！”托乎提汗站住了，专注地看着卡德尔江，卡德尔江接着说道，“你爸爸对我说，什么都不要怕，要敢于去追求自己的理想。”

“可是你呢？”

“我不应该在你跟前说泄气的话。我这就到你们家去，向你爸爸妈妈求亲。”

“你就这样去？浑身都是土，脸上还这么脏，空着两只手就去？你也太不尊重我爸爸妈妈了吧？”

卡德尔江挠了挠头：“我……我这就回去收拾一下。对了，我还得买点礼物呢！”

几天后，征兵报名的时间到了。卡德尔江赶着驴车，拉着托乎提汗和库尔班来到县武装部院子里。库尔班下了驴车，让托乎提汗先去报名，自己去找于队长，卡德尔江陪着托乎提汗向办公室走去。体检完毕后，托乎提汗站在体检室门外，忐忑不安地等待着结果。终于，于香秀拿着体检结果走了出来，见到托乎提汗叹了口气。

托乎提汗紧张了：“于阿姨，怎么了？”

于香秀皱着眉头问道：“你怎么会一只眼睛弱视呢？另外，你的肝区没有疼过吗？”

“有时候会疼，没有管过它。”

“空腹的时候有没有感到恶心或者想吐？”

“有过，不是总这样，就没当一回事。”

“你有胆结石。”

托乎提汗问道：“胆结石是什么？”

“你的胆囊里边有石头。”

“可是……可是我没有吃石头啊！”

“傻丫头，这石头是长在你身体里边的。”

托乎提汗慌了：“啊？我的身体还能长石头？”

“这是一种病，严重的话要开刀，在你肚子上拉个口子，把石头取出来。”

托乎提汗听到这些话，害怕了：“啊？用别的办法拿不出来？”

“目前还没有别的办法。”

“不影响我当兵吧？”

于香秀遗憾地摇了摇头。

在柯有田家里，库尔班和托乎提汗都不说话，气氛很是沉闷。托乎提汗突然大声地哭了起来，于香秀上前安慰她。

“库尔班大哥，这个结果是谁都不愿意看到的。这是参军的基本要求，还有很多人也是因为身体的原因不能当兵，这是正常情况，没什么！”柯有田对库尔班说道。

“我就是想不通！我女儿干活这么好，为什么就体检过不了关呢？”

于香秀解释道：“胆囊结石、肾结石、包虫病是咱们这儿的多发病，应该是咱们这儿的地方病，我觉得跟水有关系。”

“我当解放军的愿望没有实现，我女儿当解放军的愿望也实现不了了，唉……”

柯有田安慰着失落的库尔班：“库尔班大哥，先别失望，还有阿扎提呢，以后还有机会。等阿扎提到了参军年龄，我们再送阿扎提去当兵，尽最大努力送阿扎提参加解放军！”

托乎提汗伤心地坐在树下，卡德尔江悄悄走到她身后，用一根芨芨草挠她的脖子。托乎提汗伸手挡开芨芨草，也不理他。卡德尔江讨好地坐在托乎提汗对面：“别伤心了，托乎提汗，看你这样，我难受得都吃不下饭。”

“谁让你难受了？吃不下饭，是你自己的事！”

“托乎提汗，你怎么这么绝情？我吃不下饭，你一点儿也不为我担心？”

“我才不为你担心呢，我们是什么关系？我为什么要担心你？”

卡德尔江急了：“我们是什么关系？前几天我们还商量提亲的事呢！”

“不要提前几天的事了，卡德尔江，我不想结婚了，我现在什么心情也没有，只想自己一个人待着，永远这么待着！”

“托乎提汗，不能当兵，并不是说，人生就没有意义了。很多人都不是军人，不是一样在为社会主义做贡献吗？像你的父亲，他老人家也是一位农民啊！可是他又是农会主席，又是公社社长，还当上了全国的劳模，到北京见了毛主席呢！”

“我怎么能跟我父亲比？他虽然担任了那么多职务，可是他最想的，就是成为一名解放军战士！父亲说他老了，当不成解放军了，他希望我能实现他的愿望，能当兵啊！”

“托乎提汗，你不要这么悲伤，你虽然不能当兵，但你还有弟弟，等阿扎提到了十八岁，就可以去当兵啊！你还可以这样想，等我们有了儿子，我们让他去当兵，完成他爷爷的愿望啊！”

托乎提汗脸红了，推了一把卡德尔江：“去你的，真不知道脸红，谁答应和你结婚了！”

卡德尔江一把抓住托乎提汗的手：“托乎提汗，你要是再说这样无情的话，我就不吃不喝，晚上睡在你们家大门口！”

托乎提汗把手抽出来：“我才不管你呢，你就是嘴巴会说，上次说提亲，都过去几天了，一点儿动静都没有！”

“托乎提汗，你这样说可是冤枉我了，自从和你商量完提亲的事，我可是急死了，想让我爸妈当天就到你家里去提亲。可是，我们团场距离咱们公社有两百公里呢，我要是不回去告诉他们，他们是不会知道的。最近公社加紧培训拖拉机手，作为公社唯一的司机，我没时间请假回家啊！于是我就写了一封信给家里，请父母过来提亲。信寄出去之后，我就等啊，盼啊，我以为就我一个人着急呢，没想到你也挺挂念这个事的。别担心，托乎提汗，我父母看了信，一定会特别高兴，快快地赶来的！”

托乎提汗不好意思地站了起来：“谁说我着急了？我才不着急呢。再说了，我这次没有当上兵，真的觉得自己太笨了，我怎么配做你的妻子呢？卡德尔江，咱们还是算了吧！”托乎提汗说着就要走，卡德尔江连忙拦住了她：“托乎提汗，你可不能说这样的话，没当上兵，也不是说你就不是一个好妻子啊！再说了，我当初留在红旗公社，就是因为看上了你，你不和我结婚，我留在这里，不是成了一个大傻瓜了吗？”

“你留在红旗公社是为了我？我才不信呢，你不是说是为了支援我们地方建设，才从兵团到地方的吗？”

“那是说给你父亲听的啊！我总不能告诉他老人家，我就是看上您女儿了，所以才留下！”

“我才不相信你说的鬼话呢，我要回家了！”虽然托乎提汗嘴上这么说，心里却乐开了花。

午后，敬老院的老人们靠在墙根上晒太阳，其中有卡木恰的爸爸、亚瓦西的妈妈、孤老太太阿希汗……玉木拉克坐在炕沿上弹着牧羊热瓦甫。库尔班把卡木恰的爸爸拉到空地上，让他坐在木凳上，想要给他剃头，然而卡木恰爸爸却挣扎着拒绝。没办法，库尔班拿起一顶八成新的羊皮帽子说道：“这是公社发给你的帽子。”

卡木恰爸爸伸手要拿那顶帽子，库尔班将手往后一撤：“不把这些脏头发剃掉，不能戴帽子！”

卡木恰爸爸闻此乖乖坐在木凳上。库尔班刚要给他剃头，玉木拉克拿着行李走了过来：“敬老院里就是这样打发日子的？”

库尔班拿着剃刀一脸疑惑：“怎么了？”

“我不在这里待了，在这里待着我也变老了。”

“你没有老吗？”库尔班笑了。

“我不老，我还要入党呢！”

“你也要入党？”

“你干什么我干什么，你要入党我也要入党。我不能在这里白吃集体的饭，我要去干活。”

库尔班问他想干什么活儿，玉木拉克仰着头：“我不是把合作社的牲口养得非常好吗？我可以给大队养牲口啊！马号里还有我住过的地方，我搬回去住。”

库尔班苦口婆心地劝道：“公社把你送到敬老院里来，是体现了社会主义制度的优越性，是对你好！”然而玉木拉克根本不听，他扛起自己的马褡子就走了。等到库尔班追来的时候，玉木拉克正在马号里用木槌砸着麦草，将麦草砸扁砸软便于牲畜咀嚼。

库尔班走了过来：“玉木拉克，你当真不想留在敬老院里了？”

“那还有假？”

“不是别的原因？比如你对谁有意见？”

“我对谁都没有意见，只是看着那些老人心里不舒服。我可不能像他们那样，只享受集体的福利不给集体做点贡献。”

库尔班看着玉木拉克：“你不会对我有意见吧？”

“我对你没有任何意见，我对谁都会这样说！库尔班，你要入党，这是对的。我也想入党，所以我要多做点事。依我看，你在敬老院当院长就是公社在照顾你，让你在这养老呢！你还是干点大事吧，你干什么我都跟着你干，我要当个积极分子呢！”

玉木拉克这些话说到了库尔班的心坎里。晚上回到家，他激动得不能入眠。他干脆把图尼莎汗也叫醒：“漂亮的老太婆，你说，我应该像个老人一样只吃饭不干活吗？”

“你要说什么话？我听不明白。”

“现在国家号召多开荒多打粮食。我这个开荒种粮食的能手怎么能无所事事呢？我可是见过毛主席的人，我怎么说也不能落在别人的后面啊！毛主席对我说，要把边疆建设好，要把家乡建设好，我等你们的好消息啊！每次想到这些话，我就睡不着觉。我觉得我还能为党为国家起码干五十年的活儿呢。”

第二天一早，库尔班便扛着坎土曼来到村外的开荒大会战现场。各小队都打着红旗，敲着铁壳鼓，摆开了开荒大竞赛的阵势。库尔班找到肖家琪，问道：“肖书记，我应该在哪个队里干活？”

“库尔班大叔，开荒任务是按小队划分的，没有给你们敬老院分开荒任务。”

“你不知道我是开荒和种地的能手吗？大家都开荒，怎么能不让我参加呢？”

肖家琪好意劝说道：“考虑到你年纪大了，应该少干些重体力活。”

然而库尔班却并不领情，他问道：“我比别人干活少吗？我比别人干活慢吗？”肖家琪摇摇头。

“那为什么不给我分配开荒的任务？”

“库尔班大叔，我们这是在保护您，您毕竟年纪大了，这万一……”

“万一什么？我用不着你们保护！”库尔班说完，气哼哼地转身而去。他怒气冲冲地在路上走着，见一个人就问：“我老了吗？”吓得人们见他就躲。开荒现场容不下他，连村民们都被他吓跑了。库尔班感到前所未有的失落和空虚，他只好回到敬老院。

阿希汗正敲着手鼓，用只剩下两颗牙的漏风的嘴唱着情歌：“没经过冬天的百灵鸟，不知道春天的珍贵；没受过苦难的流浪汉，不知道爱情的珍贵……”老人们胳膊和腿极不协调地跳着舞。库尔班怒气冲冲地走进来，问在场的老人：“我老了吗？”然而没有人理他。阿希汗招手把库尔班叫到跟前：“你打手鼓，我要去跳舞了。”没等库尔班说话，阿希汗便把手鼓直接塞给了他。库尔班只好敲起了手鼓。敲着敲着，库尔班走了神，鼓点乱了，跳舞的人步子也乱了，大家纷纷指责库尔班：“你怎么回事？”“你连手鼓都不会敲吗？”“脑子正常的人谁不会敲手鼓？”“你早晨没吃饭是不是？”库尔班恼怒地把手鼓扔在了凉炕上。

“库尔班院长，你为什么不敲了？”阿希汗问道。

“全公社的人都在大开荒多打粮食呢，我还在这里玩，我是那种只吃饭不干活的人吗？”

卡木恰的爸爸劝道：“虽然你比我们年轻，但按过去的说法，你就是个老人了，就别折腾了。跟我们一起晒晒太阳，唱唱歌跳跳舞，这日子过得多幸福啊！”

库尔班火了：“我老了吗？谁说我老了？我还能再干五十年呢！”

为了让自己显得年轻，库尔班让玉木拉克帮自己把胡子都剃光。玉木拉克又想了个法子，把库尔班的眉毛给涂黑了，这样库尔班看上去就更像个小伙子了。

库尔班走进公社办公室，肖家琪看了库尔班半天。库尔班笑着问，自己是不是又回到当年小伙子的样子了。肖家琪打量了他一番，不得不承认：真是年轻了不少。库尔班直接跟肖书记说自己不想干敬老院的工作了，而要干年轻人的活儿。

肖家琪一脸疑惑：“为什么啊？你不是在那里干得好好的吗？老人们都说你是个好院长，尊重老人，办事公道，把他们照顾得很好。”

“你说，让我这样的一个年轻人去当敬老院的院长合适吗?”

“公社和大队集体研究的，都觉得你最合适!”

“现在你们该换人了。现在大开荒，放着我这个远近有名的开荒种地能手不用，很不合适。我要去开荒!”库尔班下定了决心。

“我说库尔班大叔呀，几十年了，我就没有离开过你。你这么多年以来吃苦受累勤勤恳恳，我真的想让你休息休息……”

“毛主席对我说，要等我的好消息呢。我就天天玩儿，光吃饭不干活？我能给毛主席什么好消息呢？我一定要去开荒!”库尔班的倔脾气上来，谁都拦不住。

肖书记不听他的话，库尔班就去找柯有田。两人面对面坐着，库尔班把心里的想法说了以后，柯有田想了想，说：“你的意思我听明白了。你是说，要用开荒的实际行动，来写一份大大的入党申请书，是这样的吧?”

“是，你把我心里的话说出来了。”库尔班激动地握着柯有田的手。

“我支持你。你的行动会带动更多的人，激发更多的人迸发出建设社会主义的积极性。不过我对你有个要求，你不能一个人去单打独斗，而是要带领其他人一起去干，特别是要带领年轻人去干。”

库尔班当晚便召开了家里的第一次家庭会议。他心想，柯书记说要带领年轻人，家里现成就有三个年轻人，先要激发他们的积极性，然后进一步带动其他人。

库尔班询问托乎提汗，她的那些伙伴里边，有没有人愿意跟着他去开荒。

然而托乎提汗回答：“现在年轻人都是各个单位的骨干，都在当红旗手当标兵，没有闲着的。”

库尔班陷入了沉思，只好另想办法。库尔班在多来地家里召开了一个小会，屋里坐了七八个人，多来地坐在炕边上。库尔班说道：“我家里没有这么宽敞。今天借多来地的家请大家来帮我出出主意。国家号召大开荒，增加农田面积，提高粮食产量。我要参加开荒，可是计划内的荒地都划分完了，没有给我分配荒地。我就想到老胡杨树那儿去开荒。当年我跟图尼莎汗私奔的时候就住在那儿，那个地方离河道不远，引水方便。咱们都知道，凡是长芦苇的地方，只要有水就能开垦成良田，种庄稼三年都不用上肥料。那儿能开出好大一片地呢，如果用洪水把那儿座沙包冲平，可能有三四千亩地，够成立一个新大队的。”

大伙都各怀心思，不说话。多来地带了个头：“我这把年纪了，开荒可是干不动了。库尔班，你那个敬老院的院长不干了？我还想求你照顾，把我接到敬老院里去呢。我妹妹多小兰腿不好，最近又住到公社卫生院里去了，她是最该住到敬老院里去的。”

村民们纷纷表示：好不容易过上了平安日子，不愿意再折腾了！人们放下茶碗都走了，只剩下库尔班和多来地。库尔班叹了口气，直接动员不行，那他只好换个策略。他想了想，也许可以以托乎提汗生孩子为由，请各个小队长吃顿饭，交流下感情，事情不就好说了吗？

第二天中午，库尔班便召集各个小队长到家里做客。他们坐在屋外凉檐下的土炕上，图尼莎汗为客人端茶，库尔班接过去，放在每位客人的面前。随后，托乎提汗端来一大盘抓饭，库尔班把抓饭放在客人们面前，说道：“我女儿托乎提汗要生孩子了，现在回娘家来住。按咱们的讲究，女儿回家来生孩子，是要请邻居们来家吃一顿饭的。你们是各个小队的小队长，我请了你们，就等于请了咱们全大队的人了。所以，请吧！请尝尝我家图尼莎汗做的鸡肉抓饭。”

小队长们边吃边赞叹饭做得好。不一会儿，一大盘抓饭被吃光了。一个小队长品出了这顿饭的真实意图，他问库尔班。库尔班笑道：“我是想向你们各位借人。”

小队长们几乎异口同声："借人？借什么人？"

"一个小队借给我两个年轻人，跟我到老胡杨树那儿去开荒。"

这句话触碰了几个小队长的底线。第五小队长先说了话："我们小队四条腿的狗多得很，你尽管去抓。两条腿的人没有，我们自己都不够用，每年的开荒任务都完成不了呢，哪有人借给你？"

第六小队长也表明了态度："库尔班大叔，你就当这一顿抓饭是喂了狗吧，我们实在帮不了你。"

又一次铩羽而归，库尔班几乎丧失了信心。他在路上闲逛，不自觉来到了玉木拉克的马棚。玉木拉克正在大木盆里拌饲料，他把麸皮撒进麦草屑里，再撒一点儿土盐，搅拌均匀，放到筐子里，提到马厩前，撒在槽子里。牲畜们吃得很开心。但库尔班却闷闷不乐，他一声不吭地帮忙喂着牲畜。

"这是怎么回事？你不是去开荒吗？跑到这儿来干什么？我这马号里可没有荒地啊！"

库尔班长叹一声："说来说去，没有人跟我去。"

"你没有动员上人？"

"我能带走的，就图尼莎汗。"

"你怎么不来找我呢？我跟你去啊！"

库尔班认为玉木拉克说的是胡话："你？你跟我去开荒？"

"没错，我愿意跟你去开荒。"

库尔班和玉木拉克两人说干就干，他们到库尔班家里开始做准备工作。两人一起修理劳动工具。库尔班用小锤子修理坎土曼的时候，一不小心打在了玉木拉克的头上，玉木拉克疼得叫道："你眼睛呢？老花了吗？"

"你眼睛才老花呢，要不你来钉！"

玉木拉克举起小锤子砸了下去，却打在了库尔班的脚上，库尔班一声惨叫："我的叔叔，你睡着了吗？直接往我脚上钉？"

"我明明看着是坎土曼啊？"

两个人折腾了大半天，总算是修理好了坎土曼等劳动工具。第二步，便是考察地形，选取合适的地方进行开荒。库尔班站在距离大胡杨树不远的一片荒原上，望了望无数个巨大的沙包，然后蹲在地上，抓了一把沙土，仔细地观察着。库尔班回去将情况跟肖书记汇报。肖家琪说，那个地方沙包太多，不好开垦，所以就没有把它纳为公社计划内的荒地资源。他劝库尔班别去那个地方，实在是太难开垦。然而库尔班自信满满地说，他知道如何开垦那块荒地。肖家琪想了想，决定还是再派技术员去勘察一下。

农业技术员放眼望去，沙包一个连着一个，没有穷尽："这么多沙包，就是用推土机也要一两年吧，再说，投入这么大改造一块沙地，有必要吗？"

库尔班用手指着："你看到那块地了吧？从那里挖一条水渠过来，那块地就开垦出来了。你再看那个地方，那儿不用怎么平整，就可以种庄稼，起码有五十亩地吧？这些地加起来，小地块不就成大面积地了吗？"

肖家琪听后，跟库尔班说道："库尔班大叔，柯书记跟我谈过，要支持你的积极进取行动。如果你下定决心要来这里开荒，我调拨两头驴和一辆驴车给你。"

有这些资源，库尔班很高兴。他和玉木拉克开始在沙地旁搭建窝棚，把长一些的树枝斜搭在老胡杨树上，用野麻的皮把短一些的树枝横捆在这些长树枝上。再把芦苇捆成把子，一把子一把子地捆到树枝上。玉木拉克抱着一大抱芦苇草从远处回来，用野麻皮捆芦苇把子。他一屁股坐在了地上："说出来真丢人，咱们两个忙活了一天，还没搭好一个窝棚！"

没几天，玉木拉克便哼哼唧唧地干不下去了。库尔班赶着驴车，把玉木拉克运回了马号，然后又扶着他进了小草房。安顿好玉木拉克后，库尔班一个人又返了回去。他在沙包上不停地挖着，但硕大的沙包根本没有一点儿变小的迹象。

过了两天，玉木拉克心里过意不去，他拄着拐棍一步一步地往拓荒窝棚走来。隔着老远，他便闻到了烟火味，心想：准是图尼莎汗来了。

他吆喝着库尔班，果然图尼莎汗从窝棚里走了出来。她示意玉木拉克不要喊叫。原来，由于过度劳作，库尔班腰疼得已经下不了床了。

这时，不远处响起了自行车的铃铛声。两人望去，发现是托乎提汗带着一个不认识的人来了。两人各推着一辆自行车，车上挂着各种行李用品。托乎提汗高兴地加快了脚步，与母亲行完拥抱礼后，指着身旁的那个人说："我带人来帮你们了！"

大家都称这个人为宋木匠。他是从甘肃来支边的，原来被安排在公社铁木加工厂当工人，后来娶了一个媳妇。他们那里的人迷信得很，村里算命的人说，他的媳妇克夫，他妈妈就害怕了，叫他跑得远远的，越远越好。宋木匠便一路跑到于田县来了，他听说库尔班在找愿意开荒的人，就要求来了。

库尔班僵直着腰，从窝棚里走了出来。托乎提汗介绍宋木匠给父亲认识。

正在大家准备干活的时候，一阵清脆的歌声从远处传来，罗明文老师带着一群学生来了。他们打着少先队队旗，唱着队歌，迈着整齐的步伐走向荒地。罗明文老师跑过来，与每个人握手。

"罗老师，这是怎么回事？"

"学校里开展了学习英雄模范的活动，我带高年级的学生来，就是要为库尔班大叔的开荒壮举做贡献的。库尔班大叔，你看有些什么活儿学生们能干，给孩子们一个锻炼的机会！"

库尔班想了想："那就……叫孩子们跟我们一起到胡杨林里去拣树枝吧！"

库尔班的开荒事迹很快便传进了于田部队领导们的耳朵里，为了学习库尔班，部队为他举办了一场报告会。部队驻地操场上，战士们整齐地坐在地上，柯有田、肖家琪和相关部队领导，悉数参加。库尔班讲述着开荒的具体进展情况，战士们认真聆听，不时报以热烈掌声。

两辆敞篷解放牌大卡车开进了县委大院，早在院子里等候的县委干部们拿着各种工具和背包，登上敞篷车。于香秀带着一些妇女同志赶来：

“等一等我们啊，怎么了，不想带上我们这些妇女了?”

正在指挥的柯有田笑道:“怎么会呢，妇女能顶半边天呢!”

“我们组织了全体干部的家属，组成了这个家属突击队，我们也要用实际行动支持开荒增田运动啊!”

广袤的荒原上，库尔班、图尼莎汗、宋木匠和玉木拉克在平整着沙土地。托乎提汗用红柳棍子挑着两个大葫芦来到地边，招呼大家休息、吃馕。柯有田带着县委的同志在开垦着荒地。库尔班和柯有田看到大家忙碌的景象，会心地微笑着。

“哎呀，柯书记，关键的时候总是有你来帮我呀!”

“那是必须的，等这里成了百亩良田，没有我的参与那得多遗憾呐!”

卡德尔江开着推土机推平一座沙山，推土机在嘶吼中排出阵阵黑烟。部队的干部战士一字排开，在挖引水渠。罗老师带领着孩子们在荒原上划白线，挖标线沟，插标志旗，钉标准桩，还有的孩子在唱歌鼓劲。荒原上，呈现出一片欢快的劳动景象。

第二十六章

一个月后，“劳动模范开荒英雄表彰大会”在县委大礼堂召开。劳动模范、开荒英雄荣誉的获得者，正是大家心目中的那个人——库尔班。

库尔班在掌声中上台讲话：“在这样的地方讲话，我真的不会讲，领导非要让我讲，我真的不会，我嘛，就说说我自己心里知道的明白的话吧，大家别笑话我！”库尔班从怀里掏出一块馕，然后把馕举了起来，“你们都会吃馕吗？”台下一片笑声，库尔班又接着说道，“别笑，我说的是真的！我们从能张嘴吃饭的第一天起，吃的第一口饭，是妈妈喂给我们的馕。馕很好吃，它太香了，我们什么时候都离不开馕。过去的时候，我给塔西巴依家干活，劳动一天，他才给我一个馕。就是他手里的那个馕把我们全村的受苦的人管住了，为了那个馕，我们变得很老实，好好地给他家劳动。他让我们干什么事情，我们就干什么事情。我们不听他的话，他就打我们，还可以把我们卖掉，送给别人，赶到远远的地方，一辈子都回不了家，我们很害怕他们。那个时候，我们一天到晚什么都不想，只想着他手里的那个馕，因为只有他才有我们想要吃到嘴里的馕。

因为我们没有自己的地种粮食，没有粮食就没有馕！现在好了，我们的日子越来越好了，是共产党、毛主席给了我们土地，给了我们几辈子都想要的土地，是共产党、毛主席把地和馕全都给了我们，让我们把馕抓在了自己的手上。我们再不会饿肚子了，我们的心放下了。馕是谁让我们抓在自己手上的？我们一定要把大恩人记在心上，永远不能忘记。我们要好好地努力劳动，一定要像天上的云一样明白，幸福是一坎土曼、一坎土曼挖出来的，不是想出来的，也不是嘴巴说出来的。想要过上幸福的生活，你们的坎土曼就要磨得亮亮的，你的汗水把土地都洒湿的时候，你的幸福就来了！”

库尔班虽然不服老，但是他很清楚，每个人的人生之路只有那么一段，或长或短，总有一天要走到尽头；尤其是经过了开荒行动以后，他更清楚地认识到这一点——自己已经不再是从前那个年轻力壮的年轻人了。但他不想让自己的精神和意志随着时间流逝而消磨殆尽。这天，他召集了家族三十多个人，老人、孩子、青年人，在老胡杨树下聚会。库尔班笑着对大家说道：“看到库尔班家族已经发展成这么多人，我太高兴了！我的年龄大了，也看到孙子了。我现在晚上睡不着觉了，开始想一件事情，就是我们库尔班的家族要立下一个规矩，这个规矩我们谁都不能破坏。”

“爸爸，您说吧！我们大家都会拥护你，听你的话的！”托乎提汗微笑着。

库尔班点点头，继续说道：“我想说，你们中间很多人都过过两种日子：吃不饱饭、受人欺负的日子；还有就是，自己做自己的主人、有土地有房子的日子，是不是？现在我们的日子越过越好了，你们一定不要忘记大恩人是毛主席，是共产党。你们一定要坚决跟着毛主席走，跟着共产党走，他们会把你们带上光明的大路，你们会越走越好，这一点我库尔班的子孙一定不能忘记！你们要懂得感恩！在沙漠里赶路的，最懂得水的珍贵，经历过寒冬的人，最知道太阳的温暖，不懂得感恩的人一定不是一个善良的人，我们要做一个知道感恩的人。我希望不管什么时候、什么情况下，你们都不要迷路。如果你们有谁迷了路，忘记库尔班的家规，那就会走进没有水的沙漠，等待他的只有死亡。请你们记住，这就是我想说的，也是我库尔班家族的家规，大家都要遵守！”

库尔班的入党申请书提交已满一年。这一天，对于库尔班来说意义非凡。一间不大的会议室内，墙上挂着毛主席像，下面挂着一面鲜艳的党旗，肖家琪和两个干部站在一旁。库尔班非常激动。肖家琪宣布道：“库尔班·吐鲁木同志，经过党组织对你的严格考察，经过党小组会议表决，现在我向你宣布，接收你为中国共产党预备党员！”

库尔班激动不已，连身体都在颤抖，他说道：“谢谢共产党，谢谢毛主席！”

“库尔班·吐鲁木同志，现在我带你进行入党宣誓仪式！我念一句，你跟着我念一句！”

库尔班满含泪水，站在党旗下，举起右拳：“我志愿加入中国共产党……”这一天他等了太久！

好事成双，三天后，托乎提汗生下一个男婴，库尔班为其取名艾孜麦提。

成为党员后，库尔班感觉自己应该肩负起更多的责任。这几天，他想组一个新的小队，到肖书记他们说的长碱滩——乌宗硝尔去种地植树。这个想法一产生，库尔班便坐不住了。他立即去找肖书记商量，征求他的意见。

肖家琪有些犹豫：“您的想法好是好，心情我也能理解，但乌宗硝尔是个盐碱地，不容易长出庄稼。您年龄又大了，再说也没有人愿意跟您去呀！”

库尔班急了：“我可以的，我不太老，我还有劲，人嘛我可以自己去找，我一定会把地收拾好，把盐碱的问题解决了。”

“库尔班大叔，你真的有信心种好那块地?”

库尔班信心满满地点头：“那当然了！我爸爸种地很好，我比他还好。啥样子的地，我一看就知道咋样子种，我一定会种好的。但我有一个小小的要求，去乌宗硝尔种地的人我说了算，行不行?”

“当然，这个完全没问题，而且可以任命你当队长，我们会大力支持你们的。”

库尔班很是兴奋，道别肖书记后，他来到村口大桑树下，“叮叮咚咚”地自己敲起了羊皮鼓，边敲边高喊。库尔班看人来得差不多了，满脸笑容地高声讲话：“村民们，村民们，你们大家都知道离村很远的乌宗硝尔那个地方吧，现在我想在那里种地、植树。大家有没有想和我一起去的?”

然而没有一个人吭声。库尔班一脸尴尬地站在台子上，不知如何是好。他把情况汇报给肖书记，肖家琪笑了笑，说：“库尔班大叔，我说中了吧，没有人愿意去乌宗硝尔种地。在那片盐碱大的地上种庄稼，起码的条件都不具备。”

“现在最主要的是没有水渠，你给我帮个忙，叫一些人来先把水渠帮我修好，行不行?”

肖家琪迟疑着：“这个……现在恐怕还有点困难，你看现在正是农忙的时候，各队暂时都抽不出人来，只能等到农闲了吧。”

“那个时候，我的地也种不上了!”

库尔班独自一人来到一片新开垦出的土地上。他一边走，一边抓起地里的土，不住地叹气。晚上回到家，库尔班仍旧闷闷不乐，看着碗半天没动筷子。

卡德尔江对茶饭不思的库尔班说道：“你的想法托乎提汗给我说了，我有一个主意。明天我和托乎提汗回我们兵团，顺便看一下我的父母亲。也想请他们看看，可不可以帮忙修水渠。”

库尔班笑了：“可以呀！我的孩子，你的主意太好了，这事情我都想得头疼了。图尼莎汗，快准备一些东西，让卡德尔江带给他的父母。”

第二天一早，伴着熹微的晨光，卡德尔江和托乎提汗抱着孩子，乘着驴车踏上了路途。他们路过兵团的田地，看见整齐划一的条田，两边是防风林，拖拉机在地里耕着地，广播里放着《公社是朵向阳花》的歌曲，一片欣欣向荣的景象。

卡德尔江和托乎提汗在兵团许连长的陪同下，参观条田建设。许连长说道："把地条田化了之后，便于科学的管理和耕种。条田两边种的杨树，还可以防风防沙，减少自然灾害，提高粮食产量。"

"提高粮食产量！许连长，能提高多少？"托乎提汗问道。

许连长满脸自豪："我们这里小麦每亩产量早已突破一百公斤了。"

托乎提汗很是惊讶："这么高，那你们高产的措施和秘密是什么？可以告诉我吗？"

许连长和卡德尔江都笑了，这让托乎提汗感到莫名其妙。托乎提汗不好意思地问道："是不是我说错了什么话了？"

"你没说错，只是你刚才看到的条田和防风林，是你没有想到的。"托乎提汗这才明白，防风林的作用这么大。许连长继续说道："毛主席说了，农业的根本出路在于机械化。我们在为实现机械化做准备的时候，要把零散的土地进行整合。我们兵团精神就是不怕苦和累，下大力气，才建成现在这样机械化作业的大条田。"

"你现在懂了吧，这就是我们兵团高产的措施和秘密。"卡德尔江看着托乎提汗笑了笑。

许连长指着一片地介绍道："你们看，这就是我们新开垦的土地，我们全部按条田化进行规划。春天是用二十四行的播种机进行播种，夏收是用康拜因联合收割机，翻地是用六台拖拉机并排完成。你们再看那里，那就是二十四行播种机在进行播种，不仅速度快，还质量好，收成高。"

托乎提汗发自内心地感叹："你们太厉害了，把地搞得像书本里的画一样整齐。哎，我爸爸开了新地，连挖水渠的人都没有，真是不能和你们比，你们太先进了。"

"我听卡德尔江说了，你爸爸就是去北京见毛主席的库尔班大叔，他现在年纪那么大，还积极为国家做贡献，他的精神很令人敬佩啊!”

“是呀，爸爸是一个闲不住的人，目前挖水渠的事可把他愁坏了，我们也帮不了他。”

“是这样，”许连长想了想，“他那个新开的地要挖水渠，这件事就包给我们了。卡德尔江，我把这件事情就落实给你了!”

卡德尔江和托乎提汗连连感谢。两天后，一辆大型挖掘机便开进了村里。社员都跑来看热闹。玉木拉克凑近了，发现开挖掘机的正是卡德尔江，旁边还坐着托乎提汗。这个庞然大物刷新了村民们的认识。全村的社员都到新开垦的土地里来看这个庞然大物。挖掘机不到一会儿就挖出了几十米的引水沟。库尔班和社员们不住地赞叹。

晚上回到家后，库尔班坐在炕边上。托乎提汗从侧门走了进来。库尔班问道：“小艾孜麦提睡着了吗?”托乎提汗点了点头，给父亲倒了茶水，她坐在了父亲的身边：“爸爸，我想和你谈件事情。”

“什么事情，是想让我们带艾孜麦提吧？你妈妈愿意！交给我们，你们就放心吧!”

“不是这件事情，是种地的事情!”

“种地你还有什么事情，我教你种就行了!”

“不是的，我有自己的想法，想按自己的想法去种地。”

“你的想法？种地还有不一样的方法吗？你和我种地不是一个方法吗?”

“我想学习兵团先进的种地方法，在地里种植防风防沙林，你能不能把乌宗硝尔的那片地，让我按兵团的办法来种，种一个样子让大家看看。”

库尔班不解：“那要种成个什么样子?”

“我到兵团学到了很多的东西，他们那种种地法才代表了全新的农业发展道路。我们现在种地的方法，真的有点落后了。”

库尔班不屑：“种地都是一样的，不就是下力气的活儿吗，还会出什么新样子?”

“爸爸，你真的不明白，兵团他们一个人管三十亩地，而且小麦亩产突破了一百公斤。”

库尔班摇着头，难以相信：“他们嘴里的风也太大了，刮得舌头乱跑！一个人管五亩地就够累的了，而且我们努力了好几年，小麦产量才五十多公斤。”无论托乎提汗怎么说，库尔班就是不相信，连他这个种地能手都打不了那么多粮食，别人怎么能行呢？

第二天，库尔班去乌宗硝尔的路上，看到村民赶的毛驴车上，装着一截一截的杨树枝条。库尔班拦住农民，问道：“你们弄了这么多树条子干什么用？”

农民摇着头：“我们也不知道这个要干什么用，是托乎提汗让我们弄的。”

另一个农民搭话：“她还让我们弄得越多越好。”

库尔班气呼呼地跑到田里，看到托乎提汗正带着农民插树条。库尔班很不高兴，大喊道：“你们这是在干什么？不好好种粮食，在地里插树条子，你们想干什么？”

“爸爸，我昨天晚上不和你说了吗？这是在为地里的防风林培育树苗呢！”托乎提汗回答道。

“什么防风林？什么育苗？”

托乎提汗指着地里已丈量好的笔直的林带，说：“在这里种树，兵团他们就是这样。他们在土地的风口上种了防风林后，缓解了大风、沙尘对农作物的伤害，大大提高了粮食的产量。”

“为什么要把树种在好好的地中间？把地里搞得乱七八糟！”库尔班气愤不已。

“爸爸，你要相信科学种地。”

“这么大一块地，可以种多少粮食啊！你这不是浪费我辛辛苦苦开出来的地嘛！这就是科学种田了？我不相信！赶快把这些树枝给我拔了！”

托乎提汗坚持着：“不！不能拔，我这就是为了好好种地，提高产量!”

库尔班指着托乎提汗，严厉说道：“托乎提汗，我的话说一次就行了，两遍的话我不多说了，咱们还是按老办法好好种地!”

“不！我就要按先进的办法种地，这个树苗就是不能拔!”

库尔班彻底恼火了：“托乎提汗，你让我太生气了！明天早上你快快地给我拔掉，我决不允许你们糟蹋我的地!”库尔班说完后气呼呼地骑着驴走了。

第二天一早，库尔班来到地边上，他把正在地里插树条的农民叫到一起，说道：“你们都听着，我有话给你们说，你们听我的话，现在把地里的树枝都给我拔了，托乎提汗那样不是种地的方法。”

“托乎提汗姐姐知道要拔树苗这件事情吗?”一个年轻的农民问道。

“不管她，我说了算!”

这时，托乎提汗正好赶到，她坚决地说道：“不行！这是我说了算的事情，也是经过兵团实践证明的种地最科学的方法，我一定要坚持下去。”

“什么科学不科学的，糟蹋了那么多土地，怎么可能增加粮食的产量呢!”库尔班和托乎提汗争吵了起来。

“种树是必须的，这个不能变!”

“托乎提汗，地少了难道能增产吗？这不是很简单的事情吗，你还不明白吗?”

“就是因为要增产，我才在地里种防风林，兵团他们能做到的，我也一定能做到!”

库尔班指着面前的土地：“这片地是我开荒开出来的，我还是队长，我说了算！你们都回家吧，今天不干活了!”几个农民犹豫地看着托乎提汗，站在原地不知如何是好，库尔班接着说道，“你们不听我的话是吗?赶快回家去!”

农民走后，库尔班开始拔地里的树枝，托乎提汗挡在前面阻拦他：“爸爸，你这是干什么！你的思想太落后了!”

库尔班不敢相信托乎提汗的话："什么？我思想落后？我什么时候落后了？干什么事情我都是一直走在前面的。"

"是的，在许多事情上你是走在了前面，但在科学种地的事情上，你现在就是落后了。"

"你胡说，种地的事情我就是比你懂得多，按照我的经验来种地，粮食的增产才有可能！天底下还没有我能落后的事情，你太可笑了！"

"你去兵团看看就知道了，你也看到挖掘机挖水渠的情况了。他们不再是一坎土曼、一坎土曼在干，从春耕到夏收都是机械化生产，科学种地，收成还好！"

"我才不相信你的那些话呢，他们跟你一说，你就相信了。到时候地里长得都是树，粮食不能增产，他们管吗？我怎么能多交公粮？"

"你真是让人没有办法！太顽固了！"托乎提汗哭着跑开了。

库尔班一个人在屋里闷坐了一会儿，便出了门，去了大队部。肖家琪看见库尔班，主动迎了上来："库尔班大叔，你这么早就来了，肯定有事情吧？"

库尔班摇着头："我来找你的事情，我自己也不好意思说。你帮助我解决一下，让托乎提汗、我的女儿离开我的小队行不行？"

肖家琪不解："为什么？她不是挺能干的吗？当初为了你这个小队，她可是想了好多办法帮助你呀！现在咋成这样了？"

"托乎提汗太年轻了，根本不懂得种地，还不听我的劝。她非要在好好的地里种什么树，这不是浪费吗？我不同意，她就不高兴了。"

肖家琪笑了："哎呀！库尔班叔叔，那叫防风林。我们也刚收到县上的文件，号召各公社都要种防风林呢。"

肖家琪给库尔班解释道："库尔班叔叔，托乎提汗的那种方法不是胡干，是人家兵团干出来的，是经过实践检验过的好方法！"然而执拗的库尔班根本听不进去。

第二天，托乎提汗带着社员刚到地里，库尔班赶着毛驴车拉着肥料来了。库尔班对着大家说："我们今天的任务是要给地里上肥料，为改良土壤种庄稼打基础。”他看了看一旁的托乎提汗，“你已经被我从这个小队开除了。”

托乎提汗很是愤懑：“爸爸，你有什么理由开除我，我只是想好好地种地呀！”

“你不是好好地种地，你自己好好地想一想，对不对！”

“我的想法没有错，错的是你！”

库尔班不耐烦地摆了摆手：“你不要说了，我们要干活了，等你想通了，认识到自己的错误再来吧！”

库尔班在地里忙了一天，回到家里刚坐下，图尼莎汗抱着艾孜麦提走了进来。她听说了托乎提汗被库尔班开除的事，才开口说了一句话，库尔班的犟脾气便上来了。他伸手想接过孙子，图尼莎汗不给，生气地对他说：“你心里还有这个孩子吗？真是老了，老了，开始不讲道理了！”

“你们都团结起来反对我了，你们到底咋了？好吧，我走，我离开这个家，不回来了！”

库尔班抱起一件长袷袢头也不回地出了家门。他想了想，去了玉木拉克家里。库尔班想让玉木拉克给自己收拾一个睡觉的地方，然而玉木拉克斜着眼，一副爱答不理的样子：“你怎么了？我这里就这么小个炕，你想睡哪里？”

“你是我的叔叔，哪能不收留我呢？”

“要不，你到敬老院去吧，那里条件多好，你还是那里的院长呢，快去吧！”

库尔班没好气地坐在玉木拉克的床上：“你比我年龄大，你才应该去敬老院，我在这儿就不走了。”

“你还赖到我这里了？也好，你也该好好找个地方想想自己的不是了！”

“我有什么不是，我是对的！”

这时，卡德尔江敲门进来了，他找库尔班回家。然而库尔班扭着脸，就是不回去，回去就是承认自己错了，但是他认为自己一点儿错误都没有。托乎提汗随后也来了，她好声好气地求着父亲：“爸爸，您回家吧，您这个样子妈妈很伤心，如果您还生我的气，我就不去您的小队了，再说您都已经把我开除了，我也去不了了。”

“不是我非要开除你，我说真心话，是你糟蹋了我的土地。”库尔班还生着气。

托乎提汗尽量克制自己的情绪：“好了，不说这些了，你想开除我的目的也达到了，也该消消气了，还是回去吧！”

然而库尔班丝毫不肯退让：“这个事情上就是你们不对，在地里种树就是不行，我一定不能让你再干下去，我要把所有的土地上都种上庄稼，我就是一点儿错误都没有！”

托乎提汗被气哭了：“我到这里来劝你回去，你还这么说话，你真是太顽固、太落后了，比村里的最落后的社员还落后！”

玉木拉克和卡德尔江两人赶忙将托乎提汗拉走了。托乎提汗思来想去，不得不去找柯书记帮忙。第二天，柯有田听完托乎提汗的讲述，便开着吉普车往村子里赶。

为了避免再吵起来，惹库尔班生气，车子开到村口，托乎提汗便下了车。车开到玉木拉克家门口，柯有田下了车，直接推门进来。库尔班和玉木拉克正吃午饭，两个人吃着干馕，喝着清茶。看到柯书记来了，他们都有点意外，赶忙站起来迎接。柯有田坐下后，对玉木拉克说道：“我和巴图也没吃饭呢，给我们也来点。”

“柯书记，不好意思，我们家只有馕和茶水，太简单了。”

“没关系，馕才是好东西。”

玉木拉克忙着倒茶。柯有田和巴图两人拿馕沾着茶水吃。柯有田说道：“库尔班大哥，我兵团的战友来电话了，想请我和你去他们那里参观一下。”

“好呀，我也想去看看。”

“我想呢，上次人家帮你在新开垦的土地上挖了水渠，这次咱们就一同去做个答谢，行不行？”

“好，好！我也正想找个机会和你好好说说我的心里话呢。”库尔班很是高兴。两人吃完后便上了车。车子行进在公路上，半个小时便到了兵团场部。

张团长提前收到消息，已经早早候着了。问候之后，张团长便陪着库尔班和柯有田参观兵团的条田和防风林。张团长说：“柯书记，欢迎你们到我们这里来，你们想看哪方面，我就重点介绍。”

柯有田故意冲库尔班说道：“库尔班，我想看看条田里的防风林建设，行不行?”

“可以，可以，我听你的。”

张团长用手指着远处的条田：“好，你们看看这块条田里的树苗，才几年就长成了一堵防风防沙的墙。”

柯有田问道：“张团长，这个防风林占了这么多的地，值不值得呀?”

“值得，太值得了！这是早期的条田，防风林种少了，要是五至六米就更好了。”

“这个防风林占了这么多的地，是不是有点太浪费了?”

“不浪费，如果风吹着沙子扫过来，没几年这个地就被沙化了，种不成了，那才叫最大的浪费。”

“种防风林的作用还挺大嘛!”

“是的，这个防风林的作用可大了，可以防风，保持土地的水分；同时，还可以固沙，防止水土沙化，减少庄稼生长受到的自然灾害。”

柯书记和张团长一问一答，库尔班听得有些蒙。这些在他看来是浪费土地资源的防风林，怎么在张团长的口中有这么大的作用?随后，张团长又陪着库尔班和柯有田参观兵团机械化耕作。远处两台拖拉机正在耕地，张团长抓了一把刚耕好的土：“你们看，这是拖拉机刚耕过的地，看这深度，连土质都在一年一年越变越好。”

柯有田说道：“条田化作业好处很多是吧!”

“真是让人高兴，我真的太激动了。”眼前的景象震撼了库尔班，他现在才明白过来，这些在他看来笨重的机器、占用空间的防风林，其实远比他一双手效率高、效果好。

从兵团场部回来的路上，库尔班想了很多。当路过县城一个商店的时候，库尔班要下车，声称今天心情好，去商店里看一下。跟柯书记道别后，库尔班走进商店，挑选了一条漂亮的花裙子。

托乎提汗正抱着儿子，见父亲进来怔了一下。图尼莎汗笑道："托乎提汗，给你爸爸倒茶，把艾孜麦提先让你爸爸抱抱。"

托乎提汗不情愿地把小艾孜麦提抱给了库尔班。库尔班亲昵地把脸贴了上去，亲了亲小外孙。托乎提汗端着一碗茶过来，放在了库尔班面前的桌子上，没有说话。

图尼莎汗看此情景，从包里取出库尔班买的裙子，对托乎提汗说道："你爸爸昨天去兵团参观了，还专门去商店给你买了条花裙子，这么漂亮，你肯定喜欢！"

托乎提汗惊喜地接过裙子，问道："给我的，爸爸真的是给我买的？"

库尔班点头："是的，爸爸送给你的！"

托乎提汗高兴地拥抱库尔班："爸爸，我长这么大，你是第一次给我买裙子。谢谢爸爸！太谢谢了！"托乎提汗拿着裙子在身上比着，"爸爸，你昨天去兵团了，他们那里种地的方法先进吧？"

库尔班感慨道："真的很好，看了很高兴！但是我们这里咋能和兵团比呢？兵团都是转业的解放军，他们都是很厉害、有本事的人，他们干啥都能干得很好。"

"爸爸，只要有决心，我也能干好！不信，咱们打个赌！"

"你要和我打什么赌？"

"把乌宗硝尔的地划分成两部分，你按老办法种地，我按兵团的办法种地，试一试行不行？"

"这不难，当然可以了！"库尔班笑了。

有了父亲的支持，托乎提汗再也不用束手束脚了。年轻人在她的带领下个个都干劲十足。半年后，大条田两边的林带就已经长得很高，麦穗沉甸甸的，很密集。而库尔班小队的小麦地，里面的麦子明显没有大条田长势好。卡德尔江开着康拜因在条田里收割麦子；另一边，库尔班带着社员挥着镰刀在小块地上劳作。

一个农民看着大条田感慨道：“库尔班队长，看人家多威风呀！那个机器一过，地里什么都没有了，就只有麦粒了。唉，再看看我们，一镰刀一镰刀地割，真是没有劲了！”库尔班抬头擦汗，眯眼望着已远去的康拜因。

肖家琪带着公社的人，在磅秤上过麦子。肖家琪低头看磅秤，高声喊道：“托乎提汗的小麦九十二公斤。”随后，库尔班队的几个麻袋放在了磅秤上，肖家琪高声宣布：“库尔班大叔的小麦五十三公斤。”

托乎提汗小队的人欢呼着，她被年轻人围在中间，大家庆祝着丰收的时刻。库尔班将这些全都看在眼里，他笑着，不知道从什么时候开始，他觉得托乎提汗一下子长大了。他从前缺乏对女儿的了解，现在他知道了，托乎提汗是个很有主意的人，她不畏惧一切困难，坚持自己内心的想法，颇有自己年轻时的架势。库尔班从来没输过，第一次就输给自己的女儿，虽然有些没面子，却很欣慰。

庆功会结束后，库尔班一家人乐乐呵呵地坐在大炕上吃着干果，聊着天。库尔班把艾孜麦提搂在怀里，边爱抚边说：“这个小家伙长得太好了，腿上的劲还是很大的。长大以后一定要去当解放军，肯定是个好兵。”

托乎提汗点了点头：“我一定会让他当解放军的！”

库尔班感慨道：“我们今天的生活都是共产党和毛主席给的。我从一个奴隶到现在，有了地，有了儿子女儿，还有了孙子、大房子，我太感谢毛主席了！我去见毛主席的时候，毛主席给我说，要把家乡建设成美好的家园，我等着你们的好消息啊！从听了毛主席的话以后，我干什么事情都更加努力，更加想把家乡早一点建设成最美好的家园。到那一天的时候，我要再给毛主席写信。给毛主席说，你交给我的任务，我库尔班和我的子孙们都完成了！没有辜负您对我们库尔班家人的期望!”

托乎提汗坚定地看着父亲：“爸爸，我们库尔班家族共同努力，相信一定会有那一天的!”

终于有一天，库尔班牵着图尼莎汗的手静静地站在麦田边，他们陶醉地看着茁壮成长的麦苗。图尼莎汗看着身旁若有所思的库尔班，问道：“库尔班，你想什么呢?”

库尔班微笑着：“你听见了吗？你听见麦苗的笑声了吗?”

“我听见了，听见了。”图尼莎汗闭上双眼，任由温柔的风吹拂过她的脸庞。

“麦苗笑的声音太好听了，我想再好好听听麦苗的笑声。”

图尼莎汗慢慢松开了库尔班的手，她说道：“去吧，你去吧。”

库尔班微笑着回望了一眼图尼莎汗，转头迈步向麦田的深处走去，他融入麦苗的绿色之中……时间的长河始终流淌着。库尔班的一只脚迈进去的时候，岸边已经留存下他漫长而深刻的足迹，他的后辈们就顺着这些足迹追寻而来。库尔班和他们那一代人融入了那片广袤的土地，那片土地曾经承载着他们的梦想，如今，这个梦想仍在延续……

第二十七章

1975 年 5 月 26 日，库尔班因病在和田逝世，他为于田县天翻地覆的变化贡献出了自己的光和热。1987 年，当初那个年幼不更事的艾孜麦提已经成年，到了服役的年龄，他一心想完成库尔班爷爷的心愿，于是便毅然决然选择报名参军。

枝叶繁茂，树影婆娑，阳光透过树叶洒在艾孜麦提身上。他骑着自行车快速在村里小路上行进着，心情如阳光般明媚。他吹着口哨，双手放开自行车把，迎着风，让风灌满衣服。

乡间公路上，一辆大轿子车开来，艾孜麦提看见了车里的那个女孩——比自己小一岁的齐曼古丽已经出落成亭亭玉立的大姑娘，她散开的长发迎风飘荡。艾孜麦提高兴地向她招手，追在轿车后面。轿车慢慢停在了路边，齐曼古丽从车窗里探出头来，她向艾孜麦提打着招呼："艾孜麦提，我在这里！"

"我看见你了！"艾孜麦提笑着回答。齐曼古丽将一个包递给艾孜麦提。艾孜麦提接过包，高兴地拉起齐曼古丽的手。

两人又说又笑，边走边聊，不知不觉走到了一片开阔地边的小土坡上。晚霞染红了天边。艾孜麦提和齐曼古丽两人嬉笑打闹着上了小土坡，坐在草地上。艾孜麦提兴奋地将自己报名参军的消息告诉了齐曼古丽，他没想到齐曼古丽竟十分支持他。艾孜麦提把库尔班爷爷的家规告诉了齐曼古丽，齐曼古丽深情地看着艾孜麦提。艾孜麦提拉过齐曼古丽的手放在自己胳膊上："等我穿上了军装，你就这样挎着我，我们俩在街上走一圈，多么威风，多么美呀！"两人手拉着手向土坡下跑去，笑声在空旷的田野上空回荡着。

然而，几天后出来的体检结果却并不如人意。于香秀第一时间得知艾孜麦提体检不合格。她焦急地对柯有田说道："真难相信，艾孜麦提那么好的身体会有肾结石！老柯，你找找老战友，请他们通融一下行不行？"柯有田低头没吭声。

"我和你说话呢，听见了没有？"

"我就是觉着那样不太好，不是个好办法，可能不行！"

"有什么不行，什么事情到你这里就不行了，就你原则性强！"

"你想想，肾结石，不算是个小事情，训练怎么办？到了部队事情还多着呢。我这是为艾孜麦提负责！"

"你别忘了！库尔班可是我们的大哥，他的愿望我们无论如何都要帮他实现！"

柯有田陷入了沉思。这时有人敲门，于香秀开门，是托乎提汗来了。托乎提汗刚一坐下，情绪便激动起来，她擦着眼泪："柯叔叔，您是最知道的，参军是我爸爸一生最大的愿望。当年我要参军，因为天生视力差，没能够参军；阿扎提要参军，因为胆囊结石，又没能参军；我好不容易盼着艾孜麦提长大，可以当兵了，实现爸爸的愿望，结果又是这样。这到底是怎么了？我实在是不甘心呀！"于香秀拉着托乎提汗的手安慰着。

于香秀领着托乎提汗来到了县武装部征兵办，经过一番商议和请求，征兵办负责人同意再为艾孜麦提做一次检查，时间安排在两天后。艾孜麦提不想再一次面对那个结果。但为了母亲，为了库尔班爷爷，他还是选择再去做一次检查。

检查室门开了，一名医生将检查单交给了于香秀。柯有田匆忙赶到，急切地询问情况。于香秀面无表情地说："结果相同，肾结石！"

托乎提汗转身向解放军央求："真的不行了吗，你看他真的是好好的，可不可以通融一下？"

柯有田走上前去："解放军同志，你们好！"军人礼貌地回应着，柯有田接着说道，"你们知道库尔班大叔吗？"

三名军人异口同声说："当然知道！我们小学课本里就有库尔班大叔骑着毛驴上北京的课文。"

柯有田指着托乎提汗说："你们知道她是谁吗？"三名军人转头看着托乎提汗。

"她就是库尔班大叔的女儿，托乎提汗。"柯有田又指着阿扎提说道，"他就是库尔班大叔的儿子阿扎提。他们过去都曾报名参军，也因为身体的原因没有参成军。"柯有田又指着站在身边的艾孜麦提，"这个小伙子就是库尔班大叔的孙子。你们知道他们家几代人都积极参军是为了什么吗？这是库尔班大叔一生的愿望，是对党和国家的无限热爱。希望你们能够想想办法，给艾孜麦提一次机会，实现库尔班大叔生前的愿望！"

解放军听后肃然起敬。一名解放军连忙解释："我们也特别希望一切都能顺利，艾孜麦提一切都能合乎要求，可是，部队有规定，按艾孜麦提的体检情况，他是不能参军的！"

柯有田有点激动："我也是一名老军人，当年我们参军的时候就没有体检，从祖国的最东边一路到了祖国的最西边，解放了新疆。你看我们身体都没问题，相信艾孜麦提这点小毛病也没问题，肯定是一名合格的好军人！"

于香秀拍了拍柯有田的肩膀："有田，这不是他们能左右的，这是规定，这是纪律！"

托乎提汗表情痛苦，眼睛里含着泪水：“柯叔叔，别着急了，您别为了孩子急坏了身体!”

“全国人民都知道库尔班大叔，知道他感党恩、跟党走，他也是我们心目中学习的榜样。但是，当兵就是要打仗，就要刻苦训练，请老首长，请你们理解，不是我们不想完成库尔班大叔的愿望，是部队有纪律。老首长，请您理解!”军人说完，敬了一个标准的军礼!

清晨，救护车在村路上飞驰着，鸣笛声响亮而刺耳，车子拐进村里的小路上。阿扎提跑在前面，高声喊着：“我给你们带路，车跟着我。”

艾则孜家里的大炕上方拉着一根绳子，上面挂满了衣服，炕上靠墙的一面是一些被褥。此时，艾则孜的老婆卡玛尔正抱着女儿坐在炕边上哭，孩子半眯着眼，轻声呻吟着。托乎提汗正在帮助卡玛尔收拾炕上小孩的衣物：“孩子拉肚子这么多天了，也不送医院。知道吗，这样下去要出人命的!”

卡玛尔哭道：“孩子肚子疼，一直哭个不停，一天拉了十几次，我想给孩子吃点沙枣和酸奶就会好了，可谁想会成这样。”

“天底下还有你们这样糊涂的父母，那是药吗?”托乎提汗批评道。

救护车停在了艾则孜的家门口。卡玛尔和艾则孜抱着孩子上了车，前往县城医院。阿扎提望着救护车走远了，摇着头对托乎提汗说道：“我们村咋了?一天一个两个地往医院里送。医院里都住满了拉肚子的病人，连过道里也都住满了。这样下去该咋办呀?!”

午后，一辆载着化验仪器的卡车开到了村委会。艾孜麦提和几个农民搬运仪器，阿扎提跑过来帮忙。柯里亚看见阿扎提，亲切地打着招呼：“阿扎提哥哥，你好!我刚到这里，你就来了!”

“柯里亚弟弟，你来了我太高兴了!看看为你准备的这几间办公室行不行?”

“行!咋不行?只要把我这些瓶瓶罐罐摆下，仪器有地方放就行了。我们是来工作的，要求条件不高!”

阿扎提帮柯里亚将一瓶瓶水样本摆放在一张临时办公桌上："柯里亚弟弟，你在我们村要待多长时间?"

柯里亚笑道："你这个村是最后一站，我要在这里工作一个半月吧，对水样做最后的分析汇总，出结论报告。"

阿扎提担忧地看着柯里亚："你们快快想想办法吧！今天上午又送一个村民去了医院，现在真没有办法解决拉肚子这个问题了吗?"

"办法当然有啦，发现一例腹泻病就治一例。但要想彻底解决夏季腹泻病或是其他病的最好的办法就是改水，改变我们喝涝坝水的生活习惯。"

"我们不喝涝坝水还能喝什么水呀?"

"喝井水呀，打井，让村民全部都喝井水。除此之外，没有更好的办法。"

"可还不知道我们村地下有没有水呢。我记得，以前好像进行过探测。"

"那也是我们搞的一项地下水质的调研，只是有选择性地在几个村打了探井，这项调查就停下来了。"

阿扎提不解，问道："为什么要停下来呢?"

"因为成本太高，没钱。打井不是那么容易的事情，这可是一个费钱的工程。"柯里亚将一个小木盒递给阿扎提，"这里面是漂白粉，是一种消毒剂，加上水，它就能分解出次氯酸和碱性氯化钙。次氯酸释放出的新生态氧，有强烈的杀菌作用。这个也只能对涝坝水进行消毒，减少喝水后产生腹泻的现象。"

阿扎提仔细观察着小木盒："这个东西放在涝坝里，对人有没有害处?"

"不会的，它的作用就是杀死有害的病菌。"

这时，艾孜麦提搬完东西走了过来："柯里亚舅舅，东西搬完了。"

"好的，谢谢你了，艾孜麦提！"柯里亚从阿扎提手里拿过小木盒，给了艾孜麦提，"艾孜麦提，你每隔三天把漂白粉用水稀释，洒到涝坝的水里。”柯里亚抓了一小把做了示范。“这些就够了，倒上水化开后再倒进涝坝，量一定不能太多。”

柯里亚想了想，又嘱咐道：“你往涝坝里洒漂白粉水时应该戴上口罩，一定要记住，在上风口处泼洒漂白粉水。不能在下风口，要不漂白粉水会飘进眼睛里，那可就麻烦了!”

托乎提汗、阿扎提和柯里亚三个从小生活在一起的姐弟已是很久没聚在一起了。托乎提汗听说柯里亚要来，提前准备好了丰盛的食材，准备做一桌好菜招待柯里亚弟弟。托乎提汗见柯里亚进来，便热情地迎了上去，两人拥抱问候。

相聚之际，托乎提汗仍旧挂念着村子里近段时间的问题。她对柯里亚说道：“柯里亚，现在我太发愁了，想了几天也想不出好的办法。我们村现在是全乡拉肚子病人最多的一个村。你来了就好了，快快帮助我想想办法吧。”

“姐姐，这些病可能和喝涝坝水有关。你知道为什么一到夏季，村里就会出现很多拉肚子、得痢疾的人吗？就是因为喝的涝坝水不卫生。”

“那之前艾孜麦提的病是不是也与此有关?”

“有可能，但是要经过化验和论证才能下结论。我们研究所在各乡村做的水质调查已坚持了三年，目的就是把水质问题搞清楚，彻底解决饮水造成的地方病!”

第二天上午，柯里亚和另外三个队员在涝坝里取水样。涝坝里的水不多了，水面上还漂着绿苔。托乎提汗听说柯里亚要探测水质，便跟了过来。柯里亚举着刚从涝坝里取上来的水样让她看。托乎提汗看着玻璃试管中混浊的水，不住地摇头：“哎哟，这么脏呀，看，看，看，还有红红的虫子!”

“这只是肉眼能看到的一小部分，还有肉眼看不见的细菌就更多了。这个水里起码有六十到七十多种病菌呢。”

“真的太可怕了，看这个水，我都不敢喝这个水了。”

“今年是春旱，天太热。去年底涝坝里的水眼看着就要干了，这正是细菌繁殖的好环境。我们三年周期调查就是要解决饮水问题，现在看来已到了刻不容缓的地步了。不能再等下去了！”

为了让更多村民意识到喝涝坝水的危害性，柯里亚在涝坝边的一片空地上放置了五块关于饮水卫生的知识图板。一个队员正负责向村民们讲解。“大家看看这个图板就会明白，病从口入，尤其是喝了不卫生的水或是吃了苍蝇、蚊子叮咬过的食物，都会引起腹泻，就是我们说的拉肚子；拉肚子不及时治疗，严重的还会出现脱水，甚至会发展成传染性的细菌性痢疾。”

“大家都知道吗，昨天我们村又有几个村民住进了医院。所以，大家一定要注意饮水卫生，要改变喝生水的习惯，要喝烧开的水。”柯里亚补充说道，“近几天，我们已在涝坝里洒漂白粉水进行消毒，但那个水也不能直接喝，要烧……”

柯里亚的话还没说完，果农阿勒玛便站了起来，打断了他的话：“你们不要再往涝坝里放漂白粉了，放了漂白粉的水很难闻，一股怪味，水不好喝，我们不喜欢。”众村民点头应和。

“天太热了，涝坝里长时间没补充新水，里面就会产生很多的细菌。今天喝了不得病，也不等于以后喝了不会得病，大家想一想，是不是这个道理。”

阿勒玛问道：“如果以后我们涝坝没水了，那我们喝什么水？”

“喝井水，一百多米的地下水，地下水是很干净没有细菌的水。”

农民们议论道：“地下水不是没见过太阳的水吗，真的能喝吗？地下水喝了真不会得病？”村民们喝了几十年涝坝水，柯里亚清楚，一时间让村民们改喝地下水也不太现实。

一辆小车驶进了乡政府大门。李书记和几个人从车上下来，他们几个人浑身是土。一名干部赶忙迎上前去：“李书记，你好！这两个人等了你一下午了。”托乎提汗快步迎上去。李书记看见托乎提汗，笑着说：“是托乎提汗大姐呀，你等了这么长时间，肯定是有事情吧？”

“李书记，我们村子里拉肚子、得痢疾的人越来越多，现在成了全乡得病人口最多的一个村。现在天旱，又没水，乡里可不可以支持我们村一下，先在我们村里打一口井?”

“是呀，今年干旱比往年还厉害，我们也在想办法。但是要打井，太困难了。我的好大姐，你知道打一口井多少钱吗? 普通井六到七万元，加上发电机、电线、变压器的成本也得八到九万，抵得上乡里两年的收入了。”李书记皱着眉。

“支持我们一点点也行，其他的我们自己想办法，这样行不行，李书记?”

“我很想支持你们村打井，可乡财政真的没钱。不过，这件事情你们先不要急，我正向上级部门反映饮水问题，争取上级支持吧。”托乎提汗失望地点了点头，跟李书记告别。

第二天一早，托乎提汗去村委会临时实验室给柯里亚送早饭，她惊奇地发现展板架子被人推倒了，图片也被撕坏了。托乎提汗气得直摇头:“怎么会是这样子呢! 这些人真是没脑子，好事坏事都分不出来。”

柯里亚走了出来，指了指脑袋:“姐姐，他们是这里的病，你咋治? 这里的病最难治了，不是一天两天的事情，要用事实才能把他们的思想扭转过来。”

托乎提汗想起了从前父亲反对自己种植防风林的情形:“我现在知道他们咋样子想的，是因为他们什么也没有看到。井没有打，涝坝的水还得喝，所以他们认为你们说的和他们看到的不一样。”

“姐姐说得对，农民们要看到实实在在的东西，才会相信你说的。”

傍晚，山里下来的洪水把涝坝灌得满满当当的，四周溢出水来。几头牛和驴在饮水，三四个村民提着桶到涝坝上打水。一个村民提着一桶水，高兴地说道:“前天下午看见远山上黑黑的一片，我就知道肯定山里的水要来了，看，水走了两天，到我们村里来了吧?”

“水来了就好了，再不用喝那种消毒的水了。那种水太难喝了!”

三个调查的队员正在不远处调查取水，他们看到牲畜在饮涝坝的水，快步上前驱赶它们。调查队员举着刚取的水样对提水的农民说:“你们看看，这是刚取的水样，浑浑的，里面还是有大量的细菌，这种水喝了不卫生!”几个农民凑过来看了看，根本不以为意。

晚上，艾孜麦提和齐曼古丽两人回来了。托乎提汗刚把饭做好，正想着他们怎么没在齐曼古丽家多住几天。艾孜麦提扶着腰，说是腰有点疼，没有吃饭便走进侧屋躺下了。托乎提汗问齐曼古丽是否清楚艾孜麦提的情况。齐曼古丽摇了摇头：“药一直在吃，他可能是累着了吧。不过，他现在经常说腰疼，不舒服，我劝他去医院看看。”

托乎提汗拿着一沓钱走到艾孜麦提跟前：“艾孜麦提，你明天去医院看一看腰疼病。好好检查一下，不要再拖了。”

艾孜麦提点了点头：“好吧！妈妈，我这次腰疼得很厉害，也不知道是咋了!”

第二天一早，艾孜麦提去了县医院，排队交费时，他不经意看见了蹲在角落的艾则孜：“艾则孜，艾则孜，你咋在这里呢?”

艾则孜神色憔悴地站了起来：“我……我，我真的不好意思，让你看见了，艾孜麦提。”

“你咋了，是不是不舒服，是不是有难处了?”艾孜麦提关切地问道。

艾则孜面露难色：“我女儿已经进行第三次抢救了。医生又让我来交费，可……可是我没有钱了，实在没有办法了。”

艾孜麦提二话不说，从口袋里掏出那沓钱，塞给艾则孜。艾则孜摆手拒绝：“不行，你不是还要看病吗?”

“我的病不要紧，救人要紧!”艾孜麦提把钱硬塞给了艾则孜。

第二十八章

清晨，一辆防疫车鸣着笛、闪着灯驶进了村里。那声音一下把小村里的人们从晨梦中惊醒。防疫车停在了艾则孜家门口，从车上下来了五六个身穿白大褂、拿着消毒器、戴着口罩的防疫人员。阿扎提快步跑上前去，刚要开口说话，防疫人员便急忙递给他一个口罩：“快戴上，快戴上！戴上了再说话。”

阿扎提戴上了口罩，问道：“我能帮你们做些什么？”

“请配合一下，让村民们不要在这里围观。我们要对艾则孜家和周围五百米以内的农户家里进行消毒。让村民们这几天都不要靠近艾则孜家附近。”随后，防疫人员从艾则孜家里出来，把他女儿穿过的衣物放在院子里进行消毒。

阿扎提跟围观的村民们说道：“大家回去吧，不要再看了，这里是消毒区，回去吧！”

一个村民问道：“阿扎提主任，艾则孜夫妇呢，他们咋没回来？”

“听说卡玛尔也被传染上了，正在医院治疗。快回去吧，不要再看了!”村民们一边交头接耳地议论着，一边恐慌不安地离开了艾则孜家门口。

第二天清晨，托乎提汗到临时水质化验室给柯里亚送饭。她发现柯里亚趴在桌子上睡着了。她将饭放在桌子上，柯里亚听到动静抬起头，满面疲惫。

饭后，柯里亚和托乎提汗两人乘车去了县委值班室。然而不凑巧，肖书记到地区开会还没有回来，两人便将带来的报告材料留给工作人员，请他们帮忙转交。

两人道别后，托乎提汗拿着回村的车票很茫然。最终，她走近一个窗口，递上车票，对工作人员说道:“退票!”随后，托乎提汗漫无目的地走出了客运站大门。她在街上走着，四下张望，忽然看到了清泉打井队的牌子。她在打井队门前停住了。这时，一个操着四川口音的工人走了出来，问托乎提汗:“老乡，需要啥子帮助?”

“就是打井用的东西!”

“你找对了，进来看吧，我们这里什么样的打井工具都有。”

托乎提汗跟着那人进了院子，里面堆放着各式各样的打井设备。那人向托乎提汗介绍道:“这是打宽井的钻头，井打好后要往井里安放粗型的水泥管道，好处是水量大，耐用，费用比较实惠;旁边的那个家伙是打细井用的钻头，也就是打好井后安放钢管才能用，特点是水量稳定，时间长，费用稍高点。那个大家伙打井要拉电线，还要架变压器才能用，打井时间短。”

托乎提汗根本听不懂这些，她问道:“打出来的水能喝吗?”

“肯定能喝，不能喝打井还有啥子用。打的井里面是一百多米以下的水，当然能喝了，水质很好。”

托乎提汗指着打井的设备问道:“费用是多少?”

对方说买这些设备打井，最少也得五六万元。托乎提汗提出是否可以租用，但是租用的费用也高达一万五千块，让她难以负担。

托乎提汗回到家，一人坐在炕上。她从柜子里取出一个小木箱子，从里面拿出了三个报纸包。托乎提汗自语道：“家里的全部钱，我看看有多少。”她打开第一个纸包，里面是一角、两角和五角钱，还有一分、两分和五分钱，其中最大的面额是已经很破旧的五元钱。她认真地数着钱，直摇头，然后包好放下。她又打开第二个纸包，里面有一元、两元和五元钱，最大面额有十元和五十元的，她认真点着，还是摇头。她又包好放下，接着打开了第三个纸包，她看着最终记录在报纸上的数字，叹了口气：两千三百七十元，距离一万五还差得远。

这时，齐曼古丽和艾孜麦提走了进来。齐曼古丽说道：“妈，我们回来了，你要的新鲜鸡蛋拿来了。我和艾孜麦提早早地就往家里赶，就怕耽误了你的事情。”

“太好了，我正想你们什么时候可以回来呢?”

“妈妈，你要那么多的鸡蛋干什么，家里不是还有吗?”

“不够，去看于阿姨，那些太少了。”没有办法，她只好去求助柯有田和于香秀了。于香秀看到托乎提汗，便热情地招呼着，询问着艾孜麦提的病情。托乎提汗知道这些病的根源都在于涝坝水，便直接说出了自己近段时间的想法：“说到涝坝水，真的很可怕。柯叔叔，于阿姨，我看到柯里亚弟弟取来各村的涝坝水，里面还有红红的虫子，太可怕了。还有艾孜麦提的病，这些事情让我有了一个想法，想在村里打井。”

“打井？托乎提汗，你是说你自己想打井?”

托乎提汗坚定地看着于香秀和柯有田：“是的，我们村天天都有病人，不能等了，我要自己打井!”

“我看了柯里亚的调研报告后，认为改水确实不能再拖下去了。但是要干这样一件大事，一定要多方面配合才可以促成。”

于香秀听了柯有田的话后若有所思：“有田，托乎提汗说的这件事情还真要好好想想，我们虽然退休了，但关系还在。可以试试从卫生部门等相关的口上争取点资金。这样，托乎提汗，下午我们一同去找管卫生、水电等对口的部门，争取一下支持!”

托乎提汗和于香秀两人先是去了电力局，然而不巧，从工作人员那里得知电力局长去党校学习去了。两人便去了水利局。但水利局的相关领导听了两人的想法后面露难色，说道："要给一个村打井拨款还没有先例。于院长，你都知道办事的程序，这得先要论证，再立项，最后审批，完成这套程序恐怕也要到明年了。"

两人走出了办公大楼。于香秀安慰失望的托乎提汗："托乎提汗，再等等吧，如果国家立项，那就快了。"托乎提汗不吭气，于香秀拍了拍托乎提汗的肩膀，说："咱们回家，吃了饭你再回村好吗？"

"于阿姨，算了，我还是早点回去吧。"

于香秀见托乎提汗执意要走，便从包里拿出了一个信封，递给托乎提汗："这个信封里有一张卡，卡里有八千元，是我和老柯给艾孜麦提做手术准备的，你先拿上用吧！"托乎提汗推辞着，于香秀把信封硬塞进了她的口袋里。托乎提汗一路上紧紧地抓着于阿姨给的那个信封，眼泪挂在脸颊上。

这天，院子里聚集了三十多个人。齐曼古丽忙前忙后地给大家倒茶，此时她已能明显看出怀有身孕。托乎提汗抱着个木箱子从屋里走了出来。她上了院子里的炕，坐下后打开了木箱，从里面拿出了那三个纸包，说道："今天，把族人叫到一起，是有一件很重要的事情和你们商量。你们不要急，我先给你们看一个东西。"托乎提汗拿过一个纸包打开，"这是你们库尔班爷爷在世时存下的 140.56 元钱。"大家都对此很惊异，在那个年代，库尔班能存下这些钱已经很不可思议了。托乎提汗又打开了另一个纸包："这是我自己十几年存下的 1204.7 元钱，全部都在这里。"托乎提汗接着又打开了最后一个纸包，"这是这几年我们的家庭互助金 2370 元。这 3500 多块钱就是我们家的全部存款，全都在这里了。我想用这些钱租打井的设备，在村里打井，让全村人都喝上干净的水。现在的问题是钱不够了，为此我也很头疼。今天，我请大家来一起想想办法。"

下面有族人说道："大姐，你说什么，我们全都听你的！"

“好的，我说了！我想咱们库尔班家族应该齐心协力，大家都伸一把手，尽一分力，在咱们全村给大家带个头！我家里现在有四只羊，先卖掉两只大羊，钱用来打井。”

阿扎提赞同道：“姐姐你都这样做了，我也卖掉两只羊。”族人中有的愿意拿出家里的木头，有的家里没钱但愿意出力。托乎提汗算了算，即便加上柯书记给的八千块钱，也还是不够。但是她不能再等了，她做出了放手一搏的决定——人工挖井。

然而，人工挖井却并不顺利，越往下越不好挖。阿扎提分析，可能是挖到了岩石层，没有人知道下面是否有水。

中午，柯里亚刚从部委回来，于香秀正在厨房里做饭。柯有田关心地问柯里亚：“你这一趟去的时间真不短呀，有半个多月了吧，部委跑的情况怎么样？”

“态度很好但事情难办，有希望和光明，也有困难和阻力。还是老样子！”

“我这里倒有个好消息，地区和县上已经开始安排改水的前期水源勘察工作了。我看呀，改水的事情有眉目了，很快就可实施了！”

“真的？托乎提汗姐姐听到这个消息不知该有多高兴！”

“你还不知道吧，托乎提汗已经自己在打井了。这个托乎提汗呀，还真有点库尔班身上的那股劲儿。”

柯里亚很是吃惊：“什么？她知道哪里有水，知道多少米的水可以喝、多少米的水不能喝吗？”

“说不定托乎提汗的井还真能打出水来呢！”

“不行，这不是打出水和打不出水的问题。我了解托乎提汗姐姐，她是豁出去要打井，但我怕她打的井水出问题。”

柯有田不解：“出什么问题，不都是水嘛！”

“你不知道，喝了涝坝水是得病，可喝了不能喝的井水是会死人的！不行，我现在就去找他们。”

“先吃了饭再去也来得及。”

“我还得查一些资料，时间来不及了。”柯里亚匆匆拿上东西便走了。

黄昏时分，柯里亚赶到挖井现场。他高声喊道：“快停下来，快停下来！井下的人也快点上来。”柯里亚看见上面几个人开始拉滑轮，以为是井下的人要上来，便帮着拉绳子。没想到拉上来的却是小半桶浑浊的泥水。干活的人很珍惜地将半桶水倒在一个大桶里，又要把水桶放到井下去。柯里亚生气地拉住井绳，对着井下大喊：“井下的人赶快上来。听见没有！快上来！”

井上的人却对底下的人说道：“先不要上来，再打几桶水再上来。”

柯里亚很是焦急：“不行，下面的人听着，快上来，我有话给你们说，快上来！”

“柯里亚，你不要管了，我们看见井有水太高兴了，我们大家都要等着喝井水呢！”双方拉住绳子僵持着。

“这种井水不能喝。”

干活的村民们着急道：“没关系，我们少喝一点，尝尝，不会多喝的。”

“尝一尝也不行，一定不能喝！你们一定要听我的话。”

这时，托乎提汗和艾孜麦提来了。托乎提汗看见柯里亚，高兴地大喊起来：“柯里亚，柯里亚，我们的井出水了，井里打出水了！”

“托乎提汗大姐，你来得正好，这个水不能喝，一定不要喝！”

托乎提汗满脸笑容：“我们现在不喝，过一会儿澄清了我们再喝，我们不会喝浑浑的脏水的，这个我知道的！”

“这个水澄清了也不能喝！”

托乎提汗说：“都打上来半桶水了，不容易，一会儿我们尝尝！”

柯里亚急了，将刚打上来的那桶水泼在地上。托乎提汗一时间被气蒙了，冲着柯里亚吼道：“柯里亚，你咋啦！发疯了吗！打井是你说的，喝井水也是你说的。我们按你说的打了井，可辛苦打出来的水，你一句不能喝就把水给泼了，你想干啥呢？”

“这个水真的不能喝，我的姐姐……”

经过柯里亚的一番耐心解释后，托乎提汗似乎明白了：“你不让我们喝那个水，是怕水里有毒?”

柯里亚点了点头：“是的，万一水里含有对人体有害的矿物质呢? 所以不能随便就喝。”

“是这样啊，那我就明白了!”

等托乎提汗平复了心情，柯里亚将一个好消息告诉了她：“肖家琪书记让人带信给我，和田地区改水工作马上就要开始了。”

几天后，在县委会议室，于田县改水工程动员大会如期召开。听说了托乎提汗带领大家打井的事迹，会议决定把第一个试点就设在巴扎村。

会议召开后的第二天，测量队便进了村子。测量队员经过一番勘查，最后在阿勒玛的苹果园里定好了位。他们打好定位桩，并在周围撒了一圈白石灰用来标记。

第二天清晨，测量队员再次到苹果园，却发现昨天的定位桩不见了，只留下了那一圈白石灰，他们迅速报告给阿扎提。阿扎提和测量队员一起回到苹果园，四处找寻定位桩。却见阿勒玛手里拿着木桩走了过来：“阿扎提主任，你们是在找这个吧，这个木桩咋打在我家苹果园里了?”

“就是这个木桩，咋在你手里?”

“这个桩子是我拔的，当然在我手里!”阿勒玛理直气壮地说道。

测量队员气得不行：“你……你，你随便拔测量定位桩，这是要犯法的。”

“犯法? 我才不怕呢。听说你们还要把木桩周围五十米以内的果树都要砍掉，我的损失谁来赔。”

“阿勒玛，你的损失从集体收入中补偿，这个你可以放心。”阿扎提承诺道。

“阿扎提主任，你们怎么赔偿，说给我听听，看看合不合理。”

“我们村委会昨天晚上已经研究过了。这几棵已挂果的树，大都有五年树龄，赔偿标准是八百元一棵。要砍掉八棵苹果树，一共是六千四百元。我都已经安排好了，一会儿你到村委会去领。”

阿勒玛听后一脸不满，这个数额他根本不接受。双方相持不下，事情陷入僵局。晚上，阿扎提和托乎提汗坐在院子里的炕上聊天。托乎提汗思来想去，决定为弟弟解决这个难题。她跟阿扎提说道：“阿扎提，我也替你想了很长时间。阿勒玛家生活不算太好，我的苹果园不是和阿勒玛的苹果园紧挨着吗？我打算给他八棵树作为补偿。”

“不！姐姐，这样对你就不公平了。”

“没有公平不公平，为了大家的事情就是公平。再说，现在咱们有吃有穿的，就很幸福了，其他的都是吃穿以外的东西，多了少了都没多大关系了。”

第二天，阿扎提拉着阿勒玛来到托乎提汗的苹果园里。托乎提汗指着自己的苹果园说道：“这是我的苹果园，和你的苹果园只隔一堵墙，靠墙的这八棵苹果树，给你作为补偿，这总可以了吧？”

阿勒玛一时没反应过来。这时一个农民急匆匆跑来找阿扎提：“阿扎提主任，阿扎提主任，艾则孜的女儿刚没了。”

阿勒玛紧张地问：“什么没了，什么东西没了？”

托乎提汗看着阿勒玛：“阿勒玛，我来告诉你吧，艾则孜的女儿刚没了。”

“是……是……是真的吗？”阿勒玛不敢相信这个消息。

“那还有假吗！阿勒玛呀阿勒玛，除了你的果园、你的村子，还有从村子里能看见的那座大山，我问你，你还能看见什么？那座大山背后还有很多的东西，还有你看不到的地方，你没有去过的很多地方。人啊，不能就看到眼睛里的这点地方，更不要让你那颗自私的心耽误了大家的好事情！”

阿勒玛瘫坐在地上，半天没吭气。他没要托乎提汗的八棵苹果树，只收下了那六千四百元钱。工程顺利进行……

半个月后，终于迎来了合闸放水的时刻。打井工地响起了鞭炮声，村民们都过来围观。肖家琪书记一声令下，一个高出地面的铁管子里哗地向外喷出一大股清水。人们欢呼起来，孩子们跳跃着、奔跑着。托乎提汗流下了热泪……

三天后，齐曼古丽在乡医院临盆生产，伴随着响亮的婴儿哭声，医生从里面探出头来，说道："是个小古丽。"

艾孜麦提高兴地跳了起来，情不自禁地喊道："我的宝贝女儿出生了！"大家搂在一起，欢笑庆祝。

合闸放水后，水龙头已经装进了村里大部分人的家里。村广播里反复播放着阿扎提的声音："村民们注意了，为保证身体健康，请一定要喝井水，不要再喝涝坝里的水了。村民们注意了，为保证身体健康，请一定要喝井水，不要再喝涝坝里的水了。"

阿扎提扛着坎土曼在路上走着，村副主任匆忙跑了过来："阿扎提主任，艾孜麦提刚刚又把一个村民送进了乡医院，又是腹泻病。"

阿扎提不解："不可能呀，他吃了不卫生的东西了？"

"不是的，他还是在喝涝坝水！"

"我们村委会不是派人轮流看守涝坝，不让村民打水了吗？"

"我们白天看守，晚上他们还是偷偷地去提涝坝水，没有办法。"

阿扎提很是气愤，他想了想，拍着自己的脑袋说道："有办法，我们不能再等了，一定要下定决心，真正要采取措施了。"

涝坝边上，四台推土机在东南西北四个方向停着，只等阿扎提的命令。阿扎提站在涝坝边的小土坡上，手里拿着话筒，随后向推土机挥了一下手，顿时响起了隆隆的声音，推土机慢慢地向涝坝边靠近。这时，突然从人群中冲出几个农民，张开双臂挡在了推土机前面，没有一丝畏惧。

阿扎提急忙朝推土机一挥手，大声喊道："停！"

第二十九章

推土机停了下来，挡在推土机前的一个农民大声地说道：“乡亲们呐，我们生下来喝的就是涝坝的水，我们的爷爷、爸爸喝的也是涝坝的水，这个涝坝在我们村里已经有一百年了，也可能两百年了，我们为什么要把它埋掉呢？把它埋掉，我们心里真的很难受，我们舍不得啊！”

柯里亚小声对阿扎提耳语，从他手里接过话筒。柯里亚举起一个瓶子，高声说道：“乡亲们，留下涝坝再灌满水，涝坝还会滋生细菌，如果牲畜饮用后得了传染病，就不是一家的事情，是全村的牲畜都得杀死埋掉，你们不心疼吗？涝坝水里有好多寄生虫，大家还记得齐曼古丽得过大肚子病的事吧？那是得了包虫病造成的。牛羊喝了涝坝的水也会得包虫病，并且把病传染给人。所以，牛羊也不能喝涝坝的水了。”

“我们祖祖辈辈不都是喝涝坝的水吗？为什么以前的人能喝，我们现在就不能喝了呢？”

“以前我们祖祖辈辈过的是什么日子？老年人都知道。现在，在党的关怀下，我们的生活好得多了，大家都盖了新房子，好多家还买了摩托车，我们的姑娘和媳妇们穿得比从前的地主婆还漂亮。但是我们经常得病，治病会花去我们辛辛苦苦挣来的钱。大家为什么不想把生活质量提高呢？为什么还对过去的生活恋恋不舍呢？你们说，谁还想过从前那种日子？”柯里亚又举起一个瓶子，接着说道，“这是井里的水，我们也化验过了，井水是干净的，人喝了不得病，牲畜喝了也不得病。”

“有人说井水是没有晒过太阳的水，是阴水，男人喝了没劲，女人喝了生不出儿子来。有人信奉这些迷信落后的东西，而不愿接受科学真理。”

阿扎提补充道：“这都是些什么祖宗留下来的规矩？骗人的！解放前，农奴主剥削压迫农奴，随意把农奴送人、打死，都说那是祖先留下来的规矩。农奴结婚，塔西巴依要把新娘抢到他家去行使初夜权，他也说这是祖先留下来的规矩。塔西巴依害死了我的爷爷奶奶、姥爷姥姥，他说那就是规矩。你说有道理吗？你是不是还想再回到那个时代去？”

“你喝涝坝水得了病，你还有劲吗？你老婆得了包虫病，肚子是大了，可是那里边不是你的孩子，是一包虫子。你想生儿子，还是喝井水吧！”艾孜麦提对挡在推土机前面的村民说道。

艾则孜抑制不住愤慨的情绪，走上前抢过阿扎提手里的话筒：“全村人都知道我家的事情吧？我老婆卡玛尔现在还在医院治病，我女儿不在了，医生告诉我，最大的病因就是喝了不卫生的水。以前我们不管涝坝有多少水都得喝，因为除此之外还能喝别的水吗？没有啊！除了涝坝水没有别的水喝。现在政府为了大家的健康，给我们打了井，把水引进了家里。涝坝水总是不干净的，还是把它彻底埋了吧，你们不要再糊涂下去了。”

艾孜麦提一手扶着腰一手扶着托乎提汗上了小土坡。托乎提汗说道：“我也说几句。我听我妈妈说过，我姥爷不知道得了什么病，身上一点儿劲都没有，皮肤发黄，但是还得不停地给塔西巴依干活，要不就没有馕吃，才四十多岁就像现在八十多岁的老人一样了。咱们这里有好多人都得过各种各样的怪病，一得了病，家里就没有人干活了，就得花钱去看病，我们的日子就穷了。这样的日子咱们还没有过够吗？现在党和政府对咱们这么好，给我们打了井，把自来水都接到每个人的家里边，就是为了提高咱们的生活质量，让我们的孩子们再也不得怪病。你们不但不感恩，还在这里胡闹，你们还有点儿良心吗？你们的脑袋被驴踢了吗？反对埋涝坝的给我站出来，我看看都是谁？”

人群中响起了声音：“我们听托乎提汗大婶的，阿扎提主任，你就下命令埋了涝坝吧。”还有人说：“把那几个说屁话的也埋了，让他们守着涝坝过去吧！”人们哄笑起来。那几个反对的村民见势不妙，赶紧跑到一边去了。阿扎提一挥手，推土机再次前进，一时尘土飞扬，不一会儿涝坝就被填平了。一群孩子冲到刚填平的涝坝上跳着蹦着，发出欢快的笑声。

托乎提汗接到通知，张书记要到家里拜访，她提前做好了准备。张书记对她说道：“大家看了报纸上关于你打井的事迹，很受感动，你的这种行为产生了很大的影响，加快了中央推进我们地方改水工作的进度！”

托乎提汗很是激动：“真的吗？那就太好了，咱们乡那么多的村，每个村都打一口深水井，乡里能有那么多的钱吗？”

“那就一个村一个村地解决。我们会发扬库尔班精神，先干起来再说。现在，中央领导关心咱们这里改水的事，已经发动全国捐款为我们打井了。资金和工程技术的问题很快就会解决的。”随后，张书记掏出一个信封放在了托乎提汗的手上，“这是乡里干部捐的款，大家知道了你们家自己出钱为全村打井的事，非常受感动，纷纷自愿捐款，表达对你们的支持和鼓励，这是两千八百元，请你收下。”

“这钱我不能收，我爸爸说过，凡是自己能动手干的事就自己干，决不给党和国家添麻烦。”

“为了给大家打井，你把库尔班爷爷的互助金都拿出来用了，那是库尔班的心，是库尔班的信念和库尔班的精神！我们这点钱是对库尔班互助金的支持，希望库尔班精神能发扬光大，您就收下吧！”

托乎提汗点了点头，满怀感激地收下了信封："谢谢！谢谢！我代表库尔班和乡亲们收下，让库尔班精神继续传承下去！"

时光荏苒，不知不觉中到了2011年。村子里大部分人家都搬进了新房子，一座座美观坚固的新式住宅错落有致，颇具地方特色和现代感。库尔班家族已经跨越了一百年，历经了五代人。最小的如克亚木也已经十五岁了，她在克拉玛依的新疆内初班上初中，而托乎提汗已经是一位头发花白的古稀老人。虽然农业实行了机械化，地里已经没有多少活儿需要人去干了，但是托乎提汗还是闲不着，她在家里坐不住。她从凉炕头上拿起一把手铲，准备出门。这时，乡党委张书记走进了院子。托乎提汗迎上去问候。张书记和托乎提汗热情地握手，把一塑料兜水果递给她。托乎提汗请张书记落座。托乎提汗边倒茶边问张书记来访的原因。

"住在塔西墩那儿的加赫力是你家亲戚吧?"

托乎提汗说："是，是我的外甥女婿。我这个外甥女嫁得远，很少跟我们有来往。他怎么了?"

"是这样，他们那个塔西墩是个只有六户人家的小村子，地不好，每次一来洪水就把路冲坏了，交通又不方便，生活上非常贫困。县上想把这些条件差、没有发展前途的分散居民点搬迁到平原地带，这叫搬迁扶贫。"

"这事我也听说了，我们村北边的农业开发区，连房子都给他们盖好了。"

"可是你那位外甥女婿说什么都不愿意离开那个小村子。前几天我们接到上级的通报，预计近期可能有融雪融冰性洪水，如果再下雨，就会来大洪水。我们给他做过好多次工作了，他就是听不进去。万一他那里出个事怎么办?"

托乎提汗无奈地摇了摇头："这个加赫力！就跟他的名字一样，又顽固又不开窍!"

"上级要我们做好边远地区居民的防灾保平安工作，可是我们去做工作他又不听，所以就来请您出山，去做做加赫力的工作。您都这么大年纪了，还要麻烦您，真是不好意思！”

“张书记给我派工作，我很高兴，说明我这个老太婆还是能做些事的。好，这个事你就放心地交给我好了！”张书记有些担心托乎提汗的身体情况，托乎提汗拍了拍自己的肩膀，说，“我干起活来虽然赶不上那些小伙子，但是比现在的大姑娘、小媳妇可是要强多了！”

当天夜里，乌云滚滚，紧接着暴雨倾盆，雪水奔腾而下，和雨水汇集在一起。小河道里的水迅速涨起，河水越来越大，漫过了河堤，淹掉了农田。土崖在洪水中坍塌，变成泥石流滚滚而下。

第二天一早，艾孜麦提便开着机动三轮车，拉着托乎提汗去找加赫力。车上他们还带了两保温饭桶抓饭和一些馕。

暴雨山洪过后，加赫力所在村被洪水冲毁，全村二十多人蜷缩在一块高地上，挤在匆忙带出来的几床棉被下面。由于逃避洪水，大家也都衣衫不整。五十来岁的加赫力和老婆素迪叶，还有二十岁的儿子努尔江、十六岁的女儿米丽克都挤在人群中。托乎提汗分不清谁是谁，冲着人群着急地喊道：“加赫力，加赫力！素迪叶，素迪叶！”艾孜麦提也跟着一起喊。素迪叶应声：“大姨，大姨！”扑向托乎提汗，哭了起来。托乎提汗安慰着素迪叶，让艾孜麦提把带的抓饭和馕分给大家吃。

素迪叶问道：“大姨，你们怎么知道我们遭灾了？”

托乎提汗将事情的缘由说给素迪叶听，并问道：“既然这个地方这么穷，为什么不听政府的话，搬迁到平原上去呢？”

“搬迁？那可不行！”加赫力固执道。

“为什么不行？”托乎提汗不解。

“我们祖祖辈辈就生活在这里，这里就是我们的整个世界，我们哪里也不去！”

“你是哪里也不想去，你就是想靠着政府吃饭！冬天下雪了，你们这里就闹雪灾，政府给你们救灾。春天闹春旱，庄稼没法种，政府给你们救灾。夏天洪水下来少了，你们又是旱灾，政府又要给你们救灾。洪水多了你们是洪灾，政府再给你们救灾……全是政府在救助你们，可是你们给国家贡献什么了？你不觉得害臊吗?”加赫力被说得有点不好意思了。

素迪叶哭啼道：“我再也不想跟你过这样的日子了!”

一旁的努尔江和米丽克正狼吞虎咽地吃着抓饭。米丽克朝着素迪叶招了招手：“妈妈，你快来吃抓饭!”

“好，你先吃吧!”

托乎提汗问两个孩子：“孩子，味道还可以吧?”

“太香了！这是我这一辈子吃到的最香的饭。”

努尔江一边吃着抓饭，一边问艾孜麦提：“艾孜麦提舅舅，你们可以经常宰羊吗?”

“想吃肉随时都可以去买，村里有超市有商店，想买多少就买多少。”

米丽克惊讶地张大了嘴：“啊？村里边就有商店？能买到漂亮衣服吗?”

艾孜麦提让大家看他的夹克衫：“这就是我在我们村的超市买的。村里的乡村超市有衣服卖，但是要想买漂亮衣服，还是要去镇上，最好去县城。”

“去县城要走多长时间?”米丽克一听到漂亮衣服，眼睛都泛着光，她急切地问道。

“现在家家都有三轮车，开三轮车就半个多小时吧。我妈妈还有一辆电动三轮车呢。在村里转悠，她就自己开电动三轮车，想去哪儿就去哪儿。但是到你们这儿来，就得要开我的机动三轮车了。”

“奶奶也会开车吗?”米丽克看着托乎提汗。

“村里一半的老人都开电动车。”托乎提汗笑了笑，接着说道，“政府把你们的新村都建好了，道路全是柏油的，自来水通到了每家每户，村里还有学校、幼儿园、卫生室和超市。田地都用机械平整好了，就等着你们搬过去住呢!”

米丽克对加赫力说道：“爸爸，咱们还是搬过去吧！”

谁料加赫力破口大骂。努尔江跟父亲争执不下，转身就走，被艾孜麦提上前拉住。托乎提汗生气地对加赫力说：“你是在对我发火吗？我劝你搬迁到扶贫新村去，让你很生气是不是？”加赫力不说话了。托乎提汗语气和缓下来：“加赫力，当年素迪叶嫁过来的时候，我们村跟这儿一样穷。可是，这才二十来年，情况就大不一样了。我们村虽然还不能说好得不得了，但是比以前梦到的都好，这是一点都不假的。”

“我听说了，我也经常想回娘家去住段时间。可是这里出一趟门实在是太难了！”素迪叶无奈地摇了摇头。

“政府都在为你们操心呢，给你们建了花园一样漂亮的新村。可是你呀，加赫力，脑袋里边装满了石头子，你那个顽固的脑袋我砸不开。这样吧，素迪叶，你带着孩子们跟我走，你可以什么都不带，到了新村你什么都会有的。咱们现在就走，让这个缺脑子的家伙自己在这里待着，他自己看着办吧。”

“好，我们走，加赫力，你自己守着一堆烂泥过吧，我们要去住花园一样的房子！”

大家收拾东西准备要走。这时，张书记带领十几个人前来救援。张书记上前握着托乎提汗的手，道：“托乎提汗大婶，还是您赶在前面了，您没事儿吧？”

“张书记，我好着呢，人都没事！”

“那就好！昨晚一场雨，我生怕出意外，一早就召集人往这里赶，真是不幸中的万幸！”张书记转向加赫力，“加赫力！”

加赫力同张书记握手。张书记说道：“加赫力，之前劝了你几次，你都不走，这下好了，老天爷帮你搬家了！别再守着这里过穷日子了，走吧！”

“好，走，我也想住住花园一样的房子！”加赫力终于开窍了，大家都笑了。

这顿团圆饭一家人已等了好久。如克亚木吃着饺子，喝着酸奶。齐曼古丽看着如克亚木狼吞虎咽的样子，笑道："你不是说学校的伙食很好吗？怎么像饿了好长时间一样？"

"家里的饭当然比学校的更好吃，世界上只有妈妈做的饭才最好吃！"

"不错！进步很快，学会说话了！"

如克亚木突然想起了什么，她放下碗："奶奶，跟你商量个事！"

"什么事？"

"嗯，我申请动用咱们家的'库尔班感恩互助金'。"

"啊？你要用钱？干什么？"艾孜麦提和齐曼古丽诧异地看着如克亚木。

如克亚木说道："我在QQ聊天的时候看到一条消息。说贵州大山里有一个叫田苗苗的小姐姐特别想上大学，终于考上了，可是由于家里特别穷，为学费犯愁，她很苦恼。期望有人能帮她圆大学梦，我想帮帮她！"托乎提汗思索着，没有表态。

"咱们的互助金都是给周围人用的，不是给外边的人用的！"齐曼古丽说道。

艾孜麦提想法却不尽相同，他说道："库尔班感恩互助金……里边有柯有田爷爷、于香秀奶奶、柯里亚舅舅的钱，有乡里领导和干部们捐的钱，有乡亲们捐的钱……我们那时候就说过，这个互助金是我们家族用来回报社会的。如克亚木申请得有道理。"

托乎提汗想了想，跟大家说道："我想，咱们需要开个家族大会商量一下这个事。第一，库尔班感恩互助金究竟是干什么用的，大家思想要明确，把原则定下来。第二，如克亚木说的这个事，用的钱不是一个小数字，这笔钱该怎么用，需要大家一起商量。"

次日上午，家族会议在葡萄架下召开了。在库尔班和毛主席握手的大幅照片前，三十几个库尔班的后人聚在一起。六十二岁的阿扎提第一个发言："我看首先要弄明白一件事，咱们这笔钱究竟是干什么用的？我们家族的库尔班感恩互助金，是专门为了感恩党、感恩国家，回报社会的。我们家族得到过很多帮助，我们也应该帮助别人，所以我支持如克亚木的想法。”

第二个发言的是艾孜麦提：“我也支持如克亚木的想法。咱们新疆在全国率先实行了十五年义务教育，孩子从上幼儿园到高中全部免费。全国三十来个省市都在援助我们，我们就享受着国家的资金投入和各省市的支援一声不吭吗？我们连一点感恩的事都不做，我们的良心到哪儿去了？”

阿扎提的妻子米尔尼莎却有不同的意见：“感谢党恩、回报社会，我没有意见。但是如果咱们家族里的人遇到了困难、需要用钱怎么办呢？是不是应该定一条，就是家族成员使用优先？”

艾孜麦提接着说道：“我不反对家族里的人使用互助金。但是，库尔班爷爷一辈子没有向党向组织向别人伸过手。爷爷总是自己能动手解决的，就决不给党给组织给别人增加负担。我的意见是，库尔班家族的人凡是能自己动手解决的问题，就要自己解决，困难太大，就家族里的人一起来解决。互助金优先用于回报社会。虽然我们的钱不多，但重在表达我们知恩图报的心意！”

大部分人都支持艾孜麦提的想法。坐在一旁的加赫力忍不住了，他站起来说：“我反对！”大家都转身看着他，加赫力激动地说道，“我们家里遭灾了，家族里的钱为什么不拿出来救灾？眼前的人不管，要去管一个那么远地方的人，你们是什么意思？”

阿扎提不满加赫力的话，他说道：“你们那儿遭灾的事大家都知道，国家不是救援你们了吗？”

“国家的救援来了，给了我们馕和米饭，还有大盘鸡，还给了我们被子、褥子。但是我们的房子里什么都没有，我们怎么生活呢？”

艾孜麦提说道：“加赫力，我们今天的生活是靠自己的双手创造的，没有靠国家的资金扶持，没有要别人的照顾帮助！”

“谁不知道库尔班爷爷出了名以后，好多人送来了好多钱。这些钱你们都有份，也应该有我的一份，我今天就是要我的那一份钱！”听完这话，大家都沉默了。

托乎提汗站了起来：“不错，很多人给过钱这是事实。这些钱还在，我现在就拿给你们看。”托乎提汗从脖子上取下钥匙，将手边的一个老木头盒子打开。里边存放着各种面额的钱，捆扎得整整齐齐，大都是一元、五元、十元的旧钞，几乎塞满了一盒子。托乎提汗接着说道：“这是全国各地的人民出于对库尔班的敬仰资助的，从第一笔寄来的钱到现在，都在这里。爸爸一分都没有动用过，我们所有的人都没有动用过。爸爸说过，幸福是一坎土曼一坎土曼挖出来的，幸福要靠自己去创造。这些钱到了适当时候，就回报社会。我们遇到过很多艰难困苦，谁都没有动过这笔钱。我们认为，这是全国人民存在我们家的心意，我们最终要把它还给全国人民。”加赫力低下了头。托乎提汗的话令他哑口无言，羞愧难当。大家最终决定拿出一部分钱资助那个叫田苗苗的贵州女孩，帮助她圆大学梦。

两个月后，开发区为灾民修建的新村完工，张书记请托乎提汗参加现场会。张书记讲话：“咱们的搬迁扶贫新村正式建好了，房子盖好了，农田也划好了，可是住在这空空的房子里，总不是过日子的样子。家庭设施怎么解决？请大家出出主意。”

一位村支书举手说道：“家里用的东西全靠国家解决也不合理，这些事还得靠亲戚们互相帮助解决。”另一个村支书也发了言：“这些还得要靠自己，要引导灾民搞多种经营挣钱，不断添置生活用品。”

张书记说道：“我同意引导灾民们搞多种经营。但是要挣到钱很不容易，特别是这些人什么技能都没有。今天我特意请托乎提汗大婶帮我们出出主意，我们每次遇见困难时，托乎提汗大婶总是能帮我们克服困难，现在请托乎提汗大婶讲话！”

在大家的热烈掌声中，托乎提汗走上前说道：“谢谢大家对我的信任，我的意见是：灾民中家里有两个男人的，留一个男人在家里种地、收拾房子，一个男人到外边接受技能培训或者去打工。家里能干活的女人交给我，我带着她们去兵团拾棉花，挣钱买家具。”

大家惊讶地看着托乎提汗。一位村支书说道：“托乎提汗大婶，你都七十多岁了，怎么能叫你去外边拾棉花呢？”

托乎提汗笑了：“你们以为我老了吗？我去年还一天拾过八十公斤棉花呢，你们谁敢跟我比一比？”

“是个好主意，我们从镇上派干部带队去拾棉花，托乎提汗大婶就别外出了。”张书记说道。

托乎提汗摇了摇头：“如果是另外一些人，就不用非要我带队了。但是你们知道这些人的脾气秉性吗？她们在封闭的小村子里待惯了，从来就没有到外边干过活，也不想到外边去干活。你们的带队干部拿她们怎么办？不能打也不能骂，说破了嘴皮子她们就是不干活，你们有什么办法？”托乎提汗说完，一个女干部便应和道：“就是！我带过队，把人都气死了，也没有用。”

“我带着她们去，我都这个年纪了，我怎么干就叫她们怎么干，我是她们的长辈，谁不听话我就像骂孩子一样骂她，气急了我还可以揍她！”托乎提汗的话让大家都不禁笑了。张书记放心不下，提议派个女干部去照顾托乎提汗大婶。托乎提汗摆了摆手，说道：“不用。你们忙你们该忙的事，我带艾孜麦提去就行了。团场的领导是艾孜麦提初中时候的同学，艾孜麦提负责对外联络，再给我们管后勤。有我儿子照顾我，你们尽管放心就是了！”

黄昏时分，葡萄架下，托乎提汗坐在沙发上，饶有兴致地看着齐曼古丽教如克亚木绣花。如克亚木不耐烦地问道：“现在想买什么都能买到，为什么非要自己绣这东西？”

托乎提汗说道：“这是在磨炼你的性子，做什么事都要有始有终，要做就要做到最好，就要做到底。”

这时，艾孜麦提走了过来：“妈妈，你真的要带那些人去兵团拾棉花？”

托乎提汗笑了笑：“儿子，我知道你要说什么。你只要想一想，如果你爷爷还活着，遇到这样的事情他会怎么办？”

“好吧，我跟你去！”

“我还要把如克亚木带上。”

艾孜麦提和齐曼古丽几乎异口同声道：“啊？为什么？如克亚木还是个孩子呢，好不容易放个假回来，怎么叫她去干活呢？”

“眼看着我就老了，咱们库尔班家要有接班人才行啊！如果怕艰苦怕困难，那还能把库尔班的家风传下去吗？再说，如克亚木是要去当兵的，一个娇小姐能成为一个好战士吗？”

齐曼古丽虽然舍不得女儿，但是她并没有说话。托乎提汗让如克亚木说说自己的想法，如克亚木不假思索地说道：“奶奶都七十多岁了，奶奶能干到的事，我也能干，我跟奶奶去，也好照顾奶奶！”

托乎提汗骄傲地对艾孜麦提和齐曼古丽说道：“看到了吗？如克亚木身上有库尔班的影子呢！”

第二天，在新村小广场上，干部们召集了灾民开会。张书记发言：“说两件事。第一，每个家庭出一个男人到镇上参加技能培训班。第二，每个家庭出至少一个女人跟着托乎提汗大婶到兵团去拾棉花。”张书记刚一说完，人们便喧闹起来。张书记挥了挥手：“有什么话一个一个地说。”

加赫力先站了起来，理直气壮地说道：“我们家的女人走了，谁做饭？”其他男人也纷纷表示反对女人外出打工，场面十分混乱。

此时，托乎提汗走上前，冲着那几个男人高声说道：“都给我闭嘴！加赫力，还有你们几个，你们说说，凭什么女人就应该给你们做饭洗衣服，侍候你们？你们有什么能的？”男人们不说话了，托乎提汗接着问道，“加赫力你说，你连火都点不着吗？”

加赫力气势小了很多：“火我能点得着。”

然而加赫力仍旧抱着一些旧观念：“家里的活儿都是女人干的，为什么要男人干家务活？”

“加赫力，你家里要是没有女人，你会饿死吗？如果当年我爸爸库尔班和我妈妈图尼莎汗没有那么勤劳地开垦荒地，就没有现在你们看到的美丽家园。你们要想过好日子，光靠政府是不行的，还要靠你们自己勤劳起来!”男人们都耷拉脑袋不说话了，托乎提汗接着说道，“库尔班家族的人，不管男人还是女人，男人必须带头去参加培训，女人必须带头去拾棉花！素迪叶和米丽克，你们两个都去；努尔江，你去参加培训；加赫力，你留在家里干活。要用自己的双手改善自己的生活!”

大会开完了，托乎提汗回到家召开了家庭会议。托乎提汗对大家说道：“受灾的是我们家的人，我们不能不管。现在政府已经妥善地安置了，但是还有很多事不能靠政府。库尔班家族每家出一个劳动力，轮流到加赫力家去帮忙，帮助他家重建家园。这是我们家族的义务!”

三天后的清晨，在新村广场上，在托乎提汗的带领下，去兵团拾棉花的队伍集结完毕。妇女们提着简单的行李上了一辆大巴车。如克亚木打开了手机的音乐播放功能，放起了维吾尔族舞曲。妇女们伴着欢快的乐曲踏上了去往兵团的路。

第三十章

拾花工宿舍是由兵团的一处废弃连队驻地改造的，白墙上喷着“兵地融合救灾扶贫”的大字标语。艾孜麦提跑前跑后地给大家分配宿舍。每间宿舍里放置两张双层床，被褥整洁，生活用品一应俱全，连拖鞋都准备好了。女工们提着行李局促不安地站着，怕弄脏了床铺。克孜勒古丽问道：“这是给我们睡觉的床吗？这么白，我把它弄黑了多不好意思。”她们没想到的是，这个地方全天有热水，随时都可以洗澡。她们手忙脚乱地翻出来各自的洗漱用品，在如克亚木的带领下去洗澡了。

艾孜麦提陪两位兵团领导走进托乎提汗的宿舍。其中一位名叫李卫东，是艾孜麦提在于田县二中的同学，现在是团场的政委；另一位叫丁要武，是团场的团长。

丁要武对托乎提汗说道：“艾孜麦提跟我们李政委是同学，我就沾个光，跟库尔班家的人拉上关系了。我上小学的时候，一篇课文就叫《库尔班·吐鲁木见到毛主席》，那时候就对库尔班大叔崇拜得不得了。”

“听说要到你们这里来拾棉花的人很多，你们是特意把机会留给我们的，真是太感谢你们了！”托乎提汗感谢道。

李卫东对托乎提汗笑道：“现在提倡‘兵地融合’，就是兵团与地方要融合发展，为地方上的扶贫开发出力，这也是我们的政治任务。支持库尔班的子孙，共同继承和发扬库尔班精神，是咱们共同的责任！”

第二天，灾区来的拾棉花女工们进了棉田，跟在内地来的拾棉花女工后边学习。内地拾棉花女工灵巧的手像变魔术一样，摘花、吹碎屑、装袋，一会儿就拾了一袋，托乎提汗看得傻眼了，她不得不佩服内地女工的心灵手巧。内地女工们手把手地教灾区来的女工们，托乎提汗也跟着学习，虚心地请教。

托乎提汗掌握技巧后，一马当先拾棉花，其他女工紧紧跟随。如克亚木腰酸背痛，站着喘气，但她仍旧咬着牙坚持着。如克亚木摘满一袋后，走到地头上，把袋里的棉花掏出来，装进大蛇皮袋子里。她费力地直起腰，感到浑身又酸又疼，一下子趴在大袋子上，偷偷地哭起来。托乎提汗来倒袋子，看见如克亚木在哭，她问道：“宝贝，受不了了吗？”

如克亚木委屈地说道：“奶奶，我累死了。”

托乎提汗坐在如克亚木身边，捶着她的后背说：“谁都会累的，就看你害怕不害怕累。高级社的时候，你老爷爷一个人积了全大队的肥，他从早到晚不停地砍芦苇、剁芦苇、沤肥料，一年沤了两百万公斤肥料。两百万公斤啊，解放牌大卡车能装四吨，你老爷爷一个人沤的肥料要装五百辆卡车。他不累吗？他常常累得睡着觉就抽筋。但是他没有停下来，因为他有追求，就是要多打粮食。他心里有了追求，所以他就不怕累，他就坚持，他成功了。粮食产量提高了，他被评上了劳动模范。”

如克亚木费力地站了起来，伸手扶着托乎提汗也站了起来，两人一拐一晃地走进棉田。如克亚木说：“现在好多地方采棉花都用上采棉机，用机器采棉花用不着这么累了。”

“不管机械化、自动化多么方便，有一条道理是一样的——那就是幸福生活要靠自己去奋斗，用你老爷爷的话来说，就是‘好日子是一坎土曼一坎土曼挖出来的’。加油，我的宝贝！”

一天的工作结束，兵团对各人当天的工作量过磅并记录，然后把棉花倒出来检查质量、分等级。过磅员大声说道：“1 号袋子 20 公斤，2 号袋子 18 公斤，3 号袋子 15 公斤……13 号袋子 50 公斤！50 公斤，是哪一位的？”

大家都看向托乎提汗，过磅员感慨地说道：“真了不起，你年龄最大，拾的棉花最多！”

如克亚木看着自己的袋子，有些担心，她小声对过磅员说道：“最后那个袋子是我的，14 号，你给我报多一点，我请你吃泡泡糖。”大家都不禁笑了。

过磅员称 14 号袋子，随后大声地对如克亚木说道：“大家都看到了，我没给她多报。14 号袋子 22 公斤。小丫头，你年龄最小，拾的棉花第二多。”

如克亚木从衣服口袋里掏出几块泡泡糖，兴高采烈地说道：“一等奖，我奶奶托乎提汗！”如克亚木把一块泡泡糖奖励给了托乎提汗，“二等奖，我，如克亚木！”她又把一块泡泡糖放进自己嘴里。克孜勒古丽是三等奖得主，她调侃地问道：“如克亚木，你不发三等奖吗？”

如克亚木嬉皮笑脸地说道：“我就还剩下一块泡泡糖了。好吧好吧，三等奖是克孜勒古丽姐姐，把最后的这块泡泡糖奖给你！”

第二天一早，托乎提汗敲着女工宿舍的门，在门外喊“起床了”。然而女工们都赖在床上，哼哼唧唧地不起床。昨天一天的劳作让她们的四肢酸疼得厉害，她们抱怨着，有的人直接说不干了，要回家去。克孜勒古丽对大家说道：“回家？回到家里，躺在破炕上光生娃娃就不累了吗？托乎提汗奶奶都七十多岁了，还比我们干得多，我们还好意思怕累吗？大家起床吧，我喊一二三，大家一起坐起来。一，二，三，哎哟！”克孜勒古丽猛地坐下来，腰抽筋了。大家随后都起了床。

托乎提汗去另一个宿舍叫大家起床，她拍着房门，半天里面都没动静。托乎提汗加大了力度又拍，还是没有动静。她推了推房门，探身看屋内，发现屋内的两个双层床上并没有人，被子没叠，个人用品和包却没有了。托乎提汗急忙将情况汇报给团长丁要武。丁要武即刻召集团场民兵集合，下达指示：以班为单位，按预案向各自防区巡逻，寻找四个走失的拾棉花女工，立即出发。开着各式车辆的民兵向各个方向疾驰，他们驾驶的车辆有摩托车、机动三轮车、皮卡车，一看都是自家的民用车辆。

出走的四人依给孜汗、帕卡尔汗、色米孜汗、吾茹克汗已经疲惫不堪，她们艰难地走着，越走景色越荒凉。她们意识到似乎是走错了路，四个人往沙丘上爬，又渴又饿，浑身酸疼，脚步沉重，她们只好停了下来。色米孜汗趴在沙地上抱怨道：“还不如拾棉花呢，怎么说也有水喝，累了也能躺在棉花包上休息一会儿，拾多拾少都还能赚点钱。这样走是什么事啊？”四个人终于爬到了沙丘顶上，往远处望去——背后是绿洲，前边是无边无际的沙漠。四个人垂头丧气地坐在沙子上。这时，一队民兵骑摩托车向沙丘驶来，四人吓得不知如何是好。

一辆三轮车载着四个人驶进大院，四人狼狈不堪，都不好意思下车。托乎提汗来到车前说道：“下车吧！还等着我把你们一个个地抱下来吗？”四个人下了车，站在托乎提汗面前低着头不说话。托乎提汗像数落自己的孩子一样：“你们就这点出息，你们以为这是你们那个走几步就出了村子的塔西墩？连个门都没出过就想跑？世界有多大，你们没有想到过吧？有这些跑的劲儿去拾些棉花，多少还能给家里挣点钱呢！”

几个人承认了自己的错误。托乎提汗问道：“你们说自己该不该受罚？”

“该。奶奶怎么罚我们，我们都没有意见。”四个人回道。

“现在你们赶快去洗澡，把这一身土给我洗干净了，到食堂去吃饭。今天下午要拾够一天的棉花，拾不到二十公斤就别下工！”

“奶奶，能不能少一点？我们实在太累了，我们是受不了才跑的。”其中一人央求道。

“干活哪有不累的？咬着牙坚持，快的话四五天，慢的话一个星期就不觉得那么累了。做人要有志气，连这么点苦都受不了，一辈子还能干什么事呢?”

两个月后，团场农工们用机动三轮车把托乎提汗和一帮女工们送到了广场上。艾孜麦提先跳下车，向女工们招呼道：“下了车到我这里来，不要乱跑!”如克亚木穿着校服跳下了三轮车。广场上有几个穿着同样校服的孩子，如克亚木与那几位孩子交谈，没想到他们跟她是一个学校的，都在这里等车。

这时，一辆大巴开到广场上。曾经送如克亚木回家的杨老师跳下车来。如克亚木走过去跟杨老师打招呼。杨老师关切地问道：“你在电话里说你到这里来拾棉花，挣到了多少钱?”

“我挣了六千多块钱!”

“哇！这么多，比我一个月的工资还高呢！你想怎么花这些钱?”

如克亚木不假思索地说道：“我把钱都捐给‘库尔班感恩互助金’了。”

“我在网上看到报道了。‘库尔班感恩互助金’资助贵州女孩田苗苗圆她的大学梦，大家都非常感动。这位是你的奶奶托乎提汗大婶吧?”托乎提汗向杨老师行礼，杨老师回礼，“大婶的高尚情操令人非常感动，你教育出来的如克亚木也非常优秀！路途遥远，我们就告辞了。如克亚木，跟奶奶告别吧!”如克亚木与托乎提汗拥抱，托乎提汗吻了她的额头，嘱咐道：“好好学习，我的小宝贝!”

女工们兴高采烈地来到团场市场上，繁华的市场令她们惊喜万分。艾孜麦提大声喊着把她们聚拢在一起：“这里店多人也多，你们都记住这座最高的楼，如果走散了，就到这个楼前边来，大家在这里集合。”

托乎提汗也嘱咐道：“这里的东西非常多，但是你们可别乱花钱。你们的第一个任务是重建家园，所以要重点挑选家具和家庭日用品。下一次来打工挣钱再给自己买漂亮衣服。你们看上了什么家具，来找我和艾孜麦提，我们帮你们联系托运，直接把东西送到你们家里去。”

妇女们采购完所需品后，大巴车把她们送回了新村。在新村广场上，女工们从容地下了车。艾孜麦提帮忙从车上取下样式时髦的提包或拉杆箱。她们一个个焕然一新，颇有点城里女人下乡的感觉。

素迪叶和米丽克下了车，加赫力正在寻找她们。米丽克喊着爸爸，加赫力寻声走过来。他奇怪地看着眼前的素迪叶和米丽克。素迪叶笑道："怎么了？不认识我们了？"

托乎提汗走了过来："加赫力！你是不是看花眼了？"

"大姨，你是会变魔术吗？把她们都变成这么漂亮的女人！"

托乎提汗笑着说："只有勤劳的女人才是最漂亮的。"

"是啊，太不得了了，你们挣大钱了吧？"

米丽克骄傲地说道："那当然！"

"我那天在地里干活，干部找到我说家里有事。到家一看，托运公司的车停在咱们院子外边，说是你们给咱们家买的床和桌子，我还以为弄错了呢，就借了干部的手机给艾孜麦提打电话，他说这是你们给家里买的家具，我才叫他们搬进去。太谢谢您了大姨，让她们挣了那么多钱！"

"你应该谢谢素迪叶和米丽克，是她们辛苦劳动换来的！"

如今的新村是一个兼具现代化与地方特色的村落。托乎提汗的家坐落其中。书房里，艾孜麦提正操作着电脑，托乎提汗和齐曼古丽坐在旁边，他们正在与如克亚木通过 QQ 视频聊天。

如克亚木兴高采烈地说道："奶奶，爸爸，咱们资助的那个贵州女孩田苗苗上清华大学了！我们在 QQ 上正式成为姐妹了，她是姐姐，我是妹妹。我们每个星期六都视频一次。"如克亚木发过来一张照片，照片中的田苗苗是一个清纯的校园女孩。

退出了视频，艾孜麦提说道："'库尔班感恩互助金'资助田苗苗的事，网上都传开了，和田山东商会昨天给咱们的'库尔班感恩互助金'又捐了十万元，网上还有好多人打听捐款账户。看来咱们需要建立一个正规健全的财务制度，要请专门的人来管理了。"

"这些事我这个老太婆可是一点都不懂。我老了，接下来要靠你们这些年轻一代来干了!"托乎提汗从脖子上取下那把钥匙，放在艾孜麦提手上。

托乎提汗把库尔班存下来的那笔钱交给了艾孜麦提。为了这件事，阿扎提专门召开了家族大会。大家一致认为，库尔班留下的那些钱是'库尔班感恩互助金'的压底资金，是文物，是任何时候都不能动用的。

时间过得很快，转眼就到了2012年。

打扮时尚的如克亚木站在县征兵办公室的办公桌前，征兵军官问她："你希望当空军还是当海军?"

如克亚木毫不犹豫地回答："当海军!"

"为什么?"

如克亚木回道："我从小就知道大海，盼望见到大海!"

"明白了，你是为了能看见大海，才要当海军的。"

"不仅仅是能看见大海，更重要的是，这不但能圆我老爷爷库尔班当解放军的梦，也替我于香秀老奶奶圆了她的海军梦！于香秀老奶奶当年为了我们于田，放弃了回山东当海军的机会，一辈子都没能再回到家乡，回到大海边。我一直希望有一天能实现我们共同的梦想!"

收到入伍通知书后，如克亚木要做的第一件事便是即刻赶回家乡，将这个好消息告诉家人。艾孜麦提开着机动三轮车行驶在公路上，如克亚木站在车斗里，张开双臂，高兴地唱着、笑着。三轮车飞驰过万亩玫瑰花原野，摇曳的玫瑰花映衬着心花怒放的如克亚木，她格外美丽动人，飘逸的长发迎风飞扬。

托乎提汗手里捧着如克亚木的入伍通知书，眼里闪着激动的泪光。她对库尔班与毛主席握手的画像说道："爸爸，您当解放军的愿望终于可以实现了，是我们的如克亚木帮助您实现了，在我们库尔班家族第四代人的身上终于实现了！为了这个愿望，我，阿扎提，艾孜麦提，我们都努力过，但都没有能达到参军的要求。这一天终于到来了，终于在如克亚木身上实现了!”她转身看着如克亚木,“如克亚木,你是最优秀的,你是库尔班的骄傲,是我们库尔班家族的骄傲!你亲自把这个喜讯报告给库尔班爷爷吧!”托乎提汗哽咽了。

如克亚木走上前说道:“库尔班爷爷,我是您的曾孙女如克亚木。今天我怀着特别激动的心情向您报告,我已经正式成为一名中国人民解放军海军战士,即将去保卫祖国蔚蓝的海洋。我一定会做一名优秀的解放军战士,不给我们库尔班家族丢脸,把我们库尔班家族的优良传统带到部队,发扬光大!”

入伍的日子到了,一辆大巴车停在和田军分区门前,穿着新兵服的如克亚木排队上车。托乎提汗、艾孜麦提和齐曼古丽为她送行。他们拥抱着,泪水流淌在脸颊上……2012 年底,如克亚木终于实现了库尔班家族跨越两个世纪、历经四代人的梦想,成为中国第一艘航母“辽宁舰”上的第二批女兵!

几年后,如克亚木光荣地从部队复员回到家乡。托乎提汗也已年事渐高,行动不便。她时常坐轮椅到于田县广场看库尔班和毛主席的合影塑像。每次看到这座雕像,托乎提汗就觉得父亲被毛主席接见就像昨天的事一样。时光飞逝,倘若没有人传承这种血脉和精神,未来便失去了历史的影子。托乎提汗始终在做的,就是让库尔班这条精神长河继续流淌,永不枯竭。

受惠于国家开展的“光明工程”,托乎提汗和村里另外一些患有白内障的老人成为第一批享免费手术的人。

手术当天,艾孜麦提和如克亚木都在医院陪着托乎提汗。手术很顺利,尹博士亲自为托乎提汗取下敷料。托乎提汗睁开眼睛,视线慢慢变得清晰起来,她惊喜不已!这时,张书记捧着一束鲜花走了进来,他带来了一个好消息:“自治区领导邀请您到新疆各地去走走,看看咱们新疆的变化，看看咱们现代化的美丽新疆！”

接下来一段时间里，如克亚木陪着奶奶托乎提汗参观了新疆各处美丽的景象：她们领略了乌鲁木齐现代化的城市面貌，参观了很多高科技企业，也见识了高速公路、高铁和很多现代化的设施。这一趟旅程让托乎提汗意识到：是时候去完成那件事了。

在库尔班和毛主席握手的画像下，艾孜麦提、齐曼古丽、阿扎提等人陪伴在托乎提汗左右，托乎提汗激动地仰望着画像。她问身旁的如克亚木：“如克亚木，你还记得吗？你库尔班老爷爷有三个愿望。”

“记得！库尔班老爷爷的第一个愿望是见到毛主席；第二个愿望是要当解放军；第三个愿望就是等家乡建设成美丽家园的时候，要向党中央汇报。”

托乎提汗欣慰地点了点头：“对，到现在，你库尔班老爷爷的愿望已经实现了两个，这第三个愿望也是我们大家共同的愿望，需要你来实现！”

“我！我怎么实现？”

托乎提汗再次问道：“你库尔班老爷爷第三个愿望是什么？”

“第三个愿望就是，等家乡建设成美丽家园的时候，要向党中央汇报！”

“对，我们库尔班家族是时候要向党中央汇报啦！如克亚木，你来给党中央、给习总书记写信，来实现你库尔班老爷爷和他的子孙们的愿望吧！”

如克亚木思索了一下，郑重地举手行了个军礼：“保证完成任务！”

如克亚木在书桌前坐得端端正正，托乎提汗、阿扎提、艾孜麦提和齐曼古丽站在她的身后。如克亚木满怀激情地给习主席写信：

敬爱的习近平总书记：

您好！我是新疆和田地区于田县委宣传部的一名维吾尔族基层宣传干事，我的名字叫如克亚木·麦提赛地。我的曾祖父是在五十年代要骑着毛驴到北京看望毛主席、生前曾两次受到毛主席亲切接见的全国劳动模范库尔班·吐鲁木。今天，我冒昧地给您写信，是受我的奶奶托乎提汗·库尔班之托。我的奶奶是库尔班·吐鲁木的长女，今年已近九十岁高龄。从我懂事起，奶奶就给我讲曾祖父爱党爱国坚定维护民族团结的感人故事。她常同家人说："作为库尔班·吐鲁木的后代，你们永远都不能忘记，是党让我们农民翻了身，是党让我们过上了幸福的生活！"……

一个月之后，一辆车停在托乎提汗家门口。于田县委宣传部部长和自治区领导手捧习近平总书记的信下了车，如克亚木搀扶着托乎提汗缓缓走出大门。托乎提汗激动地用双手接过习总书记的回信，满眼闪烁着激动的泪花。

村子里，鼓乐齐鸣，乡亲们载歌载舞，如克亚木更是跳得热情奔放。

歌舞庆祝结束后，库尔班家族 104 口人聚集在了一起，如克亚木给大家展读习主席的回信。习总书记信里写道：

托乎提汗：

你好！看了你的孙女如克亚木的来信，得知你年近 90 身板还很硬朗，得知你们一大家 100 多人都过上了幸福生活，我非常高兴。咱们新疆好地方，民族团结一家亲。库尔班·吐鲁木是新疆各族人民的优秀代表，我小时候就听说过他爱党爱国的故事，让人十分感动。多年来，你一直坚持你父亲爱党爱国的情怀，给后辈和乡亲们树立了榜样。希望你们全家继续像库尔班大叔那样，同乡亲们一道，做热爱党、热爱祖国、热爱中华民族大家庭的模范，促进各族群众像石榴籽一样紧紧抱在一起，在党的领导下共同创造新疆更加美好的明天。祝你健康长寿、阖家幸福，也请代问家人和乡亲们好！

2018 年 2 月，如克亚木作为第十三届全国人民代表大会的代表，赴北京参加大会。她代表库尔班家族，代表于田县人民向中国共产党乃至全体中国人民汇报，讲述近百年来家乡的风土人情和历史面貌，以及他们所有人发自肺腑的对党和人民的感恩。库尔班纪念馆落成那天，库尔班家族簇拥着托乎提汗在纪念馆前合影，如克亚木抱着自己的孩子和身穿警服的丈夫站立其中。

这是一个普通的中国农民和他的子孙的故事，这个故事历经一百年，延续了五代人。一百年的风风雨雨，没有使岁月褪色；五代人的砥砺前行，留下许多宝贵回忆。我们今天来讲述这个故事，不是为了怀旧，也不是为了感慨，而是想与各位分享：我们曾经那样艰难地走来，所以我们应该更加坚定地走下去！